Für Benedict, Marieke und Niklas

www.wittig-verlag.de

»Pilgrimsleden« zwischen Hamar und Trondheim

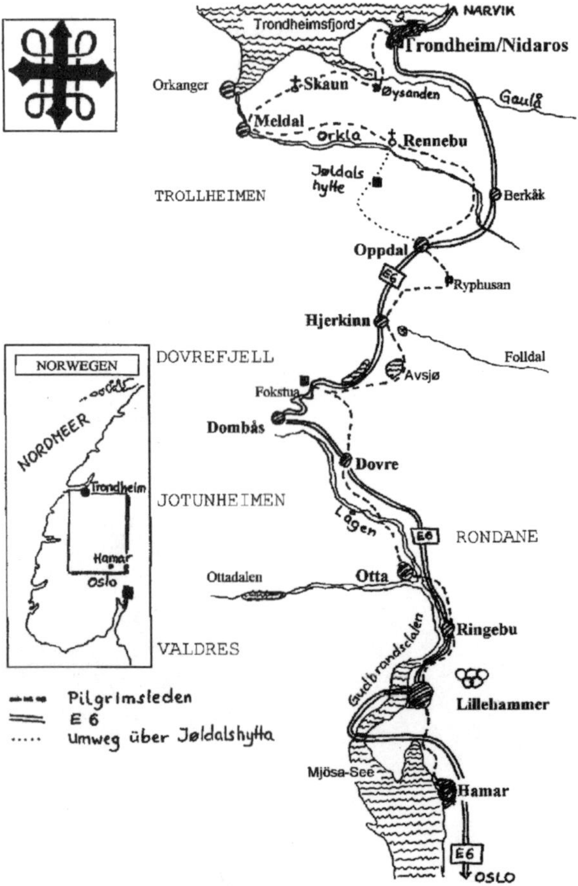

Informationen zum Pilgrimsleden beim Pilgrimskontor, Kirkegata 34a, 0154 Oslo, oder beim Pilgerpastor in Trondheim, 0047-7353 8480, oder www.nidarosdomen.no

Bernd Lohse

FAMILIENBANDE

Kriminalroman

Friedrich Wittig Verlag

Bernd Lohse, Jahrgang 1958, ist Pastor im Hamburger Stadtteil Poppenbüttel. Als Krimi-Autor wurde er 2000 bekannt: mit seinem ersten Norwegen-Krimi »Tod in den Lofoten« (2. Auflage 2001, ISBN 3-8048-4461-8). Mehr dazu auf der vorletzten Seite.

Ich danke allen, mit denen ich meinen ersten Roman »Tod in den Lofoten« besprechen durfte, für die vielen Briefe und Reaktionen. Aus den Gesprächen ist die Idee zu diesem Roman erwachsen. Besonders danke ich Helmut für Wanderbegleitung und Fotos, Isabell und Gerd fürs kritische Lesen sowie den Lindt-Heinemanns für die anregenden Gespräche über Johannes und seine Geschichte. *Bernd Lohse*

Die Deutsche Bibliothek – CIP-Einheitsaufnahme
Ein Titeldatensatz für diese Publikation ist bei
Der Deutschen Bibliothek erhältlich

ISBN 3-8048-4471-5

HAMBURG

Das Telefon auf dem schweren Teakholz-Schreibtisch schrillte, aber die weißhaarige Frau mit der schweren Perlenkette um den Hals nahm nicht ab. Sonnenstrahlen und die Schatten der alten Buchen vor dem bodentiefen Sprossenfenster spielten in den Weiten des stilvoll eingerichteten Arbeitszimmers, doch die Frau am Schreibtisch schien sich nicht für das Spiel der Sonne zu interessieren. Penetrant durchschnitt das Telefonklingeln die gesammelte Stille des Zimmers, aber die Frau machte überhaupt keine Anstalten, das Klingeln auch nur zu beachten. Schließlich gab der hartnäckige Anrufer auf. Es war das Beste, denn die Dame am Schreibtisch hätte den Hörer nicht mehr abheben können: Sie war tot. Ihr Kopf lag auf der lackierten Platte des Schreibtisches in einer sich ausdehnenden Blutlache. Auf den ersten Blick sah es aus, als sei die Frau über anstrengender Korrespondenz eingeschlafen. In der rechten Hand hielt sie noch den Füllfederhalter, mit dem sie die letzten Jahrzehnte ihren Namenszug unter ungezählte wichtige Dokumente und gewählt geschriebene Briefe gesetzt hatte.

Auf einem Papierbogen, der halb mit Blut getränkt war, hatte sie ihre letzte Unterschrift geleistet. Passend zur Situation war es die Neuschrift ihres Testaments, die sie noch einmal überflogen und bestätigt hatte. Als hätte der Notar von dem Platz gewusst, den das Blut auf dem Papier einnehmen sollte, war die Unterschrift nach nur wenigen Textzeilen im oberen Drittel des Dokuments zu leisten. Hier waren Menschen am Werk, die gewohnt waren, vorauszuschauen, Stil zu wahren und Ordnung zu halten.

Im Zimmer herrschte Friedhofsstille; nur die goldene Uhr, die seit mehr als einem Jahrhundert großbürgerliche Kaminsimse geschmückt hatte, tickte weise dem Moment entgegen, an dem sich in ihrem Rücken der Schlüssel drehen sollte, der ihr neues Leben bescherte. Für die Frau am Schreibtisch gab es solch einen Schlüssel nicht, und auch das erneute Telefonklingeln weckte sie nicht aus ihrem ewigen Schlaf.

Der Kopf lag auf der Seite, aus einer Wunde an der Schläfe sickerte Blut und die toten Augen glotzten zu dem großen Fenster, vor dem die Alster gleichmütig im grellen Sonnenlicht dahin floss. Die Frau war nicht freiwillig gestorben und schon gar nicht aus Altersschwäche. Hier hatte jemand mit kräftigen Schlägen und einem silbernen Leuchter nachgeholfen. Der polterte zu Boden, verewigte die Spuren des Mordes mit hässlichen Flecken auf dem sandfarbenen Velours, bevor der Mensch, der diesen Tod herbeigeführt hatte, sich mit großem Interesse und in Handschuhen an den Papieren auf dem Schreibtisch zu schaffen machte. Wissend, was er suchte, wurde er schnell fündig, wandte sich einer Tür des Wandschranks zu und holte eine Kassette heraus. Es hatte keine fünf Minuten gedauert, bis die Person den Raum verließ, lässig eine luftige Sommerjacke überwarf, geräuschlos und zufrieden die Treppe hinabschwang, sich um- und dann auf die Armbanduhr sah, bevor sie schließlich durch das Säulenportal der hanseatischen Backsteinvilla in die sonnendurchflutete, lärmende Welt der Wellingsbütteler Landstraße hinaustrat.

Hatte ein vorbeifahrender Autofahrer die Person wahrgenommen, die zum Müllbehälter an der Auffahrt ging, etwas hineinwarf, einige Schritte zu einem schwarzen Golf zurückkehrte, die Kassette auf den Beifahrersitz schmiss, sich gelassen ans Steuer setzte, um das herrschaftliche Anwesen an der Alster zu verlassen, als ob für heute die gewohnte Arbeit getan wäre? Das Auto bog nach rechts in die Wellingsbütteler Landstraße und fuhr stadteinwärts.

Die Polizei wird später nicht einmal Reifenspuren finden können, denn die Auffahrt war sorgsam gepflastert. Die Frau, die hier getötet worden ist, war sehr reich und die um sie trauerten auch.

Wieder begann im Arbeitszimmer das Telefon zu klingeln.

OSLO, ZUR SELBEN ZEIT

„Lieber Bruder Kristensen", begann der Erzbischof und faltete die Hände, bevor er sie auf den Schreibtisch legte, „lass mich kritisch nachfragen, ob du dich und deine Möglichkeiten überschätzt. Du bist ein bemerkenswerter Pastor, ein überaus tüchtiger, wie ich hörte, mit einem bewegten Werdegang. Da sind durchaus einige dunkle Flecken, andererseits besondere Stärken, Bruder Kristensen ... aber mit verurteilten, möglicherweise reuelosen Schwerkriminellen eine Wandertour zu unternehmen ..."

„Einen Weg der Buße, lieber Erzbischof ... Das Projekt ist ein geistliches und soll Menschen eine neue Chance geben ..."

„Gut, einen Weg der Buße mit schweren Jungs ... Du begibst dich und die Allgemeinheit möglicherweise in größte Gefahr."

„Ich habe mir sehr genau überlegt, mit wem ich dieses Projekt durchführen kann. Immerhin arbeite ich seit sechs Jahren in Ullersmo." Pastor Jon Hendrik Kristensen, 48 Jahre alt und seit sechs Jahren geschieden, wurde im Tonfall engagierter, während der freundliche Erzbischof ihn aus einem jungenhaften Gesicht mitfühlend, wohlwollend ansah. Eine große Brille unterstrich die akademische Kompetenz des Kirchenführers, während der freundliche, fast schüchterne Tonfall selbst die kritischen Nachfragen niemals verletzend wirken ließ. Der Erzbischof zeigte großes Interesse an dem Projekt und Jon Hendrik Kristensen wusste um dessen großen Einsatz für Gerechtigkeit und Menschenrechte. Dem Gefängnispastor war die Bedeutung dieses Gespräches bewusst und er ahnte, wie wichtig die Staatskirche sein Projekt nahm. Er hatte nicht erwartet, dass man sich an oberster Stelle für den „Weg der Buße" interessieren würde. Und jetzt saß er dem höchsten Kirchenführer der Staatskirche gegenüber, den er überaus schätzte als einen weltweit bekannten Kirchenmann, der mutig Zeichen gesetzt hatte im Land und in der Welt, auch wenn er nicht wie ein beherzter Kämpfer wirkte. Jon Hendrik Kristensen war es wichtig, den Erzbischof von diesem Projekt, seiner Mission, wie er es nannte, zu überzeugen.

„Wir haben dich seinerzeit sehr sorgfältig für diese besondere Aufgabe im Landesgefängnis ausgewählt, Bruder Kristensen, und alle schätzen deine Arbeit überaus. Du hast den Gefangenenchor belebt, ein Filmprojekt gestartet, in dem Häftlinge ihr Leben spielen und versuchen zu erklären, was in ihrer Biografie schief gelaufen ist.“ Er blätterte in seinen Unterlagen. „Du hast dich dafür eingesetzt, dass die Insassen Tiere halten dürfen und einen Gedichtband mit Texten von weiblichen Häftlingen veröffentlicht. Mir wurde erzählt, wie intensiv du dich um die Familien einiger Insassen gekümmert hast, die große Schwierigkeiten hatten, mit dem Leben klarzukommen. Man schätzt dich in Ullersmo und auch im Justizministerium hat man mit Interesse wahrgenommen, was du tust. Doch dein neuestes Projekt überschreitet gewisse Grenzen ...”

„Ist es nicht unsere christliche Tradition, die Gnade als göttliches Geschenk und die Buße als Weg zur Heilung zu predigen und anzubieten? Schätzen wir nicht die Beichte als großartiges seelsorgerisches Instrument und leitet nicht die Liebe Christi als Vorbild unser Handeln an? Das kirchliche Wirken sollte doch die engeren Grenzen staatlichen Handelns übersteigen und vor allem das profane, populistische Geschwätz von Gnadenlosigkeit, Rache und Strafe-muss-sein. Ist Strafe denn wirklich auch unser letztes Wort als Christen oder gibt es nicht den Mehrwert von Vergebung und Hoffnung?”

„Du ereiferst dich, weil dein Herz übergeht, Bruder Kristensen. Ich höre wohl, dass du ein Theologe mit Herz und wachem Verstand bist. Nimm bitte wahr, dass wir uns theologisch sehr nahe sind. Und doch: ich denke, es gibt Ereignisse, die es schwer machen, Gnade und Vergebung zu predigen. Denk mal darüber nach, aber bitte erzähl mir doch von dem Weg der Buße.”

Jon Hendrik Kristensen atmete tief durch, lächelte beiläufig den Erzbischof an, der ihm wie ein Vater erschien, und kramte aus seiner Aktentasche eine gerollte Karte, die er auf dem Schreibtisch ausbreitete.

„Es ist der alte St. Olavsweg, der Pilgerweg nach Nidaros. Wir werden in Hamar starten und in gut fünf Wochen bis nach Trondheim kommen. Wir gehen den Weg im Bewusstsein, dass unzählige Menschen in vielen Jahrhunderten ihn schon gegangen sind, Könige wie arme Sünder, um im Nidaros-Dom Buße zu tun beziehungsweise gekrönt zu werden. Auf die besonderen Kräfte des geistlichen Weges über einen langen Zeitraum setze ich und verbinde sie mit den segensreichen Erkenntnissen der Gruppentherapie. Menschen auf dem Weg miteinander geraten in Konflikte und sind aufeinander angewiesen ..."

„Das ist es doch gerade, was mir Sorgen macht: Konflikte mit Schwerkriminellen. Da stehst du alleine gegen drei. Stell dir vor, was alles passieren kann! Die Öffentlichkeit wird uns zerreißen, wenn das schief geht, Bruder Kristensen. Stell dir das einmal vor! VG und Dagbladet suchen doch nur solche Geschichten, die sie genüsslich ausbreiten können. Je mehr Blut, desto ..."

„Haben Sie mehr Mut, lieber Erzbischof, lassen Sie mich das Projekt 'Weg der Gnade' einmal versuchsweise durchführen. In Belgien gibt es gute Erfahrungen mit einem ähnlichen Projekt: Jugendliche Straftäter gehen mit einem Geistlichen auf dem Jakobsweg nach Santiago de Compostella. Das ist dieselbe Grundidee, dasselbe Vertrauen auf die geistlichen Quellen, die uns speisen. Die drei möglichen Teilnehmer sind sorgsam ausgesucht. Sie sind Persönlichkeiten, die zu ihren Straftaten gekommen sind durch bittere Notlagen, vielleicht wie die Nonne zum Kind ..."

„Wie bitte?"

„Entschuldigung, Bruder Bischof. Ich meine: der Druck des Sexualverbots hat doch viele Überschreitungen erst verursacht. So ist es bei den drei ausgesuchten Insassen auch: der innere und äußere Druck wurde immer stärker und sie haben sich in Sackgassen hineinmanövriert. Schließlich gab es nur die Gewalt ..."

„Mir scheint, Bruder Kristensen, du hegst große Sympathie für deine anvertrauten Begleiter. Hast du denn noch ausreichend Abstand für solch ein Projekt? Straftaten dürfen auch nicht banalisiert werden."

„Keineswegs. Den Delinquenten soll aber doch der Weg in die

Gesellschaft ermöglicht werden. Deshalb soll an die Pilgerzeit eine Phase anschließen, in der jeder von ihnen in einem sozialen Projekt Dienst für andere tut und erkennen kann, dass er oder sie für die Gemeinschaft wichtig sein kann."

„Was sind das für Projekte?"

„Wir werden sie auf dem Weg erarbeiten und die Umsetzung planen. Es gibt in meinem Kopf eine Fülle von Ideen, aber ..."

„Diese Ideen können mir Angst einjagen, junger Bruder."

Kristensen rieb sich mit den Handflächen das Gesicht, seufzte und sah aus dem Fenster. Er sah den Turm der Osloer Domkirche, hörte das Rumpeln der Straßenbahn und suchte irgendwo da draußen die Antwort. Schweigend bat er den Himmel um Erleuchtung: Gott, entweder hilf mir, das Projekt zu verabschieden, oder schenke mir das Argument, das den Erzbischof überzeugen kann! Er dachte sehr über den letzten Einwand des Kirchenführers nach und ärgerte sich über seine eigenen Argumente, die ihm selbst abgegriffen erschienen waren. So dachte er doch sonst nicht. Ihm war klar, wie vielschichtig die Gründe für Straftaten sind und dass es die Opfer gibt, die oft ein Leben lang traumatisiert sind. Er dachte an die Angehörigen der Opfer. Wieso hatte er es nicht geschafft, differenziert zu argumentieren? Jon Hendrik ärgerte sich über sich selbst.

Es dauerte eine Weile, bis einer von ihnen das Wort ergriff. Der Erzbischof kramte in seinen Unterlagen und zupfte einen Bogen hervor. Konzentriert las er und räusperte sich manchmal vielsagend. Jon Hendrik hatte keine Ahnung, wie das Gespräch weitergehen, was er sagen sollte, und knetete aufgeregt seine Hände. Nach eingehender Lektüre streckte sich der Erzbischof in seinem Drehsessel hinter dem Schreibtisch, blinzelte hinter den großen Brillengläsern und reichte das Schreiben an Kristensen.

„Lieber Bruder, ich sehe, dass du deine Arbeit mit größter Sorgfalt und bestem Wissen tust. Das Schreiben hier stammt aus dem Justizministerium. Dort weiß man deine Ideen überaus zu schätzen. Die Justizministerin selbst bittet mich, das Projekt wohlwollend zu begleiten, dich für die Dauer des Weges freizustellen und deine Vertretung zu organisieren. Da auch das Justizministerium eine Mitarbeiterin in das Projekt entsenden will, mag ich als dein Bischof und Bruder nicht gänzlich der Angst und dem Zweifel das Wort reden. Ich habe morgen eine Unterredung mit der Justiz- und der Kirchenministerin. Da werde ich sorgsam meine Bedenken vortragen, aber das Projekt 'Weg der Gnade' als eine große Chance im modernen Strafvollzug unterstützen. Immerhin: es macht ja wirklich ernst mit den großen Schätzen des Glaubens und könnte eine Kultur von Umkehr und Neuanfang sinnvoll unterstützen. Aber, Bruder Kristensen, du wirst mir nicht verbieten können, jeden Tag für dich und deine Begleiter zu beten und die Bischöfin von Hamar zu bitten, euch einen Reisesegen auf der Domkirchenodde zu spenden. Ich will sie gleich anrufen."

„Danke, Bruder Bischof", stammelte Kristensen völlig gerührt, so wie in seiner Kindheit, wenn sein Vater die Tür zur Weihnachtstube auftat und der brennende Baum alles in ein wundervolles Licht hüllte. Dieses Gespräch war irgendwie so überraschend wie Weihnachten verlaufen. So schnell hatte er nicht mit einer positiven Wendung gerechnet. Ihm war bewusst, dass Gott groß und wunderbar ist, aber dass er den Erzbischof mit einem Brief aus dem Justizministerium überzeugen konnte, hatte der Pastor bis dahin nicht für möglich gehalten. Vielleicht sollte er neu lernen, dass Gott manchmal sehr banale und alltägliche Wege wählt, um Menschen nahe zu kommen. Still schickte Jon Hendrik ein kurzes Dankgebet in den Äther, während eine Straßenbahn rumpelnd Diskretion herstellte. Es konnte also tatsächlich losgehen.

„Erzähl mir von den Häftlingen, die ausgewählt wurden."

„Die Erste ist eine junge Frau, die ihren Mann umgebracht hat, bestialisch zerstückelt – drüben in Voss."

Der Bischof kniff angewidert die Augen zusammen, schüttelte den Kopf und setzte sich noch aufrechter als vor wenigen Minuten.

„Eine Frau, die ihren Mann umgebracht hat? Wie geht denn das? Männer sind doch bekanntlich kräftiger."

„Das will man meinen, und das stimmt sogar in diesem Fall auch. Der Mann, ein Lastwagenfahrer, war Kraft-Sportler und knapp zwei Meter groß; die Frau fast zehn Jahre jünger und zierlich. Aber sie arbeitete in einer Schlachterei und war hart im Nehmen. Zu Hause erlitt sie viel Gewalt. Der Ehemann vergewaltigte sie, prügelte im Suff und sperrte sie ein. Als er von einer langen Tour aus Spanien zurückkam, fuhr er direkt vor die Schlachterei, sah seine Frau mit einem Kollegen in ein Gespräch vertieft und drehte durch. Er prügelte aus Eifersucht auf sie ein ..."

„Ist gut, Bruder Kristensen. Den Rest kann ich mir vorstellen. Aber wie hat sie ihn denn, ähem, getötet?"

„Mit einem Schlachtermesser, das auf dem Boden lag."

Der Bischof schluckte und auch Jon Hendrik Kristensen war bei dem Gedanken an die Tötung nicht sehr wohl.

„Die Frau muss aber viel erlitten haben, bis sie dazu fähig war ..." gab der Erzbischof mit leiser Stimme zu bedenken. Jon Hendrik Kristensen nickte.

„Der armen Seele kannst du sicher helfen, lieber Bruder."

Die Domkirchen-Uhr unterstützte die Ansicht des Erzbischofs mit freundlichem Stundenschlag. Als könne sie so viel Sanftmut nicht gut ertragen, donnerte eine alte Straßenbahn in die Storgate Richtung Sinsen und schreckte die beiden Geistlichen aus ihren Gedanken.

„Und die anderen Teilnehmer des Projektes?"

„Ein Deutscher, der in rasender Eifersucht seine Freundin bis auf die Lofoten verfolgt hat. Dort oben hat er wie ein Wahnsinniger gewütet, bis er sich und andere in seiner Blindheit in allergrößte Lebensgefahr gebracht hatte."*

Der Bischof hörte höchst interessiert zu und schüttelte fassungslos den Kopf. Mit gefalteten Händen und strahlenden Augen stellte er große Theologie ins Amtszimmer: „Homo incurvatus in se ipsum, nicht wahr! Der Mensch, der nur noch um sich

** vgl. Bernd Lohse, »Tod in den Lofoten«*

selber kreist und keine Hilfen mehr außerhalb seiner selbst sieht. Luther wusste sehr genau, wovon er schrieb und predigte. Ein Mensch, der einen anderen als seinen Besitz ansieht, ihn ganz einverleibt hat. Concupiscentia, nicht wahr!"

Jon Hendrik Kristensen nickte, versuchte zu überspielen, dass er die theologischen Fachsimpeleien nicht genießen konnte, und fuhr fort:

„Eigentlich ist er ein sehr kluger Mann, Journalist und Fotograf, aber seine Gefühle machen ihm das Leben schwer. Dieser Mann ist mit mir zusammen schon ein großes Stück der Aufarbeitung gegangen, hat ansatzweise erkennen lassen, wie tief seine Verletzungen liegen, die aus der Kindheit herrühren. Ich freue mich besonders auf ihn."

„Klingt äußerst interessant. Das hört sich nach dem Verlorenen Sohn an ..."

Jon Hendrik Kristensen musste diesen Gedanken des Erzbischofs prüfen und schloss die Augen: Ja, vielleicht ist dieser Deutsche so ein verlorener Sohn, vielleicht auch Saulus, der vor der Häutung zum Paulus steht.

„Und der Dritte?"

Der Erzbischof riss Kristensen aus den Gedanken.

„Ein Vielfachtäter, armes Schwein und bisschen dünn angerührt."

„Wie bitte?"

„Etwas einfältig. So einer, mit dem man alles machen kann. Drogenhändler, beteiligt an Einbrüchen, Vergewaltigung, unerlaubtem Waffenbesitz, Beihilfe zu Prostitution ... Aber in Wirklichkeit das Opfer einer scheinbar endlos schweren Kette, die ihm das Schicksal um den Hals gehängt hat."

„Das Schicksal?"

„Nein, in Wirklichkeit eher die Eltern, die ihn und sich in ihrer Dummheit prügelten, sich getrennt hatten, als der Junge drei Jahre alt war, Mutter hatte andauernd neue Partner und der Vater heuerte auf Schiffen an, nur um das Elend seiner eigenen Werke nicht aushalten zu müssen. Die Ersatzväter standen schon bereit am Zentralbahnhof, Schlosspark und in Grönland. Die Karriere hatte er mit zwölf begonnen, aber er ist dabei, ernsthaft auszusteigen, hat der Polizei gegenüber Kooperation angedeutet und will sein Leben ändern. Ich werde ihm dabei helfen."

„Du bist zum Kriminologen geworden in Ullersmo, eine interessante Kombination mit der Theologie, finde ich. Du weißt vieles besser als die, die nur davon predigen. Du weißt ja: in meiner Zeit beim Lutherischen Weltbund haben wir große Projekte in Sachen Gerechtigkeit gestartet. Zum Beispiel bei den Lutheranern in Palästina, ein Häuflein Friedfertiger zwischen den Mühlsteinen der Gewalttäter."

Die Augen des Bischofs funkelten. Er lehnte sich weit zurück, atmete tief und sah Kristensen direkt in die Augen: „Aber ist das nicht immer unser Ort, zwischen den Mühlsteinen? Liefert nicht die Theologie die umfassende Beschreibung aller Kriminalität und Bosheit! Es ist doch nichts wirklich Neues dazugekommen. Die Bibel bietet eine Entstehungsgeschichte aller Kapitalverbrechen. Und unsere Aufgabe ist es, im Angesicht dieser schrecklichen und schönen Welt die Dinge zu benennen und Auswege zu zeigen."

„Gerade das soll ja das Gnadenweg-Projekt sein, verehrter Erzbischof."

„Gottes Segen begleite dich auf Schritt und Tritt, lieber Bruder. Ich muss schon sagen: du bist mutig und ein treuer Lutheraner."

„Danke für Ihr Verständnis und Ihr Gebet, lieber Erzbischof."

OSLO

In der Thorvald-Meyers-Gate in einem verwahrlosten Altbau klingelte ein Handy. Ein missgelaunter Mann mit Tränder-Akzent nahm den Anruf entgegen und explodierte:

„Bist du völlig durchgedreht? Ich habe dir tausendmal gesagt, dass du mich nicht anrufen sollst. Wir melden uns bei dir, klar?"

Die Klarmeldung folgte auf dem Fuß.

„Dann schieß los, was es so Wichtiges gibt!"

Der Missgelaunte hörte aufmerksam zu, kratzte sein unrasiertes Kinn, dass es am anderen Ende der Funkverbindung wie Klospülung klang, riss die Augen auf und brüllte ins Telefon:

„Shit, das darf nicht wahr sein! Wieso kommt er raus? Hat er bei den Bullen ausgepackt? Was ist das für ein Deal? Was weißt du?"

Wieder hörte der Unrasierte aufmerksam zu, brach schließlich die Verbindung ab und ließ sich in einen Ledersessel fallen.

„Teddy kommt raus, mehr als drei Jahre zu früh. Da ist was im Busch."

Zwei ebenfalls überaus unrasierte Männer jenseits der 30, die in die Jahre gekommene Konfirmationsanzüge auftrugen, hörten die Nachricht und teilten mit besorgten Blicken die Meinung des Mannes im Ledersessel. Der Ernst der Lage wurde von allen dreien mit dem Griff in die Zigarettenschachtel unterstrichen. Der Missgelaunte gab ein Feuerzeug in die Runde, als wollte er damit die Leidensgemeinschaft verdeutlichen, in der sie sich jetzt befanden.

„Wir müssen was tun ...", schlug einer von ihnen vor.

„Fragt sich nur was?"

Die Idee, die einer der Männer jetzt in den Raum stellte und dazu das unaufgeräumte Zimmer in eine Qualmwolke hüllte, wurde von der Osloer Straßenbahn, die durch die Thorvald-Meyers-Gate lärmte, selbst für spitzeste Polizistenohren unhörbar.

Vermutlich ist die Polizei schon lange im Gespräch mit „Oslo-Sporveier", damit geräuschlose Fahrzeuge eingesetzt werden. Gerade in Grünerløkka hat die Polizei ein ohnehin schweres Geschäft. Der Straßenbahnlärm ist eine der größten Gefährdungen der Abhörarbeit. Vielleicht hatte der Missgelaunte gerade deshalb eine Wohnung in der Thorvald-Meyers-Gate bezogen, zentral und dank „Oslo Sporveien" relativ abhörsicher.

HAMBURG

Als Marei Winter mit ihrem Fahrrad die Auffahrt zur Villa in der Wellingsbütteler Landstraße erreichte, war sie gut gelaunt. Sie würde die Fenster im ersten Stock weit aufreißen, die alte Dame mit Kaffee und Gebäck in den Garten schicken und den Sommergeruch in jeden Winkel des Hauses strömen lassen. Wie wunderschön konnte Putzen in solch einem herrlichen Haus an so einem Tag sein, richtig lustvoll. Deshalb würde sie auch nur einen Slip unter dem Kittel tragen und singen. Ja, singen wollte sie beim Putzen, so wie die afrikanischen Frauen bei der Arbeit. Schon die ganze Zeit auf dem Fahrrad hatte sie das Lied vor sich hin geträllert und manch verwirrten Blick geerntet: „He's got the whole world in his hand ..."

Marei klingelte und steckte den Schlüssel in die schwere Haustür. Immer klingelte sie, bevor sie sich selbst aufschloss. Das gebot der Anstand. Die alte Dame sollte sich nicht erschrecken oder bei vertraulichen Dingen gestört werden. Jetzt wusste die Dame, dass ihre junge Putze im Haus war, konnte die Treppe aus ihrem Schlaf- oder Arbeitszimmer herabschweben und ein Schwätzchen über Politik, Studiengebühren und die Notwendigkeit hanseatischer Traditionen halten.

„Ich bin da, wir können loslegen!" rief Marei Winter ins Treppenhaus und wartete vergebens auf Antwort.

„Marie-Louise! Der Euro fällt, und so ein Politiker hat vorsichtshalber D-Mark gebunkert, erzählt aber nicht, wo und von wem er die hat."

Nicht mal diese Provokation erzeugte eine Antwort aus dem Obergemach. Marei Winter war irritiert. Es war doch Mittwoch, oder? Sie überlegte. In der Küche suchte sie am verabredeten Platz nach möglichen Nachrichten. Aber auch hier Fehlanzeige. Die Terrassentüren waren verschlossen. Sie öffnete und rief in den Garten nach Stefan Ragowski, dem polnischen Gärtner. Aber auch er schien nicht wie gewohnt da zu sein. Sie sah sich im Wohnzimmer um und suchte nach Hinweisen auf die Eigentümerin der Villa: Der Fernseher war nicht auf Stand-by geschaltet, kein Sherry-Glas stand auf dem gewaltigen Glastisch im englisch eingerichteten Salon oder Clubraum, wie Marie-Louise Wagenknecht ihre gute Stube nannte.

„Hier stimmt was nicht, Marie-Louise!" sagte Marei in der festen Überzeugung, dass ihre Arbeitgeberin sie hören musste. Sie schleuderte die Sandalen in die Garderobe, zog sich um, hängte ihre Kleider über einen Bügel, betrachtete ihren schlanken, gebräunten Körper im Flurspiegel, zerwühlte ihre blonde Mähne wie ein Modell beim Fotoshooting, streifte den Kittel über, genoss einen Moment lang das Gefühl, darunter fast nackt zu sein, und rannte entschlossen und barfuß die Treppe hinauf. Auf dem Absatz blieb sie stehen und horchte: die Uhr im Arbeitszimmer tickte nicht. Das bedeutete nichts Gutes. Immer tickte diese Uhr. Marie-Louise hatte sie niemals vernachlässigt. „Solange ich lebe, wird diese Uhr ticken!“ hatte sie einmal behauptet, und Marei Winter ahnte die tiefe Bedeutung der Stille. Zaghaft öffnete sie die Tür zum Schlafzimmer, sandte zögernd einen Gruß in den Raum, bevor sie ihn betrat. Das Bett war gemacht, das Zimmer aufgeräumt und die Schranktüren geschlossen. Auf dem Nachttisch lag ein Taschenbuch. Marei trat neugierig heran und las den Titel: „Tod in den ..." Mit dem Rest konnte sie nichts anfangen, denn das Wort kannte sie nicht. Ein Krimi.

„Was sind das denn für neue Sitten, Marie-Louise", schmunzelte die Studentin, die sich ihr Studium mit dem Putzjob in der Wellingsbütteler Villa finanzierte. Sie schoss herum, weil sie das Gefühl hatte, irgendjemand habe den Raum betreten. Doch sie sah nichts. Angst? Sie horchte in sich hinein und merkte aufsteigende Unruhe. Ihr Körper reagierte mit Hitze und nasser Haut. Was war los in diesem Haus? Ein Unfall oder gar eine schwere Krankheit? Lag Marie-Louise vielleicht im Krankenhaus? Aber dann hätte Wieland abgesagt. Immer rief er an, wenn irgendetwas sich änderte, wenn Marie-Louise sie einen Tag mehr brauchte oder verreisen wollte. Ihr kam das manchmal sonderbar vor, denn die alte Dame war gut beieinander und konnte alles hervorragend selbst regeln, aber ihr ältester Sohn bevormundete sie, als wäre sie 110 und würde nur noch mit dem Kopf wackeln.

„Komm schon, Marie-Louise! Sag jetzt, wo du steckst und dass das alles ein blödes Versteckspiel gewesen ist ... dann koch ich jetzt Kaffee und wir sprechen mal über das Wetter. Ich will dich nämlich heute in den Garten schicken, verstehst du, raus an die Sommerluft."

Die junge und die alte Frau hatten ein freundschaftliches Verhältnis, fast wie Enkelin und Großmutter. Marei war der alten Dame überaus sympathisch, und schon beim zweiten Putzbesuch hatte sie der Studentin das Du angeboten. Marei sei irgendwie so, wie ihre Tochter früher gewesen sei. Sie fühle sich ihr so nah und außerdem dieses 'Sie' in Deutschland. In England sagen alle 'du' und eben 'Sir' und 'Lady', wenn's sein muss. Da hatte Marie-Louise gesagt: „Du kannst mich ja duzen und Lady Louise sagen, wenn du willst."

„Lady Louise, komm raus, ich weiß, du bist im Arbeitszimmer. Jetzt habe ich dich und komme!"

Marei wartete vor der Arbeitszimmertür auf Antwort und horchte. Es blieb still. Beherzt drückte sie die Klinke, warf die Tür auf und blieb wie vom Blitz getroffen stehen. Erst nach ein paar Sekunden löste sich der Schrei, so durchdringend, dass sie sich selbst die Ohren zuhalten musste.

„Nein, Marie-Louise! Marie-Louise, was ist los?! Bist du ..."

Weil keine Antwort kam, wusste Marei Bescheid: die alte Dame war tot. Vom Schreibtisch war ein schmaler Blutstreifen auf den Teppich getropft. Das Blut war völlig getrocknet und fast schwarz. In der Wunde an der Schläfe ruhten mehrere Fliegen, die erst davonflogen, als Marei sich ihnen wütend näherte. In diesem Moment begann das Telefon zu klingeln. Automatisch nahm Marei ab, wie sie es immer tat, wenn Marie-Louise nicht zur Stelle war, bekam aber kein Wort heraus. Auch am anderen Ende sprach niemand. Nur ein sonderbarer elektronischer Ton war zu hören, als käme er von weit entfernt. Sie hatte dieses Geräusch schon einmal gehört, konnte es aber nicht zuordnen.

Dieser Anruf kam vom Handy oder von Übersee. Marei war völlig durcheinander.

„Hallo", sagte sie schließlich, horchte, hörte ein Klicken und legte auf. Das Telefon blieb anschließend still. Verwirrt starrte sie auf das alte, elfenbeinfarbige Wählscheibentelefon, dann auf die Leiche und begann erneut zu schreien. Nachdem sie sich etwas beruhigt hatte, wählte sie die Nummer von Wieland.

„Kanzlei Dr. Wagenknecht, was wünschen Sie bitte?"

„Hier ist Marei ... äh, ich bin im Haus von, äh, Frau Wagenknecht", stotterte sie.

„Ja, bitte."

„Es ist etwas Schreckliches passiert ... Marie-Louise ist ..."

„Sprechen Sie bitte zu Ende."

„Tot!" Marei schrie ins Telefon und bekam einen Weinkrampf.

„Ich stelle durch zu Dr. Wagenknecht, einen Moment bitte."

Es dauerte eine Ewigkeit, bis Dr. Wieland Wagenknecht am anderen Ende der Leitung zu hören war, fand Marei. Sie hatte sich etwas beruhigt und begann sofort zu erzählen:

„Herr Dr. Wagenknecht, Marie-Louise, äh, Ihre Mutter ist tot, ermordet."

„Was sagen Sie da? Kind. Haben Sie schon die Polizei und den Krankenwagen verständigt?"

„Nein, ich bin doch erst vor zehn Minuten ins Haus gekommen."

„Ich kümmere mich um alles. Rühren Sie nichts an, bleiben Sie im Haus. Ich komme."

Wagenknecht legte auf und Marei stand mit dem Hörer in der Hand geistesabwesend neben der Leiche. Der Sommertag hatte einen völlig anderen Verlauf genommen, als Marei sich vorgestellt hatte. Was mochte noch passieren an diesem Tag? Sie legte den Hörer fast zärtlich auf den Apparat, verneigte sich vor der Toten, stammelte eine Art Gebet, schlich ehrfurchtsvoll aus dem Arbeitszimmer und torkelte die Treppe hinab in die Küche. Mit einem Glas Wasser konnte sie sich etwas erden und schüttelte den Kopf. Sie schloss die Augen und versuchte tief durchzuatmen. Mehr als frische Luft atmete sie den Gestank des Mülleimers ein. Wieder schüttelte sie sich, griff den Mülleimereinsatz und verließ das Haus durch das Portal. Luft! Das war es, was sie jetzt brauchte. Der kurze Weg zur Mülltonne gab ihr neue Kraft. Erst jetzt fanden Tränen den Weg in ihre Augen und die Traurigkeit begann sich gegen die innere Lähmung durchzusetzen. Jetzt fühlte sie sich wieder; vorhin war es Freude, totales Lebensgefühl und jetzt der Absturz, Dunkel, Kraftlosigkeit. Trauer war stärker als der Schock. Marei setzte den Mülleimer ab, stützte sich auf die Betonumrandung, hob den Deckel der schwarzen Kunststoffmülltonne an, sah, dass keine Gartenabfälle den Boden bedeckten, so, wie sie es erwartet hatte. Marei atmete ein paarmal tief durch. Der Verkehr lärmte an dem herrschaftlichen Grundstück und der jungen Putzfrau vorbei. Einen Moment lang dachte sie: Wenn ich jetzt umkippe, dann merkt das kein Schwein! Wie verlassen man doch mitten in der Großstadt sein kann. Wie verlassen muss Marie-Louise gewesen sein. Die Traurigkeit floss in jedes Körperteil hinein, alles wurde schwer.

Marei zögerte, den Mülleimer zu entleeren, und setzte ihn auf den Boden. Darf ich so einfach Marie-Louises Müll auskippen, als wäre nichts geschehen? Ist das nicht achtlos. Auch ihr Müll hat heute ein Recht darauf, mit Bedacht entsorgt zu werden. Müll: eines Menschen Hinterlassenschaft, dachte Marei und sah in die Tonne. Ihr fielen sofort mehrere blutbeschmierte Papierbögen auf, die zuoberst lagen. Sie wunderte sich, zögerte, sie anzufassen, entdeckte Marie-Louise Wagenknechts Unterschrift auf einer Seite, die fast vollständig mit Blut verschmiert war, und hockte sich nah vor den Mülleimer. Der Geruch stieg ihr in die Nase, aber die Neugier war stärker. Blitzschnell hatte sie die Papiere aus der Tonne gefischt, sich aufgerichtet, den neuen Müll in der großen Tonne versenkt und den Deckel zugeschmissen. Mit Eimer und Papieren kehrte sie zum Haus zurück, hängte den Mülleimer in die Halterung unter der Spüle und eilte zur Terrasse, sah sich um, fürchtete jetzt, Stefan Ragowski könnte sie doch überraschen, und beruhigte sich, nachdem mehrere Minuten nichts geschah. Auf einen Mahagoni-Chair ließ sie sich fallen und begann zu lesen: Ein Testament.

Sie hatte gerade die erste Seite geschafft, da hörte sie Geräusche aus dem Haus. Die Papiere ließ sie in der Kitteltasche verschwinden. Die Indiskretion war ihr peinlich, und niemand sollte wissen, was sie gefunden hatte. Wenige Sekunden später stand Wieland Wagenknecht vor ihr auf der Terrasse, sah sie mit starrem Blick an. Marei schoss aus dem Stuhl auf ordnete ihren Kittel, der kaum ihre leichte Bekleidung verdeckte. Wieland Wagenknecht streckte die Hand zum Gruß aus und zeigte nicht den Anflug eines Gefühls. Stattdessen brach Marei in Tränen aus, und es sprudelte aus ihr wie ein Wasserfall:

„Es ist so schrecklich, Herr Dr. Wagenknecht, sie sitzt an ihrem Schreibtisch, und der Kopf ... Überall ist Blut. Es tut so weh, ich habe ja nicht damit gerechnet, dass sie ... Sie war doch nicht krank! Irgendjemand muss sie umgebracht haben ..."

Wieland Wagenknecht versuchte, die junge Frau zu beruhigen, schloss sie in seine Arme, aber sagte kein Wort. Mit seinen fast zwei Metern Länge überragte er Marei deutlich, und sie wirkte in seinen Armen wie ein kleines Kind im Nachthemd.

„Sie setzen sich jetzt hier hin und beruhigen sich. Ich gehe in das Arbeitszimmer und werde mir alles ansehen. In Kürze muss auch die Polizei eintreffen. Brauchen Sie ärztliche Hilfe?"

Sie schüttelte den Kopf. Wieland Wagenknecht verschwand ungerührt im Haus. Das Nächste, was sie hörte, war die Türglocke. Marei erhob sich langsam, schlich zur Haustür und öffnete zwei freundlichen Polizisten, die sich nach dem Fundort der Toten erkundigten. Oben auf der Treppe erschien Wieland Wagenknecht und übernahm die Führung durch die weiteren Geschehnisse dieses Tages. Marei suchte ihren Platz auf der Terrasse auf und wunderte sich erneut darüber, dass der Gärtner nicht zur Arbeit erschienen war.

ULLERSMO, LANDESGEFÄNGNIS

Der Raum hatte den Charme eines Bahnhofklos, mit Resopalplatten verkleidete Wände, keine Fenster, PVC-Boden und grässliches Neonlicht mit violettem Einschlag. Hier sollte kein Fixer eine Chance haben, sich einen Schuss zu setzen, wenn überhaupt einmal Stoff durch die Kontrollen an Konsumenten gelangte. Zwischen den weißen Resopalwänden lud nichts zum Verweilen ein, am wenigsten die spärlichen Möbel: ein Stahlrohrtisch mit grauer Kunststoffplatte, vier Plastikgartenstühle aus dem Sommerschlussverkauf von „Obs!" und ein Stahlschrank, der wegen seiner Hässlichkeit aus irgendeinem Büro in das Exil dieses verlorenen Paradieses verbannt worden war. Das war schon alles, das diesen Raum, wenn schon nicht zierte, so doch wenigstens füllte. Die Schlichtheit der recht sauberen Wände wurde durch ein grünes Poster mit einer Art Landkarte betont, das mit Klebestreifen angebracht worden war. Es war der einzige Schmuck. Jon Hendrik Kristensen fand zum Staunen seiner Begleiter in dem Schrank Plastikbecher, eine gefüllte blaue Thermoskanne und Kaffeesahne. Dazu abgepackte Lefser.

„So, jetzt machen wir es uns richtig gemütlich", lud er grinsend die Gruppe zum Sitzen ein: zwei Männer und eine Frau. Zögernd nahmen sie Platz, versuchten sich mit Blicken zu verständigen, wer an welchem Ende des Tisches sitzen sollte. Der Unterschied der Plätze war nicht sonderlich groß, aber schon diese kleine Eingangsliturgie wies auf die versteckte Unsicherheit, mit der sich diese drei Menschen begegneten.

Jon Hendrik konnte mit dem Verteilen der Becher etwas Sicherheit schaffen, und nachdem er den dampfenden Kaffee ohne zu fragen eingeschenkt hatte, war fast so etwas wie eine vertraute Atmosphäre entstanden. Die Frau nahm Kaffeesahne, die Männer tranken schwarz. Jon Hendrik reichte die Lefser herum und nahm sich selbst einen, öffnete die Verpackung mit den Zähnen, aß genüsslich das süße Zeug, ließ den Abfall in seiner Hosentasche verschwinden und wischte sich über den Mund.

„Was gibt's Neues bei euch?" startete Jon Hendrik nach dem Imbiss das Gespräch und blickte erwartungsvoll in die Runde.

„Hier passiert nicht viel Spannendes, worüber man erzählen kann", meinte Tom Salvesen mit kaum verstecktem Schlürfen und unscheinbar hochgezogenen Schultern. Der junge Mann hatte blonde Locken und einen dünnen Schnauzbart, der das jungenhafte Gesicht kaum männlicher erscheinen ließ. Schüchtern wirkte er und sah sich unsicher um, rutschte auf seinem Stuhl herum und kaute an den Fingernägeln.

Die Frau lachte. „Ich hab meine Tage gekriegt."

„Das ist doch wenigstens etwas", kommentierte Tom.

Der Dritte aus der Gruppe, eine sportliche und große Erscheinung mit kurzem, dunkelblondem Haar, versuchte, sich nicht ins Gespräch zu mischen. Johannes hatte sich vorgenommen, wie in den vorausgegangenen Sitzungen, möglichst wenig von sich zu erzählen, einen genervten Gesichtsausdruck zu machen und diese Treffen als ein notweniges Übel auf dem Weg in die Freiheit hinter sich zu bringen, wie den Stau beim Einchecken vor dem Flug in den Urlaub. Er kaute an seinem Lefser und biss winzig kleine Stücke ab, als wolle er die gesamte Sitzung über mit Essen beschäftigt bleiben.

Bodil, eine attraktive Enddreißigerin mit vollem, dunklem Haar, das in wilden Strähnen wie Wasserfälle von ihrem Kopf herabstürzte und kaum zu bändigen war, fragte nach den hygienischen Bedingungen auf der Wanderung. Ihr Teint war dunkel, und um die Nase hatten sich Sommersprossen verteilt, die ihr Gesicht geheimnisvoll erscheinen ließen, und ihre dunklen Augen blickten wie Raubtiere aus ihren Höhlen. Tom lauschte interessiert den Auskünften des Pastors, und Johannes hörte nicht auf, auf seinem Stuhl hin- und herzurutschen, als die Gesprächsatmosphäre vertrauter und harmonischer zu werden begann.

Johannes gähnte demonstrativ, um zu betonen, was er von diesen Sitzungen und den Menschen hielt, mit denen er sich treffen musste. Er wollte sich diese Leute von der Seele halten und möglichst nichts mit ihnen zu tun haben, abgesehen von ein paar sportlichen Aktivitäten in naturschöner Umgebung, die der norwegische Staat in den nächsten Wochen bezahlen würde. Wenn es sein musste, würde er vier Wochen schweigen. Sprachprobleme konnte er immer gut als Ausrede benutzen, um mit den anderen nicht über Persönliches sprechen zu müssen. Er hatte sich fest vorgenommen, sich nicht anmerken zu lassen, dass er in den vergangenen Monaten flüssig Norwegisch gelernt hatte und sogar Trönderdialekt verstehen konnte. Sein Zellengenosse kam aus einem Kaff bei Trondheim und hatte sich die Zeit damit vertrieben, Johannes in „Trøndersch" zu unterrichten, einschließlich Fluchen und Fäkalsprache. Das war amüsant gewesen, überlegte Johannes und hörte in sich das Lieblingslied seines Lehrers: „Lys og varme" von Åge Aleksandersen, einem waschechten Trønder. Johannes kaute weiter an seinem Lefser, um sich abzulenken und zu beruhigen. Bodil machte ihn nervös, und als Tom begann von einem Konflikt in der Basketballgruppe zu erzählen, platzte Johannes der Kragen:

„Wann geht es endlich los? Wann, verdammt noch mal, starten wir hier und halten uns in etwas netterer Umgebung auf?"

Alle drehten sich erschrocken zu Johannes.

„Das war gut trøndersch geflucht, Johannes. Du hast Fortschritte gemacht, was die Sprache betrifft."

Johannes biss sich auf die Lippen, ärgerte sich, dass er sich nicht besser unter Kontrolle hatte und diesem überheblichen Pastor wieder einmal eine Gelegenheit geboten hatte, ihn vor der Gruppe vorzuführen. Er schloss die Augen und zwang sich zur Ruhe, so gut es ging. Er versuchte, gleichgültig zu wirken, und sprach konzentriert langsam mit gewollt deutschem Akzent, nachdem Jon Hendrik schwieg: „Ehrlich gesagt: dieser Raum ist nun wirklich keine Alternative zur Zelle. Also lass mich bitte dort und hol mich erst raus an dem Tag, an dem die Tour losgeht. Sei so gut."

„Diese Gespräche, dieser Raum und die Vorbereitungszeit sind Teil des Projektes, Johannes. Du kannst gerne versuchen zu schweigen oder dich aus den Gesprächen rauszuhalten, aber du wirst es aushalten müssen, uns zu treffen."

„Okay, vergiss es! Macht ruhig weiter ..."

Johannes streckte sich in dem Plastikstuhl aus, so gut es ging, verschränkte die Arme vor der Brust und überkreuzte die Füße, als Zeichen, dass er zwar da sei, aber doch kein Interesse habe. Er musste doch zuhören, denn Jon Hendrik hatte einige Neuigkeiten zu berichten:

„Uns wird eine wissenschaftliche Mitarbeiterin des Justizministeriums begleiten, den ganzen Weg. Sie ist Psychologin und soll nach Abschluss dieses ersten Bußweges eine Beurteilung fürs Ministerium und die Kirche schreiben. Sie heißt Mia Lyngdal und ist eine bekannte Karatekämpferin gewesen, nordische Jugendmeisterin, und Handballspielerin. Wahrscheinlich wird sie erst in Hamar zu uns stoßen ..."

„Sieht sie gut aus?" Tom war hellwach, saß plötzlich auf der Stuhlkante und zog sich böse Blicke von Bodil zu.

„Scheiß-Chauvi. Lass deine Sprüche kleben, du Schwein. Für dich gibt's ja wohl nur eins, was?"

Johannes konnte sich nicht zurückhalten, hatte sich bei Toms Bemerkung sehr amüsiert und fand Bodils Empörung reizvoll:

„Oh, du arme gekränkte Frau, du weißt doch sehr genau, dass es gerade das Eine hier drinnen überhaupt nicht gibt. Bisschen Spaß auf der Wanderung. Hast doch sicher nichts dagegen, oder, Sweetheart?"

Bodil schenkte Johannes eine eindeutige Handbewegung, die er wiederum mit einem fiesen Grinsen beantwortete. Die Raubtiere drohten aus ihren Höhlen zu springen und über Johannes herzufallen. Er aber genoss die Kraft, die von der Frau ausging, ohne dass sie ihm gefährlich werden konnte. Tom Salvesen war abgetaucht und schien keine Lust zu verspüren, das Gespräch fortzusetzen. Jon Hendrik applaudierte still:

„Mensch, da kommt ja richtig Leben in euch rein, und sogar Johannes schenkt uns seine Aufmerksamkeit. So hab ich dich noch gar nicht kennen gelernt."

„Schnauze, Mann!"

„Sei doch kein Spielverderber, Johannes. Früher oder später

lernen wir uns sowieso kennen. Das wird nicht ausbleiben auf dem Weg."

„Du wirst mich noch kennen lernen, Pastor."

„Davon bin ich überzeugt. Im Übrigen werden wir in zwei Tagen starten. Ein Kleinbus bringt uns nach Hamar. Dort werden wir zwei Tage bleiben, um Ausrüstung, Proviant und Segen zu empfangen. Die Bischöfin, übrigens eine halbe Deutsche, wird uns in der Ruine der Domkirche einen Reisesegen sprechen. So einfach es vielleicht klingt, vier Wochen zu pilgern, dieser Weg kann mühsam und gefährlich werden. Pilgern hat es in sich."

„Spinnst du? Was soll denn daran bitte gefährlich werden?" Johannes widersprach vehement.

„Ich glaube, du bist derjenige, der uns am allerbesten über die Gefahren von Bergtouren im Sommer informieren kann, Johannes. Du hast doch fast dein Leben dabei verloren ..."

Johannes senkte den Kopf und zeigte, dass ihm die Erinnerung peinlich war. So sehr er es hasste, daran erinnert zu werden, so sehr wusste er, dass der Pastor Recht hatte. Vielleicht kann so ein Reisesegen doch sinnvoll sein, überlegte er im Stillen, ohne jemandem zu zeigen, dass er ernsthaft darüber nachdachte. Johannes war erleichtert, dass Tom die Frage stellte, die ihn selbst beschäftigte.

„Sag mal, Jon Hendrik, müssen wir denn ins Gebirge? Ich habe gedacht, wir gehen durchs Østerdal nach Røros und dann nach Trondheim. Das ist doch schneller. Über welches Gebirge willst du denn?"

„Dovrefjell, Tom. Das hab' ich euch doch ganz am Anfang erklärt, beim ersten Treffen. Ich habe euch die Strecke gezeigt: Hamar, Gudbrandsdal, Otta, Dovre, dann hoch ins Gebirge, Hjerkinn, Kongsvold, Vårstigen, der hat es besonders in sich, dann nach Oppdal und so weiter. Das wird kein Spaziergang."

„Und wenn die Moschusochsen kommen. Da habe ich schon fürchterliche Geschichten gehört ..."

„... Und der Riese, dieser Dovregubben, stell dir vor, Tom", wollte Bodil ihn veralbern.

„Sei nicht so blöde, Bodil. Mit den Moschusochsen ist es was anderes. Das ist nicht ungefährlich", verteidigte sich Tom. „Die machen ganze Hütten platt, wenn die erstmal im Laufen sind."

„Hab ich doch auch schon gehört ..." Bodil winkte ab.

Johannes hatte wiederum sehr aufmerksam zugehört, aber nichts gefragt.

„Also, zwei Tage noch. Die Ausrüstung kaufen wir von eurem Geld in Hamar. Noch Fragen?"

Alle schüttelten den Kopf, tranken den Kaffee aus und machten Anstalten aufzustehen. Jon Hendrik sprach ein Gebet, bevor er die Schließer rief. Johannes bat er, einen Moment zu bleiben, bis einer von den Schließern zurück sei. „Hast du deine Mutter erreicht?" fragte er Johannes freundlich, indem er ihn ansah und versuchte Gefühlsregungen in dessen Gesicht zu entdecken.

„Nein, ich hab es so oft versucht, es hat aber keiner abgenommen. Das kenn ich nicht von meiner Mutter. Morgens ist sie immer zu Hause."

„Kann es sein, dass sie im Urlaub ist?"

„Das ist eine Möglichkeit. Ich glaube, ich werde ihr von Hamar aus schreiben, dass ich mich in den nächsten Wochen nicht melden werde."

„Das ist doch eine gute Idee. Ihr habt ein gutes Verhältnis, nicht wahr?"

„Ja. Es klingt vielleicht etwas merkwürdig. Ich bin nun vierzig und hab zu meiner Mutter ein enges Verhältnis. Aber sie hat wirklich zu mir gehalten trotz meiner Fehler, obwohl ich hier im Knast gelandet bin. Ich hab den Job verloren. Nur mein ältester Bruder hat sich bisher gemeldet, sogenannte Freunde nicht, niemand sonst. Aber meine Mutter. Das rechne ich ihr hoch an. Ich hab ja wirklich Scheiße gebaut ..."

„Du hattest eine gute Stellung bei einer Zeitung, nicht wahr?"

„Ja, Chefreporter. Ich war gut im Geschäft, habe auch für Magazine Reportagen geschrieben und Fotos verkauft. Bevor ich abgereist bin, war ich an einer ganz heißen Sache dran, Kernkraft und so ..."

„... und jetzt sitzt du in Norwegen im Knast und stehst vor dem Nichts. Irgendwie voll ausgebremst, oder?"

„Wie? Ausgebremst?"

„Du bist voller Energie und kannst nichts Sinnvolles tun, du bist an einer Story und kannst nicht recherchieren ..."

„Das würde ich so nicht sagen. Später mach ich da weiter. Meine Infos hat keiner. Aber ich kann jobmäßig nicht wieder da anknüpfen, wo ich war. Es muss was völlig Neues kommen: Fotoagentur, anderer Verlag ... Meine Mutter hatte mir in einem Brief angedeutet, dass sie mir helfen wird, wenn ich meine Zeit abgesessen habe ..."

„Das hört sich doch gut an, Johannes."

Der Schließer betrat den Raum und holte Johannes ab. Jon Hendrik fasste ihm kräftig auf die Schulter. Für einen kurzen Moment trafen sich die Blicke der beiden in einem Lächeln. Jon Hendrik blieb noch einen Moment, um den hässlichen Raum aufzuräumen, obwohl Unordnung diesen Raum nur kleiden konnte.

HAMBURG

„Wo ist sie? Ich will sie sehen!"

Marei Winter schrak zusammen und sah aus der Küche heraus, wie ein Kriminalpolizist die aufgebrachte Frau zurückhielt.

„Sie können jetzt hier nicht rein. Wir sind noch bei den kriminaltechnischen Ermittlungen. Wer sind Sie denn überhaupt?"

„Wer ich bin? Charlotte von Mercier, die Tochter von Frau Wagenknecht. Und Sie, spielen sich hier bloß nicht so auf. Das ist auch mein Haus. Und nun lassen Sie mich zu meiner Mutter!"

Die Frau ließ sich nicht zurückhalten, warf Marei einige tödliche Blicke in die Küche, sagte aber kein Wort und stürmte in den ersten Stock, wo das Arbeitszimmer lag, in dem Kriminaltechniker ihre Koffer ausgebreitet hatten und mit Gummihandschuhen, Pinseln, Kameras und Klebestreifen zugange waren..

„Mutter, nein!" hörte Marei Charlotte schreien und malte sich aus, wie Marie-Louises Tochter theatralisch zu Boden sank, so wie sie es spontan konnte, wenn die Situation danach war. Eigenartige Familie, überlegte Marei, während sie einige Kaffeetassen abwusch.

Aus dem Salon war Wieland Wagenknecht herbeigeeilt, rollte genervt mit den Augen, als er für Sekunden in der Küche pausierte, bevor er in den ersten Stock stürmte, um als frisch gebackenes Familienoberhaupt seine Schwester zu stützen.

„Wir gehen jetzt nach unten, Charlotte. Wir müssen jetzt sehr stark sein und auch die Fragen der Polizei aushalten. Marie-Louise ist aller Voraussicht nach erschlagen worden. Das ist alles äußerst unangenehm."

Wieland Wagenknecht führte seine Schwester die Treppe hinunter. Plötzlich schrie sie auf:

„Das kann doch nicht sein! Wer macht denn so etwas! Was ist das für eine Welt, Mutter!"

In der Küche bereitete Marei Tee für die Angehörigen und neuen Kaffee für die Polizisten vor.

„Was macht denn diese Frau hier!" schrie Charlotte los, als sie Marei sah.

„Lass sie, Charlotte. Marei ist doch in den letzten Jahren eine große Stütze für Mutter gewesen. Sie kommt zweimal in der Woche, immer mittwochs und samstags. Aber das weißt du doch, Charlotte."

„Sie führt sich auf, als ob sie hier zu Hause ist."

„Beruhige dich, ich habe sie gebeten, für uns Tee zu bereiten."

„Hat sie etwa einen Schlüssel für das Haus?"

„Natürlich hat Marie-Louise ihr einen Schlüssel gegeben. Wir können ihr vertrauen und auch dankbar sein, dass sie Marie-Louise gefunden hat. Damit ist dir oder mir der große Schrecken erspart geblieben."

Marei folgte mit einigem Abstand in den Salon, hörte unfreiwillig das Gespräch der Geschwister und bemerkte einen unscheinbaren Kriminalbeamten undefinierbaren Alters, der aus einem der Bodenfenster des Salons in den Garten blickte, sich anscheinend nicht stören ließ und sich erst zu Wieland und Charlotte umdrehte und als Henning vorstellte, als beide in den bequemen englischen Sesseln Platz genommen hatten.

„Vorname oder Nachname?" witzelte Charlotte und irritierte den Polizisten.

„Wie bitte?"

„Man kann vorne und hinten Henning heißen. Wo heißen Sie denn Henning?"

„Mit Nachnamen."

„Charlotte, bitte unterstehe dich, deine eigenartigen Bemerkungen und Witzchen zu machen. Das ist wohl etwas unpassend."

Sie sah ihren älteren Bruder ehrfurchtsvoll an und verschwand im Clubraum. Damenhaft entnahm sie ihrer Handtasche ein Spitzentaschentuch, schnäuzte und schlug die Beine über. Als Marei den Tee auf das Tischchen neben dem Sessel stellte, warf ihr Charlotte wieder einen Blick zu, der mehr sagen sollte als tausend Worte. Marei lief es eiskalt den Rücken hinunter. Tot! dachte sie und erinnerte sich an das Mörderspiel, das sie als Jugendliche so gerne gespielt hatte, allerdings mit ganz anderer Lust. Das Mörderspiel war immer Chance zum Flirt gewesen. Dieses neue Spiel mit Charlottes Blicken war ihr allzu ernst, als dass sie es genießen konnte. Marei versuchte Charlottes Blicken auszuweichen, nicht aber denen von Wieland und diesem grauen Polizisten, dessen Alter sie nicht zu raten vermochte. Irgendwie zog er sie an, obwohl er nichts offensichtlich Attraktives oder Erotisches an sich hatte. Sogar sein Haarschnitt war langweilig unzeitgemäß. Charlottes kreischender Tonfall riss sie mit ihrer Aufmerksamkeit in den englisch eingerichteten Wagenknechtschen Salon.

„Das kann alles nicht wahr sein, Wieland! Ist das ein Fluch auf unserer Familie? Ein Mord bei uns. Das gibt es doch nur im Fernsehen oder in schlechten Büchern. Es ist zu viel!"

Wieland Wagenknecht nahm auf dem Zweisitzer vor der

dunklen Bücherwand Platz, streckte seine endlosen Beine unter den Couchtisch, um sie gleich darauf wieder übereinander zu schlingen.

„Weißt du, was Marie-Louise am Schreibtisch wollte? Sie hatte ihren Montblanc in der Hand, aber auf dem Tisch lag kein Papier, auf das sie geschrieben hätte, kein Vertrag, keine Korrespondenz, gar nichts. Das ist schon merkwürdig."

„Woher soll ich wissen, was die alte Dame wollte. Vielleicht war sie schon etwas tüdelig."

„Charlotte! Du kennst Marie-Louise. Die war klarer als wir beide zusammen."

Marei schenkte Tee ein und fragte den Polizisten mit Namen Henning, ob er lieber Tee oder Kaffee trinken wolle. Henning wollte Tee.

„Setzen Sie sich bitte, Herr, äh ... Henning, bitte dort drüben." Wieland Wagenknecht war gewohnt zu bestimmen und den Überblick zu behalten. Nach einer kurzen Teezeremonie war er es auch, der das Gespräch in die Hand nahm. Marei versuchte unauffällig im Hintergrund des Raumes zu verschwinden, war aber extrem neugierig, was der Polizist mit den Geschwistern zu besprechen hatte.

„Herr Henning, auch meine Schwester hat keine Erklärung dafür, dass auf dem Schreibtisch unserer Mutter kein Schriftstück lag. Es sieht sehr ungewöhnlich aus und durchaus verdächtig."

„Wir wundern uns schon. Nach unserem ersten Eindruck müssen wir davon ausgehen, dass Ihre Mutter kurz vor ihrem Tod etwas geschrieben oder unterschrieben hat. Um sicherzustellen, dass es nicht ein Scheck war, den der Täter eingelöst hat, wäre es wichtig, dass wir die Konten Ihrer Mutter überprüfen dürfen."

„Auf keinen Fall!" polterte Charlotte von Mercier los und zog erschrockene Blicke auf sich.

„Wie bitte, Charlotte? Ich sehe keinen Grund ..."

„Unsere Einkommensverhältnisse gehen die Polizei nichts an."

„Es geht hier nicht um deine oder meine Konten, sondern um die von Marie-Louise. Das ist völlig übliche Polizeiarbeit. Und ich darf davon ausgehen, dass die Polizei äußerst diskret ist, nicht wahr, Herr Henning?"

„Gewiss."

Wieland Wagenknecht beugte sich zu dem Polizisten: „Wir werden Ihnen jede erdenkliche Hilfe zukommen lassen. Aber verstehen Sie bitte die emotionale Stresslage, die zur Zeit auf unserer Familie lastet."

„Haben Sie noch weitere Geschwister, Herr Dr. Wagenknecht?"

„Hast du denn Gernot nicht angerufen, Wieland?", fügte Charlotte hinzu.

„Sie haben ja selbst gehört. Es gibt noch einen Bruder namens Gernot, der etwas außerhalb wohnt. Sie sehen uns etwas schüchtern bei dieser Frage, denn unser jüngster Bruder Johannes verbüßt gerade in Norwegen eine längere Haftstrafe. Das ist uns sehr unangenehm, und Sie können verstehen, dass wir ungern über diesen Teil des Familienlebens sprechen."

„Ich will aber mal vermuten, dass er nicht wegen Mordes einsitzt, oder ...?" Marei konnte auf den Gesichtern der Geschwister blankes Entsetzen erkennen. Charlotte rang nach Luft und Wieland nahm die Bemerkung des Polizisten auf:

„Ich bitte Sie, Herr Henning, das war wohl eine etwas verfehlte Bemerkung, nicht wahr? Ich darf davon ausgehen, dass Sie Ihre Arbeit vorurteilsfrei tun werden, oder?" Wieland Wagenknecht wartete auf eine Reaktion auf dem Gesicht des Polizisten. Marei spürte selbst in einiger Entfernung, dass Henning seine vorschnelle Bemerkung peinlich war, und so setzte Wieland Wagenknecht eine kunstvoll inszenierte Pause, in die Charlotte Gelegenheit hatte, emotional einzudringen: „Johannes ... er ist aber ein reichlich aus der Art geschlagener Spross!" Charlotte antwortete mit spitzer Zunge und dem passenden Gesichtsausdruck. Ihre roten Lippen leuchteten wie ein Warnblinklicht.

„Charlotte, ich bitte dich. Johannes hat Fehler gemacht und er büßt dafür. Aber er ist kein schlechter Mensch, schon gar kein Mörder. Er hat sich da in Norwegen nur in etwas hineingeritten. Dass du das nicht verstehen willst."

Wieland Wagenknecht erläuterte dem Polizisten die näheren Umstände der Straftaten in Norwegen, und dass er selbst seinen Bruder beraten habe, die Strafe in Norwegen zu verbüßen, statt sich nach Deutschland ausliefern zu lassen und sich selbst sowie die Familie dem Gespött der Öffentlichkeit preiszugeben.

„Sie müssen verstehen, Herr Henning. Mein Bruder war Chefreporter bei der Abendpost und eine bekannte Größe innerhalb der hamburgischen Journalistenschaft. Stellen Sie sich die Schlagzeilen der Konkurrenz vor! Es war besser so."

„Also Mordversuch?" Der Polizist sah äußerst interessiert zu Wieland Wagenknecht, während er versuchte, die Reaktionen im Gesicht von Charlotte einzuordnen. Ihre Gesichtszüge waren überaus beredt und bildeten mit der noblen Erscheinung der hochgewachsenen Frau ein widersprüchliches Ganzes. Henning schob die Unruhe ihrer Nervosität zu und überlegte, ob sie nicht vielleicht ein Nervenleiden haben könnte. Die tiefe und ruhige Stimme des erfahrenen und prominenten Rechtsanwalts riss ihn aus seinen Überlegungen.

„Nein! Es ist nicht zu einer Anklage wegen Mordversuchs gekommen, da es zu keiner direkten Begegnung zwischen dem Verdächtigten und dem Opfer zum Unglückszeitpunkt gekommen ist. Unser Bruder hatte unter großem emotionalen Druck gestanden und Menschen bedroht, ein Auto gestohlen und den Polizeiapparat auf den Lofoten beschäftigt. So unangenehm die ganze Sache auch für mich ist, kann ich dem Jungen doch manches zugute halten. Aber sprechen wir bitte nicht länger über diesen Vorfall, da er nichts mit den Ereignissen hier im Haus zu tun haben kann."

„Es hört sich an, als wären Sie erheblich älter als ihr jüngster Bruder", fiel Henning auf.

Charlotte reagierte, bevor Wieland Wagenknecht sich zur Antwort aufrecht auf die Couchkante gesetzt hatte:

„Ja, Wieland ist für uns alle in eine Vater-Rolle geschlüpft, das haben Sie gut beobachtet, junger Mann. Aber nicht alle sind gewillt, diese Rolle anzunehmen, nicht wahr, Wielandchen?"

Wieland Wagenknecht strich sich durch die kurzen blonden, fast weißen Haare, zupfte seine dunkelblaue Hamburg-Krawatte zurecht und räusperte sich, bevor er mit gekonnter Gelassenheit seine Stimme säulenhaft in den Raum stellte:

„Sie können unschwer die Akzente wahrnehmen, die meine Schwester setzt. Aber als routinierter Ermittler und mit eigener familiärer Erfahrung, die ich voraussetzen darf, wissen Sie, lieber Herr Henning, dass in den besten Familien Rangkämpfe stattfinden. Ich sehe das gelassen, da unsere Eltern zwar eine gewisse Strenge, aber auch einen deutlichen Hang zur Gerechtigkeit haben walten lassen. An Stolz über den Weg ihrer Kinder hat es auch nicht gefehlt. Vielleicht sollten wir aber diese Exkurse in die Gruft unserer Familiengeschichte beenden."

Wieland Wagenknecht setzte ein deutliches Zeichen, indem er sich bequem in die Couch hineinlehnte, die Teetasse griff und abwartete, in welche Richtung das Gespräch sich nun bewegen würde.

„Und der andere Bruder, wie sagten sie: Gernot?"

„Gernot ist ein lieber Kerl, zu gut für diese Welt", begann Charlotte. „Mein Bruder sieht in ihm eher einen Versager, da er keine Karriere gemacht hat, aber ich sehe in ihm einen liebevollen, warmherzigen Menschen ..."

„Haben Sie ihn nicht unterrichtet vom Tod seiner Mutter?" wunderte sich Henning.

„Hast du ihn nicht angerufen, Charlotte?"

„Ich habe es für taktvoller gehalten, ihn schonend auf die schrecklichen Mitteilungen über die Ereignisse vorzubereiten. Er ist wirklich sehr sensibel, Herr Henning. Sie müssen verstehen. Du weißt doch nur zu gut, wie er zusammenbrechen würde, wenn er Mutter hier tot sähe, Wieland!"

Marei Winter erschien in der Tür, ohne Kittel, und fragte, ob sie noch gebraucht werde, sonst würde sie jetzt gerne nach Hause fahren. Der Polizist nickte, Wieland Wagenknecht erhob sich und kam zu ihr, um sie sorgsam zu verabschieden, und dankte für ihren Einsatz im Hause seiner Mutter. An der Türschwelle zückte er seine Brieftasche und drückte der Studentin 200 Mark in die Hand. Wortlos bedankte sie sich und gab Wieland Wagenknecht die Hand. Ihr rollten erneut Tränen über die Wangen, als sie sich umdrehte und das Haus verließ. Er sah ihr hinterher und zögerte die Rückkehr in den Salon hinaus, bis er Charlotte rufen hörte.

„Danke", sagte er leise und spielte mit dem Hausschlüssel in der Hosentasche.

„Wer hat denn alles Schlüssel für's Haus?" wollte der Polizist wissen.

„Alle Kinder und die Frau Winter. Fällt dir noch jemand ein, Charlotte?"

„Zur Zeit nicht."

ULLERSMO AM ÜBERNÄCHSTEN MORGEN

Auch am frühen Morgen hatte Ullersmo nichts Verträumtes. Die graue Gefängnismauer legte einen Teil des Parkplatzes in Schatten. Einsam stand eine Kiefer in der Mitte des Asphaltplatzes, und die Flughafenbahn sowie Vorortzüge donnerten im Minutentakt westlich am Gefängnis vorbei. Die Züge erzeugten nicht die einzige Geräuschkulisse, denn auf der Autobahn von Oslo nach Hamar rauschte der Berufsverkehr, und über das Gefängnis dröhnten Jets im Landeanflug auf Gardermoen wie riesige Raubvögel. Auf dem Platz waren nur einige Autos auf den Flächen für Dienstfahrzeuge abgestellt, darunter ein Kleinbus, am Steuer meditierte ein gelangweilter Justizangestellter über dem „Dagbladet". Offenbar gab es auch heute keine lesenswerten Geschichten außer dem täglichen Mord und den neusten Gerüchten über Prinzessin Märta-Luise. Erst als sich am bunkerhaften Eingangsgebäude etwas tat, drehte der Fahrer seinen Kopf.

Das große, blitzende Haupttor schob sich sich langsam, aber geräuschvoll zur Seite. Durch einen Spalt fiel ein Lichtkegel auf den Parkplatz. Johannes war zu sehen.

Das kann Hollywood auch nicht kitschiger inszenieren, fiel ihm ein. Gleich wird er draußen sein in der Freiheit, nach zwei Jahren im Knast ein gutes Gefühl. Innerlich traute er dem Ganzen noch nicht und erwartete, dass von hinten ein Gefängniswärter angerannt kam und rief: alles nur ein Irrtum! Tor zu und Gefangenen in die Zelle zurückführen! Doch nichts dergleichen geschah. Als das Tor vollständig geöffnet war, trat Johannes Wagenknecht ins Freie, spürte den Druck des Rucksacks, kam sich albern vor mit den Wanderstiefeln in der einen Hand und der billigen Sporttasche in der anderen.

Gut, dachte er sich. Ich werde da jetzt hingehen und diese Wanderung hinter mich bringen. Vier Wochen und dann bin ich frei. Die werden keine Gehirnwäsche mit mir machen und mich nicht bekehren. Ich zieh das Ding durch und dann war's das. Meine Strafe hab ich bekommen. Ab jetzt schau ich nach vorne und sei's, dass ich mit diesem Pastor und seiner blonden Assistentin Schlafsack an Schlafsack verbringen muss. Johannes ertappte sich bei einem bekannten Gedanken: die Assistentin ist ja o.k. Die nehm ich notfalls auch noch mit. Aber der Pastor ist eben ein lästiges Utensil auf dem Weg ins neue Leben.

Jon Hendrik Kristensen öffnete die Beifahrertür und stieg langsam aus. Die Sonne im Rücken, erwartete er Johannes.

„Schön, dass du endlich da bist. Dann können wir ja loslegen."

„Bin ich der Letzte?"

Jon Hendrik nickte, ging zur Heckklappe, öffnete und gab Johannes das Zeichen zu kommen. Sie legten den Rucksack ins Auto, die Wanderstiefel und die Sporttasche.

„Setz dich hinten zu Bodil und Tom."

Johannes tat, was der Pastor sagte, und dachte: Vier Wochen mach ich den Deppen, sag Ja und Amen, und dann adieu Norge, du hast mir kein Glück gebracht, du wildes Königreich.

„Wir fahren heute nach Hamar", begann Jon Hendrik. „Da sehen wir uns die Ruine der Domkirche an. Nehmt das als Zeichen für die Frucht, die Hass und Gewalt erzeugen: Die Domkirche war einst ebenso schön wie der Nidaros-Dom in Trondheim. Die Schweden haben im Krieg mit Norwegen die Domkirche von Hamar in Schutt und Asche gelegt, um den Norwegern einen Teil ihrer Identität zu rauben, nach dem Motto: raube Menschen ihre Bilder und du wirst Macht über ihre Seele bekommen."

„Macht die Kirche nicht dasselbe", entfuhr es Johannes. Er biss sich auf die Zunge und ärgerte sich über seine Äußerung. Er wollte sich doch nichts anmerken lassen und seine Gedanken und Gefühle nicht zeigen, eben die Wanderung hinter sich bringen und dann den Abflug nach Hamburg machen.

„Die Kirche hat es lange Zeit genauso gemacht, Johannes. Wenn du an die Zerstörungen der maurischen Kultur in Spanien denkst oder an die Wikinger-Kultur hier im Lande. Bis in unser Jahrhundert hinein hat die Kirche samische Riten bekämpft und die Zaubertrommeln der Noaiden verbrannt. Aber die Kirche hat angefangen zu büßen und aus ihren Fehlern zu lernen. Heute wendet sich die Kirche den Opfern von Gewalt und Ausbeutung zu und auch denen, die selbst Täter gewesen sind. Deshalb sitzen wir ja zusammen in diesem Bus."

Der Fahrer startete den Kleinbus, drehte eine Runde auf dem Parkplatz vor dem Landesgefängnis, bevor er über den Ullersmoveien nordwärts in Richtung Autobahnauffahrt schlich, vorbei an neugebauten, bunten Holzhäusern mit sauberen Gärten, in denen Kinderspielzeug verstreut lag. Hier wohnen die guten Leute, gleich neben dem Knast für die Bösen, dachte Johannes. Der Kleinbus holperte über eine Bodenschwelle, Johannes stieß mit dem Kopf gegen die Scheibe.

„In einer Stunde sind wir in Hamar", sagte Jon Hendrik, aber niemand reagierte auf seinen Hinweis. Die Mitreisenden waren in sich selbst versunken, als hofften sie, nicht von den anderen wahrgenommen zu werden, wenn sie sich selbst nur still genug verhielten.

Johannes sah sich um. Schon hinter der Auslieferungshalle vor dem Gefängnis war ihm eine amerikanische Limousine mit überdimensionalen Heckflossen aufgefallen. Sie schien ihnen zu folgen. Ihm kam es so vor, als habe er diese Szene in irgendeinem amerikanischen Thriller gesehen. Das muss die Knastluft machen, dass man immer auf solche Vergleiche kommt, dachte er und musterte vorsichtig die anderen im Auto. Er kannte sie aus den Treffen im Knast, mit denen der Pastor und seine Assistentin dieses Wanderprojekt vorbereitet hatten. In den vergangenen Wochen waren sie sich näher gekommen, als es ihm lieb gewesen war. Diese Mörderin hatte ihre Lebensgeschichte ausgebreitet und sogar die Tötung ihres Mannes in allen Einzelheiten beschrieben. Das war ihm sehr unappetitlich geworden und er hatte versucht, das Gespräch zu beenden. Da war diese Mörderin auf ihn losgegangen und hatte gesagt: „Du hast ja Ähnliches mit anderen Leuten angestellt wie mein Schwein von Ehemann mit mir, nicht wahr?"

„Halt's Maul!" hatte er gebrüllt und beschlossen, in der Gruppe nichts mehr zu sagen. Doch als Tom Salvesen, dieser Möchtegern-Zuhälter, Dealer und Kleinkriminelle, angefangen hatte, sich mit seiner schlechten Kindheit rauszureden, konnte Johannes sich nicht mehr zurückhalten:

„Du miese kleine Ratte, hast mit dem Leben anderer Menschen gespielt, Omas beklaut, kleine Mädchen angemacht und begrabbelt, nur um deinen Stoff loszuwerden. Du mieses Stück Mensch. Ich kann dich nur verachten."

Immer wieder war Jon Hendrik Kristensen erst eingeschritten, wenn die Teilnehmer der Gruppensitzungen kurz davor standen, sich körperlich anzugreifen. Ob der zu schwach ist? überlegte Johannes. Oder er ist vielleicht doch ziemlich stark innerlich.

Die amerikanische Limousine hatte sich am Kløfta-Kreisel auf zwanzig Meter genähert und Johannes konnte durch die getönte Frontscheibe die Insassen schemenhaft erkennen: zwei Männer mit Sonnenbrillen. Er drückte Tom den Ellbogen in die Seite.

„Magst du Krimis?" Tom sah Johannes ungläubig an. „Ich hab dich gefragt, ob du Kriminalfilme magst."

„Klar doch, muss verdammt viel Action drin sein, dann sind die gut."

„Und Verfolgungsjagden?"

„Geht so, sind oft schlecht gemacht. Aber was quatschst du mich voll?"

„Weil ich glaube, dass wir mitten in einer Verfolgungsjagd stecken. Schau dich mal um. Die Limousine, vielleicht hast du ja eine andere Idee dazu."

Tom Salvesen zuckte innerlich zusammen, versuchte aber, sich nichts anmerken zu lassen. Gewollt unauffällig versank er hinter der Kopfstütze und fingerte an seiner Jackentasche herum, bis er eine Schachtel Zigaretten gefunden hatte.

„Hier ist Nichtraucher, Tom!" schaltete sich Jon Hendrik ein.

„Du musst ganz schöne Angst vor den zwei Gestalten haben." Johannes hatte hellwach die kleinsten Reaktionen bei Tom registriert.

„Halt's Maul!"

Der Kleinbus fuhr auf die Autobahn, und die Limousine fiel zurück, hielt aber Sichtkontakt und fuhr gerade auf die Minnesundbrücke, als der VW-Bus sie verlassen hatte. Ein silberner Signatur-Schnellzug der norwegischen Staatsbahn überquerte zeitgleich die mächtige, alte Stahlbrücke und verschwand hinter baumbestandenen Felsen.

„Wir werden verfolgt", meldete Johannes an den Fahrer, den diese Nachricht nicht sonderlich beunruhigte.

„Sind wir hier im Krimi?" gab er lakonisch zurück.

Über den Mjösa-See wehte ein frischer Wind. Hin und wieder schaute die Sonne durch die Wolkendecke und ließ die roten Holzhäuser erstrahlen. Mia und Bodil saßen auf dem Bootssteg und ließen ihre Füße ins Wasser baumeln. Im Freilichtmuseum war wenig Betrieb, nur vereinzelte Touristen. Am meisten Besucher zog das gläserne Schutzgebäude an, das über die Domruine gespannt war wie ein riesiges Zelt. Dort sollten sie am nächsten Tag den Reisesegen durch die Bischöfin von Hamar erhalten.

„Die Kirche nimmt dieses Pilgerweg-Projekt ziemlich wichtig, nicht wahr?" fragte Bodil.

„Ja, aber das Justizministerium auch. Wenn das gut läuft und ihr auch in den nächsten Jahren eine gute Entwicklung macht, dann kann das eine Art Strafvollzug der Zukunft werden. Das Verrückte ist ja, dass diese Idee uralt ist. Pilgern hatte immer schon etwas mit Buße und Sühne zu tun."

„Was machst du, wenn das hier vorbei ist?"

„Ich schreibe eine große wissenschaftliche Arbeit über dieses Projekt und dann, mal sehen."

Die Sonne hatte sich ein Himmelsloch gesucht und direkt die beiden Frauen am Wasser im Blick.

„Wenn die Sonne scheint, wird es gleich richtig warm. Ich hab Lust zu baden, du auch, Mia?"

„Bis die Männer vom Einkaufen zurück sind, dauert es sicher noch. Warum nicht!"

Die Frauen zogen ihre Badeanzüge an und wagten sich zögerlich, aber mutig in den eiskalten See. Mia legte sich der Länge nach ins Wasser und schwamm ein gutes Stück hinaus, Bodil folgte ihr. Nach kurzem Bad legten sie sich zum Trocknen in die Sonne.

„Das fängt gut an, Mia. Ich glaube gar nicht mehr, dass ich Strafgefangene bin. Gerade ein paar Stunden aus Ullersmo raus und schon fühle ich mich frei."

„Warum hast du deinen Mann umgebracht, Bodil?"

„Musst du mir dieses gute Gefühl zerstören?"

„Ja. Denn du bist frei und nicht frei. Du trägst die Last deiner Tat mit dir, wo immer du hingehst. Nur wenn du wach auch mit dem Schweren lebst, kannst du wirklich frei werden. Also, warum?"

Bodil vergrub ihr Gesicht zwischen den Beinen und legte die Arme um die Knie.

„Er war ein brutales Schwein. Ich wusste mir nicht mehr zu helfen."

„Du hättest dich trennen können."

„Dann hätte er mich umgebracht. Ich hab ihm doch gehört wie sein blöder Truck oder das Haus oder das Motorboot. Ich war Teil des Inventars, aber kein freier Mensch. Ich war für die Versorgung der Kinder da und für Sex, wann immer er geschafft von der Straße nach Hause kam und Ablenkung brauchte."

„Klingt nach einem harmonischen Familienleben."

„Du kannst dir deine Ironie sparen. Steck da erst mal drinnen. Irgendwann denkst du, es gibt gar keinen Ausweg mehr. Das Leben ist zuende, die Hölle hat schon angefangen und wird ewig dauern, so wie die Priester das immer predigen."

Bodil überlegte und hob ihren Kopf, sah auf die Bucht vor dem Museum und fragte dann Mia:

„Hast du 'nen Mann?"

Mia schüttelte den Kopf.

„Freund?"

„Nein."

„Bist du einsam oder hast du mit deiner Arbeit genug?"

„Letzteres."

„Du spinnst. Das kann dir nicht reichen. Was ist denn mit der Liebe, mit Sex und so?"

„Sex ist gut, aber nicht so wichtig. Wird heute total überbetont, weil man mit Sex alles steuern kann: Verkaufszahlen, Mode, Freizeitverhalten, Wahlergebnisse. Nein sagen können zu Sex macht frei. Liebe ist was ganz anderes als Sex. Aber, Bodil, sei nicht böse, ich will nicht über mich sprechen. Okay? Ich bin in den nächsten Wochen nur Beobachterin. Und bei dir mit Sex? Das kann auch nicht so supergut gewesen sein die letzten fünfzehn Jahre. Du hast doch auch nur gearbeitet und keine Liebe gehabt. Sex ohne Liebe? Darauf kann man doch wohl verzichten, oder?"

Bodil senkte den Kopf und überlegte. Sex ohne Liebe? Wie oft hatte Sex etwas Bedrohliches gehabt für sie. Männer oder Magazine hatten bestimmt, was Sex sein sollte. Immer musste sie sich wehren, um leben zu können, seit ihrer Kindheit. Liebe – was war das? Ihre Mutter hatte sie geliebt und war stolz auf ihre

Tochter. Auch ihr Vater. Bodil überlegte, ob sie sagen könne, dass ihr Vater sie geliebt habe. Der hatte immer gearbeitet und brauchte seine Kinder als Hilfen auf dem Hof. Doch, er hatte seine Kinder geliebt auf seine bärige, herbe Art, und er wollte am liebsten seinen Schwiegersohn verprügeln, als Bodil mit einem blauen Auge zu Besuch gekommen war. Bodil schmunzelte bei dem Gedanken an ihren Vater. Und da waren noch ein paar andere Momente. War das Liebe gewesen oder nur Sex?

„Da waren ja auch mal so ein paar geheime andere Momente, als ich mit den Kindern auf'm Campingplatz war. Da kamen mal so'n paar Jungs, die nur ein, zwei Tage da blieben. Das war besser als gar nichts, verstehst du."

Mia sah schweigend auf das Wasser. Die Sonne erzeugte einen langen, glitzernden Streifen.

„Das sieht aus wie bei Munch. Du kennst doch Munch?"

„So'n Maler, nicht wahr?"

Der Kleinbus aus Ullersmo kam den Kiesweg hinunter gefahren. Die Frauen konnten deutlich die neugierigen Blicke der vier Insassen erkennen.

„Die Männer kommen. Jetzt geht's ans Packen. Und morgen früh nach dem Segen starten wir."

Endlich! Mit einem entschiedenen Zug schnallte Johannes den Beckengurt des Rucksacks um bis zum Klick. Der Rucksack wirkte leicht im Vergleich zu der Last des Wartens. Das konnte er noch nie gut, erinnerte sich Johannes: Warten. Aber laufen, in Bewegung sein, er, der Sportliche, dem so schnell niemand etwas vormachen konnte, weder im Tennis noch im Rudern. Squash war seine Leidenschaft gewesen, und er hatte es genossen, seine Kollegen und Kolleginnen in Grund und Boden zu spielen. Hinterher hatte er leichtes Spiel gehabt, wenn sie zusammen saßen und über Sport sprachen. Er war die Autorität in der Redaktion, bewundert von weiblichen und männlichen Kollegen gleichermaßen. Das war nützlich und angenehm. Kritisierte ihn jemand bei der Mittags-Konferenz, sprangen ihm immer mehrere Kollegen zur Seite. Er selbst konnte oft generös darauf verzichten, sich zu Wort zu melden. Die anderen erledigten den Job. Rechtfertigungen hasste er. Oder den Kleingeistern aus der Chefetage eine Geschichte schmackhaft zu machen. Stiefellecken war ihm ein Greuel, aber er mochte es, angehimmelt zu werden, solange er davon profitieren konnte. Das war alles vor der Zeit im Gefängnis. Er musste erst wieder ein Gefühl zu seinen Instinkten und zur körperlichen Verfassung aufbauen.

Jon Hendrik gab das Zeichen und führte den Tross an, die Bischöfin winkte von der Glashalle her. Die Wegmarkierungen wiesen zum See, zwischen Museumsgehöften hindurch, am Ufer des Mjösa entlang. Die Gruppe passierte das Eisenbahnmuseum, in dem gerade eine alte Rangierlokomotive unter Dampf gesetzt wurde. Johannes schloss zu Jon Hendrik auf, der ein gutes Tempo vorlegte. Tom versuchte, den Anschluss zu Johannes zu halten, was ihm einige Mühe bereitete, nur die Frauen schienen die Schlussposition gelassen unter sich aufzuteilen, ohne weitere Ambitionen zu verfolgen. Die Sonne beschien die erste Etappe und brachte alle schnell in Schweiß, als der Weg sich den Furuberget hinaufwandt und über Asphalt vorbei an einzelnen Gehöften, farbenprächtigen Feldern und Wiesen zur Furneskirche führte. Hier begann die erste Rast auf dem Pilgerweg. Alle stürzten Wasser ihre trockenen Kehlen hinab und prusteten.

„Wenn wir das Tempo beibehalten, sind wir morgen in Trondheim", spöttelte Mia und Johannes konnte es nicht lassen zu reagieren.

„Also, worauf warten wir noch!"

Tom hatte sich neben ihn auf die Kirchenmauer gesetzt. Aus seinen vollen Locken tropfte der Schweiß, und selbst sein rötlicher Schnauzer hing voller Tropfen.

„Schön, dass du mitgehst, Johannes."

Johannes sah Tom abfällig und betont genervt an.

„Pass auf, dass du mich nicht volltropfst. Das wäre ekelig."

Tom rutschte einige Zentimeter von Johannes weg.

„Entschuldigung. Das war aber auch heftig schnell eben."

„Wenn du das nicht abkannst, dann solltest du lieber deinen Urlaub in Ullersmo fortsetzen."

Demütigen, überlegte Johannes, das hilft. Auf diese Weise kann ich mir Nervbolzen vom Leib halten oder sie gefügig machen. Diesen Looser werde ich vielleicht noch brauchen können.

Tom stand auf, bedankte sich wiederum bei Johannes und suchte die Nähe von Jon Hendrik.

„Du behandelst Tom schlecht. Das finde ich zum Kotzen", steckte Bodil Johannes, bevor sie weitergingen. Ihn ließ das unberührt.

„Wer will das wissen, was du findest?"

Jon Hendrik marschierte vorweg und unterhielt sich mit Tom. Johannes ließ die Frauen vor sich gehen, um, wie er sagte, die Aussicht auf die Landschaften genießen zu können. Mia hatte die Anspielung verstanden und schickte Johannes eine eindeutige Handbewegung durch die Luft.

Johannes konnte diese Frau noch nicht einschätzen und überlegte, wie er es anstellen könnte, mehr über sie zu erfahren. Um mit Bodil spielen und taktieren zu können, fielen ihm eine Reihe von bekannten Mustern ein: Zuckerbrot und Peitsche oder gelegendlich ein Kompliment, dann schnell eine Kritik folgen lassen und Anspielungen, so tun, als ob er sie durchschauen könnte. Und dann ab und zu ihre Hilfe anfordern. Frauen lieben es, Mitleid zu haben, sagte Johannes zu sich, während das Grinsen auf seinem Gesicht fast zur Fratze geworden war. Er fühlte sich auf sicherem Terrain, nur Mia und Jon Hendrik ... die müsse er gut beobachten in den nächsten Tagen. Vielleicht läuft da ja auch was bei den beiden, überlegte er. Wenn das so wäre, dann würde es ihm leicht fallen, mit Bodil und Tom die Mehrheitsfraktion zu bilden. Verliebte sind schwach, weil sie sich einbilden, stark zu sein. Altes Muster, erkannte Johannes und behielt die beiden ununterbrochen im Blick.

Über Aufsätzen in Fachzeitschriften zu brüten kann so lästig sein, besonders wenn draußen vor der Bibliothek der beste Sommer sich festsetzt, den Hamburg seit Jahren erlebt hat.

Durch die gekippten Scheiben wehten gnädigerweise Proben der Wärme und weckten in Marei Winter die Sehnsucht nach Stadtparkbad, Sonnenöl und Eis. Was suche ich hier drinnen? Diese Stimme sprach mit kaum überhörbarer Penetranz in ihr. Die Konzentration auf „Strömungen in der literaturgeschichtlichen Entwicklung des 19. Jahrhunderts" fiel ihr zunehmend schwerer, während Körper und Seele nach Sonne schrien. Mit einer entschlossenen Bewegung richtete Marei sich auf, reckte ihre Arme den Neonleuchten entgegen, freute sich über ihre straffe Brust unter dem Top, packte Bücher und Collegeblock in die Umhängetasche, ließ noch einmal ihren Blick mitleidig über die Kommilitonen streifen, die trotz allem ausharrten, und erhob sich. Bevor sie den Ausgang ansteuerte, hielt sie an den Kopierern an. Aus der Tasche kramte sie einen Pappdeckel hervor, legte ihn sorgsam auf den Beistelltisch und entnahm ihm ein blutverschmiertes Papier. Sie betrachtete das Schriftstück und senkte ihren Kopf. Für Momente bekam sie einen Anflug von Traurigkeit, rieb sich schließlich die Augen und legte Seite um Seite des Dokuments auf den Kopierer. Die Kopien ließ sie in einer Seitentasche verschwinden, bevor sie das Original in den Pappdeckel zurücksteckte und in einen Briefumschlag schob, auf den sie die Adresse des Landeskriminalamtes geschrieben hatte. Die Kopie wollte sie für sich behalten. Den Entschluss, Marie-Louises Testament an die Polizei zu schicken, hatte sie aus der Angst gefasst. Was hatte es für Konsequenzen, wenn die Polizei das Testament bei ihr finden würde? Aber eine Kopie konnte nicht schlimm sein. In jedem Fall ist es bei der Polizei besser aufgehoben, hatte sie entschieden.

Als sie sich auf ihr Fahrrad schwang, fühlte sie sich frei, als habe sie gerade alle Prüfungen des Examens abgelegt und ein völlig unbeschriebenes Blatt des Lebens vor sich. Was könnte wohl an diesem Tag noch drauf geschrieben werden, vielleicht die Begegnung mit ihrem Traumprinzen? Bevor sie zum Stadtparksee durchstartete, gab sie den Briefumschlag in der Post an der Schlüterstraße ab. Wie praktisch, dachte sie, direkt neben der Uni eine Post, Empfangsstelle für Examensarbeiten und Liebesbriefe. Zufrieden mit sich und der Welt sprang sie aus dem mächtigen Eingangsportal und wollte sich aufs Fahrrad schwingen, als sie geradewegs in die Arme von Gregor Wagenknecht lief.

„Hey, was machst du denn hier?" piepste Marei. Gregor strahlte sie mit breitem Lächeln und metallisch-blauen Augen an. Sein rasierter Schädel glänzte in der Sonne, Schweißtropfen wuchsen zu kleinen, weißen Erhebungen. Er trug ein schwarzes ärmelloses Shirt und eine Stoffhose mit Bügelfalte in derselben modischen Farbe, für Trauer und andere Gelegenheiten. In seinem Gesicht spross ein zwei Tage alter Flaum. „Und du?"

Marei schluckte, ordnete Top und Haare, bevor sie antwortete: „Seminararbeit, endlich erledigt und auf den Postweg gebracht. Jetzt geht das Sommerleben los."

„Das trifft sich gut. Ich hab gerade Pause, wie wär's mit 'nem Milchkaffee?"

„Arbeitest du hier in der Nähe?"

Marei hatte Gregor ein-, zweimal bei Marie-Louise im Haus gesehen, vielleicht drei, vier Blicke für ihn übrig gehabt und schon fünf-, sechsmal von ihm geträumt. Aber eigentlich wusste sie nichts von ihm, nur dass er irgenwo beim Fernsehen arbeitete.

„Rothenbaumchaussee, bei people.tv, die diese Talkshows machen mit Leuten, die sich gerne öffentlich streiten und bloßstellen."

„Was ist dein Job dabei?"

„Die Leute casten und bisschen heiß machen, verstehst du; ihnen so erzählen, was die anderen für Idioten sind. Hier und da mal ein Gerücht streuen und so was. Du glaubst gar nicht, wie schnell diese Typen das glauben wollen und nur drauf warten, dass sie endlich loslegen können."

„Hört sich nach Hundekampf an", Marei blitzte Gregor an, klemmte ihre Tasche auf den Gepäckträger und wollte Nägel mit Köpfen machen: „Entweder wir suchen uns jetzt was, wo's Eis gibt, oder du machst frei und kommst mit zum Stadtpark."

Gregor blieb cool, rückte Mareis Topträger etwas zurecht, berührte ganz zufällig ihre Wange und blitzte zurück.

„Bist du immer so dominant oder nur heute?"

Marei wurde etwas verlegen, fingerte an ihrem Fahrradschloss herum und antwortete nur mit Blicken.

„Schneller Trip zum Stadtpark? Okay, da steht mein Auto. Lass dein Fahrrad ruhig stehen. In zwei Stunden muss ich wieder hier sein. Bis dahin kann aber viel passieren."

Marei zerrte die Tasche vom Gepäckträger, dann liefen sie zu einem schwarzen Golf, Gregor öffnete Marei galant die Beifahrertür und bewegte das Fahrzeug mit aggressiven Bewegungen durch die verkehrsberuhigte Schlüterstraße. In weniger als einer Viertelstunde waren sie am Stadtpark und gehörten zu den wenigen Glücklichen, die an solch einem Tag ohne große Suche einen Platz auf dem Parkstreifen in der Hindenburgstraße fanden.

„Du bist ein rasanter Fahrer mit der nötigen Portion Schwein", lobte Marei.

„Wenn du nicht das Tempo angibst, kommst du in dieser Stadt unter die Räder. Wie viel kannst du erleben, wenn du dich nicht mit Staustehen aufhältst oder beim Biken. Und Schwein brauchst du einfach. Das gehört dazu."

„Ich fahr gerne mit dem Rad", protestierte Marei.

„Das sagst du nur, weil du kein Auto hast."

„Du hast ja selbst keins, nur ein geliehenes."

„Noch nicht, aber bald. Du wirst sehen!"

Gregor schmiss die Tür lautstark zu, als wolle er seine Ankündigung unterstreichen. Auf dem Weg zur Liegewiese am Planschbecken umfasste er Mareis Hüfte, ließ seine Hand forschend ihren Rücken hinaufwandern und hatte mit einem Ruck den Träger ihrer Tasche an seinem Arm.

„Huch, was soll das denn?"

„Ich finde, du solltest dich nicht mit so einer Tasche belasten. Die sollte ich lieber tragen. Das sieht nicht aus: Topträger und dieser breite Träger von der Tasche."

„Du bist echt frech", kokettierte Marei.

„Was dagegen?"

Am Planschbecken war es voll und laut, sodass sie an der Gärtnerei für schwierige Jugendliche vorbei Richtung Stadtparksee schlenderten, während Gregor hin und wieder seine Hände über Mareis Rücken, Schulter und Po streifen ließ. Sie wehrte sich nicht wirklich, konnte der Situation ganz im Gegenteil viel Spannung abgewinnen. Auf der großen Wiese zwischen Planetarium und See suchten sich die beiden einen abseits liegenden Platz in der Nähe großer Büsche, setzten sich auf den Rasen und begannen, eine Verlegenheitszigarette zu rauchen. Gregor eröffnete mit einem ernsteren Blick das Gespräch:

„Weißt du, das ist ein schreckliches Gefühl, dass da irgendwelche wildfremden Leute bei meiner Oma einsteigen und ihr skrupellos einen Leuchter über den Kopf ziehen. Da bin ich noch nicht drüber weg."

„Nee du, der Schock sitzt mir auch noch tief in den Gliedern. Marie-Louise da oben am Schreibtisch zu finden und sie antwortete nicht. Dann sah ich das Blut ..."

Marei schluckte.

„Du hast sie gefunden? Du warst da, kurz nachdem ...?"

„Kurz nach was?"

Gregor wischte sich über seinen Schädel, ließ seine Blicke genussvoll über Mareis Brust streifen.

„Das ist ja voll scheiße. Da hätt' doch der Mörder noch im Haus sein können. Und hätte dir auch einen überziehen können. Ey, Mann, das war voll knapp, was?"

„Da hab ich noch nicht drüber nachgedacht. Aber du hast Recht. Wenn der noch im Haus war ..."

Sie schüttelte sich bei dem Gedanken.

„Aber heute ist so ein geiler Tag, mach mir keine Angst, Gregor! Mensch, das ist erst ein paar Tage her, und Marie-Louise ist ja noch nicht mal beerdigt. Und wir sitzen hier in der Sonne, als ob ..."

Gregor sah sie aus den Augenwinkeln mit einem angesüßten Blick an, dem sich Marei nur schwer entziehen konnte. Die Nüchternheit seiner Worte passte nicht zu dem, was sie fühlte:

„Die Leiche ist noch nicht freigegeben. Die Polizei untersucht und untersucht. Die finden nichts. Hundertpro! Das waren voll die Asos aus dem Osten, eine Profi-Bande, die von Villa zu Villa ziehen und die Reichen ausplündern. Weißt du, was mit diesem Stefan Ragowski ist?"

„Wie? Wer?"

„Dieser Hobbygärtner, der Oma voll die Scheine für'n bisschen Rasenmähen aus der Tasche gezogen hat."

„Ach Stefan, der Gärtner ... Der war nicht da. Sein Auto stand nicht auf der Auffahrt. Voll die merkwürdige Sache ... Aber es ist doch nichts weg gekommen, oder?"

Gregor sah Marei tief in die Augen. Sein Gesicht bekam wieder dieses überdimensionale Strahlen.

„Du bist eine echt megamäßig schöne Frau, warum ist mir das noch nicht aufgefallen?"

„Vielleicht stehst du ja auf Jüngere, immerhin bist du doch auch erst 22, oder?" Marei sah kess und überlegen direkt in sein Lächeln.

„Was sagt Alter schon über die Libido? Junge Männer und erfahrene Frauen passen megagut. Da hatten wir gerade eine Sendung mit Frauen ab 40 und Lovern um die 20. Und du? Wie alt bist du eigentlich?"

„Noch keine 40. Erst 25", grinste Marei provozierend. Gregor schob ihr eine Hand auf den Bauch und untersuchte den Bauchnabel.

„Nicht gepierct. Warum nicht?"

„Steh ich nicht drauf. Sag mal, gibt's eigentlich was Neues von deinem Onkel, von Johannes?"

„Wer will das wissen?"

„Ihr seid alle nicht so gut auf ihn zu sprechen, oder?"

Gregor machte eine ausholende Handbewegung, um anzudeuten, dass er jetzt auf eine Frage antworten würde, auf die die Welt nicht wirklich eine Antwort geben könne:

„Der ist voll scheiße drauf. Hat die Familie durch den Dreck gezogen und sitzt im Knast, bloß wegen einer Frau."

„Das klingt doch wild romantisch, Gregor."

„Findest du. Ich finde, das klingt voll dämlich. Mich wird keine Frau so weit bringen, dass ich so eine Scheiße baue. Das ist doch keine Frau wert. Aber lass uns nicht über den Volldeppen reden, sondern eher über die Liebe und wie's damit so aussieht. Hast du 'nen Lover?"

„Du gehst in die Vollen, was? Mehr nach der Werbung. Bleiben Sie dran."

Marei stand auf und entschuldigte sich, sie müsse zur Toilette. Er solle warten und auf ihre Tasche aufpassen. Als sie verschwunden war, beugte er sich neugierig über das große Fach der Tasche, blätterte zunehmend enttäuscht in den Kopien und Büchern, kramte eine Packung Kondome hervor, um sie gleich darauf wieder in der Tasche zu versenken, entdeckte eine Art Tagebuch, schlug wahllos ein paar Seiten auf und ließ es wieder zurück gleiten. Das Portemonnaie interessierte ihn nicht, aber das kleine Ringbuch mit Telefonnummern. Unter J entdeckte er Johannes' Nummer, dessen Handy-Nummer und sogar die Bleistiftnotiz eines Anschlusses in Norwegen. „Ullersmo Gefängnis" stand dahinter. Wieso hatte Marei mit Johannes Kontakt? Marei kam hinter einem großen Rhododendron in der Ferne hervor. Schnell steckte er das Notizbuch zurück, krallte auffällig die Tasche vor seinen Bauch, erhob sich und ging ihr entgegen.

„Wir müssen starten, die vom Casting-Team haben angerufen. Ich muss zurück. Es gibt da voll die Probleme mit den Leuten."

Enttäuscht sah Marei ihn an, nahm ihre Tasche, blieb stehen und sprach mit eiskaltem Ton in der Stimme:

„Ich bleibe hier. Du kannst allein in die Stadt zurück. Danke für den Taxidienst."

Gregor lief zum Parkstreifen, während Marei sich einen Platz mitten in der sonnenhungrigen Menge am See suchte. Was hatte Gregor in ihrer Tasche gesucht, überlegte Marei, fand das Testament in dem Pappdeckel zwischen einigen Kopien und beruhigte sich. Sie holte das Testament und begann zu lesen. Was sie las, sollte sie nicht mehr loslassen. Es kam ihr in den Sinn, dass dieses Testament gefährlich werden könnte, vielleicht auch für sie selbst. Warum hatte ich das eingesteckt? überlegte sie, wischte aber den Gedanken fort. Den Wagenknechts traute sie eine Menge zu, sicher auch ein paar nicht ganz saubere Geschäfte, aber Gewaltgeschichten und Mord? Was war mit Stefan Ragowski? Während die Sonne kräftig half, finstere Gedanken zu vertreiben, konnte sie nicht aufhören, an das Testament zu denken. Ihr war völlig klar, dass sie in etwas hineingeraten war, das ihr Leben verändern könnte, und sie hatte nicht die geringste Ahnung, wie und was es sein könnte. Sollte sie Kontakt aufnehmen zu Marie-Louises jüngstem Sohn? Sollte sie sich einmischen in die Familienangelegenheiten der Wagenknechts? Konnte sie überhaupt noch draußen bleiben, nach dem, was sie wusste und getan hatte.

Die Begegnung mit Gregor war vielleicht doch nicht zufällig. Schicksal, Fügung oder Absicht? Jetzt war sie völlig verwirrt und spürte die Hitze dieses Tages überall. Abkühlung, das war, was sie brauchte, ein Bad im Stadtparksee.

RINGSAKER-KIRCHE

Die zweite Nacht mit der Gruppe auf dem Weg zum zweiten Etappentag. Johannes lag wach und sah sich um in der Gästehütte vor der mittelalterlichen Ringsaker-Kirche. In seinem Kopf stürzten wild Bilder und Gedanken durcheinander. Er hatte geträumt und war hochgeschreckt, schweißgebadet. Er sah sich auf einem Weg und war nackt, ohne Proviant, ohne Waffen, schutzlos. Auf dem Weg, der ihn in die Berge führte, begegneten ihm Leute, die tuschelten oder lachten. Auf einem Gipfel stand seine Mutter und winkte, dann flog sie davon. Er erkletterte den Gipfel und fand ein Nest mit drei goldenen Eiern. Was sollte er damit? Er fühlte sich sehr einsam und verlassen auf dem Gipfel ohne seine Mutter. Hatte sie ihm die goldenen Eier hinterlassen? Hatten die anderen seine Nacktheit gesehen, ihn gesehen, wie er wirklich war?

Ich muss sie anrufen. Gleich morgen werde ich es versuchen, überlegte er. Doch wie sollte er in den Schlaf zurückkehren?

In der Ringsaker-Kirche hatten am Abend Jugendliche für ein Singspiel geübt und hatten mit der Musik, die er irgendwo zwischen Jazz und Mittelalter ansiedelte, eine Welt der Emotionen und tiefen Geborgenheit entstehen lassen. Überall brannten Kerzen, schwebten Klänge, tanzten Mädchen in alten Gewändern, lärmten Jungen an E-Bass, Schlagzeug und Trompete. Die Jugendlichen hatten diese uralte Kirche so selbstverständlich, ungezwungen und selbstbewusst benutzt, ohne die Spur von Respekt gegenüber der Heiligkeit des Ortes. Ihm waren Gedanken gekommen, die er nicht kannte: Wo bin ich zu Haus? Was ist meine Tradition, auf der ich aufbaue? Ihm war nur seine Familie eingefallen, aber fühlte er sich wirklich zu Haus und in der Familientradition geborgen? Die Jugendlichen hatten über norwegische Wurzeln gesungen, Texte aus tausend Jahren gelesen und Geschichten, Märchen und Gedichte aufgeführt. Was war denn seine eigene, deutsche Tradition, zu der er mit ganzem Herzen und voller Liebe stehen konnte? Es war ihm immer unwichtig gewesen, Deutscher zu sein, obwohl er wusste, dass er aus der deutschen Geschichte und ihrer Wirkung bis in seine Familie hinein nicht weglaufen konnte. Da erstanden die fürchterlichen Bilder von seinem Vater vor ihm auf, der an Freislers Volksgerichtshof gedient hatte, Todesurteile bis zu seinem Sterbetag verteidigt hatte und Johannes, den eigenen Spross, als vermeintliches Produkt einer sexuellen Verirrung der eigenen Frau betrachtet hatte. Es tat weh, dass der eigene Vater ihn niemals rehabilitiert hatte und nicht stolz auf ihn gewesen war. Worauf sollte er selbst stolz sein?

Johannes wusste, was er so stark gefühlt hatte in der Kirche bei diesen lebensfrohen Jugendlichen, die in Tradition und Moderne geborgen zu sein schienen: Neid. Es war purer Neid wegen der eigenen Nacktheit. Und jetzt war er wütend, weil er nicht mehr in den Schlaf zurück fand und in einem Raum lag mit Menschen, an die er für die nächste Zeit gebunden war. Von Freiheit spürte er nichts, vielmehr bedrängte ihn etwas. Da waren diese Frauen, und er konnte nicht aufhören, an sie und über sie nachzudenken. Ihm war nicht klar, wie er diese Beziehungen gestalten konnte. Noch waren sie Frauen, die Macht über ihn hatten, weil er nicht die Macht über sie hatte. Er hatte Bodil nicht aus den Augen gelassen und seine Fantasie schweifen lassen. Etwas an ihr zog ihn völlig an, etwas anderes machte ihm Angst. Diese Frau hatte ihren Mann umgebracht, dazu war sie in der Lage gewesen, überlegte Johannes. Wenn sie so hassen konnte, dann musste sie auch so lieben können. Nimm dich vor ihr in Acht, warnte ihn eine Stimme, die er gut kannte. Das war Originalton Marie-Louise Wagenknecht, die es nicht unterlassen hatte, jede seiner Freundinnen zu prüfen und ein Zeugnis auszustellen. Bei Ellen war Mutter nur begeistert gewesen. Das war ihm zum Verhängnis geworden, denn wegen Ellen war er nach Norwegen gereist und hatte Kopf und beinahe auch Kragen verloren. Frauen: das war Johannes Schicksalsthema.

Tom schnarchte und schlief selig. Er hatte sich in der Kirche bei dem Spiel der Jugendlichen fast die Augen aus dem Kopf geweint. Ein Dammbruch, jetzt war er leer. Es waren die Tränen gewesen, die seit Jahren hinter der Staumauer seiner Stirn festgesessen hatten wie Beton, und waren doch nur Wasser. Jon Hendrik hatte sich lange zu ihm gesetzt, war einfach da gewesen und hatte sich auch noch seine Familiengeschichte, bestimmt zum x-ten Mal, angehört. Jon Hendrik war überhaupt der erste Mensch, der ihm ganz freiwillig Zeit und Aufmerksamkeit geschenkt hatte. Ja, Tom konnte gut schlafen und tankte Kraft für die nächste Etappe bis Brøttum, ein leichter Weg am Mjøsa-Ufer entlang und nur halb so lang wie die Gewaltetappe von 33 Kilometern am ersten Tag.

Von draußen wehte Gekicher in die Hütte. Die Jugendlichen übernachteten auf der Kirchenwiese in Zelten, hatten aber ganz andere Gründe als Johannes, diese Nacht wach zu verbringen.

Der Morgen begann mit zaghaftem Sonnenschein und Nebel, der wie ein dünnes Laken über den Mjøsa gespannt war, als solle er etwas verbergen. Heiseres Rabengekrächz und Husten aus einem der Zelte war zu hören.

Jon Hendrik war der Erste, der die Verwandlung der Landschaft zu sehen bekam und bei jedem Atmen neue Nebelwölkchen in die gehaltvolle Luft der Hedmark, Norwegens Kornkammer, entließ. Durchatmen, wie hatte ihm das gefehlt in seinen randvollen Arbeitstagen. Er stand in Trekkinghose und T-Shirt, barfuß, spürte sofort, wie sich Gänsehaut über seinen Rücken ausbreitete und staunte. Das hatte ihm gefehlt: die Freiheit der Landschaft und das gute Gefühl, Zeit zu haben, sich nur auf ein Projekt konzentrieren zu können und nicht immer schon an die drei nächsten zu denken. Zeit, überlegte er, ist mein kostbarstes Gut. Es gab in seinem Leben einfach zu wenig davon. Das war immer so gewesen. Zu wenig Zeit für die Freunde, die Jungs, die Liebe ... Wenn ich zurück in Ullersmo bin, dann muss sich das ändern. Gerade ich als Pastor bin ein schlechtes Beispiel, wenn ich Weisheit so sträflich missachte. Aber wie soll das gehen? Ein Gedanke kam ihm: der Blickwinkel. Ich bin gewohnt, die Dinge aus einer Perspektive zu sehen, meine, sie immer gleich zu sehen, aber nur, weil ich mich nicht darin eingeübt habe hinzusehen. Die Landschaft kann mich lehren. Sie bleibt gleich und ändert sich doch mit dem Licht. Ein Ort, den man gut zu kennen meinte, an dem man schon hundertmal war, konnte allein durch Licht- und Nebelspiel völlig verwandelt werden. Wenn ich Licht hineinlasse und den Betrachtungswinkel ändere, dann kann das Gesamtbild völlig anders sein. Das muss ich mir merken, beschloss Jon Hendrik.

Die Hänge am Westufer des Mjøsa leuchteten rotgold, der pastellblaue Himmel gab diesem frühen Morgen am See etwas unwirklich Kitschiges. Nur das Ochsenblutrot des Pfarrhofes mit den ausgebreiteten grünen Wiesen bis zum Seeufer gaben ein solides, verlässliches Ganzes, während ihm die steinalte Kirche wie eine Kulisse aus einem Film oder Theaterstück über vergangene gute-schwere Zeiten vorkam. Es sollte ein guter Tag werden, beschloss Jon Hendrik für sich.

Erst trat Johannes vor die Hütte. Ihm folgte unmittelbar sein Schatten Tom, gut gelaunt mit verwuscheltem Lockenschopf. Sie stellten sich zu Jon Hendrik und sprachen Belangloses, nur um diesen Morgen vorsichtshalber mit Worten zu füllen. Jon Hendrik ließ sich nicht lange stören und suchte sich einen Weg zum See.

Bodil klagte über Muskelkater, Tom stimmte in die Klage ein, musste ertragen, dass Johannes Spott über sie ausbreitete und mit Lässigkeit seinen Rucksack schulterte, sein Cap mit dem Schirm nach hinten gedreht aufsetzte und erwartungsvoll in die Runde blickte.

„Worauf wartet ihr? Wollt ihr hier schon schlapp machen?"

Er fing genervte Blicke ein, kümmerte sich aber nicht die Spur drum, sondern drängelte so lange, bis der frische Jon Hendrik mit nassen Haaren die Tagesetappe startete. Tom hielt sich an Jon Hendrik und versuchte in den Gleichschritt zu kommen, stolperte jedoch immer wieder über seine eigenen Füße.

„Gleichschritt muss man können!" kommentierte Johannes von hinten und zog grinsend an Tom vorbei. Der Weg schwang sich zum See hinab und verlief neben der Eisenbahntrasse der Dovrebahn, auf der reger Betrieb herrschte. Zwischen zwei Zügen hatte sich Tom wieder an Jon Hendrik herangearbeitet und begann zu reden:

„Wenn ich raus bin und neu anfange, dann werde ich nach Montana in die Staaten gehen und holen, was mir zusteht."

Fragend sah Jon Hendrik zu seinem Begleiter, dann wieder auf den Weg.

„Versteh ich nicht, Tom. Wovon sprichst du?"

„Von meinem Erzeuger, der sich nie gekümmert hat. Der hat

sich doch nach Amerika aus dem Staub gemacht, um das Familienelend in Oslo nicht erleben zu müssen. Auf das Baby, das er der Frau angehängt hatte, stand er nicht. Ich war gerade ein Jahr alt."

„Hast du deinen Vater nie gesehen?"

„Nie, Jon Hendrik. Ich weiß über ihn nur, was meine Mutter erzählt hat. Dass der zur See gefahren ist und Geld gemacht hat, von dem wir nie etwas gesehen haben. Nicht eine Krone, Jon Hendrik, ich sag's dir. Nicht eine müde Krone. Hat alles für sich behalten und mit Huren durchgebracht. Gut, die wollen auch leben. Aber wir doch auch. Nie eine Krone! Kannst du dir das vorstellen?"

„Und was willst du machen?" Jon Hendrik hörte Toms Ärger und die verborgene Traurigkeit. Es tat ihm selbst weh, anzuhören, dass hier ein erwachsen gewordenes Kind sprach, das anscheinend von niemandem gewollt, von niemandem unterstützt und von niemandem geliebt worden war. Auf eine Art bewunderte er Tom für den Optimismus, mit dem er versuchte, aus seinem völlig verkorksten Leben etwas zu machen. Der Pilgerweg konnte ihn unterstützen, überlegte Jon Hendrik.

„Ich werd' zu dem alten Scheißer hingehen und sagen: Hier steh ich, dein Sohn, Tom Salvesen. Jetzt gib mir die Chance auf ein normales Leben, die du mir früher genommen hast ..."

„Traumtänzer", kommentierte Johannes, der das Gespräch aus einigem Abstand mit angehört hatte. „Du weißt doch nichts über ihn, wie willst du ihn finden?"

Johannes lachte höhnisch, erntete einen wütenden Blick von Jon Hendrik und antwortete in der gleichen Weise. Tom war in Gedanken und hatte sich nicht von Johannes irritieren lassen.

„Missoula", sagte er. „Missoula, Montana am Highway 90. Da wohnt der Kerl, der mich gezeugt hat, und wird sich wundern, wenn sein Spross vor ihm steht und sagt: Hey, Dad, jetzt holen wir nach, was du verpasst hast – die Freude, einen Sohn zu haben. Du hast gedacht, dich in dieser Welt verstecken zu können, aber du kannst nicht weglaufen. Ich finde dich. So werde ich ihm das sagen, wie du neulich in deiner verdammt guten Predigt gesagt hast. Man kann da immer etwas lernen, Jon Hendrik."

Der lächelte Tom zu, behielt die ganze Zeit sein Schritt-Tempo bei, während Tom in Tritt gekommen war und lief, ohne auf seine Füße zu achten. Johannes war es, der ihn wieder aus dem Tritt brachte, indem er spottete: „Woher willst du denn wissen, wo dein Erzeuger steckt? Du weißt doch nichts über ihn, nicht das kleinste Stück. Das ist doch alles nur Einbildung."

Tom ereiferte sich, stolperte und wurde von Jon Hendrik gestützt, bevor er völlig das Gleichgewicht verlor.

„Warum musst du Tom ärgern, Johannes?" fragte Jon Hendrik ruhig, rückte Toms Rucksack gerade und stellte sich Johannes in den Weg.

„Ich frage doch nur. Ist das verboten? Du kannst vielleicht das Tempo angeben, aber nicht vorschreiben, was ich sagen darf, Pastor!"

„Meine Mum weiß das alles. Die weiß auch, was der Schweinehund macht: Holzhandel. Der ist richtig zu Geld gekommen und gibt uns nichts ab. Erst war er Holzfäller, und als er genug verdient hat, da, peng, Selfmademan, mein Dad, ein gemachter Mann. Und ich werd' mir holen, was mir zusteht. Fliegen werd' ich. Missoula hat einen Flughafen. Erst muss ich nach Spokane fliegen und dann umsteigen. No problem. Das Ding zieh ich durch und dann such ich mir 'nen Job ..."

„Die haben da gerade auf Looser wie dich gewartet", provozierte Johannes und wartete ab, wie Tom reagieren würde. Wie weit konnte er gehen bei diesem armen Trottel, den keiner haben wollte?

Johannes spürte, wie es ihm Spaß machte, Tom wie ein Stück Wild zu hetzen. „Und dann stehst du Idiot in Missoula und suchst einen Holzhändler. Fragst bei der Touristeninfo: Können Sie mir sagen, wo mein Daddy wohnt? Der ist Holzhändler und kommt aus Norwegen. Das Mädel von der Touri-Info fragt dann nach dem Namen und was sagst du?"

Tom schluckte. Das war sein wunder Punkt: er wusste nicht

einmal, wie sein Erzeuger hieß. Salvesen, das war der Name seiner Mutter, den sie aus der ersten Ehe beibehalten hatte, weil ihr der Mädchenname Bø nicht gefiel. Sie hatte immer gesagt, das wäre ein Armeleutename, die kein Anrecht auf mehr Buchstaben hätten. Salvesen, das klang doch nach was. Aber es war nicht der Name seines Vaters, und er wusste ihn nicht. Mutter sprach immer von Johnny, dem Hengst, baumstark und gut im Bett, aber sonst eine Nummer zu hoch für sie. Das hatte sie immer so gesagt: Tommy, mein Teddy, der Johnny ist einfach zu klug für Holtet, Holmlia und diese Ghettos. Der bringt es zu was in Amerika. Aber sie hatte nie seinen Nachnamen genannt, auch als Tom alt genug war, die Fragen zu stellen, um die sich die Erwachsenen am liebsten herumdrücken.

Johannes lachte laut und genoss es, Tom zu verunsichern und zu demütigen. Er fuhr fort, schrak aber zusammen, als er von hinten einen kräftigen Fußtritt verpasst bekam, der ihn gezielt dort getroffen hatte, wo er sehr empfindlich war. Wütend fuhr er herum, blickte aber in zwei Frauengesichter, die unschuldig in die Gegend blickten, als wären sie nur zufällig zum Waldbeerensammeln auf diesem Weg. Johannes hatte es fertig gebracht, Tom zum Schweigen zu bringen, war aber noch nicht zufrieden mit diesem Teil des Tages. Der Tritt schmerzte, doch Johannes wollte sich nichts anmerken lassen. Es beschäftigte ihn, dass er nicht wusste, wer ihn getreten hatte. Die Frauen wirkten stark in ihrer Einigkeit. Ihm war klar, dass er hier einen Keil treiben musste, um solche Demütigungen wie den Fußtritt künftig zu vermeiden. Jon Hendrik hatte geschmunzelt, auch wenn er versuchte, es zu verstecken. Nur Tom hatte nicht mitbekommen, was genau geschehen war, denn seine Gedanken kreisten um die Sache mit dem Nachnamen.

„Notfalls klapper ich alle Holzhändler in Missoula ab. Ich werde spüren, wenn ich meinem Vater gegenüberstehe“, platzte Tom entschlossen in die Spannung des Moments. Er hatte „Vater“ gesagt, nicht mehr Erzeuger oder Schweinehund.

„Worauf wartet ihr? Wollen wir nicht weitergehen?“ fragte er schließlich und blickte in eine Runde erstaunter Gesichter. Der Weg war gut markiert, führte an Uferwäldern und lauschigen Buchten vorbei, an denen hin und wieder Wohnmobile parkten und Urlauber auf Campingstühlen vor Grills lauerten. Einladungen zum Picknick schlugen sie aus, folgten dem Weg den Hang hinauf zwischen werbeklischee-grünen Wiesen mit bunten Sommerblumen und zufriedenen Kühen, in den Wald am steilen Osthang des Tales und wieder zurück zum Ufer des Mjøsa. An einer weitläufigen Bucht mit einer kleinen Insel beschlossen sie zu rasten, ließen völlig durchgeschwitzt ihre Rucksäcke zu Boden gleiten, suchten jeder für sich einen Platz zum Ausruhen und stellten beim Essen fest, dass sie zu Mittag fast drei Viertel der Tagesetappe geschafft hatten. Der Rest des Weges bis Brøttum sollte sie an der alten E 6 entlangführen, die sie sich mit den Autos teilen mussten. Diese Aussicht beflügelte den Entschluss, eine ausgedehnte Pause an der Bucht zu machen, die Havik hieß, wie sie einem Schild am Parkplatz entnehmen konnten.

HAMBURG-HUMMELSBÜTTEL

In der Luft des geräumigen Wohnzimmers hing so etwas wie ein Gewitter. Alle, die an diesem Nachmittag in der Villa der Familie von Mercier an der Alten Landstraße versammelt waren, spürten es, aber niemand hatte den Wunsch, es ausbrechen zu sehen. Charlotte von Mercier am allerwenigsten. Sie versuchte mit Betriebsamkeit und in den Raum geworfenen Banalitäten zu ignorieren, was doch unausweichlich zu sein drohte. Sie trippelte auf Pumps durchs Wohnzimmer, das die Größe einer kleineren Turnhalle hatte und mit sandfarbenem Velours eher an einen überdachten Privatstrand erinnerte als an ein Wohnzimmer. Jeder Schritt wurde hier abgefedert, jedes Wort gedämpft. Die Einrichtung im großbürgerlichen englischen Landhausstil mit einigen stilecht ergänzten Chippendale-Möbeln an ausgewählten Plätzen gab dem Raum eine Trägheit und Ruhe, die zu dem nahenden Gewitter im deutlichen Kontrast stand. Gregor hatte sich auf das Sofa geflegelt und kratzte sich den rasierten Schädel. Ein Bein baumelte über die Lehne, das andere tippte in den Sand, der keiner war, aber Spuren aufnahm. Auf seinem engen T-Shirt gab der skurrile Name einer Ravegruppe den betagten Lesern Denkaufgaben. Seine langen Beine steckten in einer viel zu knappen, viel zu glitzernden Hose, wenn man seine Mutter nach einem Urteil fragte.

Henriette hingegen hatte artig ihren jungen, schlanken, aber deutlich gerundeten Körper in ein schwarzes Kostüm gezwängt und saß mit angewinkelten Beinen auf dem Sessel, ihrem Onkel Wieland gegenüber, versuchte mit genervten Blicken, Gregor zu einer anderen Körperhaltung zu zwingen. Erfolglos, Gregor übersah mit andauernder Arroganz ihre Blicke. Charlotte kam mit einem Tablett aus der Küche, stellte Teetassen aus englischem Porzellan auf den Couchtisch inmitten der Familienrunde, ein Schälchen desselben Services mit schottischem Buttergebäck, das ihre verwöhnten Kinder immer so abscheulich unsüß fanden und deshalb den Erwachsenen meistens etwas übrig ließen, und erklärte, sie werde gleich mit dem Tee zurückkommen. Gregor hatte als erster einen Keks genommen und kaute lautstark.

„Benimm dich, Greg", zischte seine Schwester und streichelte ihr dunkelblondes Haar.

„Zicke", pöbelte Gregor in ihre Richtung und wandte sich an seinen Onkel, ohne die lässige Haltung auf der Couch wesentlich zu verändern: „Gibt's was Neues von unserem Knastonkel?"

„Wie bitte?" Wieland Wagenknecht tat irritiert, hatte aber sehr wohl verstanden.

„Von Johannes", verbesserte Gregor und verzog das Gesicht. Johannes war offensichtlich nicht sein Lieblingsonkel.

„Er wandert", antwortete Wieland und machte deutlich, dass diese Information seinem jungen Publikum reichen musste. Gregor fischte sich einen zweiten Keks, strich sich unflätig mehrmals über den Schritt, grinste seine Schwester boshaft an und kaute diesmal leiser. Charlotte kam mit dem Tee, schenkte allen ein, setzte die Porzellankanne auf ein Stövchen und war im Begriff, zur Küche zurückzuflüchten. Aber Wieland ließ ihr keine Chance, denn er bat sie nachdrücklich, sich zu setzen. Dann löste sich das Gewitter und Wieland war es, der Blitze und Donner steuerte: „Die Polizei hat Marie-Louises Testament."

Mehr sagte er nicht, aber diese wenigen Worte hatten eingeschlagen und Charlotte zum Schweigen gebracht. Gregor setzte sich auf, als sei er vom Blitz getroffen worden, und Henriette schlug ein Bein über.

„Da bleibt dir der Keks im Hals stecken, nicht wahr", kommentierte Wieland mit boshaftem Lächeln und sah zu Gregor. Der schluckte und versuchte etwas zu sagen: „Aber wie, äh, ja woher haben die denn ... Ja, wo war das denn? Ich meine, wer hat denn das Testament an die Polizei gegeben und warum?"

„Ist das Testament denn gültig, Wieland?" kreischte Charlotte mit rotem Gesicht. „Hast du das etwa gehabt?"

Wieland Wagenknecht schüttelte den Kopf, beobachtete diese kleine Auswahl der großen Familie konzentriert und fuhr fort: „Dr. Ahrens hat es am Tag vor Marie-Louises Tod gesiegelt, sie hat unterschrieben und das Ganze ist gültig."

„Ist es denn so, wie sie angekündigt hat? Ich meine: diese Ungerechtigkeiten, stehen die da auch drin?"

„Ja, Charlotte. Es ist alles ein wenig unerfreulicher, als wir geahnt hatten. Johannes erbt alles. Wir sind bereits abgefunden."

Gregor saß steif auf der Kante: „Wie jetzt? Alles? Die Villa in Wellingsbüttel? Die Häuser in Boltenhagen, Rantum, die Siedlung? Auch Wohldorf-Ohlstedt? Die Aktien und der Schmuck? Und Gernot? Was ist mit Gernot?"

„Johannes soll ihm helfen, sein Vermögen zu verwalten, und wird Eigentümer, während Gernot, Charlotte und ich Nießbrauch behalten, sowohl an Rantum als auch an Wohldorf-Ohlstedt. Boltenhagen, mit allem, was daraus werden kann, fällt ganz an ihn. Das ist keine unübliche Form der Aufteilung von Besitz."

Gregor und Henriette sahen unverständig auf ihren Onkel, als erwarteten sie Erklärungen. Gregor versuchte, in Worte zu fassen, was er nicht vollständig verstanden hatte:

„Also wird Johannes zum Aufpasser für Gernot."

„Haha, da wird ja der Bock zum Gärtner gemacht", lachte Charlotte überdreht los. „Johannes, unser Krimineller, das schwarze Schaf zum Aufseher über den einzig wirklich Sensiblen der Wagenknecht-Jungs. Ein Mörder als Aufpasser über einen, der manchmal ein wenig zu viel trinkt und eigentlich zu gut ist ..."

„Charlotte!" donnerte Wieland. „Ich bitte dich. Johannes ist kein Mörder, und was Gernot betrifft: er ist sehr sensibel, aber auch ein höchst problematischer Wagenknecht, darüber sind wir uns doch wohl einig."

„Ich mag Gernot", meldete sich Henriette zu Wort. „Zu mir ist er immer sehr freundlich und liebevoll."

Gregor grinste, schnappte sich einen neuen Keks und konnte sich einen Kommentar nicht verkneifen. „Unglaublich liebevoll, besonders wenn du dich ausziehst und Modell sitzt."

Wieland sah irritiert zu seinem Neffen, dann zu seiner Nichte und schließlich zu Charlotte. Er wartete auf eine Erklärung, musste sich aber mit Schweigen begnügen. Zur Überbrückung trank er einen Schluck Tee.

„Könnt ihr mir bitte erklären, was hier los ist mit Gernot. Ich erwarte eine Erklärung! Contenance und Bescheidenheit sind in unserer Familie nicht aus der Mode gekommen, hoffe ich. Auch von euch erwartet man Anstand und Zurückhaltung."

„Du bist nicht unser Vater, also spiel dich nicht so auf, Wieland. Erklär uns lieber, wie wir jetzt unseren Lebensstandard halten sollen. Die Jungs beim Sender lachen mich doch aus, wenn ich denen erkläre: Also Jungs, ich kann mir doch keinen TT leisten. Die lachen sich schlapp über den superarmen Gregor. Das ist doch voll krass. Wieland, du musst dafür sorgen, dass es nie dazu kommt mit dem Testament." Gregor schickte Wieland strenge Blicke, griff sich den letzten Keks und legte sich lässig auf die Couch. „Das ist doch total abgefahren."

„Noch etwas Tee, Wieland?" versuchte Charlotte die Situation zu entschärfen. Wieland winkte ab und insistierte auf eine Antwort.

„Henriette, bitte erkläre mir, was Gregor in Bezug auf Gernot gemeint hat."

Mit leiser Stimme und den Blick auf den Velours gerichtet, begann sie: „Tja, Gernot braucht ab und zu Modelle. Die sind teuer und er ist doch immer klamm. Warum sollte nicht ich ..."

Gregor schaltete sich lautstark ein: „Hen, hör auf, du musst dich doch vor diesem Warmduscher nicht rechtfertigen. Diese spießige Moral ist voll out und was für alte Leute. Was du tust, ist doch voll lustig und super erregend, nicht wahr. Du brauchst dich doch nicht zu verstecken, mit deinem Body."

„Gregor!" kreischte seine Mutter streng, rechnete aber nicht mit Wirkung. Die Erziehung ihrer mittlerweile erwachsenen Kinder hatte sie beendet und versuchte allenfalls nicht ganz übersehen zu werden. Wieland wandte sich an Charlotte:

„Ich bin überrascht über den Ton, der in deinem Haus herrscht. Eigentlich hatte ich gedacht, wir könnten gesittet über die neue Situation sprechen. Da gibt es doch eine Reihe von Fragen. Ich denke, wir zwei sollten ohne deine wohl geratenen Früchtchen weiter sprechen. Sie gehen mir auf die Nerven mit ihrem Gehabe. Der Libertinismus ist also auch hier eingezogen und hat die beiden im Griff, arme Jugend. Von sexueller Befreiung kann wohl nicht mehr die Rede sein. Heute ist sexuell wohl eher der befreit, der nein sagen kann und Werte respektiert. Ich bin mir bewusst, dass ich konservativ bin, und frage mich doch, ob nicht die Konservativen zur Zeit eher die Fortschrittlichen sind, denn ..."

Überraschenderweise schwang sich Gregor ohne Zögern aus seiner bequemen Stellung, stand auf, warf Henriette ein Kommando zu und verschwand. Seine Schwester folgte.

„Ich bin beeindruckt, Wieland. Du solltest häufiger mal bei uns zu Gast sein, du Warmduscher."

Charlotte zierte sich, das aktuelle Schimpfwort ihrer Kinder zu benutzen, lachte gleich los mit einem Anklang von Hysterie in der Stimme und Wieland beruhigte sie, indem er mitlachte. Dann brachte er das Gespräch wieder auf den Grund seines Kommens.

„Ahrens hatte mir nicht gesagt, dass die Abfassung des Testaments unmittelbar bevorstand. Weißt du, was Mutter zu solch einem Schnellschuss bewogen hatte? Anders kann man dieses Testament wohl nicht bezeichnen?"

„Ich habe keine Ahnung. Aber warte, sie hatte mir kurz vor ihrem Tod erzählt, dass sie das Testament ändern wollte, wegen Gernot und Johannes. Vielleicht hatte Johannes von Norwegen angerufen und gejammert oder Gernot war wieder bei ihr gewesen, um sie anzupumpen. Er hat doch immer irgendwelche Projekte. Obwohl: er kommt doch immer erst hierher. Wenn er das Auto braucht, weil sein Museumsstück mal wieder versagt, oder wenn er Liebeskummer hat ..."

„So? Hat er das ab und zu? Ich dachte immer, alle in Frage kommenden weiblichen Wesen machen einen weiten Bogen um unseren Bruder, wenn sie ihn riechen, Charlotte."

„Du bist gehässig, Wieland."

„Wenn ich richtig orientiert bin, Charlotte, dann sind wir beide im Prinzip enterbt, Gernot unter Kuratel gestellt und Johannes der Alleinerbe des Wagenknechtschen Restbesitzes. Mutter hat im begleitenden Brief zu ihrem Testament mit Andeutungen nicht gespart. Dieses Testament ist eine glatte Ohrfeige für den anständigen Teil unserer Familie. Deshalb werde ich es anfechten."

„Weiß Johannes denn eigentlich von seinem Glück?" Charlotte zwinkerte mit den Augen. Wieland entdeckte Gregor und Henriette, die hinter der Wohnzimmertür standen und lauschten, ignorierte die beiden und setzte eine ernste Mine auf, faltete die Hände vor seiner Brust, als wollte er beten, bevor er seiner Schwester antwortete:

„Bisher hat Johannes noch nicht einmal Ahnung davon, dass Mutter tot ist. Um das Resozialisierungsprojekt, in dem er sich befindet, nicht zu gefährden, sollten wir es auch dabei lassen.

Das habe ich auch die Herren vom Landeskriminalamt wissen lassen. Wir haben also ausreichend Spielraum, und morgen werde ich bei Gericht die Eröffnung des Testaments beantragen. Mir fallen sicher die notwendigen Präzedenzfälle ein, um zu verhindern, dass Johannes zu diesem Zeitpunkt involviert wird."

„Du bist ein gemeiner Bruder und blendender Jurist, Wieland. Du hast viel von unserem Vater. Und wenn Johannes etwas zustößt?"

„Charlotte! Daran denkt man nicht einmal. Er ist unser Bruder. Aber wenn, was nicht geschehen möge, dann wird mit dem Erbe in der gesetzlichen Weise verfahren."

„Ach Wieland, du kannst immer so schön um den heißen Brei herumreden."

Charlotte setzte sich gerade, zog die Falten aus ihrem dunkelblauen Rock, warf den Kindern eine Handbewegung zu, nach der sie ihr Versteck verließen, und schenkte ihrem Bruder noch Tee ein. Ohne ein Wort zu sagen tranken beide ihren Tee. Wieland sah durch die großen Fenster in den blühenden Garten. Etwas machte ihn nachdenklich.

„Wer wohl das Testament vom Schreibtisch genommen und es der Polizei geschickt hat?" begann er das Gespräch wieder. Charlotte sah ihn ernst an. Ihre Stirn legte sich in Falten. Sie dachte nach, sagte aber nichts.

„Was ist mit diesem Gärtner, Ragowski? Ist der eigentlich koscher? Aber warum sollten Einbrecher das Testament verschwinden lassen, Charlotte? Und wenn es gar kein Einbrecher war?"

„Was meinst du, Wieland? Die Kassette mit Mutters Bargeld ist doch gestohlen worden. Ich habe ihr ja immer gesagt, sie solle nicht so viel Bargeld im Haus haben, aber sie traute den Banken nicht von hier bis zur Tür."

„Es ist merkwürdig. Aber das Testament war gerade einen Tag unterschrieben, juristisch ganz einwandfrei, dann stirbt Mutter, das Testament verschwindet von ihrem Schreibtisch und landet bei der Polizei. Bevor ich kam, war nur diese Studentin im Haus, Frau Winter ..."

„Die kam mir immer etwas sonderbar vor, Wieland. Sie hatte so ein ... freundschaftliches Verhältnis zu Marie-Louise. Wenn die nun dieses Testament ..."

„Wenn sie es benutzen wollte, um uns unter Druck zu setzen oder Ähnliches, warum sollte sie es dann zu Polizei schicken? Nee, nee, Charlotte, es muss etwas anderes dahinter stecken. Es könnte eine ganz gemeine Intrige gegen unsere Familie sein!" empörte sich Wieland Wagenknecht. Mit dieser Theorie spürte er Boden unter den Füßen im Angesicht aller Spekulationen.

„Intrige, wie meinst du das Wieland?"

„Wie ich es sage. Stell dir vor, in der Öffentlichkeit wird etwas von dem Testament bekannt. Da macht der Umweg über die Polizei Sinn, denn jedes Kind weiß mittlerweile, dass politisch interessante und brisante Informationen sicher eine undichte Stelle im Präsidium finden ... Bei meiner Stellung in der Partei wäre das für die Presse hochinteressant. Und denk nur an Johannes: wie sich seine alten Kollegen das Maul zerreißen würden. Nee, nee ... Und meine Kollegen bei Gericht. Ich wäre doch diskreditiert. Wir müssen diesen Hauptkommissar um äußerste Diskretion bitten, notfalls mit juristischen Mitteln."

„Und wenn Johannes ... Ich meine, er ist der Einzige, der von der jetzigen Situation profitiert", überlegte Charlotte mit einem undefinierbaren Gesichtsausdruck, aber einem bösen Unterton in der Stimme.

„Charlotte! Johannes weiß nichts von dem Testament und schon gar nichts von dem Inhalt."

„Marie-Louise hat doch ihrem Liebling immer alles geschrieben oder mit ihm telefoniert, sogar ins Gefängnis nach Norwegen."

„Trotzdem, Charlotte. Wieso sollte dann das Testament bei der Polizei landen? Das ist alles aus den Fingern gesogen, Schwesterherz."

„Vielleicht hat Johannes hier noch Leute, denen er vertrauen kann, die für ihn arbeiten. Weißt du das?"

„Aber wer hat Marie-Louise denn zum Notar gefahren? Sie ist

doch sicher nicht allein ...?" Wieland Wagenknecht pellte sich mühsam aus dem tiefen englischen Sessel und stand aufrecht vor seiner Schwester, die auf seine Frage keine Antwort gehabt hatte. Schon in Richtung auf den Hausflur, legte er zum Abschied die Hand auf ihre Schulter.

„Bleib sitzen und denk in andere Richtungen, Charlotte. Ich kenne ja den Weg."

Er verschwand ohne weitere Worte.

GUDBRANDSDAL

„Hau ab, du Arschloch, lass mich in Ruhe!"

Tom stand mit erhobener Faust dicht vor Johannes' Gesicht, die Augen zu Sehschlitzen verengt. Die Schlagadern an den Schläfen traten hervor, die Nasenwurzel war zu einem tiefen Graben gekrampft, in dem Schweißtropfen zu Boden stürzten. Eine Ladung Dynamit war harmlos im Vergleich mit seinem Zustand. Tom hatte seinen Rucksack zur Seite geschmissen und war im Vorteil, denn Johannes war voll bepackt.

„Cool down, Tommy." Johannes versuchte den Ruhigen zu spielen.

„Du nennst mich nicht Tommy, nicht Looser, nicht Süßer. Ein falsches Wort und du bist tot."

Mit einem Ruck hatte er seinen Gürtel gelöst und zwischen den Fäusten gespannt, hielt ihn Johannes unter die Nase. Die Frauen hielten sich im sicheren Abstand, starrten gebannt auf die Männer, ließen vorsorglich die Rucksäcke auf den nassen Waldboden gleiten, bemüht, jedes Geräusch zu vermeiden. Ihnen war klar: was sich zwischen den Männern abspielte, war toternst. Hilflos waren sie zum Zuschauen gezwungen, hatten aber beide Verständnis für Toms Reaktion, wenngleich die Heftigkeit ihnen Angst machte. Jon Hendrik war weit voraus, kam aber zügig zurück, schüttelte sich den Regen aus den Haaren und versuchte die Lage zu peilen.

Johannes schwieg, hatte aber sein überlegenes, breites Grinsen aufgesetzt. Unmerklich war er einen Schritt zurückgegangen, in der Hoffnung, Tom werde es nicht merken. Dabei behielt er den Lockenkopf fest im Blick, um nicht böse überrascht zu werden. Regen fädelte sich zwischen den Kontrahenten zu Boden, blieb in dicken Tropfen auf Gesichtern, Händen und Fäusten liegen. Johannes konnte Toms wahre Stärke nicht einschätzen, denn er hatte ihn noch nie so erlebt und war überrascht. Tom war ihm als der völlig gedrückte Stiefellecker vorgekommen, den er wegschicken und demütigen konnte ganz nach Belieben. Mit Selbstbewusstsein hatte Johannes bei Tom nicht gerechnet. Jetzt jagte ihm dieser Lockenkopf, das Babyface, doch Respekt ein. Oder war es Angst? Wenn er nur schnell den Rucksack abwerfen könnte.

„Wo sind deine Sprüche? Wo ist deine Stärke? Bringen wir es hinter uns!“ Keiner hatte gesehen, was Tom gemacht hatte, doch plötzlich fiel Johannes hintenüber und lag hilflos wie eine Schildkröte samt Gepäck auf dem Rücken. Tom setzte sich blitzschnell auf seinen Bauch und schwang den Gürtel um Johannes' Hals.

„Tom!“ mischte sich Jon Hendrik ein. Und wieder schrie er: „Tom! Mach keinen Unsinn!“

„Er soll aufhören. Er soll aufhören mit seinen Beleidigungen“, kreischte Tom, und er klang wie ein Trotzkind. Er kannte diese Situation. So hatte er auf dem Freund seiner Mutter gesessen, als er 16 war. Immer fühlte er sich gedemütigt von dem Mann, der nur auf einen kurzen Besuch in Mamas Bett in die Wohnung gekommen war und von Tom nie etwas wissen wollte. „Dieser Versager stört einfach immer“, hatte der Besucher gesagt. Da war Tom ausgerastet, genau wie jetzt. Johannes röchelte, sein Kopf war knallrot. Jon Hendrik näherte sich mit Bedacht, kniete sich neben Johannes und sah Tom an.

„Tom, lass es jetzt. Johannes hat verstanden und er weiß, wie stark du bist.“

Ganz ruhig hatte Jon Hendrik gesprochen und wahrgenommen, wie sich der Lederriemen leicht entspannte.

„Johannes hat dich provoziert. Das weiß ich. Du bist zu Recht wütend. Aber mach dich nicht unglücklich, Tom. Johannes ist nicht der, der dir das alles angetan hat."

„Aber der ist nicht hier, dieser Sauhund! Und Johannes hat es genauso gemacht. Ich will meine Ruhe haben!" Beim Schreien spritzten Wassertropfen in alle Richtungen aus Toms Mähne. Johannes atmete kräftig durch und wollte sich befreien. Blitzschnell hatte Tom ihn wieder unter Kontrolle und ohrfeigte ihn.

„Du sollst aufhören, Johannes, aufhören, aufhören. Lass mich in Ruhe. Hör her! Du musst Tom Salvesen respektieren. Ich bin kein Idiot!"

„Hör auf, bitte hör auf", winselte Johannes.

„Tom, du bist stärker als Johannes, das sehen wir", rief Mia aus sicherem Abstand. „Du kannst aufhören. Du brauchst nicht noch mehr Beweise. Der Starke kann aufhören."

Fragend sah Tom zu Mia und blickte in ein sanftes Lächeln. Allmählich lockerte sich sein Griff und er überließ Jon Hendrik den Gürtel. Im Aufstehen traf ihn ein kräftiger Fußhieb von Johannes, der bemüht war, eilig auf die Beine zu kommen und den Rucksack zu lösen.

„Hör auf, Johannes!", befahl Jon Hendrik.

„Du hast mir nichts zu sagen. Ich kann mich selbst verteidigen."

Wie zwei wütende Nashörner standen sich die Männer Aug' in Aug' gegenüber. Es hatte wieder zu regnen begonnen und der Boden wurde eine einzige Matschpfütze.

„Lass uns weitergehen, Bodil. Dann können die Männer hier ihr Ding durchziehen. Mir wird's zu nass und öde."

Mia setzte sich den Rucksack auf und Bodil folgte ihr. Johannes und Tom sahen ungläubig den Frauen nach, die tatsächlich einfach weitergingen. Mit einem wilden Fluch trat Johannes in ein tiefes Matschloch. Übersäht mit schwarzen Sprenkeln lösten sich die Kontrahenten, wandten sich ihren Rucksäcken zu, behielten sich sehr genau im Auge und bedachten sich mit Drohungen der unfeinsten Sorte. Jon Hendrik beschloss, für die nächste Zeit die Nachhut zu bilden und über das Kunststück an Deeskalation nachzudenken, das er soeben miterleben durfte. Wie genau war es zur Entkrampfung gekommen? Der Regen, Mias Worte, der Matsch? Er hatte registriert, dass Mia sich zum ersten Mal aktiv in den Gruppenprozess begeben, ihre Beobachterrolle für einen kurzen Moment verlassen hatte – und das sehr erfolgreich. Diese verschlossene Frau beschäftigte ihn schon seit er sie kennen gelernt hatte. Immer war Distanz zwischen ihnen geblieben, und sie hatten professionell und sachlich ihre Vorbereitungen erledigt, die stets, und das wunderte ihn am meisten, exakt im Zeitrahmen geblieben waren. Mia arbeitete wie ein Uhrwerk und so lief sie auch den Pilgrimsleden. Sollte sie ihren Job im Justizministerium verlieren, würde die Fahrplanabteilung der Norwegischen Staatsbahn NSB sich um sie reißen, schmunzelte Jon Hendrik in sich hinein. Passend dazu ratterte unweit von ihnen ein Expresszug nach Süden.

Jon Hendrik behielt den Abstand lange bei, und das tat ihm gut, denn Zweifel hatten sich in seinem Kopf festgesetzt, wie die dunklen Wolken in den Hängen oberhalb des Gudbrandsdals. Was mache ich hier eigentlich? überlegte er. Übernehme ich mich? Kann ich steuern, was ich in Gang gebracht habe?

Die Heftigkeit von Toms Attacke bereitete ihm Sorge. Es hätte böse enden können. Jon Hendrik, sagte er sich, du musst einen kühlen Kopf behalten und notfalls abbrechen. Lillehammer, dachte er, das ist ein Ort, in dem ich bedenkenlos dem Ganzen einen Ende setzen kann, Ullersmo anrufen, und in zwei Stunden ist der Bus da.

Seine Zweifel ärgerten ihn. Gestern war ich so entschieden und stolz über den Weg der Buße und heute, nach dem ersten heftigen Konflikt?

Am Westufer des Mjøsa tauchte die Vingrom-Kirche auf, die auch bei Regen weiß strahlte, als stünde sie im Sonnenschein. Diese Kirche war immer eine besondere Wegmarke für ihn gewesen, und er erinnerte sich, wie seine Mutter ihm erzählt hatte, dass die Menschen früher, bevor sie den See Richtung Lillehammer überquerten, in der Vingrom-Kirche um Schutz auf dem Weg gebetet hatten. Unterwegs sein war für die Menschen früher viel gefährlicher als heute, hatte Mutter dem zehnjährigen Jon Hendrik erklärt, eine Fülle an Gefahren aufgezählt und dann geendet: „Deshalb haben die Menschen auch mehr gebetet früher." Manchmal hatte Mutter angefangen zu singen „Bleib bei mir Herr ..." Die Erinnerung an diese kleine, aber bedeutsame Frömmigkeitsunterweisung, die seinen Wunsch, Pastor zu werden, mit beflügelt hatte, fiel ihm jetzt ein, da in ihm der Zweifel an seinem Projekt wuchs. Auch unser Weg birgt seine Gefahren, überlegte er und versuchte, sich ganz auf seinen Körper zu konzentrieren, um Abstand von seinen Gedanken herzustellen. Er atmete bewusst und ging aus der Hüfte heraus mit aufgerichtetem Kreuz. Es tat gut, die Beinmuskulatur in Arbeit zu spüren, die Füße in den schweren Stiefeln zu fühlen und wahrzunehmen, wie viel Last auf den Knien lag. Je mehr die Bewegung aus der Hüfte und dem Becken kam, desto weniger waren die Knie belastet. Die Hände wurden warm, und Jon Hendrik spürte den Regen nicht mehr, der in gleichmäßig dünnen Fäden vom Himmel hing.

So ging er eine ganze Weile in Konzentration auf sich und hätte nicht sagen können, wie lange sie gegangen waren. In ihm waren die Worte seiner Mutter nachgeklungen: beten wegen der Bedrohungen auf dem Weg ... Jon Hendrik begann im Gehen mit Gott zu sprechen: „Ich habe Angst vor dem, was geschehen kann mit den Leuten, die bei mir sind. Ich habe aber auch Angst, dass meine Angst mächtiger ist als mein Vertrauen. Ich bin so unsicher, Gott. Hast du Sicherheit für mich?"

Durch die Bäume hindurch konnte er wieder die Vingrom-Kirche strahlen sehen und fühlte in sich einen Satz, den er gut kannte: Sollte ich dich nicht gesegnet haben für den Weg, der vor dir liegt, für alle Gewissheit und allen Zweifel?

Jon Hendrik sah voraus und bemerkte, wie groß der Abstand zu den anderen geworden war, ein Abstand, der ihm gut getan hatte. Was war eigentlich wirklich geschehen, überlegte er. Johannes hatte von Tom eins verpasst bekommen, was überfällig war. Tom hatte letzlich doch Bisshemmung gespürt, und die Frauen hatten ein wunderbares Mittel der Deeskalation gefunden. Alle waren gesund und hatten ihr Gedankengepäck zu tragen für die letzten 350 Kilometer. Was war daran bedrohlich? Jon Hendrik wusste, dass er seinen eigenen Versagensängsten begegnet war. Die kannte er gut, war ihnen aber schutzlos ausgesetzt. Soviel wusste er von sich.

Gelassener schloss er zu Tom auf, der sich an die Frauen gehängt hatte. Johannes eilte weit vor den anderen Lillehammer entgegen, ohne sich umzusehen oder eine Pause zu wagen.

Schweigend ließen sie die Søre-Ål-Kirke liegen, ohne ihr einen Besuch abzustatten. Der Leden verlief jetzt auf Stadtstraßen mit Beleuchtung und Fußwegen, reichlich Autoverkehr und vielen jungen Frauen, die paarweise Kinderwagen vor sich herschoben und sich vom Regen nicht stören ließen. Lillehammer bestand hier aus vielen bunten Holzhäusern mit gemauertem Kellergeschoss, ordentliche Gartenzäune begrenzten mehr oder minder gepflegte Gärten, in denen Schaukeln und Spielhäuschen standen, Erdbeerbeete angelegt waren und manch eine Frühlingsblume davon zeugte, dass Norwegen in Sachen Sommer weit hinter dem Rest Europas lag.

An der evangelischen Stadtkirche trafen sie einen der Pastoren, der sie zum ihrem Quartier im Lillehammer-Gästehaus begleitete. Johannes und Tom gingen sich auch hier aus dem Weg, obwohl sie sich ein Zimmer teilen mussten, beobachteten sich wie zwei Wolfswelpen, immer auf dem Sprung, vom anderen nicht den entscheidenden Schlag verpasst zu bekommen, der die Rangordnung klären würde. Aus der Distanz behielt auch Jon Hendrik die beiden im Auge, hatte aber Überlegungen eines vorzeitigen Abbruchs des Projektes verabschiedet. Die Frauen waren die Einzigen, die sich an diesem Abend angeregt unterhielten, sich Artikel aus veralteten Tageszeitungen vorlasen und scheinbar den Konflikt vom Nachmittag völlig vergessen hatten. Als die anderen in ihren Betten waren, saß Jon Hendrik noch lange in der guten Stube und dachte nach. Drei Tage waren sie erst unterwegs und die Spannungen stiegen von Tag zu Tag. Sollte es so weitergehen, dann musste er sich dringend Gedanken machen, wie er der Aggression Einhalt gebieten könnte. Er bereitete sich seelisch auf einen Weg vor, auf dem er notfalls mit Gewalt Lösungen schaffen musste. Darauf war er vorbereitet, wusste er, hatte aber den Druck noch nie so unmittelbar erlebt. Von Gefahren hatte er immer gesprochen, zuletzt dem Erzbischof gegenüber. Aber es war ihm immer als eine theoretische Möglichkeit erschienen. War er wirklich stark genug, sich Johannes und Tom entgegenzustellen? Was würde passieren, wenn er aus einem Kampf als Verlierer herauskommen würde?

Mit schwerem Kopf schleppte er sich zu Bett und war froh, dass er diese Nacht ein Einzelzimmer hatte.

HAMBURG-BARMBEK

Es war ein gruselig-schöner Kinoabend. Obwohl „Gladiator" kein Film war, den sie genießen konnte, war das Zusammensein mit ihren Freunden trotz Gewalt und Blut auf der Leinwand amüsant. Sie hatten sich geärgert, dass sie der Werbung für den Film auf den Leim gegangen waren, doch als sie angefangen hatten, lautstark die Ekelszenen zu kommentieren und die Computertricks zu analysieren, war es doch noch ein kreativ-spaßiger Kinoabend geworden. Russel Crowe konnte sie genießen und war sich sicher, selten einen so erotischen Mann gesehen zu haben. Sie dachte an die Liebesszenen, geriet ins Träumen, hätte fast ein Auto übersehen, das aus einer Nebenstraße kam, konnte aber galant ausweichen und sich wieder Russel Crowe hingeben. Also war sie mit sich und der Welt zufrieden und müde.

Der Wiesendamm war menschenleer. Die Straßenlaternen konnten die Dunkelheit kaum erhellen, sodass die Backsteinhäuser wie die steilen Wände einer Schlucht aussahen, wären nicht einzelne Fenster von blauem Fernsehflackerlicht erhellt, andere schimmerten leicht durch das Licht einer vergessenen Lampe. An einem Briefkasten hielt sie an und ließ einen Umschlag durch den Schlitz hineingleiten. Sie wusste, dass der Brief erst am nächsten Tag auf die Reise gehen würde, aber lobte sich, dass sie sich entschieden hatte, ihn einzustecken. In zwei Tagen würde er in Ullersmo sein, rechnete sie und radelte die letzten Meter nach Hause. Wie einsam die Stadt wirkt, wenn man spät nachts mit dem Fahrrad unterwegs ist, überlegte sie und war froh, als sie zu Hause war. Von der Straße aus sah sie, dass in ihrem Zimmer Licht brannte. Offenbar hatte ihre Mitbewohnerin wieder irgendwas gesucht und vergessen, das Licht zu löschen.

Als Marei das Fahrrad angeschlossen hatte, nahm sie eine dunkle Gestalt im Hauseingang wahr, die dort zu warten schien. Sie konnte nichts weiter erkennen; es sah aus, als ob die Gestalt eine Maske trug. Wenig später hatte Marei die Gewissheit. Bedrohlich baute sich ein ganz in Schwarz Gekleideter, oder konnte es eine Frau sein, vor ihr auf, leuchtete mit einer Maglite direkt in ihr Gesicht, befahl in gebrochenem Deutsch, die Haustür zu öffnen, und schob sie in den Hauseingang.

Marei nahm wahr, dass die Gestalt, es war eindeutig ein Mann, nach Alkohol und Knoblauch stank und eine Motorradmaske trug. Er war kräftig und hielt mit einer Hand Mareis Unterarm, drehte ihn mit einer schnellen Bewegung auf ihren Rücken und stand nun hinter Marei. Wortlos wurde sie in die Ecke vor dem Kellerabgang gedrückt, ihr rechter Arm auf dem Rücken fing an zu schmerzen. Ihr Herz raste. Sie war bedroht wie der Gladiator, als er im Schwitzkasten seines Gegners dem Tod entgegen sah. Wer konnte ihr jetzt helfen, sie fühlte sich so klein und hilflos dem Stinkenden ausgesetzt. Wer war der? Gedanken rasten ihr durch den Kopf. Der Griff des Schwarzen war fest, sie konnte sich nicht befreien. Sie atmete schnell und panisch. Was war das hier, Vergewaltigung, Entführung, Raub ...?

Sie wagte die Frage. „Was soll das hier sein?"

„Leise sein", befahl die tiefe, verstellte Stimme von hinten. Warum verstellt der seine Stimme? Hat der Angst, dass ich ihn erkenne? Der Schmerz im Arm zog in Hals und Rücken. Marei schrie auf.

„Du haben, was dir nicht gehört. Hergeben!" flüsterte die Stimme dicht an ihrem Ohr. Knoblauch! Marei hasste diesen Geruch so dicht an ihrem Gesicht. An ihrem Hals spürte sie einen kalten Gegenstand. Ein Messer?

„Warum du gewühlt im Müll? Was du verstecken vor uns?"

Marei dachte nach: Was könnte der Schwarze meinen? Das Testament im Mülleimer? Hatte sie Marie-Louises Mörder gestört? War er womöglich im Haus, als sie ... Was soll das hier?

„Ich weiß nicht, was Sie meinen. Das muss eine blöde Verwechslung sein. Lassen Sie mich los, ich bin doch nur eine harmlose Studentin."

Der Griff wurde fester und zog den Arm nach oben. Wieder krümmte sich Marei vor Schmerz.

„Du genau wissen, was war in Mülleimer ..."

„In welchem Mülleimer?" Marei hatte verstanden, stellte sich aber unwissend.

„Wellingbutteler Landstraße", flüsterte die Stimme.

„Bei Frau Wagenknecht?" stellte sich Marei weiter dumm.

„Du wissen genau. Hergeben, sonst ..."

Marei überlegte, ob sie sagen sollte, dass sie das mit dem ausländischen Akzent durchschaut hatte. Und dann? Da fiel ihr etwas anderes ein:

„Der Schlüssel von der Geldkassette?"

Der Schwarze lockerte den Griff, schob aber die Klinge eines Fahrtenmessers vor Mareis Gesicht.

„Nicht lügen!"

„Mehr weiß ich nicht. Die Frau ist doch tot. Da habe ich lange nicht mehr saubergemacht. Und am Mülleimer habe ich sowieso nichts zu suchen, gar nichts gefunden. Das macht doch der Gärtner. Nur der Schlüssel ..."

Sie brach ab und überlegte, ob das mit dem Gärtner ein Fehler gewesen war. Das Messer fuhr zu ihrem Bauch, schob sich unter das T-Shirt und schnitt mit einem Ruck den Stoff bis zum

Hals durch. Marei erschrak fürchterlich und sank zu Boden. Draußen vor dem Haus wurde ein Auto geparkt, Türen zugeschlagen und Stimmen kamen näher. Die schwarze Gestalt richtete sich auf, hinterließ eine Drohung und lief aus dem Haus in die Dunkelheit des Wiesendamms. Die Stimmen verschwanden im Nebeneingang. Marei setzte sich auf und atmete durch, betastete Hals, Brust und Bauch. Aus einer kleinen Schnittwunde tropfte Blut auf die Fetzen Stoff an ihrem Leib. Das Schultergelenk und der ganze Arm schmerzten. Marei bewegte die Arme, rieb sich mit der linken Hand über den rechten Arm, massierte ihre Schulter und versuchte aufzustehen, fühlte aber nur Pudding in den Beinen. Sie blieb auf dem kalten Steinboden im dunklen Treppenhaus sitzen und war überrascht über das plötzliche Ende des Überfalls. Was hatte sie gesagt? Hatte sie Stefan Ragowski in Gefahr gebracht? Sie wackelte und zitterte, zog sich am Treppengeländer in den zweiten Stock, fand sofort den Schlüssel, öffnete die Tür und stürzte in den Flur. Dort blieb sie einige Minuten liegen und versuchte ihre Gedanken zu ordnen: Was war das, was ich eben erlebt habe? Sollte ich lieber die Polizei rufen? Ich bin ja nicht mal vergewaltigt worden, was soll ich denen erzählen? Dann fragen die: „Sie waren wohl im Kino." Und das stimmt auch noch.

Marei ging in die Küche und bekam einen neuen Schreck. Da saß Christine, ihre Mitbewohnerin, gefesselt auf einem Stuhl. Ihr Mund war mit einem dicken Streifen Powertape verklebt und sie versuchte, sich durch Bewegen zu befreien. Marei eilte mit einem Haufen Fragen zu Christine, riss als Erstes den Klebestreifen ab und schnitt dann die Fesseln durch.

„Was soll das denn sein, Chrissi? Wer war das?"

Christine schnappte nach Luft und war nicht in der Lage zu antworten.

„Echt Scheiße! Was ist los gewesen? Hat das Schwein dich vergewaltigt?"

Marei holte ein Glas mit Wasser, trank selbst einen kräftigen Schluck, reichte Christine das Glas.

„Nein, nein, das nicht, aber der hat gesagt, er kommt wieder, wenn du nicht das Testament bei ihm ablieferst. Er hat gesagt, er wird dich finden. Ich hab solche Angst um dich, aber ich verstehe nichts ..."

Christine hatte hektisch ihre Worte herausgepresst und war froh, sie losgeworden zu sein. Marei schloss Christine in die Arme und schon heulten beide wie auf Kommando. Allmählich kamen sie wieder zu sich, lachten wie besessen, wischten sich gegenseitig die Tränen ab und begutachteten sich. Christine musste über Mareis Zustand lachen.

„Was ist dir denn begegnet? Der heißeste Flirt? Oder bist du irgendwo hängen geblieben?"

„An dem Typen, der dich so eingepackt hat, nehme ich an. Der hat vorm Haus auf mich gewartet ..."

„... weil er in deinem Zimmer nichts gefunden hat."

Marei rannte in ihr Zimmer und stand vor einem Trümmerhaufen. Die Regale und der Schrank waren durchwühlt und auf dem Fußboden ausgebreitet, ein Regal war umgestürzt, ihr Bett aufgeschlitzt, die Schreibtischschubladen ausgekippt, sogar die Bilder waren von den Wänden gerissen. Als Marei begriff, was geschehen war, heulte sie und schrie ihre Wut in das Chaos, das vor kurzem noch ihr geordnetes Zuhause war. Christine kam und umfasste sie von hinten.

„Und nun erklär mir das mal alles ..."

Die Frauen setzten sich in die Küche, köpften eine Flasche Wein und wirkten wie Touristinnen, die die letzte Maschine nach Hause verpasst hatten und den Rest des Sommers auf einem abscheulich fremden Flughafen verbringen mussten.

„Gut, dass ich dich habe", sagte Marei, streifte die zerschnittenen Kleidungsstücke ab, hängte sich ein Handtuch um und begann Christine alles zu erzählen. Sie begann mit dem Morgen, an dem sie Marie-Louise Wagenknecht gefunden hatte. Christine hörte geduldig zu und wartete, bis sie ihren Kommentar los wurde:

„Da sitzen wir beide aber kräftig in der Tinte."

„Weißt du, was das Blödeste ist? Ich kann nicht einfach zur Polizei gehen und eine Anzeige machen. Wenn die rauskriegen, dass ich das Testament ..."

„Du bist auch superdämlich, Marei. Warum hast du das Teil denn nicht im Müll gelassen. Dann hätte die Polizei es gefunden oder niemand. Das wär' auch gut."

Marei seufzte, vergrub ihr Gesicht in den Händen und schwieg. Was hatte sie wirklich getrieben?

„Ich glaube, ich war so superneugierig. Und als ich das gelesen hatte, habe ich gedacht: das muss der Johannes haben. Die wollten den ausbooten, die megaheile Familie."

„Was geht dich dieser Johannes mit seiner schönen heilen Welt an, was?"

„Aldous Huxley!" wusste Marei, erhob das Glas und sandte ihrer Mitbewohnerin einen Luftkuss.

„Okay, Chrissie, mitgefangen, mitgehangen; jetzt saufen wir uns 'nen richtigen Brand. Und dann soll dieser verkappte Ausländer kommen. Das nächste Mal sind wir schneller und dann ..."

„Ausländer? Der Typ war Ausländer? Gut, er roch nach Knoblauch, aber ich riech' auch oft nach Knoblauch. Er hat seine Sprache verstellt, kann aber ebenso gut ein Deutscher sein oder was aus dem Osten."

„Das wär dann ja auch Ausland, oder, meine Liebste?"

„Russe. Pole", überlegte Christine. „Nee, ich glaube, das war ein Deutscher, der sich verstellt hat."

GUDBRANDSDAL, ZWISCHEN LILLEHAMMER UND ØYER

Das weite und fruchtbare Mjøsa-Tal wird hinter Lillehammer in ein Korsett steiler Hänge gezwungen, die gerade dem Lågen Raum geben, der vom Dovrefjell kommend durch das enge und malerische Gudbrandsdal fließt, tost und vor mancher Staumauer seeähnliche Ausmaße annimmt. In den bewaldeten Hängen hatten sich dicke Wolken verbissen und machten keine Anstalten loszulassen und den Blick auf den Himmel freizugeben. Gelegentlich zeigten sich hellere Wolkenpartien, wurden aber umgehend von der finsteren Mehrheit überdeckt. Sie blieb schwer und finster, weil sie ihre Wasserfülle noch bei sich behielt.

Ein Tag, der Depressionen gebären konnte, lag vor den fünf Menschen, die auf dem Pilgrimsleden gingen, vorsorglich in Regenkleidung gepellt. Die bunten Regenhüllen über den Rucksäcken waren die einzigen Farbtupfer an diesem trüben Morgen, dessen kühle Feuchtigkeit unter jede Kleidung kriechen konnte. Wortlos schleppten sie sich und ihre Last in die Schlucht hinein, die sie sich die nächsten Tage über mit der Eisenbahnlinie und der E 6 teilen mussten. Die Höfe waren vorsorglich an die lichten Hänge gepflanzt worden von Menschen mit Weitblick. Denn an die oberen Hänge konnte sogar die Wintersonne dringen, wenn die Wolken ihr Platz machten.

Der Leden hielt für die Pilger manche Anstrengung bereit, da er teilweise auf die Höhe der Hänge schwenkte, wieder steil in eines der vielen Seitentäler mit donnernden Wildwassern hinabfiel und am gegenüberliegenden Hang erneut steil anstieg. Das forderte nicht nur die Muskeln, sondern auch die Psyche der untrainierten Wanderer.

„Ich würd dir ja gerne tragen helfen, aber ...“ Johannes pirschte sich an Mia heran, die seit Lillehammer die Führung übernommen hatte, lächelte breit und aufdringlich. „Das ist ein gutes Tempo. Du hast auch noch mehr vor in deinem Leben als dieses Projekt, vermute ich.“

Mia antwortete nicht, behielt das Schritt-Tempo bei und versuchte, einen Abstand zwischen sich und Johannes aufzubauen, der ihr angenehm war. Leichtfüßig machte Johannes jeden kleinen Vorsprung zunichte.

„Ich hab noch Reserven, Mia. Du kannst versuchen, dich aus allem rauszuhalten und hier dein ganz persönliches Ding durchzuziehen, aber du hängst doch in dieser Gruppe fest. Warum wehrst du dich?“

Mia schwieg weiterhin, aber in ihrem Kopf arbeitete es. Wie sollte sie sich der Annäherung von Johannes widersetzen? Was wollte er von ihr? Sie blickte sich um und stellte fest, dass sie den Blickkontakt zu den anderen verloren hatten. Wenn Johannes jetzt mit Gewalt ... Sie wusste, dass sie sich wehren konnte, aber sie wollte gar nicht in eine Situation hineingeraten, in der sie sich körperlich wehren musste.

„Lass uns auf die anderen warten, Johannes." Sie stoppte, setzte den Rucksack ab und begann mit Rückenübungen.

„Gute Idee, Mia. Ich liebe Pausen", strahlte Johannes und entledigte sich seiner Last. „Jetzt eine Hütte mit Stroh für ein kleines Schläfchen, nicht wahr?" Aus weit geöffneten Augen blitzte er Mia an und wusste, dass sie nicht antworten würde. „Warum bist du so ängstlich? Mach ich dir Angst? Komm, Mia, du lässt dich doch von mir nicht schocken, du doch nicht."

Es begann in ihr zu kochen. Wieso konnte dieser Mann sie mit wenigen Sätzen aus der Bahn werfen? Sie versuchte, sich innerlich mit Luft aufzupumpen, setzte ihre Übungen fort und suchte nach der Stärke, von der sie bis vor einer Viertelstunde noch überzeugt war. Kein Mann hatte in den letzten Jahren gewagt, auf diese Weise mit ihr zu sprechen. Immer hatte sie die Distanz halten können. Sie sah zurück und konnte immer noch nicht den Rest der Gruppe entdecken. Sie war mit Johannes allein am Ufer des Lågen, zu weit von der E 6 entfernt, als das sie schnelle Hilfe erwarten konnte. Also schloss sie die Augen und suchte in der Dunkelheit nach Worten.

„Du kannst mich nicht schocken, Johannes. Du nicht."

Er hatte verstanden, dass Mia Angst hatte, und setzte sein Grinsen in breitester Form auf.

„So, so. Ich hatte das überhaupt nicht anders erwartet, Mia, du bist doch eine emanzipierte Frau, die sich von Männern nicht schocken lässt. Ich mag solche Frauen."

„Spar dir deine Ironie, Johannes. Du kannst mit Frauen nicht viel anfangen, nicht wahr?"

Endlich fühlte sie wieder sicheren Boden und krallte sich in ihrem Wissen um Männergewalt und den Geschlechterkampf fest. Der Satz hatte getroffen, denn Johannes musste sich aufpumpen.

„Ach, jetzt kommt die Psychotour der verwundeten Kreatur."

Es dauerte, bis er sein Grinsen wiedergefunden hatte.

„Aber ehrlich, Mia. Ich mag Frauen, gerade so drahtige und intelligente wie dich. Dein kurzes Haar finde ich übrigens total schön ... Äh, was wollte ich sagen, ach ja, es macht gar nichts, wenn die Intelligenten etwas schwieriger sind, da gibt es immer neue Themen und nicht nur Sex."

Jetzt lächelte Mia ihn an und fühlte ihre Überlegenheit. Aus ihrer Tasche holte sie einen Schokoriegel, brach ihn und reichte Johannes eine Hälfte.

„Mit Speck fängt man Mäuse, sagen wir in Deutschland. Darf ich das so verstehen?"

„Du willst also gerne gefangen werden, Johannes?"

Mia kaute genüsslich, behielt aber den Mann im Blick. Nach ausgedehntem Schweigen und Kauen fragte sie:

„Sag mir mal, Johannes, was willst du eigentlich von Frauen? Ich habe das Gefühl, du brauchst Frauen nur, weil du dein Alleinsein nicht aushältst. Aber Partnerschaft? Gibt's das für dich?"

„Habe ich dich um ein psychologisches Gutachten gebeten?" Er baute sich vor ihr auf.

„Tut mir Leid, Johannes. Ich wollte dich nicht verletzen. Worte können wie Messer sein, nicht wahr. Es tut mir Leid, dass ich mich nicht besser im Griff hatte."

Mia lächelte ihn an ohne die Spur von Überlegenheit. Sie hatte das Gefühl, Johannes wolle etwas sagen, aber er blieb stumm bis die anderen in den Blick kamen.

„Lass uns weitergehen, Mia. Ich habe keine Lust auf Gesellschaft."

Beide schulterten ihre Rucksäcke und setzten den strammen Schritt fort, mit dem sie den großen Vorsprung erlaufen hatten. Schweigend liefen sie nebeneinander, machten sich nur gelegentlich auf schöne Ausblicke aufmerksam.

Jon Hendrik hatte sich bei Tom gehalten, um ihn in Schutz nehmen zu können vor Johannes' Gemeinheiten. Bodil hielt sich bei den beiden, obwohl sie lieber mit Mia vorausgegangen wäre. Doch Johannes schreckte sie ab. Immer hatte sie das Gefühl, dass Johannes sie mit einem Blick ansah, den sie in schlechter Erinnerung hatte, ein Männerblick, der nicht wirklich an ihr interessiert war, sondern an bestimten Partien ihres Körpers; ein Blick, der schon Übergriff war, sie entblößte, allen Schutzes beraubte. So hatte sie peinlichst darauf geachtet, dass sie weite Pullover trug, wenn sie im Quartier mit Johannes' Nähe rechnen musste. So wenig sie Tom einschätzen konnte, er machte ihr keine Angst. Aber Johannes mit seiner Ausstrahlung. Sie wusste, dass da noch etwas war, das sie sich ungern eingestand, mit dem sie nicht klar kam. Derselbe Johannes tauchte in ihren Träumen und Fantasien auf. Was sie am stärksten verwirrte: es erregte sie, wenn sie an Johannes dachte. Sie musste dringend mit Mia darüber sprechen, von Frau zu Frau. Mia konnte ihr helfen, mit ihr konnte sie so gut reden, bei Mia fühlte sich Bodil sicher. Jon Hendrik mochte sie nicht ansprechen, es war viel zu peinlich. Wie konnte es sein, dass der Mann, der ihr Angst machte, eine Anziehung auf sie ausübte? Halt dich von Johannes fern, war ihre Devise, lass ihn nicht zu nah an dich ran. Er ist gefährlich, Bodil, nimm dich in Acht. Ein Messer! Es wäre gut, wenn ich ein Messer bei mir hätte! Zum Schutz, für alle Fälle. Ein Messer! Dieser Gedanke wuchs in ihr wie ein Krebsgeschwür und wurde immer bedrohlicher. Sie kannte sich und fürchtete sich vor den eigenen Abgründen. Was bist du nur für eine schlechte Frau, ein böser Mensch, Bodil. Was hast du für Schuld auf dich geladen in deinem Leben. Du hast versagt als Mutter und Ehefrau. Du hättest mehr erdulden sollen. Magne hatte ein Recht auf Sex. Du warst seine Frau und hast versagt, Bodil. Tausendmal hatte sie im Knast diese Worte durchgekaut und sie schmeckten immer noch fade. Wenn nur diese dicken Wolken nicht wären! Warum konnte nicht die Sonne scheinen wie in den ersten Tagen. Kalt lief es ihr den Rücken entlang und sie schüttelte sich.

In ihre Gedanken platzte Tom, der über einen Stein gestolpert war und das Gleichgewicht verloren hatte. Er stürzte gegen Bodil, verlor den Halt und schlug zu Boden. Bodil begann hysterisch zu kreischen, stand starr mit rotem Kopf und schrie:

„Hau ab, lass mich!" Jon Hendrik eilte zu ihr, ließ Tom liegen und berührte Bodil vorsichtig am Arm. „Du auch, weg, alle weg! Was wollt ihr von mir?"

Sie schlug um sich, traf Jon Hendrik am Rucksack, zuckte vor Schmerz und trat gegen Tom, der versuchte, aus seiner hilflosen Lage zu fliehen.

„Bodil, es ist gar nichts, beruhige dich." Jon Hendrik sprach ruhig, während er sich vor sie stellte. Ihr Gesicht war verschwitzt, die Haare hingen zottelig und verbargen dicke Tränen. Immer noch stand sie mit geballten Fäusten, bereit, jeden in die Flucht zu schlagen, der ihr zu nahe zu kommen drohte.

„Ich bin hier, Bodil, und ich werde dir nichts tun. Kannst du mich verstehen?" Er wartete ab, suchte mit seinen Augen nach Antwort in ihren, doch fand nur einen leeren Blick, der an ihm vorbeiglitt in unerreichbare Fernen. Ein irrer Blick, schoss es Jon Hendrik durch den Kopf. Was war mit der Frau, die er immer für einigermaßen normal gehalten hatte?

Tom war unter großen Mühen aufgestanden und wischte sich mit Grasbüscheln den Matsch von Jacke und Hose.

„Lass mich", sagte sie hohl. Er ließ sie und kümmerte sich um Tom, der sich nicht verletzt hatte, aber über seine Ungeschicklichkeit fluchte. In der Ferne sah er Mia und Johannes, die im Begriff waren weiterzugehen.

„Bodil, kannst du jetzt gehen? Oder brauchst du eine Pause?" Jon Hendrik bemerkte, wie er eine betont fürsorgliche Stimme aufgesetzt hatte.

„Geht einfach weiter, ich komme nach", antwortete Bodil. Sie klang erschöpft.

„Die ist nicht ganz dicht, wenn du mich fragst!" schimpfte Tom. „Durchgeknallt, die ist doch crazy."

Tom schickte ihr eine eindeutige Handbewegung. Jon Hendrik versuchte zu beschwichtigen und Tom hielt seinen Mund, schnallte den Beckengurt fest und machte Dampf. „Okay, Jon Hendrik, lass uns gehen, bevor hier noch was passiert."

Die Männer gingen zögernd los, schauten sich um und sahen, wie Bodil ausschnäuzte und sich ebenfalls in Bewegung setzte.

„Du hast das nicht leicht mit uns, Jon Hendrik", versuchte Tom ein Gespräch aufzubauen.

„Du hast Recht, Tom, und ich bin gespannt, was noch alles passieren wird."

Jon Hendrik schickte Tom ein schnelles Lächeln, bevor er den Weg vor ihnen absuchte.

„Warum machst du das eigentlich? Du musst doch so einen Job nicht machen."

„Manchmal frage ich mich das auch, Tom. Warum mach ich das? Soll ich ehrlich sein? Ich weiß keine Antwort darauf. Das Projekt war auf einmal in meinem Kopf und ich war sicher, dass ich es machen sollte. Aber warum?"

„Gott? Hat Gott dir das gesagt? Gibt es das?"

Gespannt wartete Tom auf die Antwort, musste aber mit Jon Hendriks Schweigen vorlieb nehmen. Nach einer guten Wegstrecke sprach Jon Hendrik endlich:

„Ich glaube, dass Gott uns etwas sagen kann. Aber wir begreifen oft erst sehr spät, dass Gott es war, der gesprochen hat. Er benutzt ja manchmal andere Menschen, um uns etwas zu sagen, oder kleine Zeichen. Vielleicht kann ich dir eine Antwort geben, wenn wir vor dem Nidaros-Dom stehen."

Johannes und Mia waren hinter einer Biegung verschwunden. Zu gerne hätte Jon Hendrik gewusst, was sich bei den beiden abspielte. War das Eifersucht, was er in sich wahrnahm? Eifersüchtig auf Johannes? Gedanken drehten sich durch seine Gehirnwindungen wie in einem Karussell. Der wird doch keine Chance haben, bei Mia zu landen? Mia, aus der er nicht schlau wurde. Welches Geheimnis mag sie wohl mit sich herum tragen? Er liebte es, zu fantasieren, aber die Fantasien, die sich zur Zeit Raum suchten, machten ihm keine Freude.

Der Weg führte über eine Brücke und gab in der sich anschließenden Biegung einen wundervollen Blick auf das Gudbrandsdal frei. Imposant stürzte sich der Hunderfoss-Wasserfall in Kaskaden zu Tal. Am Westhang des Tales entdeckte Jon Hendrik den riesigen Troll, der den Eingang des Familienparks Hunderfossen zierte. Das weckte Erinnerungen: Wie gerne war er mit seinen Jungen nach Hunderfossen gekommen, hatte sich durch das Miniatur-Modell von Lillehammers Altstadt bewegt wie King-Kong durch New York und hatte es geliebt, mit Per und Arne, seinen Söhnen, in der Wildwasserbahn zu fahren. Waffeln und Eis; wann war er eigentlich zuletzt hier gewesen? Die Jungen waren groß geworden seit der Scheidung, und er bekam fast nichts mehr mit. Hunderfossen hatte seine Attraktion auf die Jungs verloren, ähnlich wie auch das Fliegenfischen, das früher ihr gemeinsames Hobby gewesen war. Heute hatten sie nur noch Parties und Internet im Sinn, irgendwann käme das Interesse an Mädchen hinzu, ahnte er. Mehr und mehr verlor er den Draht zu ihnen, obwohl er davon überzeugt war, dass die beiden den Vater gerade jetzt besonders brauchten. Überall lauerten Bedrohungen auf Minderjährige, und ein Vater, der ihnen half, sich zu orientieren zwischen Haschich und Internet, Mobiltelefon und Privatfernsehen, Mädchen und Sport, war bitter nötig. Er war offline und seine Söhne fanden ihn todlangweilig. Das war bitter: totlangweilig, das vernichtende Urteil von Halbwüchsigen. Er hätte es ertragen, wenn sie gesagt hätten: unmodern oder peinlich, aber todlangweilig? Niemals hatte er sich selbst als langweilig wahrgenommen. Sollte er auf das Urteil seiner entfremdeten Söhne etwas geben? Oder sollte er einen Computer anschaffen, um bei seinen Söhnen wieder etwas zu gelten? Alles unternehmen, um bei den Jungs wieder als der coole Supervater dazustehen, mit dem sie in der Schule angeben konnten? Er konnte doch die Eltern nicht ab, die ihren Kindern hinterher rannten, nur um sich deren Lob zu erjagen, und im Urteil der nachwachsenden Generation noch irgendeinen, wenn auch kleinen Wert erkämpften. Eltern, die sich anbiederten – das war der Inbegriff einer verlorenen Gesellschaft. „Lost society“, so hieß sein Aufsatz in „Vårt Land“, mit dem er sich viele Feinde und manche neuen Freunde gemacht hatte. Die Muttis in Girlieklamotten hatte er als unreife Möchtegern-Freundinnen ihrer Töchter tituliert und die Männer, die sich in Fitness-Studios auf Schwarzenegger-Konturen abmühten, als Strandgut am Meer der Sehnsüchte. Eine Generation von überforderten Menschen, die kurslos in einem Meer herumtrieben. Und er selbst? Wo befand er sich? Auf der Brücke eines Schiffes, das den Wettern trotzen konnte, oder stand er am Strand auf sicherem Boden und sammelte das Strandgut ein? Wer war er? Ein Pastor, der für ein Paar schöne Stunden mit einer jungen Witwe seine Familie geopfert hatte. Er sah sich als Mann, der sich auf einer Luftmatratze auf das stürmische Meer wagte und zu spät erkannt hatte, dass er zu weit vom Ufer abgekommen war. War er's? Oder hatte ihn schon längst ein Rettungsboot aufgegriffen und in Ullersmo abgeliefert? Die großen Fehler des Lebens sind zum Heulen. Und es gibt keine Reset-Taste. Man muss erst ganz runterfahren vor dem Neustart, überlegte er und schenkte dem Troll von Hunderfossen wieder seine Aufmerksamkeit.

„Warst du mal in Hunderfossen?“ fragte er Tom, der gerade an ihm vorbeizog.

„Was ist das?“

„Sag ehrlich? Du kennst den Hunderfossen-Familienpark nicht, Tom? Du spinnst.“

„Keine Familie – kein Familienpark, Jon Hendrik. So ist das Leben wohl. Aber vielleicht sollten wir ... Was gibt es da alles?“

Jon Hendrik erzählte von Hunderfossen, konnte aber nicht begreifen, dass Tom noch nie in seinem Leben in einem Familienpark gewesen war.

„Warst du nicht mal bei Tusenfryd in Oslo?“

„Nein. Die Mädels wollten da immer hin.“

„Welche Mädels?“

„Die Nutten. Daddy führte sie irgendwann an einem Sonntag mal zu Tusendfryd. Er sagte, dass die danach besser arbeiten.

Man müsse sich ja um seine Mitarbeiterinnen kümmern. Manchmal nannte er sie auch seine Kühe. Und er molk sie."

„Daddy? Das ist der Oberganove, der Zuhälter, für den du gearbeitet hast?"

Tom nickte.

„Auch dieser Daddy hat dich also nicht in den Familienpark mitgenommen. Du bist ein armes Schwein, Tom, du mit deinen Daddies."

„Irgendwann treffe ich ja meinen Erzeuger. In Missoula, Montana. Und dann geht das Leben richtig los."

Jon Hendrik sagte nichts, war aber voller Gefühle für Tom. Er hatte diesen jungen Mann liebgewonnen, bekam aber nicht klar, dass Tom jemals in schwere Straftaten verwickelt sein konnte. Es passte nicht. Tom war trotzig und vielleicht auch jähzornig, er war gewiss ein armes Menschenkind, aber kein Krimineller.

„Wenn du magst, Tom, dann erzähl mir deine Geschichte, von Anfang an, Mutter, Vater, Daddy ..."

Und Tom legte los.

RINGEBU

Johannes wachte wieder sehr früh auf, obwohl er jeden Abend völlig erschöpft einschlief. Die permanente Helligkeit machte ihm zu schaffen, stahl ihm die Orientierung. Wie spät mochte es sein? Er versuchte zu schätzen, griff aber lieber nach seiner Uhr und ärgerte sich: vier, mitten in der Nacht. Die Sonne schien durch die Vorhänge der kleinen Hütte auf einem der alten Höfe unterhalb der Stabkirche. Tiefe Traurigkeit hatte sich über ihm ausgebreitet wie die Wolken über dem Gudbrandsdal. Er fühlte sich allein, einsam und verloren in dieser Welt, ein Gefühl, wie er es aus seiner Kindheit kannte, wenn er abends ins Bett geschickt worden war, aber noch nicht einschlafen konnte. Wie oft hatte er sich ans Fenster gestellt und gehofft, dass ihn jemand sah. Niemals hatte jemand angehalten und den kleinen Johannes wahrgenommen, nicht einmal, wenn er nackt am Fenster gestanden und an die Scheibe geklopft hatte. Dann war er geflüchtet in seine zweite Welt, in der er ein berühmter Sänger war, der auf der Bühne stand, oder ein Fußballstar, dem die Massen von den Tribünen zujubelten. Aber die Leere, die er in sich fühlte, konnte keine der Fantasien ausfüllen. Im Bauch saß ein dicker, grauer Klotz, den er nicht fortatmen konnte. Um seine Stirn schwebten dunkle Wolken, aus denen es jederzeit regnen konnte. Er befühlte seine Wange. Sie war nass. Hatte er geweint? Wie lange hatte er nicht geweint! Hatte er überhaupt schon mal geweint? Nur als Kind, wenn Wieland ihm immer die besten Ostereier vor der Nase wegschnappte. Dann hatte er vor Wut geweint. Wieland, immer wieder war Wieland der Beste und hatte das Meiste abbekommen. Mutter versuchte auszugleichen, aber Vater hatte seine Prinzipien: Die Kinder müssen lernen, für sich zu sorgen. Im Leben wird ihnen auch nichts geschenkt. Hans-Wilhelm Wagenknecht war ein preußischer Hanseat, der nur ein Ziel für seine Kinder kannte: im Chor der Erfolgreichen und Tonangebenden mitzusingen. Johannes, der viel zu weich geratene Nachzügler, sollte zumindest in der Politik seinen Platz finden. Das war nach Ansicht des Vaters der Ort für die, die in den hanseatischen Kanzleien, Praxen und Chefetagen nichts wurden, aber zumindest die Verbindung ins Rathaus halten konnten.

Erinnerungen drängten sich in diese wache, helle Nacht: Ihm waren die Geleise des lieblosen Patriarchen Hans-Wilhelm Wagenknecht zu eng gewesen. Da war alles vorherbestimmt. Vorsehung. War das nicht eines der Lieblingsworte des Alten gewesen. Johannes' Denken brauchte Freiheit und Möglichkeiten zum Experimentieren. Journalist, Fotograf, Schriftsteller oder Werbung, das waren seine Welten. Hans-Wilhelm Wagenknecht hatte wenig Sympathien für die Spinnereien seines Sohnes gehabt. Spinnereien: nur so konnte er Johannes Gedanken und Pläne bezeichnen. Für Journalisten hatte er wenig übrig, sie waren ihm eher wie die Wespen beim Kaffeekränzchen auf der Terrasse, lästig, bedrohlich und damit gänzlich überflüssig. Schließlich hatte der Alte, so nannte Johannes seinen Vater in Gedanken, doch noch einen Fuß in die Tür zu Johannes' Karriere bekommen. Er hatte ihn im Verlag eines Segelfreundes untergebracht. Hier war Johannes eingeschlagen und aufgestiegen, mit Ellenbogen, Talent und der Fähigkeit, mit Menschen taktieren zu können. Niemand konnte ihm wirklich im Weg nach oben stehen. Chefreporter war er gewesen, sein Name galt etwas an Journalistenstammtischen, in der Landespressekonferenz und den Chefetagen Hamburger Verlage. Angebote hatte er bekommen, bevor er sich seine Karriere durch diese Dummheit zerstört hatte.

Hans-Wilhelm Wagenknecht hatte die Karriere seines Sohnes immer als väterliches Verdienst hingestellt, ohne jemals seine Meinung über die schreibende Zunft zu überdenken.

Warum musste er gerade jetzt an all das denken. Wo kam diese verfluchte Traurigkeit her? Er suchte nach Erklärungen: die Müdigkeit? Das Wetter? Oder die Leute, mit denen er seit einer guten Woche zwangsweise durch dieses verregnete Tal, auf matschigen Wegen und steilen Bergpfaden wanderte? Er hasste die kraftraubenden, unnötigen Anstiege, denen umgehend der Abstieg in die nächste Schlucht folgte. Die Wege der letzten drei Tage hatten ihn viel Kraft gekostet, obwohl die reine Strecke nicht besonders lang gewesen war. Er hatte Tempo gemacht und versucht, mit Mia allein zu sein, war aber niemals an sie herangekommen. Vielmehr hielt sie das Gespräch unter Kontrolle und ließ es nie in emotionale Tiefen abgleiten, in denen Johannes die Dominanz übernehmen konnte. Mia wahrte die Distanz, wenn es sein musste mit bissigen Bemerkungen, die ihr Respekt verschafften. Er kam an sie nicht ran und verhungerte in seiner Bemühung. Traurigkeit drängelte sich in seine Seele, denn emotionales Hungern kannte er gut.

In den letzten Tagen hatte er viel an seine Mutter gedacht, die er noch immer nicht erreicht hatte. Jeden Tag hatte er es versucht, an jeder Telefonzelle angehalten. Es kam ihm sonderbar vor. Auch unter den Nummern der Ferienwohnungen nahm sie nicht ab. War sie vielleicht im Krankenhaus? Johannes machte sich Sorgen. Marie-Louise Wagenknecht war vielleicht der einzige Mensch, um den er sich wirklich sorgte. Warum eigentlich? überlegte er. Mutter und er, das war immer ein ganz festes Gespann, manchmal gegen alle anderen und die ganze Welt. Sogar gegen Wieland, den Großen und Tollen, der so erfolgreich in die Fußstapfen des Vaters getreten war und allmählich dessen zynische Ansichten über Journalisten bis in die Formulierungen übernommen hatte. Wieland, der Rechtsanwalt mit politischen Ambitionen, der nach jeder Bürgerschaftswahl über die Aussichtslosigkeit von Regierungswechseln in der Stadt geflucht hatte. Gerade Juristen würden in Hamburg gebraucht, hatte Wieland geunkt und dann einen Rundumschlag gegen Gewerkschaften, Behördenfilz und Sozis angehängt.

Sollte er nicht doch Wieland anrufen, so sehr ihm dieser Gedanke missfiel. Was wird er sagen, überlegte Johannes: „Du und Mutter, das ist eine symbiotische Beziehung. Lass sie doch mal in Ruhe, die hat genug mit dir durchgemacht.“ Dann würde sicher der gesamte Katalog an Vorwürfen abgearbeitet, bis Wieland zu dem einzigen substantiellen Satz kommen würde: „Marie-Louise geht es gut, was hast du anderes erwartet?“

Wie immer würde Wieland einen bissigen Schluss-Satz finden, mit dem er den machtvollen Abstand zu seinem jüngsten Bruder wahren konnte: „Geerbt wird immer noch, Johannes, du kannst getrost versuchen, dein Leben wieder in geordnete Bahnen zu lenken, wenn Norwegen dich eines Tages frei geben wird.“ Wenn Wieland einen besonders starken Tag haben sollte, kämen jetzt die Hinweise auf Möglichkeiten zum Broterwerb und Neuanfang in Hamburg. Johannes war klar: einen Anruf bei Wieland konnte er sich sparen.

Bodil wälzte sich im Schlafsack, seufzte und atmete ganz sanft und ruhig. Johannes schaute zu ihr und genoss es, sie zu beobachten und dabei manch eine Fantasie durchzuspielen. Eigentlich ist sie doch eine schöne Frau, dachte er und spürte, wie schon dieser Gedanke im Bauch und tiefer unten spürbar wurde. Er versuchte, ihr seit Beginn der Wanderung aus dem Weg zu gehen. Sie machte ihm Angst, war unberechenbar und mit ihren Gefühlseruptionen bedrohlich. Er hatte sich entschieden, schroff und abweisend zu ihr zu sein, hin und wieder etwas bissig und zynisch, wenn sie ihm nicht wirklich gefährlich werden konnte. Solchen Frauen muss man zeigen, wo der Hammer hängt, hatte er sich zurecht gelegt. Eine Frau, die ihren Mann umgebracht hatte, konnte er nur versuchen zu verachten und ihren Mann zu rächen, wo immer es ging. Vorsicht war angebracht, denn er fürchtete, dass sie eines Tages auch vor ihm mit gezücktem Messer stehen könnte und in einem Anfall von Wahnsinn auf ihn einstechen. Die warmen, erotischen Gefühle – er wunderte sich. Wie passte das? Gerne hätte er jetzt völlige Dunkelheit, sodass er sich seiner Erregung hingeben könnte. In der Fantasie können alle Widersprüche aufgehoben werden. Aber stattdessen die unbarmherzige Helligkeit, die alles ans Licht brachte, sogar die Tränen, die seine Wangen hinabglitten und eine Pfütze in seinem Schlafsack hinterließen. Ein Segen nur, dass die anderen schlafen, dachte Johannes und entschloss sich, die Augen zu schließen, um eine neue Runde Schlaf zu versuchen.

Tom weckte ihn. Johannes schoss hoch, kontrollierte seine Wangen und wurde von einem kräftigen Sonnenstrahl mitten ins Gesicht getroffen.

„Sollte es wirklich wahr ein, dass es in diesem Land Sonnenschein gibt!" Johannes war mit diesem Morgengruß wieder ganz der Alte.

„Und Tom, alter Junge, gut geschlafen?"

Tom schwieg, goss heißes Wasser in eine unansehnliche Kanne, aus der es bald nach Kaffee duften sollte, griff seinen Waschbeutel und ließ Johannes alleine in der Hütte zurück. Der schlich zum Fenster und schob vorsichtig die Gardine zur Seite. Da standen die anderen mit nackten Oberkörpern und wuschen sich unter dem Strahl einer alten Holzwasserleitung, die von einem der Bergbäche gespeist wurde.

Nur in Boxer-Shorts sprang Johannes aus dem Bett und eilte

zur Waschstelle, stellte sich unter die Leitung und ließ das eiskalte Wasser über sich laufen, schrie mehrmals laut auf und schüttelte sich wie ein nasser Hund. Die anderen sprangen zurück, um nicht ebenfalls nass zu werden, schenkten ihm aber anerkennende Blicke.

„Alles frisch?" fragte Johannes in die Runde. „Das ist ja richtig warmes Wasser heute."

Er bemerkte, wie Mia und Bodil ihn musterten, ohne etwas zu sagen. Jon Hendrik rieb sich die Haare trocken und Tom putzte Zähne.

„Was steht heute an?" fragte Johannes, nachdem er den eiskalten Wasserstrahl verlassen hatte.

„Erst Abtrocknen, dann Frühstück und als besonderen Höhepunkt den Gottesdienst in der Stabkirche da oben", antwortete Jon Hendrik und warf Johannes das Handtuch zu.

„Muss das sein?" meckerte Johannes und sah sich um, traf aber keine solidarischen Blicke.

In der Hütte gab es ein gemütliches Frühstück. Die Bäuerin hatte eine Kanne frischer Milch, direkt aus dem Kühltank, gebracht und eine Pfanne mit Rührei. Bodil hatte einen von Wachs fast verhüllten Kerzenleuchter gefunden und angezündet.

„Weil heute Sonntag ist?" fragte Tom.

Bodil reagierte gereizt: „Wieso?"

„Das sieht alles so feierlich aus." Tom hatte ein kindliches Leuchten in den Augen. „Bei uns stand nie eine Kerze auf dem Esstisch, höchstens Weihnachten, aber das fiel sowieso meistens aus."

„Hä, was erzählst du für'n Quatsch", polterte Johannes in das Gespräch. Bodil sah ihn streng an.

„Bleib friedlich Johannes, es haben nicht alle so eine Reicheleute-Kindheit wie du gehabt."

Tom hatte sich nicht einschüchtern lassen und erzählte: „Weihnachten war immer schrecklich. Ich habe mich jedes Mal drauf gefreut und immer wieder gehofft, etwas geschenkt zu kriegen. Manchmal bekam ich auch was, Schokolade oder was zum Anziehen, einmal sogar LEGO. Aber das wurde immer seltener, denn Weihnachten hatte Mutter Geld, kaufte Aquavit, Bier und so'n Zeug für sich. Dann konnte sie Männer einladen, machte auf große Dame, kam tagelang nicht aus dem Schlafzimmer. Irgendwann schmiss sie die Kerle aus der Wohnung und entdeckte ihr hungriges Kind."

„Habt ihr nie Weihnachten richtig gefeiert?" empörte sich Bodil.

„Wie feiert man denn Weihnachten richtig?" fragte Tom mit echter Unkenntnis.

„Tanz um den Weihnachtsbaum, Essen mit der Familie, Singen und so weiter. Wie das in den Weihnachtsbüchern steht und im Fernsehen gezeigt wird."

„Kenn ich nicht, hab ich auch noch nie gemacht."

Betroffenheit legte sich wie Nebel auf die Runde um den Frühstückstisch. Keiner mochte etwas sagen, selbst Johannes hielt sich mit Kommentaren zurück. Toms Augen leuchteten im Kerzenlicht, und Bodil sah ihn mitfühlend an.

„Deine Mutter müsste man zur Hölle schicken!" donnerte Bodil und unterstrich ihre Meinung mit einem Fausthieb auf den Tisch, dass die Tassen wackelten.

„Da ist sie vielleicht schon, seit sie selber Kind war", gab Jon Hendrik zu bedenken.

„Das ist keine Entchuldigung", mischte sich Johannes ein, „man kann eigene Fehler nicht mit einer schlechten Kindheit entschuldigen."

„Aber betrauern, Johannes. Die Trauer, die das auslöst, macht krank, wenn wir sie nicht leben können. Gesteh doch Tom die Trauer zu." Jon Hendrik sah Johannes mit einer Aufforderung zur Sanftmut an. Der Pastor hatte Blicke, gegen die Johannes sich nicht wehren konnte.

„Mutter ist aus dem Vestland geflohen, als sie sechzehn war", erzählte Tom. „So'n kleiner Hof, auf dem sie aufgewachsen ist, verdammt eng. Und dann waren da so Typen, Prediger oder so was, die von den Leuten all das verlangten, was sie selbst nicht hielten. Die haben behauptet, dass Mutter vom Teufel besessen sei und so'n Zeug. Mutter sprach da nicht gern drüber. Irgendwas muss passiert sein, denn sie ist Hals über Kopf da weg. Sie deutete mal an, dass das wie in 'ner Sekte ... muss schrecklich gewesen sein. Andeutungen, aber nie hat sie was Klares gesagt, nur 'verfickte Satans-Prediger' sagte sie. In Oslo hat sie dann ihr Glück gesucht."

„... und niemals gefunden. Stattdessen Hölle auf Erden", stellte Mia lakonisch fest. „Im Vestland muss das heftig sein mit Sekten und Erweckungsleuten, nicht wahr?"

Jon Hendrik fühlte sich zu einem mittelgroßen Vortrag aufgefordert über Pfingstler, Baptisten, Laestadianer, Zeugen Jehovas, Adventisten und allerlei Gruppierungen, deren Namen er nicht alle kannte, stieß auf interessierte Zuhörer und schloss mit der Erkenntnis: „So viele Täler es in Norwegen gibt, so viele fundamentalistische Gemeinschaften und Sekten zählt das Königreich. Und die Satanisten, die die Kirchen abbrennen, sind eine Frucht der engen Morallehre und schuldbesessenen Theologie dieser Leute. Denn die Satanisten haben alle ihre Kindheit in einer dieser engen Gruppierungen verbracht."

„Und sind ins Gegenteil umgeschlagen", staunte Bodil.

„Leider ja. Stellt euch einmal vor, wie schwierig es für mich als Pastor ist, bei jungen Knastis aus der Satanistenszene helfen zu können. Dabei stecken die voll religiöser Fragen und brauchen ganz nötig seriöse Begleiter, die etwas gerade rücken können."

Das Frühstück dauerte an diesem Morgen sehr lange und war bestimmt von einer vertrauensvollen Atmosphäre und Anteilnahme, ganz anders als die Frühstücke vorher. Jon Hendrik beendete es mit einem Dankgebet und der Aufforderung, sich zum Kirchgang bereit zu machen

Die Sonne hatte sich bis in den Talboden gezwängt und alles in ein freundliches Licht getaucht. Wie flüssiges Silber schimmerte der Lågen. Friedlich und mild wirkte das Gudbrandsdal, das ihnen bisher nur abweisend und bleischwer erschienen war. Trotz des Lichtes schwiegen sie auf dem Rückweg zum Quartier, der Gottesdienst hatte Spuren hinterlassen. Tom war der Erste, der sich Luft machte.

„Was soll das? Muss das sein? Gottesdienst ist doch echt Volksverblödung, uralte Texte, ein Pastor, der sich rausnimmt, den Leuten von Moral zu predigen, und dann diese Lieder. Da kann ja keiner mitsingen. Mich kriegst du nicht mehr freiwillig in die Kirche, Jon Hendrik!"

Er hatte sich in Rage geredet und einen roten Kopf bekommen.

„Ich fand die Lieder schön. Die erinnerten mich an meine Kindheit. Und die Kirche, es war einfach schön", entgegnete Bodil.

„Ist doch Scheiße! Ich kenn nicht eins von den Liedern. Was soll daran schön sein?"

Tom giftete in Bodils Richtung und hatte erreicht, dass sie keine Lust verspürte, weiter zu sprechen. Die anderen hielten sich raus. Tom war nicht zufrieden. Er musste sich Luft machen, seine Gefühle waren aufgewühlt wie das Nordmeer bei Orkan. Jetzt konnte er nicht ins Quartier gehen und das Wetter genießen. Innen Sturm, außen Sonne, das passte nicht. Er fixierte Bodil und schoss in ihre Richtung seine Worte wie Pfeile: „Die Ehebrecherin hat es doch verdient, dass sie gesteinigt wird. Ich verstehe nicht, was Jesus da gemacht hat. Die ist doch fremd gegangen, hat auf keinen Rücksicht genommen, nicht mal auf ihre Kinder, wette ich. Die hat doch den Tod verdient. Ich hätte mich von Jesus nicht schocken lassen und meinen Stein geschmissen, genau an ihren Kopf. Da ist man am empfindlichsten."

„Spinnst du?" Bodil zog unwillkürlich den Kopf ein und verlor fast die Beherrschung. „Was weißt du denn über die Frau, du hast doch keine Ahnung. Keiner hat das Recht, andere zu töten oder über andere zu urteilen!"

„Wer sagt uns das? Du?" Jetzt hatte sich Johannes ins Gespräch gemischt und lachte höhnisch. „Eine Mörderin erzählt uns, dass man nicht töten darf. Wie amüsant."

„Völlig richtig, Johannes." Tom klopfte ihm auf die Schulter. Bodil wurde panisch. Sie sah sich zwei Männern gegenüber und fühlte sich ausgeliefert. Schutzlos, immer diese Schutzlosigkeit. Sie sah sich nach Unterstützung um.

„Sag was dazu, Jon Hendrik! Ich bin keine Mörderin, du weißt es. Du bist doch schließlich der Pastor!" Ihre Stimme bekam einen kreischigen Tonfall. „Darf Tom so etwas sagen? Hat er Recht oder ich und Jesus?"

Bevor Jon Hendrik sprach, versuchte er, sich den Text aus dem Johannes-Evangelium zu vergegenwärtigen: eine Frau, die von den Frommen verurteilt wird, die alle ihr Paket an Schuld tragen. Die wollen Jesus mit in ihre Meinung einbinden, aber Jesus entzieht sich mit einem genialen Satz, überlegte Jon Hendrik: Wer von euch ohne Sünde ist, werfe den ersten Stein. Jon Hendrik warf eine Frage in die Gruppe:

„Wofür braucht ihr das, andere zu verurteilen? Tut euch das gut, hebt euch das in den Himmel, oder wofür? Was habt ihr davon, Bodil anzugreifen? Macht euch das stark?"

„Ehebruch muss bestraft werden, sonst hört das nie auf. An die Kinder denkt keiner. Die sind die Opfer und müssen die Grütze essen, die ihnen die Eltern gekocht haben. Die hau'n dann ab und zurück bleiben die Kinder. Strafe muss sein, meinetwegen auch die Todesstrafe."

„Für Fremdgehen? Tom, du spinnst, du sprichst wohl von deiner Mutter. Soll die auch gesteinigt werden?" Wieder mischte sich Johannes ein und sah Tom herausfordernd an.

„Was hat die denn Gutes getan in ihrem Leben? Viel zu früh ein Kind in die Welt geschmissen und sich nie gekümmert. Meinetwegen steinigen!"

„Das meinst du nicht im Ernst, Tom!" empörte sich Bodil mit geballten Fäusten. „Dann können wir bei dir anfangen. Wie viele Kinder hast du auf dem Gewissen? Wie viele sind durch deine Drogen gestorben ...?"

„Hör auf, Mörderin. Du hast gar nichts zu sagen. Halt deinen Mund!"

Zwischen Tom und Bodil hingen gewaltige Energiefelder, die jederzeit explodieren konnten. Sie standen sich gegenüber, fixierten sich, völlig blockiert. Johannes hielt sich auf Abstand. Es reizte ihn, die Explosion auszulösen, ohne selbst geschädigt zu werden. Gib beiden einen Stein in die Hand, hörte er eine Stimme aus der Tiefe seiner Seele. Er sah sich um, entdeckte am Straßenrand einen Haufen scharfkantiger Granitbrocken, sammelte sie auf und wartete ab.

„Was hast du vor, Johannes?“ Jon Hendrik hatte sich an seine Seite gestellt und zeigte auf die Steine.

„Was geht dich das an?“

Bodil und Tom hatten sich noch immer nicht gerührt.

„Ich will wissen, wer den ersten Stein wirft“, flüsterte Johannes. „Rein psychologisches Interesse.“

Bevor Jon Hendrik es verhindern konnte, hatte Johannes ihnen die Steine hingehalten. Blitzschnell griff Tom zu und hielt den Stein fest umschlossen. Bodil nahm keinen.

„Tom!“ brüllte Jon Hendrik, „mach keinen Fehler.“

„Lass ihn doch“, provozierte Johannes. „Der kann doch gar nichts anderes als Fehler. Der ist ein einziger Fehler.“

Triumphierend sah Johannes zu Bodil, die verstört auf ihn sah. Tom holte aus und schmetterte den Stein auf den Asphalt. Die anderen standen starr vor Schreck und Tom rannte weg. Er lief die Straße, die ins Tal führte, und verschwand hinter einer Biegung. Jon Hendrik folgte ihm, suchte lange und wurde verzweifelter, je länger er erfolglos blieb. Hoffentlich machte Tom keinen Unsinn. Wut auf Johannes kochte in ihm. Was eben geschehen war, musste ein Nachspiel haben, aber welches? Was konnte er jetzt tun, was musste er tun? Tom finden! Das war jetzt das Wichtigste. Gedanken und Gefühle sortieren, zu innerer Gelassenheit finden. Das sagte er sich auf wie ein Mantra, während er sich umsah, einige hundert Meter hinter sich gelassen und die ersten Häuser des Ortskerns fast erreicht hatte. Hinter einem Stall fand er Tom, der seinen Kopf gegen die Betonwand eines Siloturms schlug und an der Stirn blutete.

„Lass mich!“ zischte Tom. „Keinen Schritt näher.“

Er hatte einen Knüppel in der Hand und wirkte entschlossen, ihn einzusetzen.

„Hör auf damit, Tom. Du verletzt dich.“

„Und? Wen stört das? Das hat doch alles keinen Sinn. Ich bin nur ein Haufen Dreck, der sowieso nur in dieser verfluchten Welt ist, weil sich zwei völlig kaputte Leute an irgendeiner Hauswand in Oslo miteinander abreagieren mussten. Dumm gelaufen. Dabei ist die schwanger geworden. Zu blöd, ein Kondom zu benutzen. Warum hat die mich nicht abgetrieben oder sich vor die Bahn geworfen. Dann wär mir das alles erspart geblieben. Ich muss dieses verdammte Leben leben, weil zwei andere sich nicht beherrschen konnten. Das ist doch Scheiße. Soll da irgendein Sinn sein? Und dann singen wir fromme Liedchen, die die Leute hier kennen und sich wohlfühlen dabei. Nur mir hat keiner diese Lieder beigebracht. Warum auch. Ich bin ja sowieso über, dann muss man mir keine Lieder beibringen oder vorsingen oder eine Tracht kaufen und Konfirmation feiern. Nein, das wär doch zu viel der Mühe gewesen. Tom muss doch billig sein, wenn er schon da ist. Tom ist lästig, schreit viel zu viel, kriegt den Hintern versohlt, Ohrfeigen, hilft alles nichts. Mutter rennt raus und bleibt weg, kommt wieder mit blauem Auge und schlechtem Gewissen. Ach, mein Tom, jetzt machen wir aber richtig Familie, du bist doch mein Goldschatz ... bis es an der Tür klingelt und irgend so ein Arsch wichtiger ist als der Goldschatz. Ich könnte die umbringen. Aber das wäre wohl zu gnädig. Ich bringe mich um, dann muss die Alte mit der Schuld leben. Das kann die nicht und krepiert jämmerlich ... Das hat doch alles keinen Sinn hier!“

Jon Hendrik schwieg tief bewegt und hilflos. Was konnte er dem armen Jungen anbieten, der blutend und zitternd vor ihm stand mit einem Knüppel in der Hand. Noch nie hatte Jon Hendrik solche Worte gehört. Sie hatten ihn tief getroffen, er spürte, dass Tom Recht hatte mit seinen Gefühlen. Armer Junge, fühlte Jon Hendrik. Er mochte Tom von Anfang an, auch wenn er bei manchem Vortreffen von dessen Aufbrausen und Trotz genervt gewesen war. Jon Hendrik tat nichts, hielt Abstand und atmete tief. Es roch nach Silage und aus dem Stall drangen die Geräusche der Ketten, mit denen Ochsen in ihren Boxen befestigt waren. Ein blöder Gedanke schoss Jon Hendrik durch den Kopf: Die Ochsen im Stall an ihren Ketten waren freier als Tom mit den Ketten seiner Geschichte um den Hals. Die wussten nicht, wie nahe ihr Tod vielleicht war, und konnten gleichgültig Heu zerkauen, aber Tom spürte den Griff des Todes in seinem Nacken vom ersten Tag seines Lebens. Wie hatte Tom es geschafft zu überleben, in einer Welt, die ihn nicht zu brauchen schien. Er hatte ja den Tod auf vielerlei Weise gesucht, wusste Jon Hendrik: mit Drogen, Schießereien, Prügeleien, Alkohol. Sicher auch mit Suizidversuchen, vermutete Jon Hendrik. Ihm fiel ein Satz aus der Bibellesung des Gottesdienstes ein: Jesus schrieb im Sand ... Als um ihn die Pharisäer mit den Steinen standen, die Emotionen hochkochten, schrieb Jesus im Sand. Wahrscheinlich hat es lange gedauert, bis er seinen berühmten Satz gesagt hatte, denn in der Ruhe lag die Kraft.

Jon Hendrik sah sich um. Es gab keinen Sand. So malte er mit Gedanken Kreise in die milde Luft dieses Sonntags in Ringebu, hielt lange bei Tom aus, sagte auch nichts, als der den Knüppel zerbrach und beide Teile auf die Wiese schleuderte. Schweigend gingen sie hinab nach Ringebu, holten sich in der STATOIL-Tankstelle Kaffee, setzten sich auf die Bank und beobachteten den Verkehr auf der E 6. Jon Hendrik holte Eis und sie schlenderten zu ihrem Quartier zurück, wo die anderen gespannt warteten und viele Fragen auf den Lippen hatten. Den Rest des Sonntags sprachen alle wenig, nur das Nötigste, gingen sich so gut es ging aus dem Weg, wuschen, lasen oder sortierten die Rucksäcke neu. Nur Johannes suchte immer wieder das Gespräch mit Bodil.

„Warum machst du so was wie vorhin?“ fragte sie ihn, bekam aber keine Antwort, nicht einmal ein Grinsen.

Ein Tag zum Abschiednehmen, trübe und an der Schwelle zum Regen. Marei parkte ihr Fahrrad hinter dem weißen Kapellengebäude neben einem silbergrauen Leichenwagen. Eine große Tür wurde geöffnet und beschäftigte Männer in schwarzen Anzügen trugen Gestecke und Blumenvasen hinein. Mit einem Rosenstrauß in der Hand folgte sie ihnen und fand sich in der großen, runden Kapelle wieder.

Der Sarg war prächtig geschmückt, Rosen und Margeriten, rot-weiß, die hanseatischen Farben. Um den Sarg breitete sich im weiten Halbkreis ein Meer an Kränzen und Gestecken aus, wuchtige Kerzenständer waren wie eine Wand hinter und neben dem Sarg aufgestellt. In der Kapelle herrschte eine ganz und gar unfeierliche Betriebsamkeit, die gelegentlich in Flaxereien der schwarz Gekleideten oder des Kapellenwärters im grauen Mantel mündete. Marei war klar, dass es auch auf dem Friedhof so etwas wie Routine und nüchterne Professionalität gab. Sie stellte sich vor den Sarg, verneigte sich, ließ sich nicht stören vom Staubsauger-Lärm und legte den Rosenstrauß vor dem Sarg auf den Boden. Ein junger Mann im schwarzen Anzug stellte sich neben sie, bat darum, die Rosen an einen anderen Platz zu legen, und begann damit, die Kränze auszurichten, Schleifen zu ordnen, Kerzenhalter zu drehen und eine Liste abzuhaken. Eine freundliche ältere Frau, die als Bestatterin erkennbar und es gewohnt war, Anweisungen zu erteilen, kam zu Marei und bat auf warmherzige Weise darum, sie möge doch bitte die Kapelle verlassen, begleitete sie zur großen Haupttür und ließ sie durch einen Spalt hinaus zu der wartenden Menge. Marei, in schwarzen Jeans und T-Shirt, mit einem Blazer ebenfalls in Schwarz, fühlte sich erschlagen von der Menge Wartender. Mit wenigen Blicken hatte sie erkannt, wo die Familie stand. Dezent schlich sie sich an den Rand und beobachtete.

Wieland Wagenknecht hatte auch vor der Kapelle die Fäden in der Hand, während Charlotte hinter einem schwarzen Schleier ganz die tief-trauernde Tochter gab. Zwischen Wieland und der wartenden Gemeinde stand Gernot Wagenknecht wie der versprengte Rest der vorausgegangenen Trauerfeier. Es war nicht eindeutig zu erkennen, ob er zur Familie, zum weiteren Kreis der Angehörigen oder zu den Freunden irgendwelcher Bekannter der Familie gehörte. Er selbst schien keine Versuche zu unternehmen, sich einzuordnen, aber auch Wieland Wagenknecht suchte erst den jüngeren Bruder, als der Pastor unmissverständlich auf die engere Familie zusteuerte. Mit deutlicher Geste gebot er Gernot, sich zwischen Charlotte und ihn zu stellen, gerade so, wie es die geschwisterliche Reihenfolge gebot. Gernot schlich zu seinem Bruder, hielt den geröteten Kopf gesenkt. Mit seinem abgewetzten, etwas schmuddeligen Leinenblazer, der kraus gesessen war und beim näheren Hinsehen am Revers Flecken in vielen Farben hatte, wirkte Gernot Wagenknecht wie der Reservesargträger, der kurzfristig zur Kapelle 10 beordert worden war, den Rest der Mannschaft aber am Treffpunkt verpasst hatte. Erst als er die Position zwischen seinen Geschwistern erreicht hatte, wagte Gernot aufzuschauen und den Pastor wahrzunehmen.

Der Pastor konnte die Trauergemeinde kaum messen und hatte Mühe, die Familie eindeutig von Honoratioren in dunkelblauen Zweireihern zu trennen, wären da nicht der deutliche Abstand und der abgewetzte Gernot gewesen. So konnte sich der Pastor erinnern, dass es in dieser Familie einen etwas weltfernen Künstler gab, der beim Trauergespräch nur erwähnt, aber auf Wunsch von Wieland und Charlotte nicht zugegen sein sollte. „Gernot", hatten die beiden ihm gesagt, „verkraftet so ein Gespräch nicht. Seine künstlerische Seele ist durcheinander, denn das Verhältnis zwischen Gernot und Mutter war sehr eng." Gerade das sei aber ein guter Grund für Gernots Teilnahme am Vorgespräch, hatte der Pastor eingeworfen, doch nur eine abwehrende Geste von Wieland Wagenknecht als Antwort bekommen. In dieser Familie, so viel war ihm klar geworden, gab es eine Reihe von Konflikten, eigenartigen Persönlichkeiten und Vertuschungen. Die Familienbande waren einerseits sehr locker, auf eine andere Weise aber höllisch eng.

Ihm fiel eine attraktive junge Frau in schwarzen Jeans, T-Shirt und leichtem Blazer auf, die aus einiger Entfernung die Trauergesellschaft beobachtete. Ihr Gesicht war von Tränen gerötet, aber niemand schien sie trösten oder begleiten zu wollen. Hinter Charlotte von Mercier standen ihre Kinder, die perfekt gestylt und gekonnt die Kondolationen entgegen nahmen. Gregors rasierter Schädel wirkte für diesen Anlass allzu nackt, volles dunkles Haar wäre angemessener gewesen, ging es dem Pastor durch den Kopf. Wieland Wagenknecht gab Anordnungen nach hinten zu seiner Frau, einer schlanken hoch gewachsenen Brünetten mit markantem Kinn und großbürgerlichem Outfit, und an zwei junge Damen, die eindeutig der Wagenknechtschen Familie zuzuordnen waren. Die drei verschwanden im Hintergrund, während Wieland einen großen Schritt auf den Pastor zu tat, ihn mit fester Stimme begrüßte und routiniert das Gespräch begann, während Charlotte sich an die Seite Gernots stellte, dessen Fahne kaum zu verbergen war.

„Sie sehen, Herr Pastor, es sind viele Menschen, die unsere Mutter geliebt und geachtet haben. Der schreckliche Vorfall hat sie alle zutiefst erschüttert. Uns tut es gut, diese große Zuwendung zu erfahren." Die beiden Männer drückten sich kräftig die Hände, Charlotte reichte ihre in einen hauchdünnen, schwarzen Handschuh verpackte Hand. Wieland Wagenknecht legte dem Pastor eine Hand auf die Schulter, drehte ihn sanft zu Gernot und stellte die beiden Männer einander vor. Gernot sah auf den Boden, als er dem Pastor die Hand gab, nuschelte eine Begrüßung und der erwiderte ein formelhaftes „herzliches Beileid". Bei der kurzen Begegnung war dem Geistlichen die Alkoholfahne aufgefallen.

„Herr Dr. Wagenknecht. Wir beginnen in wenigen Minuten mit der Feier. Darf ich Sie bitten, mit der Familie zuerst einzuziehen und in der vordersten Bankreihe Platz zu nehmen."

„Gewiss. Ich werde unsere Familie soweit zusammenrufen.

Seien Sie bitte anschließend herzlich zum Essen mit der Familie eingeladen. Wir treffen uns bei 'Randel', sie wissen doch, wo das ist."

Der Pastor wusste, drehte sich um und kehrte in die Kapelle zurück, nicht ohne noch einmal nach der jungen Frau Ausschau zu halten, die ihm aufgefallen war. Er konnte sie nicht entdecken und war enttäuscht.

Auf der Empore hatten neben den Musikern zwei Herren in dunklen Mänteln Platz genommen. Die Bestatterin unterrichtete den Pastor.

„Die Herren sind vom Landeskriminalamt."

„So was kenne ich bisher nur aus Krimis. Das ist meine erste Beerdigung, bei der Polizei zuschaut."

„Musik bitte!" rief die Bestatterin zur Empore hinauf, der Pastor wandte sich zur großen Tür, nestelte ein letztes Mal an der Halskrause, schritt langsam auf die wartende Gemeinde zu und führte sie in die Kapelle. Zu Griegs „Morgenstimmung" zogen etwa 150 Menschen in die Kapelle 10 des Ohlsdorfer Friedhofs. Die Bankreihen waren voll besetzt. Hier wurde von einer Frau Abschied genommen, die beliebt und geachtet war. Der Pastor fand hilfreiche Worte, ließ auch Fragen nicht aus, die mit Sicherheit viele der Anwesenden im Stillen stellten, und erwähnte im Gebet auch den Sohn, „der heute nicht hier sein kann, dem Gott aber Wege zeigen möge, seine Trauer und seinen Abschied zu leben". Charlotte räusperte sich, reckte sich kurz, und die junge Frau im schwarzen Blazer in der vorletzten Reihe begann kräftig zu weinen. Während der Organist „Ach bleib mit deiner Gnade" anspielte und acht Träger mit klirrendem Säbel am Gürtel durch den Mittelgang zum Sarg schritten, blieb der Pastor mit seinen Gedanken an der jungen Frau kleben. Die weiß mehr, als die Familie mir gesagt hat. Wie gerne würde er sie nach der Beerdigung ansprechen. Er war neugierig geworden.

„Danke!" sagte einer der vorderen Träger mit Betonung auf der zweiten Silbe und riss den Pastor aus seinen Gedanken. Der bahnte sich einen Weg durch Kerzenständer und Lorbeerbäume, fand seinen Platz hinter den Trägern und schritt dem Sarg folgend ins Freie. Die Gemeinde folgte dem Pastor.

GUDBRANDSDAL

Der Leden führte sie noch einmal an der Stabkirche von Ringebu vorbei und blieb auf halber Höhe über dem Tal, folgte erst der kommunalen Straße und ging später in einen Waldpfad über. Auf der Europastraße weit unter ihnen zogen die Wohnmobile und Lastwagen ihren Zielen entgegen. Züge der Dovrebahn durchschnitten das Tal und verschwanden lautstark hinter Kurven und Felsen. Die Sonne begleitete sie nur noch am Montagmorgen, ab dann machte sie sich rar. Jon Hendrik hoffte, dass das Wetter nicht schicksalhaft für den Zustand der Gruppe war.

In den nächsten Tagen machten sie Strecke und übernachteten in Hundorp und auf dem Pfarrhof von Sör-Fron, ohne dass es besondere Vorkommnisse gegeben hatte. Es war, als risse sich jeder zusammen, bloß um nicht den nächsten Konflikt zu provozieren. Der Weg verlief in ständigen Auf- und Abstiegen und kostete Kraft, bevor die Etappe nach Otta mit ausgedehnten und langweiligen Abschnitten direkt neben der E 6 verlief.

Wohnmobil an Wohnmobil kroch die E 6 nach Norden, viele aus Deutschland auf der Suche nach ewiger Sonne. Im engen Gudbrandsdal hing die Qualmwolke der Holzfabrik von Kvam, vermischte sich mit der feuchten Kühle des ganz und gar nicht sommerhaften Julimorgens. Auch wenn das Wetter sich seit Ringebu stetig verschlechtert hatte, war es trocken geblieben. Die Gruppe schlich wortlos auf dem asphaltierten Fußweg, vorne Jon Hendrik und am Schluss Tom, fröstelnd und müde, gute 100 Meter hinter den anderen. Vor ihnen tauchte Otta auf, der wichtige Verkehrsknotenpunkt mit Verbindungen ins Valdres und über das Ottadal zur Küste. Jon Hendrik hatte der Gruppe von einer Gemeinschaft erzählt, die im Ottadal ein Retreatcenter betrieb, ein Kloster auf Zeit, in dem jedermann willkommen wäre. Bodil hatte interessiert nachgefragt und wollte genau wissen, wo der Sandom-Hof läge. Eine Freundin von ihr sei da wohl schon mal gewesen. Johannes hatte lange zugehört, um das Gespräch mit einer Bemerkung zu beenden: „Wer's nötig hat ..."

In Otta sollten sie Lebensmittel einkaufen. Jon Hendrik hielt an, setzte sich auf einen Felsbrocken und gab den anderen Zeichen, auf Tom zu warten.

„Nach Otta gehen wir gemeinsam. Im Bahnhof findet ihr Toiletten und einen Kiosk. Da wird ein guter Kaffee gekocht. Von dort aus werden wir zum Einkaufen gehen, ohne Gepäck."

Als sie die alte Lågen-Brücke überquert hatten, hörten sie Lautsprecher aus dem Ort. Die Straße vor dem Einkaufszentrum „Ottatunet" war gesperrt und voller Menschen, ein für Otta ungewöhnlicher Anblick. Über die Straße hingen Transparente der rechten Fortschrittspartei: „Wir müssen Norwegen für uns Norweger behalten", las Johannes. Zwei rundliche Männer mit roten Köpfen in Trachten hielten ein Transparent, das Johannes erschrecken ließ: „Keine Gnade für Kriminelle!" Er senkte seinen Kopf und wollte nicht gesehen werden. Am liebsten wäre er auf der Stelle umgedreht und den Pilgrimsleden weiter gelaufen.

Auf einem niedrigen Podium ereiferte sich ein Mann Mitte fünfzig. Von Plakaten lächelte sein Gesicht und bot sich dem Wahlvolk mit Namen an: Bård I. Haugen. Jon Hendrik blieb stehen und versammelte die Gruppe an einer Hauswand um sich. Sie setzten die Rucksäcke ab und drehten sich von der Versammlung weg.

„Es ist besser, wir halten uns hier etwas abseits." Und an Johannes gewandt erklärte er: „Haugen ist Populist und zieht mit einfachen Parolen unglaublich viele Leute auf seine Seite. Zur Zeit liegen die Rechten in Umfragen vor allen anderen Parteien."

„Du erzählst mir nichts Neues. Viele der Aufseher in Ullersmo stehen auf Haugen. Da habe ich schon einiges gehört, etwa so: Wenn Haugen an der Regierung ist, dann werden Ausländer nicht mehr so sanft behandelt wie du jetzt. Und mit Gnade für Kriminelle ist dann auch Schluss."

Ein hochgewachsener Naturbursche, der schon etwas in die Jahre gekommen war, stellte sich Jon Hendrik zur Seite:

„Auf Bergtour, nicht wahr? Wo seid ihr denn gegangen, Rondane? Bei dem Wetter? Ist da noch Schnee?"

„Wir gehen den Pilgrimsleden", antwortete Jon Hendrik kurz.

Der Naturbursche musterte die Gruppe und blieb mit seinen Blicken an Tom kleben.

„Du siehst müde aus, Junge. Wirst du denn den Weg auch schaffen? Du musst mehr essen, mal was Kräftiges."

„Was denkst du denn!" polterte Tom zurück und Bodil griff ins Gespräch ein.

„Lass den Jungen, der hat sich 'nen Virus eingefangen."

„Virus? Aids vielleicht? Was ist das hier: ein homophiler Wanderclub?"

„Keine Sorge, ich steh auf Jungs", konterte Bodil grinsend.

Der Naturbursche wandte sich ab, tuschelte mit einem der vielen Zuhörer und beschloss dann, sich Haugen auf dem Podium zuzuwenden, der gerade mächtig in Fahrt war.

„Wenn es so weitergeht in Norwegen, dann werden in Oslo bald Kriminelle und Ausländer das Sagen haben. Schon heute werden mehr asiatische Kinder in Oslo geboren als norwegische. Sie alle liegen dem Wohlfahrtsstaat auf der Tasche und berauben unsere Kinder um die Früchte der Arbeit ihrer Eltern und Großeltern. Das müssen wir ändern ..."

Die Masse applaudierte und Jon Hendrik schüttelte sich angewidert. Johannes musste unwillkürlich an die Neonazis in Deutschland denken. Als Reporter hatte er in der rechten Szene recherchiert und Hamburgs Obernazis kennen gelernt. Der Geist ist derselbe, überlegte er: immer auf die anderen einhauen, Neid und Angst wecken. Er hoffte, dass in Hamburg solche Leute nie eine Chance haben sollten, an die Macht zu kommen. Er war sich sicher, dass diese Populisten in seiner Heimat nie eine Chance haben würden. Die Hamburger, so dachte er, sind einfach cleverer.

„Und dann diese Steuern!" donnerte Haugen weiter. „Norwegen kann darauf verzichten, seine Bürger mit Steuern auszupressen. Wir wollen, dass der Reichtum des Landes heute an die Norweger weitergegeben wird. Die Benzinpreise müssen halbiert werden und die Schulen ausgebaut, die Krankenhäuser bekommen mehr Ärzte ..."

„Woher denn nehmen, es gibt doch jetzt schon nicht genügend norwegische ...!" brüllte Jon Hendrik in eine Atempause Haugens. Zweihundert Köpfe drehten sich um und glotzten ihn an.

„Ist das nicht der Pastor, der mit den Kriminellen unterwegs ist?" rief von irgendwoher jemand. „Den hab ich im Fernsehen gesehen."

„Das ist der, der in Ullersmo arbeitet. Und die, die bei ihm sind, das sind die Schwerkriminellen, Mörder und so!"

Unruhe kam in die Menge. Die Gerüchte hatten sich schnell zum Podium vorgearbeitet, sodass Bård I. Haugen die Gunst der Stunde nutzte: „Haben wir das gewollt, dass Straftäter frei unter uns herumlaufen und den Frieden im Ottadal bedrohen? Was ist mit Norwegens Justiz los? Ein Jäger, der einen Wolf anschießt, wird mit hohen Strafen belegt, aber Mörder und Drogendealer schickt man aber auf Wandertour mit einem Pastor. Wehe, wer in Norwegen einen Bären erlegt, der Schafe reißt und Bauern um ihre Existenz bringt. Aber Drogen verkaufen, Prostitution, organisierte Kriminalität ... das lohnt sich in Norwegen, denn der Staat schützt sie. Und die Kirche auch. Warum wohl?"

Jon Hendrik gab Zeichen, die Rucksäcke langsam aufzusetzen und in Richtung Bahnhof zu verschwinden. Johannes konnte sich eine Bemerkung nicht verkneifen: „Du bist wohl völlig wahnsinnig geworden, Pastor, dass du deine Schnauze nicht halten kannst."

Eine Gruppe junger Männer, die so aussah, als warteten sie nur auf einen Bären, um sich mit ihm zu messen, drängelte sich in Richtung der Pilgergruppe, unterstützt von kraftvollen Worten aus den Lautsprechern: „Leute des Ottadal und oberen Gudbrandsdal, wenn wir uns nicht wehren, dann wird uns das Übel wie eine Lawine überrollen!"

Jon Hendrik war schnell hinter einer Hausecke verschwunden, Bodil und Mia waren ihm gefolgt. Johannes zerrte an seinem Rucksack, der sich an einem Papierkorb verfangen hatte, und Tom zog seinen Rucksack hinter sich her.

„Da laufen die, die unserem Land schaden. So ist es richtig. Für sie ist kein Platz in Otta oder anderswo!" donnerte die Lautsprecherstimme, während der erste Verfolger Johannes erreicht hatte. Johannes ließ den Rucksack im weiten Kreis auf seinen Rücken fliegen, der Verfolger schrak zurück und suchte seine Kumpane. Den Moment nutzte Johannes, um sich von der Versammlung abzusetzen und den anderen zu folgen. Die waren schon über den Bahnübergang gekommen, obwohl die Signalanlage blinkte. Bevor Johannes die Gleise erreicht hatte, senkten sich die Schranken. Drei junge Männer hatten die Verfolgung aufgenommen, begannen zu laufen und grölten: „Gleich haben wir dich!" Johannes überlegte nicht, kletterte über die erste Schranke, stürzte auf die zweite zu, wälzte sich hinüber und bevor er durchatmen konnte, donnerte der nordgehende Dovre-Express mit schrillem Signalhorn an ihm vorbei. Planlos schleppte sich Johannes zu einem Supermarkt, suchte den Eingang und blieb erst mitten im Laden stehen. Wo waren die anderen? Wo waren seine Verfolger? Eine ältere Dame sah ihn mitleidig an.

„Vitamine", sagte sie, „du solltest Vitamintabletten kaufen. Die sind bei Sportlern sehr, sehr wichtig. Und Lebertran, vergiss den nicht. Meine Kinder nehmen Brausetabletten nach dem Sport. Da ist die Erschöpfung sofort vorbei und der Körper bekommt, was er braucht."

Johannes lächelte gequält, überlegte einen Fluchtweg aus diesem Gespräch, versuchte aber freundlich zu bleiben. Die Frau schob ihren Einkaufswagen weiter und lächelte ihm zu. Wieder atmete Johannes tief durch.

Nach einer Weile versuchte er seine Lage zu überblicken: er stand allein ohne Geld in einem Supermarkt, in einer norwegischen Kleinstadt, die er nicht kannte, und versteckte sich vor wildgewordenen Jungs. Noch nie in seinem Leben hatte er sich versteckt, niemand hatte ihm wirklich Angst gemacht, nicht die Skins zu Hause, nicht die Vorstandschefs der Energiekonzerne, wenn er sie mit unangenehmen Dokumenten konfrontiert hatte. Nichte einmal die harten Jungs in Ullersmo. Was war anders an dieser Situation? Es musste mit ihm selbst zu tun haben. War er anders geworden in den letzten Tagen, schwächer, weicher, verwundbarer? Er überlegte: Habe ich mich anstecken lassen von der Angst der anderen? Jon Hendrik hat den Schwanz schnell eingezogen, nachdem er den Mund aufgerissen hatte ...

Johannes zog das Tragegestell des Rucksacks stramm, fand den Weg zum Ausgang, stellte sich auf die Straße und sah sich um. Am Gebäude gegenüber stand einer seiner Verfolger und sah offenbar den anderen nach. Johannes ging direkt auf ihn zu, baute sich im Abstand von zwei Metern vor ihm auf, verzichtete auf sein Grinsen und sagte freundlich, aber bestimmt: „Geh nach Hause, das ist besser für uns alle."

Das Gesicht des Jungen verlor jegliche Farbe, unwillkürlich wich er bis an die Hauswand zurück.

„Ich tu dir nichts, du brauchst keine Angst zu haben. Aber es ist besser, du machst bei so etwas nicht mit. Klar?"

Der Junge nickte und drehte sich in Richtung Bahnübergang.

„Glaub bloß nicht alles, was Haugen da erzählt. Der will an die Macht, das ist sein großer Traum. Dafür braucht er eure Stimmen und macht Versprechungen, die er nie einhalten kann. Eine andere Politik kann der auch nicht machen. Ich bin Deutscher. Und du weißt, dass wir in Deutschland auch mal so einen Lügner an der Macht hatten. Denk dran, was der für Elend über Europa gebracht hat."

„Bård I. Haugen ist anders."

„Wo denn? Was soll denn diese Hetze gegen andere. Das haben seriöse Politiker gar nicht nötig."

Johannes entwickelte fast väterliche Gefühle für den Jungen, der ihn mit großen hellblauen Augen ansah und nichts Bedrohliches hatte. Er war kaum älter als 16 und hatte noch keinen Bartansatz.

„Wie heißt du?" fragte Johannes.
„Kjell."
„Weißt du was, Kjell. Ich habe im Knast gesessen, weil ich verdammte Scheiße gebaut habe, bloß weil ich meine Gefühle nicht im Griff hatte. Blind bin ich gewesen und kindisch, obwohl ich schon lange erwachsen bin."
„Was hast du gemacht? Jemanden umgebracht?"
„Fast, aus purer Eifersucht. Ein Auto geklaut, einen Mann mit dem Messer bedroht und lauter solche Dummheiten.* Mach doch nicht dieselben Fehler. Knast ist kein guter Ort. Hier im Gudbrandsdal ist es doch viel besser."
Für einen Moment sahen sich beide freundlich in die Augen. Johannes wurde plötzlich bewusst, dass er zum ersten Mal einem völlig Fremden von seinen Straftaten erzählte, ohne dass es ihm schwer fiel. Er staunte auch, wie schnell sich die Situation völlig verkehrt hatte, bloß weil er sich einem einzelnen Jungen und nicht der Bande gegenübersah. Was passiert, wenn die beiden anderen kommen, überlegte Johannes. Ruhig bleiben, dachte er.
Er hatte gerade diesen Gedanken verabschiedet, als die zwei anderen Verfolger die Bahnstraße herunter kamen und zu laufen begannen, als sie Johannes und Kjell sahen. Wenige Meter vor den beiden bremsten sie ab, blieben in einiger Distanz stehen und peilten die Lage.
„Warum hast du nicht gerufen, Kjell? Hat er dich angefasst?"
Kjell schüttelte den Kopf.
Der größte der drei, ein Hüne von zwei Metern und breit wie ein Ochse, pumpte sich von Johannes auf.
„Ihr habt hier nichts zu suchen. Kriminelle wollen wir hier nicht."
Johannes atmete ruhig und versuchte, alle Aggression aus Mimik und Stimme zu nehmen.
„Wir sind auf der Durchreise, auf dem Pilgrimsleden. Was stört euch das? Keiner von uns hat vor, in Otta zu bleiben. Aber sollte es hier zum Konflikt kommen, dann müssten wir ja länger bleiben."

** vgl. Bernd Lohse, »Tod in den Lofoten«*

„Åge, komm, lass ihn, wir gehen zurück zur Kundgebung." Der Dritte legte beruhigend seine Hand auf die Schulter des Hünen und bewegte sich langsam in Richtung Bahnschranken. Etwa eine Minute fixierte Åge Johannes, wandt sich schließlich mit einer Drohung von ihm ab, drehte sich kurz vor dem Bahnübergang noch einmal um, beließ es aber bei bösen Blicken. Kjell war den beiden gefolgt.

Johannes sah sich um. Wo waren die anderen um diesen Feigling mit der großen Klappe, Jon Hendrik. Er entdeckte den Bahnhof und steuerte drauf zu. Hatte nicht Jon Hendrik gesagt, dort gäbe es guten Kaffee und saubere Klos. Beides konnte er jetzt gut gebrauchen.

Aus dem Bahnhof kam ihm Bodil entgegen gelaufen:

„Bist du in Ordnung, Johannes? Ist was passiert?"

„Das ist ja zu viel der Fürsorge. War was?"

Irritiert wandte sich Bodil ab und schlenderte zu einem Denkmal, das eine junge Frau mit Posaune auf der Spitze eines Berges zeigte: Pilaguri, die die Bewohner von Otta vor den herannahenden Schotten gewarnt und die Schotten mit ihrer Musik betört hatte. Eigenartig, überlegte sie, vielleicht will ja Bård I. Haugen in diese Rolle schlüpfen. Aber Pilaguri war nun mal eine Frau.

Wortlos stellte Johannes seinen Rucksack in die Warteecke neben einen tiefen Sessel. Jon Hendrik sah ihn an, schlürfte Kaffee aus einem Plastikbecher, warf gelegentlich einen Blick in eine Boulevardzeitung und schien mit sich zufrieden zu sein. Tom war der Erste, der Johannes ansprach.

„Gut, dass du da bist."

Johannes übersah und überhörte ihn, kramte im Deckelfach seines Rucksacks, holte die Waschtasche und verschwand. Tom ließ sich in die tiefe Wartecouch fallen, setzte den Kaffeebecher an den Mund und beobachtete über den Becherrand das Still-Leben im Bahnhof. Mia schrieb in ihr Notizbuch, das sie seit dem ersten Treffen in Ullersmo bei sich trug. Am Tresen der Touristinformation erkundigten sich zwei Wanderer nach Hüttenschlüsseln und Wanderkarten. Die freundliche Frau hinter dem Tresen gab bereitwillig Auskunft, brachte unzählige Prospekte und telefonierte mit Hüttenwirten. Über Toms Kaffee kreiste eine Fliege und wartete darauf, einen Rastplatz zu finden. Vermutlich hatte sie Toms glänzende Nase ins Visier genommen, konnte jedoch nicht bei ihm landen. Jon Hendrik vertrieb die Fliege mit der Zeitung, nur Mia duldete sie auf dem Buchrand. Zwei Busfahrer unterhielten sich auf der Treppe zum Bahnhof und Bodil hatte einen sonnigen Platz am Fuß der Pilaguri-Statue gefunden.

Frischrasiert kehrte Johannes zurück, verstaute seine Sachen, würdigte niemanden eines Blickes und holte sich den Kaffee vom Kiosk.

„Der mit der Zeitung bezahlt."

Auf dem Bahnsteig stand ein Gepäckwagen. Dort setzte sich Johannes gegen das Geländer und streckte die Beine aus, ließ langsam den Kaffee seine Kehle hinablaufen, schloss die Augen, aber öffnete die Ohren. Es war still, abgesehen von weit entfernten Autogeräuschen. Vor seinem inneren Auge liefen die Ereignisse der vergangenen Stunde ab. Glück gehabt, sagte er zu sich und musste an den Schnellzug denken, der ihn beinahe erwischt hätte. Warum hat mich dieser blöde Zug nicht überrollt – dann wär' alles vorbei gewesen, okay, aber wär' das so schlimm? Ist es Überlebenswille oder Reflex, dass ich mich über die Schranke geschmissen habe? Was erwartet mich denn in diesem Leben? Johannes musste an seine Mutter denken, fühlte nach der Telefonkarte. Er beschloss anzurufen.

Im Bahnhof lief ihm Jon Hendrik über den Weg.

„Alles in Ordnung, Johannes?"

Johannes ging vorbei, reagierte nicht, steckte die Karte ins Telefon, wählte und wartete. Als eine Stimme im Hörer erklang, zuckte er zusammen: „Der Anschluss ist vorübergehend nicht zu erreichen." Er hängte den Hörer ein, blieb starr vor dem Telefon stehen, überlegte, sah sich um und verzog sich auf den Gepäckwagen. Was hatte das zu bedeuten, diese Ansage? Es konnte nicht sein, dass Mutter vergessen hatte, die Telefonrechnung zu bezahlen. Sicher ein technischer Defekt.

Jon Hendrik stellte sich neben den Gepäckwagen. Zwischen den Männern vibrierte die Luft. Ein Wort konnte reichen, dass daraus ein schweres Gewitter werden konnte. Sie schienen es zu spüren und schwiegen. Johannes wagte nicht, den Gepäckwagen zu verlassen, phantasierte eine Reihe von Schlägen durch, die er Jon Hendrik am liebsten verpassen würde, und Jon Hendrik merkte, dass er störte, fand aber nicht den Anlass, sich abzuwenden. Sackgasse, dachte Jon Hendrik über die Lage, in die er sich gebracht hatte, und ärgerte sich, dass er Johannes gefolgt war. Warum hatte er es gemacht? Worte lagen ihm auf der Zunge, blieben aber lange unter seiner Kontrolle. Dennoch platzte es irgendwann aus ihm:

„Probleme?"

„Halt's Maul, Pastor."

„So sprichst du nicht mit mir."

„Du sollst dein Maul halten und mich in Ruhe lassen, feiger Hund."

Die Sonne, die sich zaghaft gezeigt hatte, verschwand hinter weißen Wolken. Es wurde kühl auf dem Bahnsteig. Die beiden Männer bewegten sich nicht. Jon Hendrik war es, der wieder das Schweigen nicht aushielt: „Ich hab mir Sorgen gemacht."

„Hör mit dem Seelsorge-Gerede auf. Du hast mich hängen lassen, das Maul weit aufgerissen und bist weggelaufen wie ein Kind. Es war dir verdammt egal, was mit mir passierte. Du warst ja in Sicherheit. Ist dir klar, dass du uns alle in ganz schöne Schwierigkeiten gebracht hast?"

Johannes verließ seine sichere Position auf dem Gepäckwagen, stellte sich Jon Hendrik gegenüber und war zu allem entschlossen. Er würde sich nicht scheuen, Jon Hendrik zu Boden zu strecken, ihm eine Abreibung zu verpassen, auch wenn es das Ende der Wanderung bedeuten sollte. Der Pastor sollte merken, dass es auch für ihn Grenzen gab. Johannes hatte die Fäuste geballt und alle Sensoren auf Alarm gestellt.

Donnernd rollte ein Güterzug an ihnen vorbei nach Süden, konnte aber auch zu keiner entschlossenen Handlung auf dem Bahnsteig beitragen. Die Kontrahenten standen sich abwartend gegenüber. Johannes war es, der die Initiative ergriff:

„Deine Art geht mir so was von auf die Nerven, Pastor. Du lässt uns aufeinander losgehen und hältst dich raus. Hinterher zerreißt du dir dein Maul über die blöden Knastis. Aber du kannst dich nicht raushalten. Ich werde dich fordern, Pastor. Mann gegen Mann. Wenn nicht hier, dann später. Wenn nicht mit Fäusten, dann mit Worten. Keinen Tag kannst du sicher sein, dass dir nichts passiert. Du wirst hellwach bleiben müssen, denn ich weiß, du wirst nicht immer der Starke sein. Heute warst du ganz schwach, Pastor. So was von schwach."

Johannes unterstrich seine Worte, indem er vor Jon Hendrik auf den Boden spuckte.

„Stop, Johannes. Geh nicht zu weit!"

„Was ist dann?" Johannes fixierte ihn mit Blicken, indem er begann, sein breites, überlegenes Grinsen aufzusetzen. Jon Hendrik senkte seinen Blick, drehte sich um und verschwand im Bahnhof.

„Feigling", gab Johannes ihm mit auf den Weg.

HAMBURG-WELLINGSBÜTTEL

Was wollte sie hier? Es war Donnerstag, und in einer Stunde musste sie im Seminar sitzen, stattdessen war sie den Alsterwanderweg hinauf geradelt wie so oft und hatte im Langwisch auf dem kurzen Anstieg von der Alster zur Hauptstraße noch einmal ihre Kondition getestet. Sie war mit sich zufrieden, liebte es, leicht verschwitzt zu sein, und stand vor dem großen Tor der Wagenknechtschen Villa. Wie gerne war sie hier her geradelt in den vergangenen Jahren, um zu putzen, vor allem aber, um mit der alten Dame zu sprechen. Das alles vermisste Marei. War sie deswegen hier oder weil sie immer noch den Hausschlüssel hatte? Wieland hatte ja vergessen, ihn einzusammeln, und sie selbst verspürte keine Lust, ihn daran zu erinnern. Jetzt könnte sie das Tor öffnen, den herrlichen Garten genießen oder ihrer Neugier im Haus freien Lauf lassen. Marei kam sich vor wie ein Kind, das heimlich vor der Süßigkeiten-Schublade steht und sich frei bedienen kann. Mehr noch: es war wie in der Fantasie, die sie als Kind so sehr geliebt hatte, in einem Kaufhaus eingeschlossen zu werden und eine Nacht lang durch alle Abteilungen stöbern zu können. Sie war immer in der Puppenabteilung gelandet.

Sollte sie jetzt ihre Chance nutzen? Und wenn jemand käme? Marei zögerte, dann steckte sie den Schlüssel ins große Tor, öffnete, schloss es hinter sich und schob ihr Fahrrad hinter das Haus. Niemand sollte wissen, dass sie hier war. Als sie die Haustür öffnete, wallte ihr muffiger Geruch entgegen. So hatte es hier noch nie gerochen. Seit vielen Tagen ist niemand hier gewesen, überlegte sie und verspürte große Lust, die Terrassentüren zu öffnen, um frische Luft durch die Räume fließen zu lassen. Marei zog ihre Schuhe aus. Alles wirkte so vertraut, als sie barfuß durch die Räume glitt. Der große Clubraum mit seinen englischen Möbeln, das gediegene Esszimmer, in dem die Familie an großen Festtagen feierlich versammelt war. Marei zog einen der schweren Stühle vor und setzte sich, als erwartete sie den Rest der Familie. Gerne wäre sie bei einem Familienmahl dabei gewesen, hätte Konversation gepflegt und alle Tischmanieren ausprobiert, die ihre Mutter ihr eingebimst hatte.

„Falls du mal in höhere Kreise einheiratest", hatte Mutter gesagt und es nie unterlassen, ihrer Tochter alle Neuigkeiten aus dem Hochadel, der deutschen Highsociety und den Kunstzirkeln detailliert mitzuteilen. Wie gerne hätte Mutter es gesehen, wenn Marei in die Wagenknechtsche Familie hätte einheiraten und gut erben können. In jedem Telefonat hatte sie nach den beiden unverheirateten Söhnen von Marie-Louise Wagenknecht gefragt.

„Mutter, der eine sitzt im Knast, der andere ist Alkoholiker und viel zu alt. Schlag dir deine blöden Ideen aus dem Kopf!"

hatte Marei unmissverständlich in den Hörer gebrüllt, völlig genervt von der Sehnsucht ihrer Mutter, doch irgendwann in die gehobene Gesellschaft aufsteigen zu können. Marei seufzte und war froh, dass sie dem hessischen Kleinstadtmief entkommen war. Lange hatte sie nicht den Wunsch verspürt, ihre Mutter zu besuchen, wenngleich sie seit dem Tod ihres Vaters ein schlechtes Gewissen hatte. Rabentochter nannte sie sich.

Plötzlich hörte sie, wie das Tor geöffnet wurde. Marei schoss hoch, stellte den Stuhl an seinen Platz und suchte nach einem Versteck. Kelleraufgang! Sie verschwand auf der Kellertreppe, hatte vorher den Schlüssel abgezogen und von ihrer Seite abgeschlossen. Wenig später hörte sie, wie die Haustür geöffnet wurde. Meine Schuhe! fuhr es ihr durch den Kopf. Ihr wurde fast schwindelig.

„Was sind das für Schuhe?" hörte sie eine Männerstimme, die ihr bekannt vorkam, aber niemanden, der antwortete. Krampfhaft versuchte sie, die Stimme einzuordnen, blieb aber an keinem Gesicht haften, das zu passen schien.

Es fehlte nicht viel und Marei wäre vor Neugier geplatzt. Sie konnte nicht sehen, wer gekommen war, hörte Schritte, die über ihrem Kopf ins Obergeschoss gingen, Türenklappen, leises Reden. Sollte sie es wagen und das Haus verlassen? War der Moment günstig? Wie sollte sie ihre Schuhe mitnehmen? Sie fühlte sich wie gelähmt. Ihre Ohren waren hochsensible Organe, die jedes Geräusch genauestens registrierten und analysierten, aber sie fanden nicht heraus, wer soeben gekommen war. Mareis Herz schlug schnell und sie hatte Angst, es könnte so lärmen und sie verraten.

Die Schritte kehrten aus dem Obergeschoss zurück.

„Im Keller vielleicht?" hörte sie die bekannte Stimme. Eine knödelige, ihr völlig unbekannte, antwortete: „Da ist immerhin der Weinvorrat, manch ein guter Tropfen, der einen guten Preis erzielen könnte."

Jemand fasste an die Türklinke und ruckelte, doch die Kellertür ließ sich nicht öffnen.

„Abgeschlossen. Schade. Die haben an alles gedacht.“

„Egal, wir haben gefunden, was wir gesucht haben. Komm, lass uns verschwinden, bevor Charlotte auf die Idee kommt, hier zu erscheinen. Die muss uns hier nicht sehen.“

„Und diese Schuhe?“

„Nehmen wir mit in den Mülleimer. Die sind sicher noch von dieser Studentin, dieser scharfen Braut, du weißt doch ... Hat die hier wohl vergessen. Die braucht sie sicher nicht mehr.“

Marei, die „scharfe Braut“, wartete, bis sie die Haustür ins Schloss fallen hörte, öffnete die Kellertür lautlos, blickte sich um und schlich in die Küche. Aus dem Fenster sah sie, wie ein schwarzer Golf vom Grundstück rollte, jemand, den sie nicht erkennen konnte, das Tor öffnete und wieder schloss. Das Auto fuhr in Richtung City davon.

Marei war klitschnass geschwitzt, wartete noch zwei Minuten und verliess dann hektisch Haus und Grundstück. Barfuß radelte sie die Wellingsbütteler Landstraße stadteinwärts, ärgerte sich aber, dass sie sich nicht noch die Zeit genommen hatte, die Turnschuhe aus dem Mülleimer zu holen.

„Das war eine echte Nullaktion, Mädchen“, schimpfte sie mit sich und überlegte, wer die beiden gewesen sein konnten, die sie nur gehört hatte. Schwarzer Golf, wer hat einen schwarzen Golf? überlegte sie.

Es musste jemand aus der Familie sein oder ...?

JORUNDGÅRD / LÅGEN

Nach dem Besuch der schneeweißen Sel-Kirche, einem traditionellen Kaffeetrinken mit Waffel, Rømme und Erdbeermarmelade beim Ortspastor sowie manch abgedroschenen Fragen und Bemerkungen über den Sinn von Strafe und Glorifizierungen der Buße, mussten sie sich wieder in Bewegung setzen. Dieser Tag war anstrengend. Sie trotteten wortkarg und nachdenklich hintereinander in der Sonne. Jeder hatte genug mit sich selbst zu tun. Ungnädig drückte die Sonne ihre Strahlen ins Tal und legte die Hitze bleischwer auf Muskeln und Seele. Der Schweiß klebte die Rucksäcke an die Rücken ihrer Träger, Sturzbäche rannen die Rücken hinab und von den Augenbrauen tropfte salzige Flüssigkeit, die in den Augen brannte.

Der Leden führte mehrere Kilometer am Lågen entlang, war angenehm eben und gut zu gehen. Nur vom Fluss her schwebte eine Ahnung von milder Kühle ins Tal, während aus den Wiesen Hitzekissen herüberwallten. Mücken und Fliegen ließen sich nicht vertreiben, suchten in verschwitzten Haaren und Gesichtern, auf Armen und Händen nach Landeplätzen. Als die Gruppe den Jorundgård erreicht hatte, die Kulisse für den Film „Kristin Lavranstochter" nach dem Roman von Sigrid Unset, gab Jon Hendrik das Zeichen zur Pause. Ohne dass es einer Aufforderung bedurft hatte, waren umgehend alle im Wasser des Lågen, tauchten in die eiskalten Fluten, tänzelten über glatte Steine und genossen momentelang die Abwesenheit von Insekten aller Art. In deutlicher Entfernung voneinander, als hätten sie nichts miteinander zu tun, standen sie im quirligen Wasser, die Männer nackt, vergaßen die Autos auf der E 6 und fühlten neue Kräfte. Johannes trank aus der hohlen Hand. Das Wasser schmeckte ihm wie das beste Getränk, das er je genossen hatte. Wie wundervoll konnte Wasser sein. War es das auch? Zweifel tauchten in ihm auf. Wusste er denn, woher dieses Wasser kam? Gab es Fabriken, Klärwerke oberhalb von Sel? Es ärgerte ihn, wie naiv er sich von dem Wasser hatte überwältigen lassen, wie er seine angeborene Skepsis, so nannte er es, über Bord geworfen hatte. Aus dem Augenwinkel beobachtete er die anderen, besonders Jon Hendrik. Bisher hatte er keinen trinken sehen. Bodil hing vornüber gebeugt mit den Armen im Wasser. Der Badeanzug verdeckte ihre Brüste kaum, die wie Glocken über den Fluten hingen. Johannes bemerkte, dass sie ihn durch den Vorhang ihrer verschwitzten Haare ansah. Waren sie zwei wilde Tiger, die sich beobachteten, um nicht vom Hinterhalt des anderen überrascht zu werden? Johannes drehte seine Vorderseite aus ihrem

Blickfeld, bemerkte aber die dynamische Bewegung, mit der Bodil einen großen Wasserschwall über sich ergoss, laut aufschrie und dieselbe Handlung dreimal wiederholte. Tropfnass und voll wilder Natürlichkeit stand sie für Momente im Fluss, hielt die Augen geschlossen, hob die Arme zum Himmel und sang. Sie sang mit kraftvoller Stimme ein Lied, das er nicht kannte: „Levva livet!" Es lebe das Leben. Sie ließ sich nicht irritieren, war ganz bei sich, gab sich dem Wasser und der Musik hin.

Jon Hendrik und Tom hatten sich zu Bodil gedreht und waren überwältigt von diesem Anblick. Ein Radfahrer, der auf der Europastraße südwärts raste, wäre beinahe gestürzt, weil er den Blick nicht von den Badenden unten im Lågen lassen konnte. Nur Mia war nicht zu sehen. Sie hatte nach kurzem Eintauchen den Fluss verlassen.

Bodil hörte nicht auf zu singen, tauchte noch ein paar Mal unter, bevor sie ans Ufer kletterte, Fliegen verscheuchte, sich breitbeinig in die Sonne stellte, um sich von ihr genussvoll trocknen zu lassen. Als die Männer aus dem Wasser kamen, war auch Bodil verschwunden. Johannes sah sich um, suchte die Frauen, denn er hatte die Absicht, sich in Bodils Nähe niederzulassen. Die geöffneten Rucksäcke lagen im Gras, Kleidungsstücke verstreut daneben. Enttäuschung machte sich in seinem Bauch breit. Lustlos trocknete er sich ab. Was war los mit ihm: eben noch diese Faszination von der kraftvollen Geste, dem Gesang und der Schönheit der Frau, die seit Wochen mit ihm durch Wälder und Wiesenhänge streifte, jetzt eine plötzliche Leere. Er kannte dieses Gefühl gut, hatte es so oft erlebt als Jugendlicher und auch später: bei den Parties. Er hatte ein Mädchen entdeckt, das er interessant fand, und plötzlich tanzte sie zu „Whiter shade of pale" mit einem anderen oder musste gehen, bevor er sich zu ihr gesetzt hatte. Sehr schnell waren seine Gefühle aufgewallt, zu einem Sturm geworden, den er immer wieder nur ziellos entladen konnte. Was war an ihm, dass er bei Frauen kein Glück hatte? Er war doch nicht hässlich, nicht dumm, aber irgendetwas an ihm schreckte die Frauen ab, glaubte er. Dann hatte er sich besoffen oder Streit gesucht. Wut war ein gutes Ventil. Das fühlte er auch jetzt. Es begann zu kochen, und der, auf den er heute so wütend war, stand wenige Meter von ihm entfernt.

„Kristensen, du feiger Sack. Du hast mich heute hängen lassen!"

Johannes hatte blitzschnell die wenigen Meter überwunden, seine Rechte zur Faust geballt und sie in die Magengrube des Pastors fahren lassen. Wie ein nasser Sack sank Jon Hendrik in sich zusammen, röchelte und krümmte sich, kniend auf dem Sandweg. Tom erschrak und wollte auf Johannes losgehen. Der stand ungerührt, bloß mit Boxershorts bekleidet, wie der Sieger im Ring.

„Du wagst es nicht, little Tom. Du weißt genau, was dir dann passiert."

Tom krampfte die Fäuste, konnte sie aber nicht in Hosentaschen verbergen, da er nackt war. Jon Hendrik atmete schwer, spuckte auf den Boden, kein Blut. Nichts bewegte sich zwischen den drei Männern, nur ein Paar nervige Mücken und Fliegen. Die Sonne trieb den Schweiß auf die frisch gebadeten Körper zurück, von den Frauen war nichts zu sehen, die Europastraße flimmerte in Hitzespiegelungen. Urplötzlich schoss Jon Hendrik auf, griff Johannes' linken Arm und drehte seinen Gegner. Blitzschnell hatte er Johannes' rechten Arm auf den Rücken gedreht und Macht über ihn gewonnen. Es kochte in Johannes. Er war wehrlos in dieser Position. Wehrlos sein hasste er. Tom begann sich anzuziehen, da er die Situation für geklärt hielt. Johannes zog seinen linken Ellenbogen dem Pastor in die Seite, der aber hebelte an dessen Arm, bis er schmerzverzerrt um Frieden bettelte.

„Ich hör auf, Johannes, hör auch du auf. Klar? Ich habe dir nichts getan."

„Du hast mich in Otta hängen lassen. Dir war egal, was mit mir wird. Ob diese wildgewordenen Rechten ihre aufgestaute Wut an mir auslassen oder was ..."

„Ich habe dir schon gesagt, dass das schlecht gewesen ist ..."

„Du nimmst deinen Mund zu voll, Pastor, haust ab, wenn's gefährlich wird. Und jetzt fühlst du dich stark, weil ich in einer blöden Lage bin. Dann machst du bald wieder auf Psycho und weißt genau, in zwei Wochen bin ich die Idioten los. Du bist ein schlechter Meister auf dem Pilgerweg, ein Anfänger."

Jon Hendrik ließ Johannes' Arm los, der schnaubte und spuckte auf den Boden, drehte sich um und sah giftig ins Gesicht seines Gegners, sagte aber nichts. Sie fixierten sich und keiner fand ein Wort der Entspannung. Tom sah vorsichtig zu den Streitenden, bemerkte die verfahrene Situation und schaltete sich ein:

„Hört auf, ihr Idioten. Jon Hendrik hat dich nicht im Stich gelassen. Du warst zu langsam. Und du, Jon Hendrik, lass dich doch nicht von dem provozieren. Das will der doch nur. Weil er anders nicht mit seinen Gefühlen klar kommt. Ich finde, du machst das gut auf dem Pilgerweg."

„Halt's Maul, du Looser", schnaubte Johannes in Richtung Tom, schüttelte sich, als wollte er sich von unsichtbaren Fesseln befreien, und begann sich anzuziehen. Allmählich folgten die anderen.

Den Lågen hatte der Streit unberührt gelassen. Er ergoss sich weiterhin ins Gudbrandsdal, Fliegen suchten immer noch nach verschwitzten Körpern, und Johannes hatte begonnen, Steine über das Wasser flippen zu lassen.

„Wo sind Mia und Bodil?" hörte er Jon Hendrik. Schöner Anführer, dachte Johannes und spürte wieder die Wut gegen den Pastor. Aber wo waren die beiden? Hatten den Kampf nicht mitbekommen, zum Glück, denn er wäre ungern vor den Augen der Frauen erniedrigt worden. Vielleicht wäre der Kampf anders verlaufen, wenn die Frauen da gewesen wären, überlegte Johannes und genoss die Vorstellung, über Jon Hendrik zu triumphieren. Die Frauen hätten ihn vielleicht motiviert, neue Kräfte mobilisiert. Er könnte die Gruppe ebenso gut anführen wie dieser Feigling von Pastor. Führen, ja, das konnte er. Wie hatte er manche Redaktionssitzung dominiert, durch Kompetenz und Einsatzfreude geglänzt und jungen Leuten das engagierte Recherchieren beigebracht, ihnen die Augen fürs Fotografieren geöffnet und notfalls gnadenlos Manuskripte zerrissen, die unkonkret und verwaschen waren. Unbarmherzig hatte er von Volontären neue Recherchen verlangt, wenn die Tatsachen unpräzise waren. Sie hatten ihn anfangs dafür gehasst und später geschätzt. Johannes Wagenknecht, Chefreporter, Journalist mit Leib und Seele, gewohnt zu führen und aufzuwühlen, was versteckt werden sollte.

Er genoss es, an die gute Zeit bei der „Abendpost" zu denken, seine absolute Hochzeit. Er, der Topmann, der sich im Hamburger Journalismus alles erlauben konnte, weil er sein Handwerk sorgfältigst erledigt hatte. Der Erste Bürgermeister hatte Respekt vor ihm, die Spitzen der Wirtschaft kannten seinen Namen und manch Staatsrat hatte vor Enthüllungen gezittert, wenn Johannes ihn mit Ergebnissen seiner Recherchen konfrontiert hatte. Einer hatte mal versucht, ihn als Pressesprecher in die Behörde zu holen. Johannes hatte das Spiel durchschaut und wenig später musste der Staatsrat seinen Hut nehmen. An Angeboten von anderen Zeitungen hatte es nicht gemangelt, und im eigenen Haus konnte er die träge Chefetage in Wallung bringen, wenn er angedeutet hatte, er überlege einen Wechsel. Seine Reportagen und Fotos hatten auch in anderen Blättern gute Preise erzielt, und er brauchte sich nicht an strenge Richtlinien der Chefredaktion zu halten, was Arbeit für andere Publikationen betraf. Die Angst, dass sich Johannes Wagenknecht selbstständig machen könnte, zwang seinen lauen Chefredakteur mehrmals in die Knie. Schließlich hatte er so etwas wie Narrenfreiheit, was ihm den Neid der Kollegen, aber Bewunderung gerade bei Nachwuchsjournalisten, besonders bei Frauen eingebracht hatte. Schon sein erster Chefredakteur, den er wie einen Vater verehrt hatte, war dem talentierten Nachwuchsmann gegenüber streng, aber voller Anerkennung. Er hatte ihm eine große Zukunft beschieden.

Er spuckte aus und lachte in sich hinein: Sollte dies die große Zukunft sein? Im engen Gudbrandsdal mit einem mittelmäßigen Anführer bei unberechenbarem Wetter zu verschmachten, nur weil er damals auf den Lofoten so viel Mist gebaut und ein Mädchen ihre Zigarette nicht gelöscht hatte, ein unvorsichtiger Koreaner vom Berg gestürzt war und ein dämlicher Fischer ihn wegen Mordversuchs angezeigt hatte? Sollte eine junge, viel zu hübsche Polizistin aus einem nordnorwegischen Kaff ihm den Weg in die Zukunft verbaut haben?*

„Kommt, lasst uns weitergehen!" forderte Johannes die anderen auf, packte seinen Rucksack und sah entschlossen aus.

„Wir haben noch ein gutes Stück Weg vor uns und ich will nicht in diesem gottverlassenen Tal überwintern."

„Dass du bei diesem Wetter an Winter denkst", wunderte sich Tom.

„Halt's Maul, Looser!" fuhr Johannes ihn an.

Jon Hendrik stand gemächlich auf, ordnete sein Hemd im Hosenbund und trat vorsichtig auf Johannes zu.

„Wir müssen die Frauen finden. Erst dann können wir gehen."

„Ich suche dahinten bei diesem Film-Hof", sagte Johannes und ging zügig los. Jon Hendrik stand regungslos und fühlte sich übertölpelt. Johannes ist ein sonderbarer Mensch, ich sollte aufpassen, dass der nicht zu mächtig wird, überlegte der Pastor. Er sah sich um und ließ Johannes suchen. Er vermutete, dass die Frauen zum Jorundgård gegangen waren. Überall sonst wären sie zu sehen gewesen.

Johannes betrat den Jorundgård und sah sich im Karree der Gebäude um. Niedrige Stallungen, kleine Speicher und Schuppen bildeten mit den Wohnhäusern fast eine Burg aus dunklen Holzstämmen, ein Ziehbrunnen in der Mitte, blühende Blumen und Schafe gaben ein idyllisches Bild. In einem Haus saß eine junge, blonde Frau in Tracht. Sie war die einzig sichtbare menschliche Gestalt, lächelte Johannes freundlich an und brachte ihn für Momente aus dem Konzept. Mit einem charmanten Lächeln verabschiedete er sich und begann zwischen den Häusern nach Bodil und Mia zu suchen. Er hörte sie, bevor er sie sah. Sie sprachen über die Männer in der Wandergruppe und Mia ki-

* *vgl. Bernd Lohse, »Tod in den Lofoten«*

cherte. Es reizte Johannes, den Frauen aus dem Verborgenen zuzuhören, aber seine Mission behielt die Oberhand. Er überraschte sie, indem er um die Ecke schoss, sah die beiden auf einer schattigen Bank vertraut aneinander gelehnt und polterte: „Schluss Mädchen, wir marschieren weiter. Kommt bitte."

„Wow, ein Mann!" alberte Bodil und zwinkerte Mia zu.

„Und was für einer", frotzelte Mia kichernd.

„Setz dich zu uns, Johannes, wir haben doch Zeit."

Bodil hatte den Tonfall gewechselt und sprach nun ohne Ironie. Sie rückte ein Stück zur Seite und wies Johannes einen Platz auf der Bank an.

„Danke, Mädchen, aber wir sollten sehen, dass wir heute noch weiterkommen."

„Wir haben die Aufseherin gefragt: Hier können wir sogar übernachten. Das wäre doch ein guter Ort. Komm, Johannes, setz dich."

Er ließ sich überzeugen. Bodil hatte eine freundliche Stimme, wenn sie nicht auf Abwehr und Distanz war, bemerkte Johannes.

„Kennst du Kristin Lavransdatter?" begann Mia das Gespräch. Johannes schüttelte den Kopf.

„Das war eine starke Frau, eine norwegische Urfrau voller Kraft und Leidensstärke, im Glauben verwurzelt und lebenserprobt. So sind wir Frauen in Norwegen, Johannes. Kristin ist auch auf dem Pilgerweg gegangen, sogar im Winter. Ich habe das Gefühl, dass sie uns irgendwie vorausgegangen ist."

„Sie ist doch nur eine Romanfigur", wandte Johannes ein.

„In jeder guten Romanfigur lebt doch ganz viel Wahrhaftiges. Stell dir vor, man würde einen Roman über dich schreiben und den Helden nicht Johannes, sondern Egil nennen, und doch bist du zu erkennen."

„Egil Olsen! Drillo!" prustete Bodil los. Johannes sah irritiert zu ihr.

„Egil Olsen, das passt doch überhaupt nicht auf Johannes. Du trägst doch bestimmt keine Gummistiefel, oder?"

Johannes war verwirrt und fragte: „Wer ist Egil Olsen?"

„Das war der norwegische Nationaltrainer im Fußball, Philosophie-Professor und das glatte Gegenteil von dir, bisschen weltfremd und unsportlich, irgendwie ein Antityp."

„Und du findest mich sportlich?" Johannes wurde das Gespräch sympathisch.

„Ja, du bist doch sportlich und durchtrainiert. Sogar in Ullersmo hast du deine Figur gehalten und dich nicht hängen lassen, oder?" Mia sah ihn direkt an und Bodil ergänzte mutig:

„Ich find, du bist ein attraktiver Mann. Genug Komplimente?"

Johannes nickte und gewöhnte sich an den Gedanken, dass es gut sein könnte, die Nacht auf dem Jorundgård zu verbringen, bevor der Aufstieg über das enge Rostental auf steilen Waldwegen am Hang in die Gegend von Dovre und anschließend ins Hochgebirge des Dovrefjells beginnen sollte.

„Vielleicht kann ja diese Nacht etwas Überraschendes passieren", deutete Johannes grinsend an.

„Was könnte das sein?" tat Mia naiv und behielt Johannes' Reaktionen im Blick.

„Mädchen, tu nicht so naiv. Wie lange hast du keinen Sex gehabt?"

„Warum musst du immer so angeben, Johannes? Du bist doch überhaupt nicht der eversharpe Dummkopf. Ich wüsste gerne mehr über alles, was du so gerne versteckst ..."

Johannes scharrte mit den Füßen. „Was geht dich das an?"

„Von sich selbst zu erzählen und andere kennen zu lernen ist doch viel intimer als Sex, viel befriedigender. Diese Angeberei ist doch abtörnend, extrem abtörnend. Ich glaube, im Kern bist du ein total interessanter Mann. Aber du spielst eine Rolle und ich weiß nicht warum."

„Dein Psychokram reicht. Lass stecken, Mia."

Johannes stand auf und ging ein paar Meter. Mia wusste, dass ihre Worte Wirkung gehabt hatten. Es war jetzt besser, Johannes in Ruhe zu lassen.

„Komm, Bodil, wir sagen den anderen Bescheid, dass wir hier bleiben können."

Die Frauen standen auf und liefen über den Hofplatz zum Fluss. Johannes war sich nicht sicher, ob er eher traurig war oder froh darüber, dass Bodil und Mia gegangen waren. Zögernd setzte er sich wieder auf die Bank, genoss aber den freien Raum zu seinen Seiten. So hatten bisher nur die Polizistin auf den Lofoten mit ihm gesprochen* und seine Mutter. Mutter! Er dachte an Hamburg und dass er immer noch keinen Kontakt bekommen hatte. Irgendetwas war los in Hamburg, und je mehr er daran dachte, desto unruhiger wurde er. Weshalb konnte er seine Mutter nicht erreichen, nicht einmal die Studentin, die bei ihr putzte? Marei! Ihm fiel der Name ein.

OSLO

Während die Projektgruppe sich durch das enge Rostendal quälte, begann ein aufgebrachter kleiner Mann in Grünerløkka, einen Dicken und einen Dünnen zusammenzufalten:

„Ihr seid Totalversager! Seht zu, dass ihr Tommy nach Hause bringt, bevor der irgendwo plaudert. Ihr kommt nicht eher nach Oslo, bis ihr ihn habt. Habe ich mich klar ausgedrückt?"

Der Dicke nickte, der andere reagierte nicht, kontrollierte aber den Sitz seines verschmutzten Konfirmationsanzuges, wenn von Sitz überhaupt die Rede sein konnte.

„Ketil, hier hast du die genaue Beschreibung der Route, die diese Deppen gehen. Die Kreuze markieren Punkte, an denen es leicht sein müsste, sie zu treffen. Notfalls benutzt ihr eure Schießeisen. Ich hoffe, meine Anweisungen sind klar."

Er reichte dem Dünnen einen Stapel Papiere und ein Bündel Geldscheine.

„Das muss reichen. Ihr übernachtet im Van."

„Wie? Ich soll mit dem Dicken im Van ...? Der furzt die ganze Zeit und schnarcht wie tausend Motorsägen. Ich halte nicht eine Nacht ..."

„Pass auf, was du sagst!" donnerte der Dicke los.

** vgl. Bernd Lohse, »Tod in den Lofoten«*

„Ein Grund mehr, die Sache schnell zu erledigen, Ketil, nicht wahr? Also los jetzt. Ich erwarte Profiarbeit."

Der Dicke zögerte und hielt Ketil am Arm fest, bevor er den Raum verlassen konnte.

„Da ist noch eine Frage, Daddy. Was machen wir, wenn Tommy auch der Einladung mit unseren Werkzeugen nicht folgen will? Oder wenn die anderen dazwischen kommen? Die Typen können vielleicht kräftig hinlangen."

Bevor Daddy antwortete, sah er voll gekünsteltem Mitleid auf die beiden Männer, die ihn unwillkürlich an Laurel und Hardy erinnerten.

„Hab ich hier Profis vor mir oder Anfänger? Auf einer Wanderung im Gebirge kann doch immer etwas Unvorhergesehenes passieren. Es gibt steile Auf- und Abstiege, Steinschlag, Wildwasser ..."

„Dann müssen wir ja auch wandern!"

„Das wirst du doch schaffen, Ketil. Und dir, Dicker, wird das gut tun. Frische Luft, Bewegung. Du kommst völlig verändert wieder."

Daddy brach das Gespäch ab und schickte seine Männer auf Mission. Misstrauisch sah er ihnen hinterher, als sie die Treppe hinabpolterten und zu streiten begannen, bevor sie das Haus in der Thorvald-Meyers-Gate verlassen hatten. Daddy öffnete die Tür zum Nebenzimmer und setzte sich auf die Bettkante zu einer ehemals Schönen der Nacht, deren blaues Auge sie keineswegs zierte.

„Manchmal denke ich, ich bin nur von Idioten umgeben. Glaubst du, die schaffen das?"

„Das haben die ja auch geschafft", antwortete die Liegende und zeigte auf ihr Veilchen.

„Ketil und der Dicke sollten dich doch nur beschützen, Honey."

Jon Hendrik Kristensen reckte sich und gähnte ausgiebig, sah aus dem Fenster des Pfarrhofes von Dovre und kommentierte das Wetter: „Der Sommer ist vorerst vorbei. Was sich am Himmel zusammenbraut, ist mir nicht klar, aber wir sollten uns warm anziehen bei der Überquerung des Dovrefjells."

Seine Miene hatte sich mit jedem Wort verfinstert. Über Reinheim und Jotunheim hingen tiefgraue Wolken und selbst das satte Grün des Tals war in einen kräftigen Grauton verwaschen. Vom Pfarrhof hatte man einen großartigen Blick auf Dovre-Kirche, Ortszentrum und das fruchtbare Hochtal, das von der E 6 in zwei gleich große Streifen zerschnitten wurde.

„Ich gebe euch einen Reisesegen in der Kirche, bevor ihr mit dem Aufstieg beginnt", beendete Hausherr Hans Stenhaug-Dahl das Schweigen. Er war nicht nur Geistlicher der Dovre-Kirchengemeinde, sondern auch Pilgerpastor, der Wanderungen zur Eysteinkirche nach Hjerkinn durchführte, Pilger aufnahm und begrüßte, aber auch manch eine Warnung an unvorsichtige Wanderer ausgesprochen hatte, die das Dovrefjell zu unterschätzen schienen.

Stenhaug war ein rundlicher und freundlicher Mann, der wenig sprach und gerne beobachtete. Was er sagte, hatte Tiefgang und zeugte von Erfahrung. In seinem Bart hatte das Pfeiferauchen gelbliche Spuren hinterlassen und auf seinem fast kahlen Kopf das Leben. Er zündete sich gerade die Pfeife an, blies wohlriechende Qualmwölkchen in den Luftraum über dem Frühstückstisch und blätterte in einem abgenutzten Büchlein, stieß noch ein Wölkchen hervor und las mit tiefer, ernster Stimme: „Befiehl dem Herrn deine Wege und hoffe auf ihn, er wird's gut machen. Psalm 37, liebe Leute, das ist die Lesung für heute. Zufall oder höhere Weisheit?"

Nach kurzer Pause ergänzte Jon Hendrik Kristensen: „Ich wette, der neutestamentliche Text ist die verschlissene Johannesstelle: Ich bin der Weg und so weiter."

„Du magst sie nicht, stimmt's?", erkannte Stenhaug-Dahl und grinste seinen Amtsbruder an.

„Es gibt zu viele Leute, die hauen anderen diese Stelle mit einem Ausschließlichkeitsanspruch um die Ohren, dass ich nicht mehr die Freundlichkeit Gottes ahnen kann. Man kann mit dem unkritischen Verständnis so einer Bibelstelle sogar Kriege begründen. Das stört mich an dem Gebrauch dieses Textes." Jon Hendrik redete sich in Fahrt.

„Ich verstehe, dass du oft angeeckt bist in der Gemeinde und bei deinen Vorgesetzten. Du bist ein Liberaler. Die Leute in den Gemeinden sind oft überfordert von der Liberalität."

Johannes mischte sich ein, ließ geräuschvoll das Messer fallen.

„Könnt ihr mal mit eurer Fachsimpelei aufhören und euch um das kümmern, was wir heute machen werden. Wir gehen ins Gebirge und das Wetter zieht sich zu. Sollten wir nicht losgehen, unsere Einkäufe erledigen und den Aufstieg hinter uns bringen?"

„Du sprichst sehr gut Norwegisch, Johannes", bemerkte Hans Stenhaug-Dahl gelassen, bevor er auf das Wetter zu sprechen kam. „Du hast Recht, das Wetter beginnt unsicher zu werden. Ihr solltet heute bis Fokstua kommen, da habt ihr sicheres Quartier. Ich rufe oben an. Morgen ist Sonntag, da bleibt ihr doch sowieso dort. Der Wetterbericht hat Sturm, Regen und Gewitterneigung angesagt, von jedem etwas. Obwohl ich Hast verabscheue, gebe ich dir Recht, Johannes."

Sie bedankten sich bei Stenhaug-Dahl für die Gastfreundschaft, standen vom Tisch auf und packten die Rucksäcke. Mia blieb sitzen, schrieb Notizen und Hans Stenhaug-Dahl schluffte in sein Arbeitszimmer zum Telefonieren. Wenig später verließen sie in Begleitung des Pilgerpastors den Pfarrhof, gingen bergab zur völlig in Schiefer gehüllten Dovre-Kirche und empfingen den Reisesegen. Als sie die Kirche verließen und Stenhaug-Dahl im Windfang grüßend zurückblieb, nahm Johannes einen Dodge-Van mit getönten Scheiben wahr, der auffällig langsam auf den Pilgerweg einbog und verschwand. Sein Gefühl sagte ihm, dass ihn dieses Fahrzeug interessieren sollte. Im Supermarkt, wenige Schritte von der Kirche, hatte er diese kurze Begegnung wieder vergessen, spürte in sich den großen Wunsch nach einem Kaffee in Jettas Kafeteria, wo sie am Vortag erschöpft eingekehrt und mit Freundlichkeit überhäuft worden waren. Johannes war klar, dass es bei dem Wunsch bleiben musste. Sie mussten starten. Ihm war klar, dass es heute unter Umständen das schwerste Wegstück werden konnte.

Als sie den S-Markt verließen, war der Wind aufgefrischt. Unwillkürlich zogen sie die Jacken zu und folgten Jon Hendrik, der den Markierungen des Pilgrimsleden folgte. Hinter der Eisenbahnbrücke lag die Olavsquelle von Dovre. Nacheinander tranken sie von dem klaren, eiskalten Wasser.

„Früher wuschen die Frauen die Kleidungsstücke der Jungs in dieser Quelle. Der Legende nach wurden die Jungen durch das Wasser der Olavsquelle stark und unverwundbar. Vielleicht sollten wir alle darin baden", sagte Jon Hendrik.

„Meinst du, das wirkt auch bei den Frauen", frotzelte Johannes und erntete zwei böse Blicke und ein Grinsen von Tom.

Mia fand die passende Antwort: „Jungs haben es nötig, in so einer Quelle gebadet zu werden, Mädchen nicht, verstehst du, Johannes."

Tom war es, der jetzt zum Weitergehen annimierte.

Der Pilgrimsleden verlief auf der steil ansteigenden Asphaltstraße zwischen Wiesen und vereinzelten Höfen. Ein großer, sehr alter und schöner Hof an der nördlichen Hangseite reizte ihre Aufmerksamkeit. Jon Hendrik bemerkte es und erklärte: „Tofte-Gård, der alte Königshof. Hier übernachteten die Könige, bevor sie den gefährlichen Weg über das Dovrefjell beschritten."

Johannes versuchte wegzuhören, denn Jon Hendriks Gelehrsamkeit ging ihm auf die Nerven. Er meinte, der Pastor versuche, mit seinem Wissen gerade vor den Frauen zu glänzen. Wieso hörten sie sich nur immer wieder Jon Hendriks Vorträge an, ärgerte er sich, legte einen Schritt zu und setzte sich an die Spitze der

Bußwandergruppe. Beinahe hätte er einen Markierungspfahl übersehen und wäre die Asphaltstraße weitergegangen. Doch Tom hielt ihn am Arm und deutete auf einen Sandweg, der steil den Hang hinaufführte, an neugebauten Blockhäusern vorbei. Sie schnauften, blieben stehen und sahen auf den zurückgelegten Weg. Sie hatten deutlich an Höhe gewonnen. Auf einem Holzschild war in leuchtend-blauer Schrift notiert, dass dies der alte Königsweg war. Eine blaue Krone zierte den Hinweis.

„Ein kleines Stück noch, dann sind wir in Budsjord. Dort machen wir Pause", kommandierte Jon Hendrik.

„Wieso Pause? Meinst du nicht, wir sollten den Aufstieg hinter uns bringen und dann ist es gut."

Johannes konnte es nicht lassen, Jon Hendrik zu widersprechen. Immer deutlicher spürte er seine Wut auf ihn. Gerne würde er ihn loswerden oder ein für alle Male vor Tom und den Frauen lächerlich machen. Die gespielte Stärke, die gelassene Art gingen Johannes auf die Nerven.

„Das ist hier kein Kaffeeausflug, Jon Hendrik! Wir haben ein Ziel, hast du das vergessen? Du kannst hier später mit den Senioren von Ullersmo zum Kaffee herkommen. Jetzt lass uns weitergehen."

Böse Blicke trafen Johannes, als er den Pastor ansah. Diese Blicke waren ihm ein kleiner Triumph und er spürte, dass es nur noch wenige Bemerkungen dauern konnte, bis er Jon Hendrik aus der Reserve gelockt hatte.

„Oder vielleicht lieber die weiblichen Gefangenen von Ullersmo, immer in Zweiergrüppchen auf Wochenendausflug. Mit denen würde es doch mehr Spaß machen als mit Senioren, nicht wahr, Herr Pastor?"

„Hör auf, Johannes!" zischte Tom neben ihm. Jon Hendrik drehte sich zum Weg und setzte den Aufstieg bis Budsjord fort, wartete nicht, bis der Rest der Gruppe den kleinen uralten Hof erreicht hatte, stellte den Rucksack in eine geschützte Ecke und verschwand in der Hütte, in der ein gemütlicher Gastraum zum ausgiebigen Verweilen einlud. Es roch nach Kaffee, frischen Waffeln, Ofenfeuer und Holz, die Lieblingsgerüche seines Lebens, erinnerte er. Als hätte er ein großes Ziel erreicht, ließ er sich auf eine schlichte Bank fallen und atmete erleichtert durch. Die freundliche Wirtin brachte Waffeln mit Rømme und Marmelade, stellte eine Thermoskanne mit Kaffee auf den Tisch und fragte nach Herkunft und Ziel.

„Ja, der Pilgrimsleden wird jetzt viel begangen. Ist das nicht wunderbar. Gerade gestern war eine Frauengruppe hier in alten Pilgerkleidern. Die wollten auf den Spuren von Kristin Lavransdatter gehen. Eine trug so eine Art Mokassins. Und das bei der Feuchtigkeit."

Die Frau genoss es, mit Jon Hendrik über die Pilgerei zu fachsimpeln, bis Mia und Bodil die Gaststube betraten. Sie sahen sich begeistert um und nahmen erst nach einer Weile Platz am Tisch von Jon Hendrik.

„Johannes und Tom sind weitergegangen. Wir konnten sie nicht zurückhalten."

„Lass dich nicht provozieren, Jon", sagte Mia mitfühlend. „Johannes will sich an dir abreagieren, weil er mit irgendetwas in sich selbst nicht klarkommt. Er versucht dich zu kränken, weil er selbst Kränkungen erlebt hat. Es hat nichts mit dir zu tun."

Jon Hendrik sah auf seine Waffel und wagte nicht, Mia anzusehen. Er fürchtete, sie könnte eine Träne in seinen Augen entdecken.

„Er hat dich getroffen mit seinen Äußerungen, nicht wahr? Die Sache mit den weiblichen Gefangenen ..."

Mia ließ viel Raum für Reaktionen, aber Jon Hendrik sagte nichts, blieb starr und stocherte in der Rømme auf seiner Waffel. Die freundliche Wirtin brachte Tassen und Teller, Waffeln und Besteck für die Frauen, mischte sich aber nicht ins Gespräch. Sie hatte bemerkt, dass Jon Hendrik betrübt war.

Schweigend aßen die Frauen, Jon Hendrik kaute lange an einem Stück Waffel herum, während Windböen an den kleinen Fensterscheiben rüttelten. Vom Eisenofen her verbreitete sich milde Wärme und kroch in Jon Hendrik hoch.

„Es ist gemein. Er hat nicht das Recht, mich zu verletzen. Was weiß der denn ..."

Mia drehte ihr Gesicht zu Jon Hendrik und signalisierte, dass sie bereit war zu hören: „Er hat dich verletzt."

„Kann er etwas über meine Geschichte wissen? Ich habe in den Gruppensitzungen nie davon erzählt."

„Du weißt, dass auf so einem langen Weg miteinander letztlich nichts versteckt werden kann. Johannes hat nach dem Punkt gesucht, an dem du verletzbar bist. Offenbar hat er ihn gefunden."

„Ich bin noch nicht über die Geschichte in Rindal weg. Das war gemein damals. Unsere Ehe war schon lange kaputt, bevor ich Solveig kennen lernte. Dann diese Gerüchte, Witwentröster und so. Du kennst die Palette an Gerüchten, die über einen Menschen ausgegossen wird, wenn er nicht die Erwartungen seiner Mitmenschen erfüllt, ganz besonders bei Pastoren. Die müssen immer viel besser sein, als alle anderen von sich selbst erwarten."

Jon Hendriks Tonfall wurde fester und bitter. Er sah Mia direkt an. Bodil hörte unbeteiligt zu. In der Küche klapperte die Wirtin mit Geschirr und draußen war die Ankunft neuer Gäste zu hören. Mia bemerkte Unruhe in Jon Hendriks Gesicht. Gerade hatte er begonnen, sich zu öffnen, und fing an, sich wieder zu verschließen.

„Ich erzähle irgendwann, was genau gewesen ist, Mia, in Ordnung? Jetzt kommen Leute und ich schäme mich."

Mia lächelte ihn an und nickte verständnisvoll, konnte sich aber eine Bemerkung nicht verkneifen: „Eine Frauengeschichte, Jon Hendrik, dein Schwachpunkt und vielleicht sogar deine Stärke."

Nachdenklich sah Jon Hendrik zu Bodil und dann aus dem Fenster.

Zwei junge Männer, die nicht nach Gebirgswanderung aussahen, betraten den Raum und füllten ihn mit ihrer Präsenz. Die drei sahen automatisch zu den Männern und dann sich vielsagend an. Beide trugen abgewetzte schwarze Anzüge und ehemals heile Sonnenbrillen. Der eine war dürr, dem anderen waren Hose und Jackett viel zu eng, der Bauch hing über den Gürtel. Zu den Anzügen trugen beide Turnschuhe. Gepäck hatten sie nicht dabei, aber Mobiltelefone und andere Geräte, die Beulen in die Jacketts drückten. Der Dürre spielte mit einem Springmesser.

„Alles Phallusersatz", kommentierte Mia flüsternd und wies auf die Messer.

Grußlos durchquerten sie den Gastraum und setzten sich an einen Tisch im kleinen, offenen Nebenzimmer. Der Dicke ließ nervös seinen Autoschlüssel kreisen.

Die Wirtin begrüßte die Neuangekommenen und fragte nach Wünschen.

„Die haben wir", kicherte einer der beiden und grinste seinen Begleiter an. „Nee, hör mal du, wir wollen hier gar keine Pause einlegen, weil wir wenig Zeit haben. Wir suchen Leute, die hier vorbeigekommen sein müssen. Wanderer. Halbe Stunde her."

„Ach, die Frauen in den alten Pilgertrachten. Gehört ihr dazu?" Sie übergoss die jungen Männer mit einer schäumenden Freundlichkeit, gab ihnen aber zu verstehen, dass sie für das Wetter falsch gekleidet seien.

„Frauen in Trachten? Das ist nicht, was wir suchen. Eher Männer, vielleicht auch eine oder zwei Frauen dabei."

Die Wirtin sah zu Bodil, Mia und Jon Hendrik hinüber. Die sahen unwillkürlich auf ihre Teller. Aber die Männer winkten ab.

„Fünf Stück", sagte der Dürre und zeigte alle Finger der rechten Hand. „Einer von denen hat so lange blonde Locken und sieht bisschen verlebt aus, wenn du weißt, was ich meine."

Jon Hendrik gab Zeichen zum Gehen, die Wirtin kam herbei und kassierte, wünschte einen guten Tag und trockenen Aufstieg:

„Das ist ein schwerer Weg da hoch, besonders wenn es anfängt zu regnen. Aber Gott möge mit euch auf dem Weg sein, Pilger."

Jon Hendrik erwiderte den Wunsch mit einem Segen für Haus und Hof, Essen und Bewohner. Dann standen sie auf dem kleinen Innenhof zwischen den alten Gebäuden, schulterten die Rucksäcke und wollten losgehen, als die beiden Männer in Anzügen und Turnschuhen aus dem Haus zu ihnen kamen.

„Haltet mal. Zwei Mädels und ein Mann, das passt irgendwie nicht."

„Uns schon", erwiderte Jon Hendrik pfeilschnell.

„Vielleicht habt ihr so eine Gruppe gesehen, mindestens drei Männer, ingesamt fünf Leute, die wandern nach Trondheim."

„Ganz schön weiter Weg." Jon Hendrik tat ahnungslos und fragte seine Begleiterinnen: „Habt ihr eine Fünfergruppe gesehen?"

„Nein, nur die fünf verkleideten Frauen. Aber das ist ja schon eine Weile her." Bodil hatte das Spiel sofort verstanden.

Die beiden Männer sahen sich fragend an, überlegten und hielten die drei sofort wieder an, als Jon Hendrik die ersten Schritte vom Hof gehen wollte.

„Wo sind die denn hingegangen? In welche Richtung? Den Berg hoch oder die Straße lang?"

Jon Hendrik hatte den Wegweiser zum Gautstigen gesehen. Jetzt kam ihm eine gute Idee.

„Gautstigen vielleicht, oder nein, besser ist es, durch das Grimsdal zu fahren. Von dort könnt ihr das Gebirge gut übersehen. Wanderer werden euch da nicht verborgen bleiben. Oder ihr holt euch passendes Schuhzeug, wetterfeste Kleidung und rennt den Gautstigen nach Hjerkinn."

„Du träumst, Mann."

Die zwei hatten es plötzlich eilig, ließen Jon Hendrik und die Frauen stehen, rannten zu einem Dodge-Van mit getönten Scheiben und Osloer Nummernschild, knallten die Türen und verschwanden mit röhrendem Motor den Asphaltweg in Richtung Grimsdal.

„Da haben wir Glück gehabt", stellte Mia fest.

„Das sind Ganoven, die Tom suchen, glaube ich", ergänzte Bodil.

„Leute aus seiner früheren Ersatzfamilie", ergänzte Jon Hendrik. „Ich muss von Foktugu aus Ullersmo anrufen. Jetzt sollten wir sehen, dass wir hier wegkommen und den Anschluss an unsere beiden Glückspilze nicht verlieren."

Jon Hendrik hatte zu alter Form gefunden, mit optimistischer Einstellung, sprödem Witz und engagiertem Schritt. Schon bald mussten sie ihr Tempo verlangsamen, denn der Pilgrimsleden wandt sich an einem Bach über eine Wiese steil den Hang hinauf, kreuzte ein Hüttenareal und mündete in einen schmalen Schotterweg, der in Serpentinen den Berg hinaufführte, immer schmaler, steiniger und feuchter wurde, bis er an der letzten Wochenendhütte vor der Baumgrenze in einen Pfad überging. Hier trafen sie Johannes und Tom. Mit hochrotem Kopf und völlig erschöpft lag Tom auf einer Grasinsel inmitten von Heidekraut, Birken und Blaubeerpflanzen. Jon Hendrik lag eine spöttische Bemerkung auf der Zunge, er verzichtete aber darauf, sie loszuwerden. Er setzte sich neben Tom, gab ihm aus der Wasserflasche zu trinken, versuchte Johannes zu ignorieren und begann im kräftigen Wind sofort zu frieren.

„Tom, steh auf!" befahl er. „Beweg dich ein wenig ohne Gepäck, aber bleib nicht liegen."

Johannes wandte sich Bodil zu: „Das ist zu viel für Tom. Er hat keine Kondition. Ich weiß nicht, wie wir mit ihm diesen Weg schaffen sollen. Der gefährdet uns alle."

„Wer von uns hat schon Kondition." Bodil drehte sich zum Tal um und stieß Johannes an: „Sieh dir das an. Wir sind in kurzer Zeit so hoch gestiegen. Das sind sicher drei-, vierhundert Meter Höhenunterschied. Da ist die Kirche, so winzig sieht sie aus. Nach einer kleinen Pause wird auch Tom wieder laufen ..."

Johannes blickte ins Tal. Mia sprach ihn an:

„Wir hatten eben eine eigenartige Begegnung auf Budsjord. Zwei böse Jungs mit so einem amerikanischen Van fragten nach uns."

„Also, dann haben sie euch ja getroffen. Was ist daran so berichtenswert?"

„Die wussten nicht, dass sie uns getroffen hatten, weil sie nach Tom gesucht haben."

Johannes verstand und erzählte von seiner Beobachtung in Dovre, dann schwiegen sie und sahen sich besorgt an. Jon Hendrik führte Tom im Kreis, entschied, dass der wieder belastbar wäre, und gab Kommando zum Abmarsch.

Der Pfad war mit Schieferplatten markiert, die abwechselnd das Symbol des Pilgrimsleden und des Königswegs zierte, führte steil den kargen Hang oberhalb der Baumgrenze hinauf. Kräftiger Wind zerrte an ihren Jacken und Mützen, besonders aber an den Kräften. Alle hundert Meter legten sie eine kurze Atempause ein und tankten aus unsichtbaren Quellen kleine Portionen neuer Energie. An einem großen Stein, der links am Wegrand stand, hielten sie an. Jon Hendrik kniete sich auf einen kleineren flachen Stein, der vor dem großen Granitblock lag. Seine Handflächen zeigten zum Himmel. Jon Hendrik ließ sich nicht stören und stand erst nach etwa fünf Minuten auf.

„Gebetsaltar", erklärte er, „diese Stelle heißt Gebetsaltar. Seit Menschen den Pilgerweg nach Nidaros ziehen, haben sie hier gebetet. Der Weg über das Dovrefjell ist das schwierigste und gefährlichste Stück des Weges. Es gibt wilde Tiere, unberechenbares Wetter, Trolle ..."

Johannes versuchte unbeeindruckt zu wirken, aber Tom zeigte, wie es in ihm aussah: „Was für wilde Tiere? Gefährlich?"

„Es gibt Wölfe, Bären, Vielfraße und auch Luchse in dieser Gegend. Weiter nach Norden können wir auf die Moschusochsen treffen, die auch nicht zum Spaßen aufgelegt sind, kommt man ihnen zu nahe." Jon Hendrik beeindruckte Tom und Mia tief. Beide hatten wenig Erfahrungen im Hochgebirge.

„Erzähl keine Märchen. Weiter", rief Johannes gegen den Wind und rieb sich die Hände. „Märchenstunde gibt es erst wieder in der Hütte. Meint ihr, dass das hier ein Wetter für'n gepflegtes Gespräch ist?"

„Will noch jemand beten?" fragte Jon Hendrik und mahnte mit einer Handbewegung zur Geduld.

„Du hast doch sicher für uns alle gebetet, Pastor. Dann können wir ja losgehen", polterte Johannes und ließ sich nicht aufhalten. Die anderen folgten zögernd und Jon Hendrik bildete das Schlusslicht. Der Wind frischte auf und schickte bedrohlich grauschwarze Wolken in die Berge. Die nahen Gipfel verschwanden in Wolken, nach und nach wurde die Sicht schlechter. Einige hundert Meter nach dem Gebetsaltar standen sie im Nebel, konnten aber den Weg erkennen und Markierungen finden. Jeder Meter kostete Kraft, und die Last auf dem Rücken war, als nähme ihr Gewicht mit jedem Höhenmeter zu. Noch immer stiegen sie und hatten den höchsten Punkt nicht erreicht. Jon Hendrik sah auf die Uhr: es war gegen vier. Der Wind kam aus Westen und blies schräg von vorn, schnitt in die Gesichter wie Eiswind im Winter. Hinter einem gewaltigen Felsblock, der farbenprächtig verwittert war und hellgrün von Flechten-Feldern leuchtete, suchten sie momentelang Windschutz, ohne ihn wirklich zu finden.

„Da braut sich was zusammen", schätzte Johannes die Lage ein. Sein Blick war finster, mit Spuren von Sorge. In ihm kroch eine böse Ahnung hoch. Diese Situation kannte er: Nebel, Sturm, Regen, Kälte, die sich machtvoll in ihm ausbreitete, und ein Weg, den man nicht überblicken konnte. Was mochten hier für Abhänge und Gefahren lauern. Reiß dich zusammen, Johannes, mahnte er sich und war froh über die Gesellschaft der anderen.

Jon Hendrik versuchte im Windschatten des Felsblocks die Karte zu entfalten, hatte den Kompass genommen und fand ihren Standort: „Wir haben die Hälfte und das größte Steigungsstück hinter uns. Der Weg ist nach nordwest abgeknickt. Hartbakken kann nicht weit sein."

Skeptisch prüfte Johannes die Angaben, meinte aber, der Weg bis zur Nase des Hartbakken sei länger, als Jon Hendrik schätzte. „Bei dem Gegenwind und wenn Regen einsetzt brauchen wir ja für 100 Meter eine halbe Stunde. Und schau dir Tom an, der ist doch jetzt schon völlig fertig."

Tom sah böse auf Johannes, wollte protestieren, aber Bodil mischte sich ein und unterstützte Jon Hendriks Ansicht, erwartete eine Reaktion von Johannes und legte sich in ihrem Kopf einen Satz parat, mit dem sie jede weitere Diskussion beenden konnte. Am besten erschien ihr: Folgt dem Deutschen, die sind gut darin, andere in die Irre zu führen. Vorerst ließ sie den Satz stecken und wartete ab. Als sie die ersten Schritte tat, um den Weg fortzusetzen, setzte ein Sturzregen ein. Der Sturm peitschte Wassergüsse in ihre Gesichter und zwang sie zum Stehenbleiben. Hastig kramten sie Ponchos hervor und halfen sich beim Verpacken. Diese Maßnahme forderte bei dem starken Wind viel Kraft. Die Ponchos flatterten, waren kaum zu bändigen.

Johannes war der Erste, der vollständig geschützt war, und begann zu lamentieren: „Wir hätten auf dem Pfarrhof bleiben sollen. Es war doch klar, was hier für'n Wetter sein wird. Idiotische Entscheidung."

„Lasst uns gehen, hier zu stehen und zu diskutieren ist das Dümmste, was wir tun können!" rief Jon Hendrik und Bodil folgte, sobald sie Tom fertig eingepackt hatte. Der bedankte sich leise, weigerte sich aber weiterzugehen. Auch Mia zeigte erste Anzeichen von Erschöpfung.

„In einer halben Stunde sind wir über den Pass, dann beginnt der Abstieg nach Fokstua. Lasst uns zügig gehen." Jon Hendrik versuchte, sie zu motivieren, aber die Kälte begann unter alle Jacken zu kriechen.

„Auf der Karte war eine Hütte eingezeichnet, nicht weit von hier am Fuß des Högstgråhöyin. Wir müssen an dem Bach entlang gehen, den wir vorhin gesehen haben. In die Richtung liegt die Hütte."

Johannes zeigte selbstsicher in die graue Soße. Mia und Tom fassten etwas Mut, aber Jon Hendrik kam zu den Stehenden zurück.

„Die Hütte ist sicher nur eine Jagd- oder Materialhütte ohne Betten, Ofen. Da können wir nicht bleiben. In Fokstua gibt es warme Duschen, einen Kamin und richtige Betten. Wir schaffen den Weg, aber wir dürfen nicht länger stehen, sonst kühlen wir aus."

Er sprach streng wie ein Kommandant und behielt Johannes im Blick. Keiner sagte etwas, Jon Hendrik verteilte Rosinen an alle und gab Zeichen zum Gehen. Die Sicht hatte sich auf etwa 50 Meter verbessert. Trotzig folgte Johannes, sandte dem Pastor Flüche und passende Blicke hinterher, lud im Vorbeigehen ein Schimpfwort bei ihm ab. Auch Tom fluchte, spuckte aus und Mia zwang sich, einen Fuß vor den nächsten zu setzen. So stiegen sie im Dauerregen den matschigen Pilgrimsleden bergauf, ohne dass jemand ein Wort sagte. Jeder kam mindestens einmal ins Rutschen. Sie waren sehr damit beschäftigt, ihre Kräfte nicht zu vergeuden, und schlichen im Gänsemarsch. Die Trekkingstäbe gaben den Rhythmus des Gehens wieder.

Gegen fünf hatten sie den höchsten Punkt des Weges erreicht. Ein mit Steinen befestigtes Holzschild wies auf einen Abzweig nach Hjelleseter oberhalb von Dombås. Der Regen hatte ein wenig nachgelassen, dafür blies ihnen der Wind gnadenlos und beißend entgegen. Mia stolperte und stürzte. Johannes fing ihren Sturz ab, geriet selber ins Taumeln. Mit letzter Kraft konnte er sich an den Trekkingstäben festhalten und hielt sich auf den Beinen. Mia fand Halt bei ihm, rappelte sich hoch und war den Tränen nah.

„Ich kann nicht mehr", weinte sie. „Ich schaff den Rest nicht mehr. Können wir nicht Pause machen."

Johannes starrte in die unendliche Tiefe der grauweißen Wand vor ihnen. Die letzte Stunde hatte er gegen Bilder angekämpft, die versucht hatten, sich ins Bewusstsein zu drängen. Bilder, die ihm Angst machten, weil sie ihn erinnerten. Sie zeigten ihn selbst auf einem schmalen Pfad im Nebel. Er hatte seine Kräfte überschätzt, war völlig durchnässt und ausgekühlt. Eine Felsspalte ... Immer wieder tauchte diese finstere Spalte vor ihm auf, in die er sich gezwängt hatte.* Dann riss der Faden. Panik machte sich breit, eine Panik, die er kannte. Mias Zusammenbruch fühlte er wie seinen eigenen. Die Kraftlosigkeit spürte er in den lahmen Beinen, in schmerzenden Füßen, der Atmung und der brutalen Kälte, die sich in seinen Körper schlich wie ein Parasit. Wieder kroch sie in ihm hoch wie damals und nährte sich an den Resten von Wärme und Kraft ...

„Stell dich nicht so an, Mia!" brüllte er die junge Frau an, die vor ihm im Matsch kniete. Ihre blonden Haare hingen als nasse, verklebte und schmutzige Strähnen aus der Kapuze. Sie wischte sich mit der matschigen Hand durchs Gesicht, das durch Regen und Tränen ein jämmerliches Bild abgab. Die sportliche Mia lag im Matsch und konnte nicht mehr.

Wie schnell ein Mensch sich verändert, wenn er nichts mehr vorspielen kann, dachte Johannes. Es war ihm peinlich, daran zu denken, wie der Rettungstrupp ihn gefunden haben musste. In welchem Zustand hatten sie ihn gesehen.* Jetzt sah er, wie Mia am Ende war, jammerte und um Hilfe flehte. Frauen und Tränen konnte er nicht gut ab.

„Steh auf, Mia. Das ist erbärmlich, was du hier abziehst!" Er schrie und unterstützte seine Worte mit kraftvollen Handbewegungen. Mia sah ängstlich zu ihm auf, ihre Lippen zitterten. Tom kam zu ihr, reichte seine Hand und half ihr, auf die Beine zu kommen. Bodil und Jon Hendrik, die gut zwanzig Meter vor den anderen gegangen waren, kamen zurück.

„Wir essen jetzt. Setzt euch am besten mit dem Rücken zum Wind. Wir bilden einen Halbkreis und halten die Öffnungen der Rucksäcke vor uns. Beugt euch drüber, so können wir sie gegen Regen schützen." Jon Hendrik befahl, ignorierte für einen Moment Mia, setzte sich als Erster auf die nassen Steine am Wegrand und suchte seinen Proviantbeutel hervor. Er gab Mia Zeichen, sich neben ihn zu setzen.

„Merkst du gar nichts mehr?", donnerte Johannes in Jon Hendriks Richtung, ließ sich aber ebenfalls nieder, denn Hunger und Durst waren mächtig geworden. Jon Hendrik schickte eine große Tafel Schokolade in die Runde und erntete Dankbarkeit. Nur Johannes aß, ohne ihn anzusehen. Schweigend aßen sie. Jeder war mit sich selbst beschäftigt. Langsam kehrten die Spuren neuer Kräfte in ihre Muskeln und Seelen.

** vgl. Bernd Lohse, »Tod in den Lofoten«*

Der Abstieg in die mit grauweißem Nichts prall gefüllte Hochebene des Dovrefells fiel allen leichter, auch wenn die Kräfte weiter schwanden. In ihnen keimte Hoffnung, die Fokstua zu erreichen, die ihnen Schutz vor dem unbarmherzigen Wind geben sollte. Sie musste irgendwo da unten im Nebel stecken, keine zwei Stunden mehr entfernt, wenn sie das Tempo hielten. Aus dem Tal hörten sie das weit entfernte Signalhorn der Dovrebahn. Es kam ihnen wie der Klang himmlischer Trompeten vor, die Erlösung ankündigten. An einem großen Steinhaufen blieben sie nicht stehen, hörten nur kurz Jon Hendriks Erläuterung:

„Das ist Allmanröysa, ein uralter Beratungsplatz."

Wieder zweigte ein Weg nach Hjelleseter ab. Ein Kasten lud ein, sich ins Gipfelbuch einzutragen, doch keiner aus der Gruppe verspürte dazu Lust. Sie trotteten bergab, schweigend, mit rhythmisch sich bewegenden Armen, die mit Trekkingstäben unterstützenden Halt suchten. Mühsam wurden die Schritte, wenn tiefe Büsche in den Weg drängten und aus dem Gehrhythmus zwangen. Über ein Schneefeld schleppten sie sich, als wären sie stundenlang nur durch Eis und Schnee gelaufen und hätten dort alle Kräfte aufgebraucht. Hinter dem Schneefeld betraten sie ein kleines Birkenwäldchen. Die Birken sahen wieder wie Bäume aus und nicht wie krüppelige Sträucher, auch die Büsche wurden höher, sichere Zeichen, dass sie tiefer kamen. Sie legten eine kurze Pause ein, atmeten schwer, genossen die relative Windstille an diesem Ort, sagten aber nichts.

Ein reißender Gebirgsfluss versperrte ihnen den Weg. Eine Brücke, die sie überqueren sollten, war vom Schmelzwasser in Einzelteile zerlegt worden. Jon Hendrik suchte am Ufer nach einer Furt, fand aber keine unproblematische Stelle.

„Normalerweise gibt es hier eine Brücke", erklärte er den anderen.

„Was hier normal wäre, hilft uns wenig", spottete Johannes, der auf einem großen flachen Stein Platz genommen hatte und Jon Hendrik schadenfroh ansah.

„Zum Spotten hast du immer noch Kraft." Jon Hendrik ärgerte sich über Johannes' Kommentare, versuchte aber, sich nichts anmerken zu lassen. Es gelang ihm nicht. Er stellte sich auf einen Stein im Wasser, versuchte einen zweiten, rutschte ab, konnte gerade noch das Gleichgewicht halten, indem er sich in das eisige Wasser stellte, und sprang ans Ufer.

„Es hat keinen Sinn. Wir müssen eine Kette bilden und uns gegenseitig stützen. Kommt."

Bis auf Johannes folgten alle seiner Aufforderung. Vorsichtig suchten sie Halt auf den glitschigen Steinen, balancierten über die tosenden Fluten, bis Bodil ins Rutschen kam. Sie ließ die anderen los, ruderte mit den Armen, fand in der Luft keinen Halt und legte sich lang ins Wasser. Jon Hendrik und Tom stellten sich beherzt in den Fluss und halfen ihr auf, Mia balancierte trockenen Fusses ans andere Ufer. Bodil fluchte und lachte, lutschte an einer kleinen Wunde an der rechten Hand und sah sich an, mit einer Mischung aus Verzweiflung und Humor.

„Ist noch irgendwas trocken bei dir?" fragte Jon Hendrik.

„Ja, mein Schlüpfer. Ich gehe jetzt weiter. Wir sehen uns." Bodil hatte auf unerklärliche Weise neue Kraft gefunden und setzte den Weg mit schnellen Schritten fort. Mia und Tom folgten. Wasser troff aus ihren Stiefeln. Nur Jon Hendrik blieb und wartete auf Johannes. Der hatte sich die Stiefel ausgezogen, die Hosenbeine hochgekrempelt und war im Begriff, den Fluss zu betreten.

„Wirf die Stiefel her!" bot ihm Jon Hendrik an, aber Johannes blieb stur und stolzierte durch die eiskalten Fluten. Es sah aus, als würde er problemlos das andere Ufer erreichen, aber plötzlich rutschte er an einem Stein ab, der sich unter dem Druck bewegt hatte. Johannes verlor das Gleichgewicht, seine Stiefel aus den Händen und landete auf dem Rucksack im Wasser. Jon Hendrik eilte ihm zur Hilfe. Als er Johannes Hand ergriff, zog der ihn nach unten. Jon Hendrik hielt sich auf den Beinen und trat wütend gegen Johannes' Schienbein. Im selben Moment hatte Johannes einen handtellergroßen Stein gegriffen und schleuderte ihn in Richtung seines Gegners. Jon Hendrik wich gerade noch aus, kam ins

Taumeln, stützte sich mit den Händen ab und verletzte sich am Knöchel. Er schrie laut, fluchte und sprang ans Ufer.

„Du Idiot, sieh zu, wie du aus dem Fluss kommst!" Am liebsten hätte er Johannes liegen lassen, bekam dann aber Skrupel. Johannes lag wie eine Fliege auf dem Rücken und fuchtelte mit den Armen.

„Hilf mir, du Schwein von Pastor!"

Das eiskalte Wasser spülte über Johannes' Arme und Beine. Der Rucksack war ganz unter Wasser. Jon Hendrik fasste sich ein Herz, ging langsam auf den hilflosen Johannes zu und reichte ihm die Hand. Mit großer Mühe konnte er ihn auf die Beine ziehen. Der Rucksack hatte kräftig an Gewicht zugenommen und Johannes taumelte aus dem Wasser, fluchte, aber leise. Jon Hendrik würdigte ihn keines Blickes mehr, ging den Weg. Die anderen waren zu kleinen schemenhaften Gestalten geworden, so weit hatten sie sich entfernt. Die Sicht war besser geworden, nur der Regen hatte zögernd wieder eingesetzt.

Erschöpft und triefnass erreichten sie Fokstua, den alten Bauernhof mit Herberge. Ein neueres Bauernhaus war bewohnt, Schafe blökten und Kinder drückten ihre Nasen an Scheiben, als fünf durchnässte Gestalten den Hofplatz betraten. Der Bauer kam aus dem modernen Stall unterhalb des Hofplatzes. Jon Hendrik stellte sich vor.

„Willkommen", murmelte der Bauer. „Ich habe etwas früher mit euch gerechnet. Ihr seht müde aus."

Das große weiße Haus, in dem sie übernachten sollten, roch muffig. Sie stellten ihr Rucksäcke auf den Dielenboden des Flures, streiften sich die Stiefel von den Füßen, hängten die nassen Hosen und die Jacken an Haken. Mia und Tom ließen sich auf eine knarrende Holzbank fallen, die die einzige Zierde des Flures war. Bodil begann sofort, sich völlig auszuziehen, holte aus ihrem Rucksack ein Handtuch und präsentierte es stolz den anderen: „Trocken! Wo sind die Duschen?"

Jon Hendrik zeigte ihr die Tür und wandte sich an Johannes: „Zieh dich auch aus, sofort, und nimm eine heiße Dusche."

Johannes wollte etwas sagen, tat aber, was Jon Hendrik gesagt hatte und legte alle nassen Kleidungsstücke ab. Der Fußboden war völlig bedeckt mit Gepäck und nassen Klamotten. Mia und Tom befühlten gegenseitig ihre heißen, pochenden Wangen. Tom strahlte. Seine nassen Locken ließen ihn wie einen Jungen aussehen, der die Pubertät noch vor sich hat. Mia streichelte seine Wange und er schloss die Augen.

„Ich bin völlig fertig, Mia, fertig aber glücklich. Kann das sein?"

Mia nickte, strich ihm durch die nassen Haare, schüttelte die Nässe aus ihren Händen und stand auf.

„Komm, Tom, wir machen Tee und eine kräftige Suppe. Danach musst du auch unbedingt duschen, wenn die anderen noch warmes Wasser übrig lassen."

„Und du?"

Mia lächelte ihn an, reichte ihm die Hand zum Aufstehen und verschwand ohne Antwort in der Küche. Tom folgte.

HAMBURG

Das Telefon klingelte unbarmherzig. Marei pellte sich aus dem Bett und schluffte auf den Flur. Als sie abhob, hörte sie das Klicken. Aufgelegt! Sie war gerade wieder im kuscheligen Bett, hatte sich eingedreht, da klingelte das Telefon erneut. Und wieder legte jemand auf, als sie den Hörer zum Ohr führte. Sonntag-Morgen um sieben, Telefonstreiche! Da kannte sie keinen Spaß. Marei zog wütend den Stecker aus der Dose. Wie sollte sie wieder einschlafen mit so viel Wut im Bauch? Sie beschloss, zum Bäcker zu joggen.

Die Sonne hatte Barmbek in ein schmeichelhaftes Licht getaucht. Marei war fast der einzige Mensch, der dieses Lichtspiel an diesem frühen Morgen sah. Nur vereinzelte Autos schlichen über die Hufnerstraße, den Wiesendamm und die Fuhle. Wie charmant so ein früher Sonntagmorgen in Barmbek sein konnte. Beim Bäcker war sie die einzige Kundin und erntete anerkennende Worte der fröhlichen Verkäuferin. Als sie auf dem Rückweg bei „Globetrotter" vorbeijoggte, kam ihr ein dunkles Auto entgegen. Sie hatte das Gefühl, es hielte direkt auf sie zu. Marei hatte sich schnell hinter einen Busch gerettet. Das schwarze Auto raste davon. Bildete sie sich das alles ein? Sie joggte nach Hause. War sie eben beinahe Opfer eines Unfalls oder eines Anschlags geworden oder begann sie durchzudrehen? Warum sollte jemand sie töten wollen? Das änderte für niemanden etwas. Was sollte an ihr gefährlich sein? Gefährlich? Der Gedanke ließ sie zittern.

Erst ein heißer Tee und ein gutes Frühstück mit Christine wärmten sie.

„Ich glaube, ich muss aus Hamburg weg, Chrissie."

„Ich glaube, du musst endlich mal zur Polizei gehen, Marei. Das nimmt langsam Formen an, die gefallen mir nicht."

Christine wollte kein Mitleid aufbringen. Die Art, wie Marei ein Ereignis nach dem anderen wegsteckte, ohne sich Hilfe zu holen, nervte Christine.

„Quatsch. Ich werde verreisen. Norwegen oder so. Damit rechnet keiner."

„Wie originell, Baby."

FOKSTUA / DOVREFJELL – AM SELBEN MORGEN

Sie hatten lange und tief geschlafen in weiß bezogenen Betten, die Männer in einem Zimmer, die beiden Frauen im Nebenzimmer. Der Regen prasselte an die Scheiben, der Wind fegte übers Blechdach und kreierte die eigenwilligsten Geräusche. Mal sang er, mal pfiff er und heulte. Er konnte aber auch bedrohlich donnern und an dem alten Haus zerren wie ein Lachs am Angelhaken. Haus und Wind lagen in einem ungleichen Kampf. Zur Beruhigung seiner Gäste hatte das Haus seit mehr als hundert Jahren diesen immer wiederkehrenden Kampf gewonnen.

Johannes hatte schlecht geträumt. Er hatte wieder den schmalen Weg, einen steilen Abhang daneben und diese Felsspalte gesehen, in die er sich hineingeklemmt hatte.* Als er aufwachte, war er froh, das helle Zimmer zu sehen, Tom leicht schnarchen zu hören und den Pastor unter der weißen Bettdecke im Bett nebenan zu ahnen.

Diese Bilder, diesen Traum kannte er gut, aber er wollte sie nicht. Sie sollten verschwinden, niemals wiederkehren. Doch je mehr er sie bekämpfte, desto stärker drangen sie in den unpassendsten Momenten in sein Bewusstsein. Es waren Bilder der Verfolgungsjagd auf den Lofoten. Er hatte den Verstand verloren und war rasend eifersüchtig gewesen auf Ellen, die sich einfach von ihm getrennt hatte. Es war die größte Niederlage seines Lebens.* Aber in das Bild der Felsspalte mischte sich ein anderes Gefühl: ein kleiner Junge, der sich vor dem Vater versteckt und Angst hat, erwischt zu werden. Der kleine Junge hat Angst vor den Schlägen des Riesen. Eine Frau im Hintergrund schreit: „Lass es sein! Lass den Jungen! Er kann doch nichts dafür ...“

Wieder waren diese Worte da, drangen in sein Bewusstsein. Er wollte sie jetzt nicht. Er wollte es genießen, sauber in einem warmen Bett zu liegen mit schweren Gliedern und ruhig schlagendem Herzen.

An die Fenster prasselte Regen.

Johannes schlief wieder ein.

Sie saßen um einen alten Esstisch im Raum neben der Küche und frühstückten schweigend. Jon Hendrik hatte vom Bauern ein frisches Brot und Butter gekauft. Mit den im Rucksack geschleppten Lebensmitteln hatten sie jetzt ein üppiges Mahl und genossen den bescheidenen Luxus. Im Haus war es eiskalt. Sie hatten sich mit trockenen Pullovern, Socken und Hosen gegenseitig geholfen. Die nassen Klamotten hingen auf Leinen, die sie durch die Küche gespannt hatten. Bodil war als Erste aufgestanden und hatte den kleinen Jøtul-Ofen in der Küche befeuert. Von dort kroch eine Ahnung von Wärme ins Esszimmer.

* *vgl. Bernd Lohse, »Tod in den Lofoten«*

Nach dem Frühstück begannen sie, die Schuhe mit Zeitungspapier auszustopfen, das sie in der großen Kaminstube gefunden hatten. Nicht ein Stiefel war innen noch trocken. Jon Hendrik befeuerte den Kamin in der Stube, so würden sie in Kürze einen weiteren Raum haben, in dem sie sich gerne aufhalten mochten, weil es warm war. Wie wichtig Wärme ist, wurde ihnen wieder einmal bewusst, jetzt, da sie nicht selbstverständlich war und der Großteil ihrer Bekleidung triefnass. Tom hatte damit begonnen, die Lebensmittel zu sichten, und alles, was nass geworden war, auf der Arbeitsplatte in der Küche ausgelegt. Knäckebrot, Käse, Wurst, eine angebrochene Packung Kornmo-Kekse, Schokolade, alles hatte die Feuchtigkeit aufgesogen. Auch einige Suppentüten waren äußerlich feucht. Die Bilanz des Regenmarsches über den Hartbakken sah eher finster aus, stellte Tom fest und betrachtete die vielen Kleidungsstücke, die wie Opfer einer verlorenen Schlacht in der Küche aufgehängt waren.

Mia war im Begriff, für sich und Bodil zu waschen. Als sie bei Tom vorbeikam, fragte sie ihn, ob er ihr Schmutzwäsche mitgeben wolle. Er freute sich, holte Unterwäsche und legte sie Mia dankbar auf den Haufen, den sie über den Armen trug.

Johannes und Jon Hendrik gingen sich so gut es ging aus dem Weg. Den ganzen Tag hatten sie noch kein einziges Wort miteinander gesprochen. Während Jon Hendrik am Kamin zugange war, mied Johannes die Stube und setzte sich an den abgeräumten Esstisch neben der Küche. Er spürte, wie die Unruhe in ihm zunahm. Seine Hände waren eiskalt und die Nase lief. Er zog wieder und wieder hoch, kam sich ekelig vor, hatte aber keine Idee, wie er die Laufnase abstellen sollte. Fokstua kam ihm wie ein Gefängnis vor. Die unsichtbaren Gitter waren Regen und der bissige Wind. Es gab für ihn nichts zu tun außer abzuwarten, dass die Stube frei würde oder die Klamotten trocken. Vor ihm auf dem Tisch stand eine Kerze. Eine Weile besah er sie, befühlte das Wachs, strich an ihr auf und ab, sah zwischendurch aus dem Fenster in den Regen. Plötzlich griff er die Kerze und brach sie mit beiden Händen durch, zerbröselte das Wachs und formte erbsengroße Kugeln. Seine Finger waren vom Kneten und Rollen warm geworden, aber Füße und Beine waren kalt geblieben. Johannes schloss die Augen und begann tief ein- und auszuatmen. Er erinnerte sich an die erste Sitzung mit Jon Hendrik in Ullersmo. Sie hatten zusammengesessen und geübt, sich selbst zu spüren, die Atmung wahrzunehmen und Veränderungen im Körper in ihren Gedanken zu beschreiben. So etwas hatte er zum ersten Mal in seinem Leben gemacht und war überrascht, wie gut diese Übung tat. Bei fast jedem Treffen hatten sie mit dieser Wahrnehmungsübung angefangen. Wie hatte Jon Hendrik es genannt: Achtsamkeit. Es sei eine Vorstufe des Gebets, hatte er gesagt. Johannes mutmaßte, das müsse Jon Hendrik als Pastor ja sagen, um diese Übung zu begründen. Der hatte prompt geantwortet, ob man etwas Gutes, das man tut, denn begründen müsse oder ob es nicht besser wäre, es weiterhin zu tun. Johannes hatte gelacht damals und schmunzelte bei der Erinnerung. Die ersten Sitzungen über war ihm Jon Hendrik ganz sympathisch gewesen. Die Treffen mit ihm waren Abwechslungen im grauen Alltag von Ullersmo gewesen, anderer Umgang als die kleinen Drogendealer aus Persien und Pakistan, denen er über den Weg gelaufen war, wenn sie zum Sport auf den Grasplatz zwischen den Gebäuden gelaufen waren. Wie er die Nähe dieser Kleinkriminellen gehasst hatte, die sich in ihren Landessprachen offenbar Angebereien um die Ohren gehauen hatten und selbst im Knast nicht von Hochnäsigkeit und Chauvinismus lassen konnten. Er hatte überlegt, was die Gefängnisstrafe positiv bei diesen Typen bewirken könnte. Latent war in ihm eine Abneigung gegen alles gewachsen, was mit Persien, Indien, Pakistan oder anderen -stans zu tun hatte.

Johannes sah auf die Wachskugeln, seine Hände und den Holztisch. Der Holztisch lebt, überlegte er, die Resopaltische im Gefängnis sind tot, ebenso tot wie die Seelen der Leute, die aus dem Kreislauf von Fremdheit, Mafia, Kriminalität und Knast nicht rauskommen. „Resopalwelt" hatte er das Leben im Knast genannt, der Holztisch war Erinnerung an ein Leben, das es tatsächlich noch gab, natürlich, individuell und gewachsen wie ein Mensch in seiner Heimat, bei der Arbeit oder zu Hause. Die Resopalwelt der Kleinkriminellen war künstlich: vom lächerlichen Machotum, aller Angeberei, jedem abgeguckten Gang und geklauter Geste aus irgendeinem schlechten Hollywoodfilm. Lauter kleine Kopien der großen Vorbildlügen Sylvester Stallone, Arnold Schwarzenegger oder Bruce Lee. Sie leben künstlich, überlegte Johannes, aber sie sterben genauso künstlich. Irgendwann der goldene Schuss oder eine Revolverkugel, ein Messer an der Kehle oder im Bauch, aber kein friedlicher Tod im hohen Alter nach erfülltem Leben.

Er musste an seine Mutter denken. Wie viel würde er darum geben, sie jetzt anrufen zu können. Sollte er nicht zum Bauern gehen und fragen? Die Verabredung war ihm klar: während des ganzen Pilgerweges ein Telefonat nur nach Absprache mit Jon Hendrik, sonst keine Kontakte nach Hause, wo immer zu Hause war. Gibt es für Tom ein Zuhause, überlegte Johannes, und hab ich selbst eins? Was wird sein, wenn ich wieder nach Hamburg komme? Wo werde ich wohnen, wovon leben? Diese Gedanken machten ihn rasend, denn sie zeigten keine Antworten und Lösungen. Nebel, Finsternis. Das hielt Johannes nicht gut aus. Er knetete alle Wachserbsen zu einem Ball, dann stand er auf, zog sich seine trockenen Sportschuhe und die Regenjacke an, stülpte die Kapuze über den Kopf und lief in den Regen. Auf der Europastraße konnte er gut joggen, musste nur auf den Verkehr achten. Laufen im Regen tat gut. Irgendwie musste er ja diesen Pausentag überstehen und sich die Gedanken aus dem Kopf laufen.

Als er zurückkam, stellte er fest, dass das Laufen Entlastung gebracht hatte. Völlig durchnässt kehrte Johannes in das große Holzhaus der Fokstua zurück, machte einige Dehnübungen, atmete mehrfach tief ein und aus, bevor er die Haustür öffnete. Er musste viel Kraft aufwenden, weil der Wind in seinem Rücken gegen die Tür drückte. Als er auf dem Hausflur stand, lief ihm Mia über den Weg.

„Hei, Johannes, gejoggt? Bei dem Wetter!"

„Das war okay. Nur so ein blöder Dodge-Van hätte mich fast auf die Hörner genommen. So einer mit getönten Scheiben, den die Kids aus Kinofilmen kennen. Dann wollen sie auch so etwas fahren und können nicht damit umgehen."

„Oslo-Kennzeichen?" Mia war sehr aufmerksam geworden.

„Wie sehen die aus?"

„Fangen mit D an: DA, DB, DC, DD und so weiter."

Johannes überlegte, konnte sich aber nicht erinnern.

„Wieso fragst du? Erwartest du jemandem mit 'nem Van? 'Nen heimlichen Verehrer?"

Mia erinnerte an die Begegnung in Budsjord und Johannes spürte, wie seine gerade gelockerte Muskulatur sich erneut anspannte.

Eine Begegnung mit aufgeblasenen Kleinkriminellen aus Toms Peergroup war das Letzte, auf das Johannes Lust hatte. Er fühlte sich stark genug, um zuhauen zu können, wenn's sein musste, aber diese hautnahe Begegnung mit dem Dodge machte ihm doch Angst, je bewusster sie ihm wurde. Der Beinahunfall auf der E 6 vor zehn Minuten – vielleicht gar nicht so zufällig?

Mia bemerkte die Veränderungen in Johannes. Sie griff nach seiner Schulter und massierte mit einer Hand leicht kreisend die Nackenmuskulatur.

„Du denkst, das könnten diese Mafiosi gewesen sein, Johannes?"

„Hört nicht auf, Mia, das tut gut."

„Zieh deine nassen Klamotten aus, Johannes. Ich massiere dich richtig."

Er zog sich aus, während Mia zwei Stühle hintereinander in der warmen Küche aufbaute. Die anderen saßen in der Kaminstube, so brauchten Mia und Johannes sich keine neidischen Kommentare gefallen lassen. Johannes ließ seinen Kopf locker hängen und Mia massierte gekonnt die Schulter, den Nacken bis hinauf zum Kopfgelenk. Keiner sagte ein Wort, beide genossen die Berührungen. Als Mia fertig war, richtete Johannes sich tief atmend auf.

„Danke, Mia, das war richtig gut. Vielleicht das Beste auf dem bisherigen Weg. Möchtest du jetzt massiert werden?"

„Danke, Johannes. Aber jetzt nicht. Später. Du brauchst dich nicht revanchieren. Ich hab großen Spaß daran, dich zu massieren. Genieß es doch."

Sie hatte voll ins Schwarze getroffen. Johannes fühlte sich ertappt. Das war ihm fremd: jemand anderes berührt ihn so wunderbar und will nichts dafür haben. Es machte ihn unsicher und traurig, denn er merkte, wie wenig er gelernt hatte, richtig zu genießen. Berührungen, Erotik, Sex: immer ging es für ihn um eine Art Geschäft, einen Handel oder um Macht. Durch seine dominante Art konnte er Frauen an sich binden. Manchmal war es fürchterlich anstrengend. Da war die Angst, was wohl sein würde, wenn er schwach wäre, wenn seine Potenz versagte? Das war einer seiner schlimmsten Alpträume: keinen mehr hoch zu kriegen. Wie sollte er dann bei Frauen eine Chance haben und in der Männergesellschaft bestehen?

Mia war in die Stube gegangen. Johannes wollte in der Küche bleiben. Die Massage hatte mehr als nur Muskeln gelöst. Wild schossen ihm Gedanken an seine Sexualität, seine Beziehungen und die Ängste durch den Kopf, die er gerne für immer verbannt hätte. Es ging nicht. Aber in dieser Küche mit dem Blick auf ein völlig verregnetes Dovrefjell tat es plötzlich nicht so weh. Wie lästig war es oft gewesen, in den Gesprächen unter Kollegen und Freunden, waren es wirklich Freunde, mit Erotikerlebnissen glänzen zu müssen. Manche heiße Story hatte er sich ausgedacht, während sie die anderen bereitwillig glauben wollten. Die Saunagespräche nach dem Krafttraining empfand er immer als die Top-Gockelei, aber er hatte sie gerne mitgemacht. Das Krafttraining gab ihm die Gewissheit, stark zu sein, mithalten zu können und bei den „Mädels" den Fuß sicher in der Tür zu haben. Johannes strich sich über den Bauch und rollte mit den Schultern, spannte die immer noch kräftigen Oberarme und knackte mit den Fingern. Der kurze Bodycheck stellte ihn zufrieden, obwohl ihn niemand betrachten konnte und er sich selbst keiner Frau im hautengen Sportdress präsentieren konnte. Er war verwundert über den Gedanken, dass es reichte, sich selbst zu mögen. Nein, das kann nicht sein, bezweifelte Johannes seinen Gedanken: sich selbst mögen ist doch purer Quatsch, die anderen müssen mir spiegeln, wie gut drauf ich bin. Er war gewohnt, sich von anderen bewundern zu lassen. Das war es ja, was ihn an Jon Hendrik so nervte: von ihm bekam er nicht die Spur von Anerkennung, geschweige denn Bewunderung. Mia, gut, da läuft irgendwas im Untergrund, überlegte Johannes. Auch mit Bodil geht irgendwas, so'n stilles Abchecken, vorsichtig und auf Distanz; Tom hatte er in der Tasche seit Hamar. Für Tom fühlte er sich wie ein Beschützer, großer Bruder oder so etwas. Und Tom, dieser dumme Junge, der nie geliebt worden war, hielt sich an Johannes, wo immer es ging. Allein Jon Hendrik konnte er nicht einschätzen.

Johannes war froh, dass sie Fokstua unbeschadet erreicht hatten, versuchte aber, Gedanken an die Gebirgswanderung zu verdrängen. Es gelang ihm einfach nicht. Panische Angst hatte er gehabt, als sie durch den Nebel gegangen waren, immer am Rande der Kräfte. Wie froh er gewesen war, dass er nicht allein im Gebirge war, zum ersten Mal hatte er sich über die Gegenwart der anderen gefreut. Wenn wir hier nur heil rauskommen ... Immer wieder hatte er sich diesen Satz heruntergebetet in Gedanken und versucht, sich nichts anmerken zu lassen. Die Todesangst war er nicht losgeworden, selbst beim Abstieg nicht. Er kannte sich: wenn er am ängstlichsten war, machte er auf starken Kerl; wenn er unsicher war, spielte er den Coolen. Eine verdammt einsame Rolle, überlegte er und starrte in den Vorhang aus Regen, erkannte in der Ferne das Bahnhofsgebäude und einige Hütten. Verdammt einsame Gegend hier oben. Was müssen das für Menschen sein, die hier ihren Urlaub und die Wochenenden verbringen? Das hält man doch nur aus, wenn man seelisch absolut stabil ist, malte er sich aus.

Diese Küche war ihm jedenfalls ein guter Ort. Weil er in der Nähe Stimmen hörte, konnte er die Einsamkeit der Küche aushalten, vielleicht sogar genießen, gestand er sich ein. Er war froh, dass sie heil angekommen waren. Immer wieder dieser Gedanke. Langsam gewöhnte er sich an die Menschen, mit denen er unterwegs war, flocht aber eine für ihn typische Bemerkung ein: nicht dass ich sie eines Tages noch lieben werde. Soweit müssen wir nun wirklich nicht gehen.

„Johannes, warum hast du eigentlich Angst vor Liebe?“ flüsterte er in die Stille der Küche und war froh, dass niemand ihn hörte.

Im Kamin loderte ein kräftiges Feuer. Auf einer Leine hingen Socken, T-Shirts und Hemden, vor dem Kamin standen die Stiefel, aufgereiht wie im Schuhgeschäft, nur schmutziger. Im Schaukelstuhl neben dem Kamin saß Jon Hendrik, streckte seine nackten Füße dem Feuer entgegen und las in dem Pilgerwegführer.

„Wie ist das, einen Menschen abzustechen? Ging das leicht?" Tom hatte Bodil die Frage gestellt, Mia und Jon Hendrik sahen erschrocken auf. Sie hatte gerade ihre wilden, dunklen Haare gekämmt, versucht, sich einen dünnen Zopf zu flechten, aber frustriert aufgegeben. Toms Frage traf sie wie ein Vorschlaghammer. Sichtlich verunsichert bemühte sie sich, so zu tun, als habe sie nicht verstanden. Langsam wiederholte Tom Wort für Wort, stützte seinen Kopf in die Hände und erwartete eine Antwort.

„Spinnst du?" schleuderte Bodil ihm den Vorschlaghammer zurück.

„Nein ehrlich, ich habe das noch nie gemacht und bin neugierig. Ich will wissen, wie das ist, einen Menschen abzustechen. Ich glaube, ich könnte das nicht." Die Naivität, mit der Tom sprach, schien echt, und er war irritiert über die Aufmerksamkeit, die seine Frage ausgelöst hatte. Die Luft im Kaminzimmer war zum Schneiden geworden. Mia konnte ihre Aufmerksamkeit nicht von dem Gespräch abwenden. Sie wusste nicht, was sie erwartete, aber irgendwas musste passieren, spürte sie.

Bodil hatte schwitzige Hände bekommen und sah sich im Raum um wie ein gehetztes Wild. Mia bot ihr keinen Schutz an und Jon Hendrik hatte sich im Schaukelstuhl vergraben und spielte den Unbeteiligten. Plötzlich schoss Bodil hoch, rannte in den Flur und kam mit einem langen Küchenmesser in die Stube zurück. Das hielt sie Tom an die Kehle.

„Wie ist es, dem Tod ins Gesicht zu sehen, Tom? Sag mal ehrlich!"

Mit weit aufgerissen Augen starrte Tom Bodil an, presste ein paar Worte heraus: „Ich wollte dir nicht weh tun."

„Hast du aber!"

Jon Hendrik war ganz ruhig aufgestanden, atmete mehrfach tief durch und stellte sich neben Bodil.

„Misch dich nicht ein, das ist ein Ding zwischen Tom und mir!" brüllte sie hysterisch. „Setz dich wieder hin, Jon, sonst hast du das Messer gleich an derselben Stelle wie Tom."

„Okay, Bodil, nimm mich und lass Tom."

„Du sollst dich setzen, Jon, und dich hier nicht einmischen!"

Jon erwiderte nichts, öffnete seine Hände und hielt sie Bodil entgegen. Sie hielt das Messer verkrampft gegen Toms Kehle, sah aber auf Jon Hendriks Hände. Plötzlich hatte er ihr rechtes Handgelenk im Griff, kurz gedrückt. Das Messer fiel zu Boden. Bodil schnaubte vor Wut. Ihr Gesicht verzog sich zur Fratze. Mit aller Kraft stieß sie ein Knie in Jon Hendriks Bauch. Er versuchte, dem Stoß auszuweichen und stolperte. Als er am Boden lag, setzte Bodil sich auf seinen Bauch und würgte ihn. Tom war starr und griff nicht ein, Mia schrie entsetzt:

„Lass ihn los, bist du irre, Bodil?"

„Er sollte mich doch nur in Ruhe lassen!"

Blitzschnell hatte Jon Hendrik Bodil ein Knie in den Rücken gestoßen, sie beugte sich im Schmerz kurz zurück, ließ seinen Hals und hustete. Jon Hendrik schwang sein Bein um ihren Oberkörper und drückte Bodil auf den Rücken. Sie war seiner Beinschere ausgeliefert und begann zu schwitzen, stieß irre Laute aus und schleuderte Blitze aus den Augen. Jon Hendrik löste die Beinschere, zog sich unter ihrem Körper hervor und drückte ihre Oberschenkel mit seinen Armen am Boden fest. Sie hyperventilierte und er atmete immer ruhiger und tiefer. Dann gab es kein Halten mehr. Mit explodierendem Schrei lösten sich Bodils Tränen, Bäche stürzten aus ihren Augen hervor. Jon Hendrik ließ los und sie krümmte sich auf dem Boden zusammen wie ein Säugling und zitterte. Jon Hendrik kniete betroffen auf dem Boden und überlegte, ob er Bodil über den Rücken streichen sollte, entschied sich aber, die Frau am Boden nicht durch weitere Berührungen zu belasten. Stattdessen setzte sich Mia zu ihr und streichelte ihre Wangen. Bodil konnte nicht aufhören zu zittern und kuschelte sich auf Mias Schoß.

Jon Hendrik hatte sich zu Tom gesetzt, der sofort mit Rechtfertigungen begann: „Ich wollte das alles nicht. Es tut mir Leid. Ich habe nicht gewusst ..."

Jon Hendrik legte eine Hand auf Toms Arm und beruhigte ihn.

„Du konntest nicht wissen, was du ausgelöst hast, Tom. Aber deine Frage war dämlich."

Jon Hendrik lächelte Tom an. Das schien ihn zu beruhigen. In diesem Moment betrat Johannes die Stube, sah auf die beiden Frauen am Boden, setzte sein breites Unsicherheitsgrinsen auf und konnte den Mund nicht halten:

„Hab ich was Wichtiges verpasst, blue moments und andere specials unserer Reise? Dumm gelaufen."

„Idiot!" zischte Mia.

Bodil ließ das warme Wasser aus der Leitung über ihr Hände fließen und genoss es, die Hände ins Abwaschbecken zu tauchen. Sie schloss die Augen und spürte, wie die Wärme über Hände und Arme in den ganzen Körper floss. Die Kopfhaut begann zu kribbeln, an den Oberarmen bildete sich Gänsehaut und den Rücken lief ein Strom milder Wärme hinab bis in ihr Becken, wo er sich breit machte und Leben weckte in Regionen, die sie schon lange nicht mehr intensiv gefühlt hatte. Sogar in den Fußsohlen war etwas von der Wärme angekommen und brannte wie ein freundliches Feuer, das nicht versengen konnte. Seit langem hatte sie nicht so intensiv gespürt, dass sie lebte. Immer die Kälte, an

Händen und Füßen, in den Oberschenkeln und der Nasenspitze. Frostbeule, das war sie schon früher gewesen. Am liebsten wollte sie ihre Hände nie mehr aus dem Waschbecken nehmen.

Das Haus, überlegte sie, bot guten Schutz, und in der Küche war sie allein, endlich allein. Die anderen gingen ihr auf die Nerven, und der Konflikt im Kaminzimmer hatte sie an den Rand der Beherrschung gebracht.

Ich hätte sie umbringen können, alle beide, Tom und Jon Hendrik. Sie machen mich wütend. Sie unterstrich ihre Gedanken mit einem beherzten Schlag ins Abwaschwasser. Es spritzte überall hin, am meisten aber auf ihr T-Shirt. Das warme Wasser drang wie Nadelstiche auf die Haut durch. Es gab jedoch auch andere Gefühle, als sie ausgeliefert unter Jon Hendriks Armen und Beinen auf dem Boden lag, das wusste sie, wollte sich aber nicht erinnern und schon gar nicht eingestehen, was in ihr vorgegangen war. Mit dem Arm wischte sie über die Stirn und versuchte alle Erinnerung zu löschen. Es durfte nicht sein, dass sie sich erregt gefühlt hatte. Schnell begann sie mit dem Abwasch, tat ihre Pflicht, wie sie es gewohnt war. Pflichten erfüllen konnte sie gut, bis hin zur Selbstverleugnung. Ein Handtuch – ihre Augen spähten durch die Küche nach einem Geschirrhandtuch, fanden aber keines. Bodil musste in den Schubladen und hinter den Schranktüren suchen, öffnete und schloss eine nach der anderen. Doch bei einer Schublade verharrte sie und bewegte sich nicht. Da lag etwas, das auf sie eine Kraft ausübte, der sie sich kaum widersetzen konnte. Neben einem Stapel Trockentücher lag ein Messer. Diese Art Messer kannte sie gut: ein einfaches Fischmesser mit rotem Plastikgriff und halblanger Klinge, wie Magne es auf seinem Boot liegen hatte in Sotra. Der rote Griff schien zu blinken, und Bodil spürte den Zwang, das Messer aus der Schublade zu holen und einzustecken. Mit solch einem Messer konnte sie sich wieder sicher fühlen, dann hätte sie sich vorhin schon zu helfen gewusst. Vor Messern hatten Jon Hendrik, Tom und Johannes Respekt, da war sie sich sicher. Allmählich hatte sie sich vor die Schublade gehockt, ihre rechte Hand war hineingewandert und berührte die Plastikscheide, in der das Messer steckte. Sie ahnte die Kälte des Metalls, erinnerte sich daran, wie solch ein Messer in der Hand liegt und wo es die größte Wirkung hätte. Mit Messern und Fleisch kannte sie sich aus, hatte tausendmal fachgerecht Rinder und Schweine zerlegt, wenn's sein musste, auch Elche und Rentiere, aber mit Wild kannte sie sich nicht so gut aus.

Mit einem schnellen Griff verschwand das Messer in Bodils rechter Beintasche und sie kehrte an den Abwasch zurück. Während sie stand und Teller für Teller abtrocknete, fühlte sie das Messer in der Tasche. Eine heimliche Freude hatte sich mit der Wärme des Wassers in ihr festgesetzt. Jetzt sollte sie nichts mehr bedrohen können. Bodil fühlte sich nicht mehr schutzlos, aber sie merkte auch, wie in ihr gleichzeitig die Angst vor dem Messer wuchs. War sie stark genug, es nicht zu nutzen, wenn die nächste Bedrohung kam?

HAMBURG / UNIVERSITÄT – ALLENDE-PLATZ

Was ist die Mensa am Montagmittag bei Sonnenschein gegen einen Platz draußen vorm Abaton. Hier war immer etwas zu sehen und hier wurde man gesehen. Arkadash und Abaton – die Rastplätze auf dem Studenten-Highway. Irgendwann kam hier jeder vorbei, deshalb liebte Marei es, hier zu sitzen. Sie war eine Viertelstunde früher aus der Vorlesung abgehauen, um sicher zu sein, einen der begehrten Plätze zu ergattern. Nun saß sie vor einem Milchkaffee und wartete auf Lasagne. Am Nebentisch hielt ein Weißgekleideter mit schmuddeligem Bart und Turban Reden an zwei Frauen, die wie das Strandgut ewiger Studentenzeit wirkten und noch von allem zu begeistern waren, was entweder skurril oder herrlich intellektuell daherkam. Der Mann sprach lautstark von der Faszination des Islams, zu dem er sich vom Judentum bekehrt hatte, nachdem er jahrelang Jesus-People gewesen sei. Marei hörte amüsiert zu, als ihr plötzlich jemand von hinten die

Augen zuhielt. Sie schrak zusammen und versuchte, sich frei zu winden, doch ohne Erfolg. Den Geruch der Finger kannte sie, konnte ihn aber nicht einordnen. Sie hörte, wie ein Stuhl zur Seite gezogen wurde und jemand Platz nahm, dann wurden ihre Augen freigelassen. Vor ihr saß Henriette, hinter ihr stand Gregor.

„So schnell trifft man sich wieder. Sorry für neulich im Stadtpark, das war dumm, aber manchmal kommt es anders, als man selber kommen will." Gregor grinste sie an. Dieses Grinsen erinnerte sie an Marie-Louises jüngsten Sohn, Johannes.

„Hei", grüßte Henriette. „Hier ist doch frei?"

„Jetzt nicht mehr, du sitzt doch schon, Henriette, nicht wahr?"

Gregor nahm Platz und winkte einem älteren Mann in einem uralten Mercedes-Cabrio. Der wendete auf dem Parkplatz und verschwand im Grindelhof.

„Unser Onkel Gernot, du kennst ihn doch, oder?" Henriette leitete das Gespräch und ergänzte, nachdem Marei den Kopf schüttelte:

„Gernot ist supercool, ein völlig anderes Modell als die Wagenknecht-Spießer, aber wir müssen uns bisschen kümmern um ihn. Der ist seit Omas Tod so verändert. Marie-Louie stand nicht so sehr auf ihn, weil der anders ist. Wir finden ihn supernett."

„Was macht euer Onkel denn?" Marei sah abwechselnd zu Henriette und Gregor.

„Meistens macht er nichts", sagte Henriette, aber Gregor fuhr ihr sofort ins Wort:

„Quatsch, er ist Künstler, ein ziemlich begabter. In der Galerie der Gegenwart kannst du Installationen von ihm sehen. Der ist so kreativ wie meine ganzen TV-People zusammen nicht, und die sind schon ziemlich gut drauf."

Die Bedienung brachte Mareis Lasagne, Gernot und Henriette bestellten Pizza. Marei begann zu essen und zog es vor, nicht zu sprechen. Gregor streichelte seinen rasierten Schädel, kratzte sich am T-Shirt über die Brust, kontrollierte mit seinen Blicken den gesamten Allende-Platz, konnte sich eine bösartige Bemerkung über den Turban-Guru nicht verkneifen, erntete einen gekränkten Blick des Weißgewandeten und steckte sich eine Zigarette an. Henriette holte einen Make-up-Spiegel und zog den pinken Lippenstift nach. In ihrem hellen Gesicht, das von blonden Haaren umkränzt war, die in frechen Zöpfen abstanden, wirkte der Lippenstift püppchenhaft. Henriette bewegte die Lippen zum Schmollmund, warf ungezielte Küsse in die warme Mittagsstimmung vor dem Abaton, erhielt auch einen interessierten Blick des Bekehrten und zog ihre Bluse im Lippenstiftton aus. Das Top war knapp und saß stramm über üppigen Brüsten. Marei sah unwillkürlich auf ihr Oberteil und ertappte sich beim neidischen Vergleichen. Henriette zog eine Reihe von Blicken auf sich und schien es zu genießen. Nachdem Marei die ersten Anzeichen von Sättigung feststellte, eröffnete sie das Gespräch: „Was neues vom Mörder?"

„Wieso bist du dir so sicher, dass das ein Mann war? Kann doch auch eine Frau gewesen sein." Henriette spielte den Ball zu Marei zurück.

„Echt?" Sie tat erstaunt. Gregor nahm das Gespräch in die Hand: „Zum Joken ist uns da nicht. Gibt was Neues, Baby. Ein Testament von Oma ... das haut uns ziemlich um ..."

Marei sah auf den Boden und schluckte schwer, fühlte sich ertappt und musste sich bemühen, nicht mehr preiszugeben als die ersten eindeutigen Körperreaktionen. Sie ließ Gregor reden und versuchte ihn wieder anzusehen, indem sie Schweißtropfen auf seinem Schädel zählte.

„Du kannst dir denken, wie wir am Rotieren sind und uns fragen: Wer hat bloß das Testament an die Polizei geschickt und warum? Weißt du, diese Frage lässt uns keine Ruhe. Dieser dämliche Gärtner kann das nicht gewesen sein. Der interessiert sich doch nicht die Spur für beschriebenes Papier, nur für buntes, bedrucktes. Aber wer hat das Testament ..."

Marei fasste sich ein Herz, tat so ahnungslos es ging und fragte: „Wie kommt denn jemand Fremdes an Marie-Louises Testament? Das lag doch sicher nicht in der Einfahrt rum."

„Heiß, ganz heiß, Baby ... du bist nah dran!" Gregors Tonfall wurde dramatisch, und er ließ Marei nicht eine Sekunde aus seinem Blick, blitzte sie aber aus stahlblauen Augen an. „Briefkasten! Jemand hat die Post aus dem Briefkasten geklaut."

„Hört auf mit dem Spiel", mischte sich Henriette ein. „Wir wissen doch auch nicht mehr, als die Polizei gesagt hat."

„Und was hat die gesagt?" fuhr Gregor fort. „Erpressung. Die vermuten einen Erpresser, der das Testament an die Zeitung geben will, um uns durch den Dreck zu ziehen."

„Coole Idee", spottete Marei.

„Findest du? Wir sind da ganz anderer Meinung. Vielleicht will uns Johannes, der Warmduscher, auszählen, ganz unerreichbar aus seinem Knast heraus. Ich wette, er hat Leute hier, die für ihn die Drecksarbeit machen."

Wieder ließ Gregor Marei nicht einen Augenblick aus den Augen. Er hoffte, eine eindeutige Reaktion zu erkennen, aber Marei hatte bemerkt, dass sie vom ersten Augenblick dieses zufälligen Zusammentreffens unter Beobachtung war. Mit einer Frage versuchte sie auf das Geschehen Einfluss zu nehmen:

„Wo steckt Johannes denn genau?"

Henriette platzte: „Du spielst deine Rolle nicht gut, Marei. Du weißt doch supergenau, wo Johannes steckt. Sogar seine Handynummer hast du bei dir!"

„Hen, halt's Maul!" Gregor wurde dunkelrot im Gesicht und sah seine Schwester strafend an.

Marei spürte aufkommende Stärke: „Was sagst du kleine Schlampe? Woher willst du bitte wissen, wessen Telefonnummer ich bei mir trage? Los, pack aus!"

Gregor ging dazwischen, gab Henriette ein deutliches Zeichen, sie solle schweigen und sich nicht provozieren lassen. Dann kehrte er wieder zu seinem Grinsen zurück und wandt sich Marei zu: „Alles doch pure Spekulation. Wir denken alle, dass Oma dich eingeweiht hat in die Familieninterna, stimmt's?"

Gregor wartete keine Reaktion ab, sondern fuhr fort: „Weil Johannes Omas Liebling war, wollte sie doch sicher, dass du nicht so denkst wie wir anderen aus der Familie. Wir vermuten einfach, dass Oma dich um Gefallen gebeten hat, was Johannes betrifft. Vielleicht mal ein Anruf, um ihn aufzubauen da im finsteren Knast im düsteren Norwegen ..."

„... oder seine Bestellungen abzuholen ...", ergänzte Henriette und erntete erneut einen völlig genervten Blick ihres Bruders. Die Pizza kam. Gregor bezahlte gleich und begann in einem Höllentempo zu essen, als wäre dieses seine letzte Mahlzeit vor der nahen Abreise zur heiß Geliebten. Marei trank den Kaffee aus, aß den Rest der Lasagne und winkte die Kellnerin herbei, um zu zahlen. Als sie Anstalten machte aufzustehen, hielt Gregor sie auf dem Stuhl fest.

„Hör auf, das tut weh, lass mich gehen."

„Du bleibst noch, weil wir nicht zu Ende mit dir sind, Marei. Wir haben unsere Oma verloren und dann einen Großteil unseres Vermögens durch ein dämliches Testament. Du kannst dir vielleicht nicht vorstellen, wie schwer das für uns ist. Aber ich werde zum Tier, wenn ich nur daran denke, dass ich meinen Lebensstandard nicht mehr halten kann, weil unser krimineller Onkel von Oma verhätschelt wird über ihren Tod hinaus. Und wir wollen wissen, ob du etwas damit zu tun hast ..."

„Und wenn?" Marei kam sich äußerst kühn vor mit dieser Frage und hätte sie doch gerne aus dem Manuskript gestrichen. Die Handbewegungen und Gesichtszüge Gregors sprachen deutlich. Seine Worte wirkten dagegen wie ein blasser Abklatsch: „Das könnte ganz böse enden für dich. Aber mal ehrlich, Baby. So'n Scheiß würdest du doch nicht machen. Was hättest du davon? Ich könnte dir zu 'nem guten Job beim Fernsehen verhelfen. Das gäbe echt cash für so eine arme Studentin wie dich."

Jetzt sah er Marei mit einem treuen, fast zärtlichen Blick an und schob eine Frage nach, die so kurz auf die Drohung wie eine Botschaft aus dem Jenseits anmutete: „Also, jetzt mal ehrlich, was hat dir Johannes geboten, das ich nicht toppen könnte?"

Marei lachte vorsichtig, strich Gregor über die klitschnasse Glatze, schüttelte den Schweiß von ihren Fingern und sah ihn ebenso verträumt an: „Nichts, Gregor. Von Johannes habe ich im

Mai zuletzt gehört, als Marie-Louise Geburtstag hatte. Er bat mich, seine Nummer im Gefängnis zu notieren, für alle Fälle."

„Was sind das für Fälle?"

„Krankheit zum Beispiel. Johannes hat echt Angst gehabt, dass Marie-Louise krank sein könnte oder sterben, und er kriegt nichts davon mit in Norwegen."

„Wie rührend", spottete Gregor. Diesmal warf Henriette ihm einen bösen Blick zu. Marei aber wagte zu sagen, was ihr seit Wochen auf dem Herzen lag: „Ihr seid eine fürchterliche Familie. Keiner von euch hat Johannes angerufen, als Marie-Louise gestorben ist und wegen der Trauerfeier auch nicht! Wie kann man nur so hartherzig sein."

„Hast du es denn versucht?" Gregor konnte seine Wut im Zaum halten.

„Ja, aber die Leute im Gefängnis haben gesagt, er wäre nicht zu erreichen. Er würde in einem Wanderprojekt mit dem Gefängnispastor stecken. Da darf ihn niemand rausholen, weil das sonst die Bewährungschance zerstören könnte."

„Siehst du, Moraltante, deshalb haben wir ihn nicht angerufen." Gregor war zufrieden mit seinem Schluss-Satz, war aber insgesamt unzufrieden mit dem Gespräch. Marei stand auf, warf einen schnellen Gruß in die Runde und verschwand schnell in Richtung Campus. Als sie sich vergewissert hatte, dass ihr niemand folgte, suchte sie sich einen freien Platz am Springbrunnen und dachte nach: Henriette und Gregor waren ihr sehr dicht auf den Leib gerückt und hatten Vermutungen in die richtige Richtung. Die hatten ja keine Ahnung, warum sie das Testament an die Polizei geschickt hatte, aber egal ... Es muss was geschehen, überlegte sie, am besten sollte ich eine Zeit lang aus Hamburg verschwinden. Die unangenehmen Begegnungen häuften sich seit Marie-Louises Tod. Hamburg empfand sie zur Zeit als keinen guten Ort für sich. Aber wohin sollte sie?

Marei genoss die Wärme und fühlte sich unter den vielen Menschen auf dem Campus geborgen. Langsam reifte in ihr ein Entschluss.

Über dem Dovrefell hingen schwere Wolken, sparten sich den Regen aber noch auf. Der Sturm hatte sich zu einem stetigen, leichten Wind ausgetobt, der keine Kraft hatte, die Wolken über die Gipfel zu treiben. Jon Hendrik befand es als ideales Wanderwetter. Vor ihnen lag eine lange, doch bequeme Tour ohne starke Steigungen. Sie sollten Hjerkinn erreichen, so sah es der Plan vor, ein Weg, der immer etwas oberhalb der Europastraße das Dovreplateau passierte. Alle waren froh, wieder auf dem Weg zu sein. Der Tag in Fokstua steckte ihnen in Leib und Seele. Bodil legte ein kräftiges Tempo vor, zog den Rest der Gruppe die sachte, aber ausgedehnte Steigung den Hang hinauf und genoss die Aussicht, als sie einen Vorsprung von gut fünf Minuten erlaufen hatte. Ein bunter Güterzug hatte gerade Fokstua passiert und donnerte dem Gudbrandsdal entgegen. Nach Westen entdeckte sie den eingehüllten Gipfel des Snøhetta, dessen Hänge immer noch fast lückenlos weiß waren.

Bevor Jon Hendrik mit der Verfolgergruppe sie ganz erreicht hatte, wandte sie sich dem Pilgrimsleden zu, der jetzt durch Birkenwald und über bemooste Plateaus führte. Die Wegmarken aus Schieferplatten waren kunstvoll verwittert. Unter leuchtend grüngelben Flechten schimmerte das dunkelrote Kreuz. Donnernd stürzte ein Fluss aus einem engen Tal unter dem Weg hindurch. Hier gab es wieder eine Brücke. In weniger als einer Stunde hatten sie Furuhaugli erreicht, ein Gasthof mit einer Ansammlung von Hütten und Wohnwagen, die wie ein ansteckendes Ekzem in die wilde Landschaft wucherten. Bodil empfand den Campingplatz als Störung. Gerade hatte sie sich an die wilde Schlichtheit des Dovrefjells gewöhnt, die Weite der bemoosten Plateaus genossen und den milden Wind als zärtlichen Begleiter erfahren. Heimlich betete sie: Lass uns hier bloß nicht anhalten, sondern weitergehen. Das Gebet wurde erhört.

Als sie hinter Furuhaugli einen langgezogenen Aufstieg hinter sich hatten, pausierten sie. Aus der Ferne drang der Klang einer

Trommel zu ihnen, schwoll mit Windböen an und ebbte wieder ab. Niemand war zu sehen. Im Matsch des Weges entdeckte Jon Hendrik Wolfsspuren und machte die anderen darauf aufmerksam.

„Hier gibt es Wölfe?" fragte Tom und verbargt nicht die Angst in seinen Worten.

„Wölfe, Bären, Luchse, Vielfraße, alles was du willst." Jon Hendrik setzte zu einem Vortrag über die Fauna des Dovrefjells an, wurde aber von Mia unterbrochen:

„Was ist mit Rentieren und Moschusochsen?"

„Bevor die Eisenbahn gebaut wurde, war auch der Südhang eine beliebte Rentierweide. Heute kommen die Herden selten über die Bahn. Der Moschus steht zwischen Hjerkinn und Kongsvoll. Also morgen, wenn wir Glück haben."

Den Vortrag, der sich anschloss, nutzten sie zu einer Rast mit Brot, Kornmo und Wasser.

Von Nordosten zogen dunkle Gewitterwolken heran. Der auffrischende Wind kühlte sie bald aus, sodass sie sich wieder in Bewegung setzten. Zwischen Vålåberget und Mehøe stieg der Leden durch ein üppiges Tal mit einem quirligen Bach hinab zum Avsjø, die ganze Zeit begleitet von einer Stromleitung. Hier war es fast windstill. Der Abstieg war leicht, aber Matsch und Nässe auf dem Weg zwangen sie zu großer Aufmerksamkeit. Niemand sagte etwas. Plötzlich schreckte ein gewaltiger Knall die Gruppe auf. Wie angewurzelt blieben sie stehen und sahen sich um. Ein Blitz war in einen hölzernen Strommast etwa einen Kilometer hinter ihnen eingeschlagen. Der Einschlag konnte nicht weit von ihrem Rastplatz gewesen sein. Sie begannen wild durcheinander zu sprechen, so sehr hatte der Schreck sie erfüllt. Hektisch gingen sie weiter, allen voran Tom und Mia. Jon Hendrik rief ihnen eine Warnung zu, doch sie wollten nicht hören. Ein Gewitter so nah, dass sie nur knapp dem Tod entkommen waren, ließ Unvernunft mächtig werden. Mia kam ins Rutschen auf einem matschigen Stein, konnte jedoch einen Sturz verhindern. Mit einem Fluch ging sie weiter, humpelte aber. Jon Hendrik sah, was los war, und schrie hinter ihnen her. In diesem Moment hörte er wieder die Trommel.

„Was ist das?" fragte Bodil. Jon Hendrik zuckte ahnungslos mit den Achseln. Er konnte sehen, wie Mia stehen blieb und sich das Fußgelenk befühlte, Tom stützte sie. Johannes war zu den beiden geeilt. Das Trommelgeräusch wurde durch einen kräftigen Donnerknall übertönt. Wieder zuckten alle zusammen. Bodil und Jon Hendrik hatten die anderen erreicht und sahen sich um. Das Gewitter drohte, sich im Dovre festzusetzen. Der Himmel hatte sich vollständig verfinstert und alle dunklen Grautöne angenommen, die der große Maler auf seiner Palette finden konnte. Nicht weit entfernt entdeckte Jon Hendrik eine baufällige Almhütte mit wenig vertrauenserweckender Scheune. Tom und Johannes nahmen Mia in die Mitte. Sie hatte ihre Arme um die Rucksäcke der Männer gelegt, hielt sich fest, so gut es ging. Jon Hendrik war vorausgeeilt, um die Alm zu erkunden, Bodil folgte ihm.

„Besser als nichts", beurteilte Jon Hendrik das, was von den Gebäuden übrig geblieben war. Das Dach der ochsenblutroten Almhütte war vollständig eingestürzt, eine Wand hatte sich zum Fußboden geneigt. Etwas besser sah die große, braune Scheune aus: das Blechdach sah auf den ersten Blick heil aus, nur beim genauen Betrachten fielen etliche Löcher auf. Das Gebäude selbst wirkte stabil und hatte unzähligen Stürmen, vielen Wintern und Schneeschmelzen getrotzt. Die flache Scheune lag zur Hälfte auf einem aufgeschütteten Hügel, unter der anderen Hälfte war ausreichend Lagerplatz für Gerätschaften und Holzbalken, Steine und Material. Diesen Platz wählten sie als Schutzraum, nachdem Jon Hendrik festgestellt hatte, dass alle Eingänge vernagelt und mit Stacheldraht gesichert waren. Aus der Ferne drangen Trommelrhythmen zu ihnen, sie konnten aber nicht ausmachen, aus welcher Richtung.

„Hast du Ahnung, was das für ein Trommeln ist?" Bodil hatte einen ängstlichen Ausdruck, als sie Jon Hendrik fragte. Er überlegte lange, bevor er antwortete: „Es klingt irgendwie indianisch oder samisch. Auf einer CD von Mari Boine habe ich ähnliche Trommelrhythmen gehört. Kennst du Mari Boine?"

Bodil nickte und fragte: „Samisch, ja? Man sagt den Samen viele merkwürdige Dinge nach, Zauberei, Wunderheilungen, siebten Sinn, glaubst du das?"

„Ich habe Samen erlebt, die besondere, intuitive Begabungen und übersinnliche Kräfte hatten. In der Finnmark. Einmal hatte ich großes Glück: Ich hatte mich verirrt auf der Finnmarksvidda und als ich ohne Proviant war, kam ein alter Same, sagte, er solle mich abholen, und brachte mich zu einem Imbiss am Ende einer winzigen Straße."

„Und hast du ihm geglaubt?"

„Hatte ich Grund zum Zweifel?" Bodil dachte über Jon Hendriks Worte nach, schien aber nicht beruhigter zu sein.

Sie riss sich von ihren Gedanken los und half den anderen, unter der Scheune Platz zu schaffen. In wenigen Minuten hatten sie eine große Mulde unter dem Haus freigeräumt, Balken und Steine zu Wällen aufgehäuft und die Rucksäcke verstaut, Isomatten ausgebreitet, rechtzeitig bevor ein Sturzregen einsetzte, der ihnen völlig den Blick auf die Landschaft nahm. Das Trommeln hatte aufgehört, nicht aber das Grollen vom Himmel. Blitze zuckten aus dem Grau vor ihrem Versteck. Trotz des starken Regens blieb es trocken unter der Ruine. Mia hatte den rechten Stiefel ausgezogen und alle besahen sich das geschwollene Fußgelenk. Jeder hatte einen Kommentar, aber Jon Hendrik war der Erste, der sein Halstuch in den Regen hielt, um wenig später einen kühlenden Verband um Mias Fußgelenk zu legen.

„Hier hängen wir jetzt fest fürs Erste", stellte er lakonisch fest.

„Meinst du, wir kommen heute nicht weiter?" fragte Bodil mit Spuren von Panik in der Stimme. Sie sah sich um und prüfte die Reaktionen in den Gesichtern der anderen.

„Hier ist es doch richtig gemütlich. Ich könnte hier Urlaub machen", scherzte Johannes in ihre Richtung und versuchte nicht, die Provokation zu verstecken.

„Lass sie in Ruhe!" befahl Jon Hendrik streng. Er erntete einen zornigen Blick, aber die passenden Worte ließen auf sich warten. Die Situation sah bereinigt aus, sodass sich Jon Hendrik der verletzten Mia zuwenden wollte, als Johannes mit ruhigem und tiefem Klang in der Stimme nachlegte: „Soso, da haben sich ja zwei gefunden. Nur zu schade, dass ich nicht dabei war. Euren Zweikampf hätte ich schon gerne erlebt gestern Abend. Muss hocherotisch gewesen sein. Darfst du das eigentlich, Pastor?"

Bodil senkte ihren Kopf. Es war ihr peinlich, daran erinnert zu werden. Jedes Wort hatte sie getroffen wie Messerstiche. Ihr irrsinniger Ausbruch hatte sie selbst am meisten erschreckt. Sie wusste nicht, was in sie gefahren war, wie es dazu kommen konnte, dass sie sich nicht besser im Griff hatte. Den ganzen Weg bis Fokstua hatte sie sich zusammengerissen und kontrolliert, aber plötzlich waren alle Sicherungen durchgebrannt. Auch jetzt kam das innere Zittern, Vorstufe der Wut gegen jeden, der ihr zu nahe kam. Sie fühlte sich diesem Deutschen schutzlos ausgeliefert. Gab es niemanden, der sie schützte? Sie befühlte die Beintasche der Hose und beruhigte sich, nachdem sie sich vergewissert hatte, dass sie den Gegenstand bei sich trug, den sie in Fokstua gefunden hatte. Sollte die Bedrohung stärker werden, wusste sie, was sie tun konnte. Sie war Johannes nicht schutzlos ausgeliefert und auch dem Pastor nicht, selbst Wölfen und Vielfraßen konnte sie sich entgegenstellen. Aber sie durfte jetzt niemandem zeigen, wie verletzt sie war, denn verletztes Wild wird zu Tode gehetzt, wusste sie. Wie aber sollte sie den Geruch der Panik übertünchen? Die Jäger riechen das gehetzte Tier, die Bluthunde spüren es auf und verbellen es. Hatte sie überhaupt eine Chance mit aller Panik? Schweiß begann auf der Stirn zu perlen und an den Unterarmen. Sollte sie jemand so sehen, sie wäre geliefert. Johannes würde sofort zubeißen, und Jon Hendrik? Dann käme auch der ängstliche Tom, und Mia würde sie nicht verteidigen können. Es wäre wie damals, als sie noch ein Kind war. Die Hütte! Sie sah die Hütte vor sich, hatte den Geruch von Kieferholz und Ofenfeuer in der Nase, und von feuchten Jacken. Sie kamen alle vier, die Männer aus Hermannsverk, triefnass und gierig, betrunken und geil. Wo waren die Frauen und die anderen Kinder? Die Hütte war leer und sie selbst zwölf oder dreizehn, gerade ein wenig Frau geworden. Wie gerne war sie bis zu diesem Tag allein in der Hütte gewesen, danach nie mehr. Sie kamen näher, die beiden Jüngeren. Einer der Alten sagte: „Lasst sie in Ruhe", aber die wollten nicht hören. Die machten, was sie nicht durften, und keiner hinderte sie daran. Niemand sah die Tränen, die sie weinte, niemand hörte das Winseln und auch die blöden Worte der Männer nicht, nachdem sie fertig waren und Bierflaschen öffneten.

Bodil krümmte sich zusammen wie damals und spürte wieder den Schmerz im Bauch. Das Zittern konnte sie nicht unterdrücken und alle Wut musste raus, sie musste raus, sie hielt es nicht mehr aus und schrie. Sie schrie so laut, dass Johannes und Jon Hendrik starr wurden vor Schreck, Mia weit ihre Augen aufriss und Tom mit dem Kopf gegen die Balken über ihm knallte. Der Schrei kam von unendlich tief drinnen und vermischte sich mit dem Regen, dem Donner und den Blitzen. Mia stürzte zu Bodil und ließ sie in ihrem Arm landen, als der Schrei abebbte. Die Stille danach war vollkommen und undurchdringlich, sodass niemand wagte, etwas zu sagen. Mitten in die Stille drang von weit her das Trommeln wie eine Antwort auf den Schrei.

Jon Hendrik saß im Meditationssitz, mit den Handflächen zum Himmel zeigend, versunken in ein Gespräch, das keiner hören konnte. Johannes beobachtete ihn genau, als wartete er darauf zu erleben, ob ihm jemand antwortete. Der Regen hatte schlagartig nachgelassen und durch ein Wolkenloch drang ein Lichtstrahl in die Ebene, die urplötzlich wieder sichtbar geworden war und sich vor ihnen ausbreitete. Nachdem Jon Hendrik die Meditation beendet hatte, wandte er sich an die anderen und sprach mit ruhiger Stimme:

„Hier im Dovre ist mir damals die Idee gekommen. Dort unten." Jon Hendrik zeigte nach Nordwest auf den Vålåberget, der schroff nach Norden abfiel, als habe sich ein Riese eine Scheibe von ihm abgeschnitten.

„Hinter dem Berg liegt der Vålåsjø. Dort gibt es eine alte Steinbrücke, die Anfinnbru. Anfinn war ein Strafgefangener aus Dovre. Er saß im Gefängnis in Dovre und musste noch lange Zeit absitzen. Pål Tofte, der Gemeindevorsteher, hatte die Idee, ihn etwas für die Allgemeinheit Sinnvolles machen zu lassen. Dafür sollte ihm die Reststrafe erlassen werden. So baute Anfinn eine Steinbogenbrücke mit eigenen Händen über das Flüsschen, das in den See mündet. Die alte Dovrestraße führte hinüber. Nachdem Anfinn diese Brücke gebaut hatte, seine Strafe erlassen bekam, war er wieder voll integriert in die Gemeinde. Das hat mich auf die Idee mit dem Pilgerweg gebracht."

Jon Hendrik machte eine Pause, sah nachdenklich auf Johannes, Bodil und Tom, bevor er fortfuhr: „Das ist der zweite Teil des Bußwegs: nachdem wir Trondheim erreicht haben, sollt ihr ein halbes Jahr in einem sozialen Bereich arbeiten. Wir haben lange nicht darüber gesprochen, aber ihr erinnert euch. Fangt bitte an nachzudenken, was das sein könnte. Es muss keine Steinbrücke sein, aber Brücken zwischen Menschen."

Keiner sagte etwas, nachdem Jon Hendrik fertig war, auch Protest wurde nicht laut. Jeder nahm eine Beschäftigung auf, Bodil nahm das Geschirr und wischte es ab. Tom wandte sich an Jon Hendrik und wollte wissen, was Anfinn angestellt hatte.

„Einbruch, Diebstahl, Betrug, alles, was das Vertrauen in einer Dorfgemeinschaft zerstört."

Tom war sehr nachdenklich geworden über Jon Hendriks Antwort.

HAMBURG-BARMBEK / WIESENDAMM

„Wollen Sie verreisen?" Knut Henning stolperte über einen Wanderrucksack, als er Marei Winters Wohnung betrat. Sie stellte den gepackten Rucksack wieder an die Wand und führte den Hauptkommissar in ihr Zimmer.

„Sie wohnen in WG hier? Wie viele Mitbewohner haben Sie?"

„Eine Frau."

Marei war genervt von dem ungebetenen Besuch. Dieser Polizist hatte ihr gerade noch gefehlt. Was wollte er bei ihr? Hatten sie irgendwie herausbekommen, dass sie das Testament geschickt hatte? Aber wie? Sie konnten keine Fingerabdrücke haben, oder doch? Marei bot Henning den einzigen Korbsessel in ihrem aufgeräumten Wohnzimmer an.

„Verreisen Sie?" fasste er hartnäckig nach.

„Seminarausflug, Exkursion!" Marei antwortete knapp und unterdrückte ihr Genervtsein keineswegs.

„Ich störe also. Aber wissen Sie, Frau Winter, das ist mein Job: stören. Sagen Sie mir bitte, wo Sie hin wollen."

„Muss ich?"

Knut Henning nickte und sah sich um. Über dem Kastenbett hing ein Poster von „big brother", eine Autogrammkarte von Xavier Naidoo und auf dem Nachttisch lag eine CD des Deutschrappers. Eine Zimmerwand war mit dem IKEA-Regal verdeckt, das sich in jeder zweiten Studentenbude fand, bis zur Decke mit Büchern, Papierstapeln und Aktenordnern gefüllt. An der Fensterseite stand der Computer. Auf dem Bildschirm konnte Knut Henning die Internetseite der Norwegischen Staatsbahn „www.nsb.no" erkennen, und weil kein Bildschirmschoner das aktive Programm versteckte, schloss er, Marei Winter bei konkreten Planungen gestört zu haben.

„Es geht also nach Norden", kombinierte er und überraschte Marei, die sich unsicher im Zimmer umsah, bis sie die Informationsquelle entdeckt hatte.

„Mal sehen. Ist ja nicht mehr lang bis zu den Semesterferien. Soll schön sein da oben."

„Haben Sie schon ein konkretes Ziel? Norwegen, Schweden? Lappland?"

„Nein. Weiß noch nicht. Ist ja auch eine Kostenfrage."

„Was mich wundert, Frau Winter: In letzter Zeit habe ich so viel mit Norwegen zu tun. Sonst eigentlich nie. Helfen Sie mir. Was soll ich davon halten?"

„Das ist Ihr Job und nicht meiner."
„Kennen Sie Johannes Wagenknecht, den jüngsten Sohn der Toten, die Sie gefunden haben?"
„Ja, ist das verboten?"
„Warum sind Sie so aggressiv? Ich unterstelle Ihnen nichts Verbotenes. Kennen Sie Johannes Wagenknecht näher?"
„Was soll das? Geht Sie das etwas an?"
„Junge Frau. Sollten Sie ausführliche und korrekte Antworten verweigern, dann werde ich Sie aufs Landeskriminalamt vorladen. Dann ist erstmal Schluss mit Verreisen. Haben wir uns verstanden?"
Marei Winter schluckte, zog die Träger ihres Tops zurecht, fuhr sich durch die Haare und wechselte den Tonfall.
„Ich kenne Johannes Wagenknecht vom Sehen, mehr nicht. Er kam regelmäßig bei seiner Mutter vorbei, bis zu dieser blöden Geschichte in Norwegen. Ich hatte den Eindruck, er kam besonders gern an den Tagen, an denen ich bei Marie-Louise war ..."
„Haben Sie Frau Wagenknecht geduzt?"
„Ja, wir hatten so ein Mutter-Tochter-Verhältnis."
„Das hat die leibhaftige Tochter sicher nicht so gerne gesehen, nicht wahr?"
„Charlotte? Die ist doch völlig überdreht und blond ist die auch noch."
„Blond?"
„Dämlich! Die ist doch schon auf den Blumentopf eifersüchtig, wenn er blüht und mehr beachtet wird als sie selbst."
Knut Henning schmunzelte, versuchte aber, jede Gefühlsregung zu verstecken.
„Wenn ich das richtig sehe, können Sie Frau von Mercier nicht so besonders gut leiden."
„Ich finde die grässlich, aber ich würde sie nicht umbringen, wenn Sie das denken sollten."
„Hatten Sie in letzter Zeit Kontakt zu Johannes Wagenknecht? Telefonisch, brieflich?"
„Ein paar Wochen vor diesem Projekt, in dem er mitläuft, ha-

be ich ihn im Auftrag von Marie-Louise angerufen. Ich sollte ihn fragen, ob er etwas bräuchte."

„Brauchte er was?"

„Unterwäsche und Geo."

„Warum haben Sie angerufen und nicht Frau Wagenknecht?"

Marei Winter hatte sich bequem aufs Bett geräkelt. Das Gespräch war ihr nicht mehr unangenehm, denn es tat ihr gut, über ihr Verhältnis zu den Wagenknechts zu sprechen. Sie hatte viel erlebt in der Villa, die Familienverhältnisse kennen gelernt und Johannes bewundert. Sie mochte seine Männlichkeit, sein Durchsetzungsvermögen und den Charme. In Gedanken war sie abgereist und hatte die letzte Frage nicht richtig verstanden.

Knut Henning wiederholte. „Das war kompliziert, alles auf Englisch. Marie-Louise war so unsicher mit Englisch am Telefon. Man wurde erst in die Anstaltsleitung verbunden. Dort wollten sie genau wissen, weshalb man anrief. Dann bekam man eine Uhrzeit gesagt, musste die eigene Telefonnummer angeben und wurde angerufen. Nach einiger Wartezeit kam Johannes an den Apparat. Meistens hatte dann Marie-Louise übernommen, für die praktischen Dinge wie Bestellungen war ich zuständig."

„Wissen Sie, wo Johannes Wagenknecht jetzt ist?"

„Auf einem Wanderprojekt mit dem Gefängnispastor, so ein Resozialisierungsprojekt, Bußweg oder so. Klingt richtig spannend und gut. Er hat die Chance, einen Teil seiner Strafe erlassen zu bekommen."

Knut Henning zeigte auf den Rucksack.

„Wollen Sie Johannes entgegenlaufen? Oder wo soll's hingehen?"

„Skandinavien ist schon gut. Das ist gerade für allein reisende Frauen easy. In den Süden kann ich mich nur in männlicher Begleitung wagen, es sei denn, ich fliege irgendwie pauschal und so. Aber die Kohle fehlt. Seit ich den Putzjob verloren habe, bin ich knapp bei Kasse."

Sie setzte sich auf, zupfte ihre Jeans zurecht und sah Knut Henning freundlich an.

„Würden Sie mich jetzt weiterpacken lassen?"

„Also doch keine Seminarreise, wenn ich das richtig verstanden habe."

Der Polizist lächelte triumphierend. „Ich verstehe nicht, weshalb Sie mich angelogen haben. Was verschweigen Sie? Wir haben da per Post ein Testament von Marie-Louise Wagenknecht bekommen. Haben Sie das bei ihr mal gesehen oder gar in der Hand gehabt?"

Marei gab sich große Mühe, die Unsicherheit zu verdecken, die frisch in sie zurückgekehrt war. Ahnungslos sollte es klingen, als sie sagte: „Ein Testament? Hatte Marie-Louise ein Testament gemacht?"

„So ungewöhnlich ist das doch nicht für einen älteren Menschen, Frau Winter. Immerhin gibt es bei Wagenknechts einiges zu erben."

„Sie hatte mir nie von einem Testament erzählt, obwohl sie mir gegenüber auch nie ein Geheimnis aus Familiendingen gemacht hat. Aber alte Menschen sprechen wohl auch nicht so gerne über Testamente, weil das schon so sehr nach Tod klingt."

Sie war stolz auf ihre letzte Bemerkung. Die wirkte irgendwie souverän und überzeugend, fand sie.

Der Hauptkommissar wünschte ihr einen schönen Urlaub, überreichte ihr eine Visitenkarte mit grünem Aufdruck.

„Sie können nicht sehr überzeugend lügen. Sollten Sie sich bedroht fühlen, ist es besser, Sie wenden sich an uns. Oder wenn Ihnen etwas Wichtiges einfällt, Frau Winter, dann rufen Sie bitte an. Ach, hätten Sie noch ein Glas Wasser für mich?"

Marei Winter verschwand in der Küche und kehrte mit einem umfunktionierten Senfglas mit Mineralwasser zurück. Knut Henning trank langsam, dankte. Während Marei Winter ihren Rucksack ins Zimmer schleppte, verschwand er in der Küche, steckte das Glas in seine Jacke und verließ mit einem freundlichen Gruß die Wohnung. Marei Winter atmete erleichtert durch.

„Schließ bitte die Fenster, Gernot. Der Lärm ist ja nicht zum Aushalten." Charlotte hatte sich gerade kunstvoll in einen der tiefen englischen Sessel fallen lassen und reckte sich. Sie trug einen äußerst knappen schwarzen Minirock, aus dem die rasierten Beine herausragten wie Säulen. Gernot erfüllte seiner Schwester den Wunsch, sah regungslos hinaus und beobachtete, wie ein ungelenker junger Mann sich abmühte, mit einer Motorsense den zur Wiese mutierten Rasen des Wagenknechtschen Anwesens zu mähen. In den Wochen seit Marie-Louise Wagenknechts Tod hatte kein Gärtner einen Handschlag tun dürfen, so hatte es Wieland angeordnet.

„Wo steckt Rakowski?"

„Das wüsste ich auch gern, Gernot."

„Es ist schon sonderbar, Schwesterlein, in diesem Haus unter so ganz anderen Umständen zusammenzukommen. Ich fühle mich hier etwas fremd. Zumal ja Johannes künftig der rechtmäßige Besitzer sein könnte, wie du mir gesagt hast. Dieses Testament ist schon eigenartig."

Gernot Wagenknecht hatte versucht, sich sportlich zu kleiden, ein gestreiftes Polohemd in blau, rot und grün zu einer dünnen, viel zu oft gewaschenen grau-schwarzen Leinenhose ausgesucht und sein obligatorisches Halstuch im englischen Stil umgelegt. Die Sandalen an seinen großen Füßen konterkarierten jeden Versuch einer gediegenen Kleidung. Charlotte sprach es aus, denn sie fühlte sich immer noch verantwortlich für die Garderobe ihres jüngeren Bruders, der mit seiner tiefen Geschmacklosigkeit, was die Kleidung betraf, niemals die Chance haben würde, eine Freundin zu finden. Immer wieder hatte er Charlotte versichert, dass das auch gar nicht sein erstes Anliegen wäre, es könnte ebenso gut auch ein Freund sein, aber er wolle sich nicht durch andere Menschen in äußerlichen Dingen verbiegen lassen. Jetzt wandte er sich dem Äußeren seiner Schwester zu.

„Charlie, du hast heute aber keinen Quadratzentimeter Stoff

zu viel benutzt, irgendwie ein gutes Preis-Leistungs-Verhältnis. Der komplette Stoff ist ausgenutzt für die Verhüllung des Wesentlichen und erfüllt damit seinen Zweck optimal. Ich muss schon sagen, dieser Hauch eines Kleidungsstückes um deinen Unterleib ist schon ungewöhnlich für dich. Sollte der Tod unserer Mutter bei dir eine unberechenbare Entwicklung ausgelöst haben? So hättest du dich doch gewiss nicht unter ihre strengen Augen getraut."

Gernot lachte und sah seine Schwester verschmitzt an. Sie zog den Rock ein wenig die Beine entlang in Richtung Boden, überprüfte Sitz und Körperhaltung, erwiderte das Lächeln und tat geschmeichelt.

„Es ist schön, wie du deine Schwester würdigst. Aber ich muss schon sagen, deine Theorie in Bezug auf Marie-Louise teile ich voll und ganz. Sie hatte doch ein etwas dominantes Wesen, was unsere äußere Erscheinung betraf, nicht wahr?"

„Nicht nur da. Aber wir sind wohl nicht hier, um über Mode zu reden, Schwesterlein, sondern wollten uns über anderes unterhalten."

„Völlig richtig. Die Polizei hat von jemandem das Testament zugeschickt bekommen. Und das ist ein starkes Stück. Wir drei sind quasi enterbt und Johannes bekommt alles, auch Ohlstedt."

Sie ließ die Sätze wirken, ohne Gernot aus dem Blick zu verlieren. Der aber schien von den Nachrichten nicht getroffen zu sein, klatschte in die Hände und bemerkte lakonisch: „Man kann eben nicht festhalten, was einem nicht gehört. So hat ja Ohlstedt wenigstens die Chance, erhalten zu werden. Ich habe das doch ziemlich runtergewirtschaftet. Irgendwie kann ich Mutter verstehen."

Charlotte war irritiert, stand auf und stellte sich zu ihrem Bruder ans Fenster. Mit der linken Hand tastete sie sanft seinen Rücken ab.

„Du bist gar nicht schockiert? Wenn Johannes wieder da ist, bist du praktisch pleite und er wird Ohlstedt verkaufen."

„Quatsch, Charlie, diesen Kasten hier wird er verkaufen. Der hat doch keinen Spirit. Hier fühlt sich doch keiner wohl. Künstler wie Johannes und ich brauchen eher so etwas Besonderes wie Ohlstedt oder Boltenhagen, wenn die Villen renoviert sind. Da wird auch für ihn noch ein Zimmerchen zu finden sein."

„Du verkennst die Lage, Gernot. Wenn du Glück hast, wird sich dort ein Zimmerchen für dich finden ..."

„Auch gut ..."

„... aber dann ist Schluss mit deinen Besuchern und auch Henriette wird sich nicht mehr nach Ohlstedt verirren."

Eine Veränderung war auf Gernots Gesicht vorgegangen. Sein Ausdruck war ernster geworden und fragend sah er zu seiner Schwester. Er ging zum Barwagen und schenkte sich einen Malt-Whiskey ein.

„Möchtest du auch?" Charlotte winkte ab. „Ich bin ja bald fertig mit Henriette, dann braucht sie auch nicht mehr so oft kommen."

„Du bist ein Trottel, Gernot. Johannes wird sich deinen Lebenswandel mit den Parties und dem Jungfrauengehabe mit Henriette nicht lange ansehen. Er ist eher wie Vater, wertkonservativ durch und durch."

„Du weißt von den Parties?" Wieder war Gernot überrascht und nahm einen kräftigen Schluck des schottischen Lebenswassers. Sie wurden durch Geräusche im Hausflur unterbrochen. Plötzlich stand Gregor im Clubraum. Charlotte hatte nicht mit ihm gerechnet und sah ihn fragend an.

„Du hier? Wie bist du denn reingekommen?"

„Durch die Tür, wie ihr alle, vermute ich."

„Hast du einen Schlüssel, Gregor?"

„Hat Oma mir mal gegeben, als ich ihr was einkaufen sollte. Ich wollte Gernot abholen. Sein Benz soll morgen hier abgeholt werden von den Werkstatt-Leuten. Die alte Karre gibt wohl wieder mal ihren Geist auf, was Gernot?"

„Diese alte Karre ist wie deine Oma: ein altes, aber faszinierendes Modell mit Charakter. Da lohnt es sich immer, Geld zu investieren, um es zu erhalten ..."

„... mit dem Unterschied, dass Mutter tot ist, vergiss das nicht, Gernot. Da hilft auch keine Werkstatt mehr." Charlotte hatte ihn bissig unterbrochen. Gregor knüpfte direkt an:

„Mum, sag mal, ich hatte gedacht, wir leihen Gernot wieder für ein paar Tage dein Auto, wie neulich. Du hast ja noch den Großen und ich nehme Hens Mini solange, bis ich meinen TT ..., ist doch okay, oder? Das mit dem TT wird wohl doch so schnell nichts. Ärgerlich das! Der Mini ist ja ein bisschen lächerlich, aber was soll's. In der Not geht auch das."

„Was fragst du mich denn noch. Du hast ja sowieso schon alles organisiert. Wann bitte kann ich denn noch den Golf benutzen? Da ist ja immer der Junior mit unterwegs."

„Mum, seit Dad tot ist, kommt es doch ganz gut hin mit den Autos. Ist zwar alles reichlich unter unserem Standard. Wir haben doch ein gewisses Niveau zu halten. Aber wenn ich erst den Audi hab, dann kannst du ja deinen Golf wieder durch die Stadt steuern, Mum. Hauptsache, du hast die Aktien rechtzeitig verkauft. Die Kurse sind bombastisch jetzt. Dad soll doch wohl stolz auf dich sein."

Gernot richtete sich onkelhaft auf und sah seinen Neffen streng an.

„Du sprichst etwas merkwürdig, Greg. Ist das heute so eure Art, alles materiell logisch zu sehen und die Emotionen ganz rauszulassen? So lange ist das mit deinem Vater ja noch nicht her, dieser blöde Unfall. Ich glaube, dir fehlt eine strenge Hand."

„Danke, Gernot. Du hast es auf den Punkt gebracht." Mit gefalteten Händen stellte sich Charlotte zu ihm und legte dann einen Arm um seine Schulter.

„Es ist nicht leicht als Mutter mit zwei so verwöhnten Kindern. Sie sehen ja so erwachsen aus, tun in geschäftlichen Dingen so erfahren, aber innendrin sind sie Kinder, verwöhnte Kinder." Charlotte seufzte zur Bekräftigung.

„Apropos verwöhnt, Mum. Ich brauch die Tankkarte noch mal. Das Auto ist fast leer, und dann muss ich ein paar Pizzas einkaufen für die Arbeit." Fordernd stellte sich Gregor vor seiner

Mutter auf, suchte nach ihrer Handtasche, aber vergebens. So kommentierte er ersatzweise die Kleidung seiner Mutter:

„Sieht echt scharf aus, Mum, solltest häufiger mal so was anziehen, kleidet dich echt besser als diese englischen Fummel. Wo ist denn dein Portemonnaie? Mann, ich brauch die Tankkarte, wie steh ich denn sonst da?"

Gernot staunte über das Gespräch und beobachtete Gregor und Charlotte, als wären sie Bewohner von einem anderen Stern. Nach einer Weile holte Charlotte ihre Handtasche und gab Gregor die Tankkarte, der fuchtelte vor dem Gesicht seines Onkel damit herum und sagte mit der größten Selbstverständlichkeit: „Tankkarte, Gernot, die brauch ich als Statussymbol. Alle meine Freunde fahren mit den Kreditkarten ihrer Eltern oder Freunde herum. Wir sind eben die verwöhnte Generation. Das kann man uns nicht verübeln. Wir sind so, wie unsere Eltern uns wollten. Und wir sind ziemlich frei und schön, davon profitierst du ja auch, nicht wahr? Hen kommt übrigens nachher noch zu dir. Lass fahren, Onkelchen. Ich hab noch Sendung heute. Thema: Wenn Oma endlich tot ist. Verrückt, nicht?"

Mit offenem Mund stand Gernot im Clubraum, als wäre er in eine fremde Welt gebeamt worden, in der es eigenartige Lebewesen mit völlig anderen Manieren gab. Charlotte kreischte ihn in die Wirklichkeit zurück: „Das kann nicht wahr sein, Gregor! Sag, dass das ein übler Scherz ist. So ein Thema gibt es nicht wirklich."

„Doch, Mum, das fanden alle in der Redaktion gut. Als ich von Omas Tod erzählt habe und dass jetzt das Erben losgeht, meinte sogar der Programmdirektor, dass erben ein Riesenthema für unser Publikum ist. Vergiss nicht: wir haben 50 Prozent Zuschauer unter 25. Das ist absolut top und extrem attraktiv für Werbung. Da scheffeln wir Kohle. Und weil ich Betroffener bin, soll ich die Studiogäste gut vorbereiten. Die meinten in der Redaktion, ich wäre gerade gut im Thema, cool, nicht?"

„Dieses Privatfernsehen ist schweinisch", schimpfte Charlotte.

„Schweinisch, aber gut, Mum. Die Kids stehen da total drauf

und sogar aus deiner Generation sehen superviele Leute zu. Was meinst du: gerade diese Themen mit Neid, Eifersucht und Erben ziehen. Das gibt 'ne Mega-Quote, wette ich."

„Gregor", empörte sich Charlotte.

„Reg dich nicht so künstlich auf, Mum. Ihr seid doch um nix besser. Wieland holt für seine Geldsäcke doch nur raus, was er kriegen kann. Der kümmert sich nur solange um Recht und Moral, wie es ihm nützt."

Wieder regte sich Charlotte auf, verlieh dem Zorn auf ihren Sohn mit einem kraftvollen Stampfen Nachdruck und bettelte vergebens bei Gernot um erzieherische Hilfe. Es half nichts. Gregor war nicht zu bremsen.

„Was war denn damals mit euch dreien? Du, Mum, Gernot und Wieland, ihr seid euch doch einig gewesen, dass Omas Testament so nicht unterschrieben werden dürfte. Geil! Ihr habt euch doch die Köpfe heiß geredet, wie ihr die Alte umgebogen kriegt."

„Wie kannst du, Gregor ..." Charlotte musste sich setzen. Das Schaumstoffsofa nahm sie tief in sich auf, als wollte es sie verschlingen. Gernot setzte sich aus Solidarität neben seine Schwester und versank ebensfalls.

„Du hast eine blühende Fantasie, mein verwöhnter Neffe. Du siehst zu viel euer Programm. Das verdummt dich."

„Ach was, Gernot, du geiler Onkel, das hat dich jetzt irgendwie doch getroffen, nicht wahr? Ihr drei habt doch bei uns zu Hause 'ne gute Flasche Wein aufgemacht zum Kriegsrat. Hen und ich waren in der Küche und haben fast alles gehört."

„Ihr seid in der Küche gewesen?" Charlotte kreischte hysterisch und sah ihrem Sohn giftig in die Augen.

„Sag, dass das nicht wahr ist."

„Dass das nicht wahr ist. Zufrieden, Mum?"

„Habt ihr ... ähem ... uns zugehört?" Es war Gernot, der versuchte, auf eine sachliche Ebene zu kommen. Er ruderte mit den Armen, um aus dem Schaumstoffsofa entfliehen zu können. Als er stand, schenkte er sich noch einen Schluck Whiskey ein und trat auf Gregor zu.

„Du solltest heute nicht so viel trinken, Onkelchen, sonst wird das nichts mit dem Fahren."

Gregor sah überlegen von Gernot zu seiner Mutter, strich sich über den Schädel, leckte seine Lippen und ließ sein Schlüsselbund um den rechten Zeigefinger kreisen.

„Gernot, Mum, wir sitzen doch alle in einem Boot. Ohne Omas Geld kann ich mir den TT abschreiben. Da müsste ich sonst viel zu lange für jobben. Auch people.tv zahlt nicht so richtig gut. Ich drück euch die Daumen, dass Wieland das Schlimmste verhindern kann. Aber der ist doch clever und eiskalt, oder?"

Charlotte war dem Sofa-Monster entkommen, hatte ihre Handtasche gegriffen, Gernot einen verzweifelten Blick zugeworfen und allen zu verstehen gegeben, dass sie es vorziehen würde zu gehen.

Gregor gab seinem Onkel einen Rippenstoß als Zeichen des Aufbruchs, und die beiden verließen die Villa in der Wellingsbütteler Landstraße. Der Ersatzgärtner sah dem schwarzen Golf hinterher.

DOVREFJELL

Unter jedem Schritt spritzte Wasser, sodass die Hosen hellbraun besprenkelt worden waren.

Mia führte die Gruppe an, humpelte ein wenig, trat sehr bewusst auf, wenn der Halt unsicher wirkte, hatte aber jetzt die Trekkingstöcke von Jon Hendrik zum Abstützen übernommen. Der Fuß schmerzte nicht sehr, doch die Furcht vor einem neuen Fehltritt hatte sich in Mia festgesetzt. Es war gut, dass sie eine lange Pause gemacht und die Schwellung gekühlt hatten. Beim Gehen dachte sie an Jon Hendriks Fürsorge. Was er für ein zärtlicher und besorgter Mann sein konnte. Wie gerne hatte sie ihm gehorcht, ihren Fuß pflegen lassen und es genossen, dass er sich um sie kümmerte. Manchmal war sie dabei so deutlich begeistert gewesen, dass Bodil zickige Bemerkungen gemacht hatte.

Das Trommeln war lauter geworden. Jetzt hörten sie eigenartige Gesänge im selben Rhythmus. Auf dem Wasser des Avsjø spiegelten sich verwegene Sonnenstrahlen, die den beschwerlichen Weg durch die dichte Wolkendecke gewagt hatten, während über Hjerkinn ein kräftiger Schauer niederging. Der Regen hing wie eine Gardine vom Himmel. Es roch nach Heidekraut, Beeren und nasser Erde. Neben dem Weg sahen sie auffällig viele Gräben und Kuhlen. Ein Pfahl am Wegrand trug eine Informationstafel: es handelte sich um urzeitliche Fanggruben für Rentiere. Das Dovrefejell, so war zu lesen, war vor zweitausend Jahren schon bewohnt. Die Rentierherden zogen durchs Tal, das ein großartiger Jagdgrund war.

Mit jedem Schritt wurde die Musik lauter. Sie klang indianisch und intensiv, hatte etwas Beschwörendes und merkwürdig Fesselndes. Johannes hatte sich zurückfallen lassen, auch Jon Hendrik zeigte keine Eile, näher an die Quelle des Trommelns zu gelangen. Tom sah sich hin und wieder besorgt um, sah, wie Johannes Jon Hendrik am Rucksack hielt und beide stehen blieben.

„Was ist das für Musik?" fragte er und Jon Hendrik hörte Besorgnis in Johannes' Stimme. Es passte ihm nicht, gerade jetzt angesprochen zu werden, zu viel ging ihm durch den Kopf. Dieses Trommeln hatte ihn erfasst, Bilder wachgerufen, die er im Gehen nicht verarbeiten konnte. Am liebsten wäre Jon Hendrik stehen geblieben. Johannes sah ihn erwartungsvoll an.

„Diese Musik? Ich weiß nicht, aber ich habe eine Ahnung."

„Was für eine?"

„Joiken und Noaiden-Trommeln."

„Wie bitte?"

Jon Hendrik überlegte jedes Wort gut, das er zu Johannes sagte, zumal er spürte, wie sehr die eigene Unruhe ihm jede Überlegenheit genommen hatte. Sollte er plötzlich mit Joiks konfrontiert sein und dieser unfassbaren samischen Spiritualität, die in keines seiner theologischen Denksysteme passte, außer Hexerei, Teufelszeug. Er wusste doch sehr gut um die besonderen Fähigkeiten der Samen, aber auch darum, wie gerne er einen Bogen um diese Leute aus dem hohen Norden machte, wenn sie allzu traditionell und fremd daherkamen. Da gab es Dinge, die hatten ihn völlig durcheinander gebracht, die Heilung von Anne in einer Kohte bei Kautokeino. Bei Anna, sie waren gerade verheiratet damals, hatten Ärzte einen Tumor an der Schilddrüse diagnostiziert und dringend zur Operation geraten. Anne hatte abgelehnt. Sie werde sich erst dann in die Hände der Ärzte geben, wenn andere Mittel versagten. Zusammen waren sie nach Kautokeino gefahren, wo eine samische Heilerin und ein Schamane, ein Noaide, leben sollten, die einer Freundin von Anne sehr geholfen hatten. Der Noaide hatte eine Trommel mit Zauberkräften, so sagte er. Jon Hendrik erinnerte, wie alles in ihm Alarm schlug, denn die Kirche hatte doch die Trommeln verbrannt und samischen Schamanismus bekämpft. Und dann waren er, ein Pastor der norwegischen Kirche, und die Frau, von der er jetzt geschieden war, in einer Kohte ...

Johannes unterbrach ihn in seinen Gedanken: „Antwortest du mir noch? Oder möchtest du alleine sein?"

Johannes' Worte drangen aus einer fernen Welt zu Jon Hendrik, der schüttelte sich und stotterte: „Wie ... Was hattest du, äh, gefragt?"

„Ob ich eine Antwort kriege oder ob du allein sein willst? Ich merke doch, dass irgendwas mit dir ist."

Johannes' Einfühlsamkeit hatte Jon Hendrik überrascht. Er fragte ihn, ob er störe. Das war vielleicht der erste Moment, in dem die Beziehung beider Männer Vorsicht und Verständnis zuließ, aber weshalb?

„Ich bin tatsächlich etwas durcheinander", wagte Jon Hendrik zu sagen. „Erinnerungen, auf einmal kommen Erinnerungen in mir hoch, die ich völlig weggepackt hatte."

„Hängt das mit dieser Musik zusammen?"

Jon Hendrik bestätigte Johannes' Vermutung und erzählte von der Fahrt nach Kautokeino. Gebannt hörte Johannes zu. Erst als er sicher war, dass Jon Hendrik alles erzählt hatte, fragte er: „Und ist Anne gesund geworden?"

„Ja. Aber seitdem stand irgendwas zwischen uns. Sie hatte eine Erfahrung gemacht, die ich nicht mit ihr teilen konnte, oder vielleicht wollte ich es auch gar nicht."

Tom kam aufgeregt zu den beiden und winkte. Das Trommeln und auch der Gesang waren plötzlich abgebrochen. Bevor Tom sie erreicht hatte, begann er zu berichten: „Da sind Zauberfrauen auf dem Hügel, Saminnen, die machen die Musik."

Die vier Frauen waren sonderbar gekleidet, jede anders, und hatten sich in einem Ringwall aus Steinen aufgestellt, als Mia und Bodil sie entdeckten. Mia hatte sich für die Störung entschuldigt, die Frau mit der Trommel hatte freundlich abgewunken und auf den Hügel geladen. Aus dem Ringwall wuchsen kleine Birken. Innerhalb des Rings lagen Felle, Lederrucksäcke und Kohtenbahnen. Aus einer Messingschüssel rauchte es leicht und roch intensiv nach Blättern und Iris. Die Frau mit der Trommel trug über einer schwarzen Hose samische Tracht in blau und rot mit Mütze und hohen Lederstiefeln, deren Spitzen sich zum Himmel streckten. An einem Ledergürtel hingen mehrere Säckchen und ein großes Messer mit Holzgriff. Vor ihrer Brust hing eine schwere Silberkette. Ihre braunen Augen funkelten unter der Mütze, ihr halblanges braunes Haar war durchflochten mit bunten Bändern. Sie stellte sich als Siri Mikkel vor. Die anderen Frauen trugen Lederbekleidung in vielen Brauntönen, mit verschiedenartigen Ketten um den Hals. Eine von ihnen war strohblond und hatte die langen Haare mit einem indianischen Kopfband befestigt. Sie trug eine Art Mokassins, die völlig durchnässt und verdreckt waren. Die beiden anderen waren dunkler, trugen Lederstiefel und lange Lederkleider, unter denen Jeans hervorlugten.

Vor dem Ringwall war eine Sandfläche, auf der alle fünf gut sitzen konnten. Sie ließen die Rucksäcke zu Boden gleiten und nahmen Platz.

„Ich bin Siri Mikkel aus Tromsø. Das sind Freundinnen. Wir joiken zusammen. Kennt ihr Joiken?"

„Ich habe schon viel davon gehört, aber es noch nie direkt erlebt. Warum macht ihr das?" fragte Mia.

„Aus Spaß. Es tut gut." Siri Mikkel lachte aus vollem Herzen, als sie Mia antwortete, und steigerte sich in ein Lachen hinein, das ihre Freundinnen ergriff und auch von Mia und Tom Besitz nahm. Bodil sah zu Jon Hendrik und entschied sich, die Kontrolle nicht zu verlieren, denn Jon Hendrik und auch Johannes hielten sich verhalten im Hintergrund. Mit ungewöhnlich tiefer Stimme fragte Siri in die Runde: „Und ihr, was seid ihr für welche? Wanderer? Pilger? Touristen?"

Mia klärte Siri über den Grund der Wanderung auf und erntete interessierte Fragen. Siri nahm die bemalte Trommel und zeigte sie hoch.

„Ich werde wohl die bösen Geister von euch vertreiben müssen, nicht wahr?"

Jon Hendrik konnte sich nicht mehr zurückhalten. Er stand auf, tat ein paar Schritte auf Siri Mikkel zu und stellte sich als Pastor vor. Ihr Lachen versuchte er zu ignorieren, indem er sachlich und freundlich sagte: „Ich glaube, wir haben es nicht nötig, mit der Noaiden-Trommel böse Geister vertreiben zu lassen, weil wir ja auf dem Bußweg sind. Das muss gegen alle bösen Geister reichen."

„Oh, Pastor, bist du ängstlich und intolerant. Würdest du auch mitmachen, wenn unsere Trommeln verbrannt werden sollen? Ihr braucht es, denn ich spüre, wie viele böse Geister noch in euch stecken. Auch in dir, Gottesmann. Du solltest es nicht übersehen. Angst kann ein mächtiger Geist werden, und alles Verdrängte sucht sich Wege."

Siri Mikkels Blick war liebevoll und streng zugleich, ihr Kopf war zur Seite geneigt und der Oberkörper bewegte sich langsam kreisend. Jon Hendrik sah sich um und fragte wortlos einen nach dem anderen aus seiner Gruppe. Niemand schien seine Meinung zu teilen, außer Johannes. Der aber hatte sich hinter einen Birkenstrauch gesetzt, als habe er mit der Gruppe nichts zu schaffen. Jon Hendrik setzte sich.

„Habt ihr Tabak bei euch?" fragte Siri.

Mia schüttelte den Kopf.

„Tee?"

Mia kramte aus ihrem Rucksack drei Teebeutel hervor, die Siri an sich nahm und aufriss.

„Für die Luft, unsere gute Schwester", erklärte Siri, als sie den Inhalt in die Räucherschale gab. Sie lachte dabei. Aus dem Lachen wurde ein murmelnder Gesang, in den Siris Begleiterinnen einstimmten. Sie sangen samisch und bewegten sich schaukelnd im Takt. Als der Gesang abebbte, setzte sich Siri neben Jon Hendrik und sprach leise zu ihm:

„Du großer Zweifler. Du wanderst mit verletzten Seelen, die alle dem Tode nahe waren oder sind. Weißt du das eigentlich?"

Jon Hendrik flüsterte zurück: „Ja."

„Du selbst bist stark, nur deine Zweifel schwächen dich, weil du sie nicht akzeptierst. Lass dich los, Gottesmann. In dir gibt es mehr Kraft, als dir bewusst ist. Du wirst sie brauchen. Das sage ich dir, auch wenn du es gar nicht hören willst, aber du hattest Erlebnisse mit einem Schamanen, nicht wahr, die hängen dir immer noch nach."

Verunsichert blickte Jon Hendrik Siri an: „Woher kannst du das wissen?"

„Ich fühle es und sehe es dir an. In dir steckt aber die große Freiheit. Blockier sie nicht durch deine Angst. Unser Gott, der liebevolle Vater Jesu Christi, ist mit dir auf dem Weg und du bist sein treuer Freund."

„Unser Gott?"

Siri nickte und sprach flüsternd mit tiefer, warmer Stimme. Jon Hendrik ließ sie gewähren. Abwehr war Neugier und Zuneigung gewichen. So etwas hatte er in so kurzer Zeit noch nicht erlebt. Er floss nicht in verliebter Euphorie dahin, spürte eher eine ganz reife und wunderbare Liebe für sich selbst, die Menschen um ihn und die Landschaft, die sich in mystisches Licht hüllte, und für den, der das alles gemacht hat: Gott. Er war vollständig von dieser Liebe ergriffen, als Siri flüsternd weitersprach:

„Das Christentum hat alles unternommen, die samische Kultur auszurotten. Das ist jedoch nicht gelungen. Aber das Christentum hat uns auch viel geschenkt, zum Beispiel die Bibel. Wir durften in der Bibel auch unsere Geschichten mit Gott auf dem Weg wieder entdecken und lernen, dass auch dort die Rede ist von den Kräften des Himmels und der Erde, denen wir immer vertraut haben. Fürchte dich nicht, Pastor, vor dem, was du im Himmel nicht kennst. Füchte dich nur vor der Bosheit der Menschen, ihrer und deiner Angst, die euch so unberechenbar macht. Angst nimmt dir deine Kraft."

Durch Jon Hendrik flossen Ströme der Wärme, die in seinem Bauch ein Kissen der Ruhe bildeten. Ihm fiel nur ein Begriff für sein Erlebnis ein: der offene Himmel. Er hatte Text und Melodie eines Kirchenliedes im Kopf. Da war von „Strömen der Liebe" die Rede, mit denen Gott vom Himmel herabregne. Jon Hendrik fühlte Dank, setzte sich in den Meditationssitz und öffnete die Hände über den Knien. So saß er, als Siri begann die Trommel zu schlagen. Ein leichter Wind bewegte die Birkenzweige und ließ die Blätter rascheln. Aus einem Wolkenloch fielen Sonnenstrahlen auf den Avsjø und Frieden lag über der Hochebene. Unmerklich floss die Zeit dahin und obwohl es Abend geworden war, blieb die Helligkeit eine verlässliche Gesellin auf dem Hügel am See.

Als sich die Gruppe aufmachte, wünschte Siri Gottes Segen und streckte Jon Hendrik den Arm entgegen. Der packte ihren Oberarm und sie seinen. Zwischen den beiden gingen Ströme hin und her, die Jon Hendrik im gesamten Körper wahrnahm. Der Griff dieser Frau war kräftig und klar. Er mochte sich nicht trennen und spürte eine seltene Trauer, die sich bis zu seinen Augen vorarbeitete. Im Gehen versteckte er eine Träne und sah Mia vor sich. Sie humpelte nicht mehr.

Der Leden führte über Holzbohlen durch die Sümpfe am Ufer des Avsjø, über sandige Hügel mit Birkenwäldchen, an Hütten vorbei, über bemooste Ebenen und ließ in der Ferne Hjerkinn mit dem Stausee erkennen. Eigentlich sollte diese Etappe in Hjerkinn enden. In der Gebirgshütte waren Zimmer reserviert, doch die Erlebnisse und Strapazen des Tages machten sich als Müdigkeit in Beinen und Geist breit. Schweigend hatten sie große Teile dieser Etappe zurückgelegt und die Mitwanderer auf Abstand gehalten. Jeder von ihnen spürte, wie Gedanken Raum brauchten und nicht gestört werden wollten von den Gedanken anderer.

Gegen Mitternacht hatten sie Hageseter erreicht und mit Glück eine Hütte mieten können, in der sie alle Platz und eine warme Dusche fanden. Der Himmel leuchtete in vielen Rottönen und kündigte den nächsten Morgen an, bevor sie in ihren Schlafsäcken verschwanden. Nur Jon Hendrik hatte sich vor die Hütte gesetzt und genoss das Farbenspiel des Himmels. Sein Gesicht nahm die rote Färbung des Himmels an und strahlte. In ein Notizbuch zeichnete er, was seine Seele preisgeben musste, und schrieb Gedanken und ein Gedicht über die Unsichtbarkeit Gottes:

Geheimnisvoller Vater,
versteckt in den Klängen des Windes
und dem Rhythmus des Herzens,
unsichtbar sichtbar
in den Augen des Segens
und dem Nebelhauch des Gebets.
Kaum ahnten wir dich,
sperren wir dich in Worte.
Gerade spürten wir dich
und wollen dich halten.
Aber Du, ewiges Du,
entwischst uns ins Versteck,
wo du dich finden lassen willst
vom ahnungslosen Ich.
Überraschender Gott,
viel zu frei für unsere Pläne.
Frei genug, uns nah zu sein.

HAMBURG / FRIEDHOF OHLSDORF

Der Ohlsdorfer Friedhof ist frühmorgens am schönsten, wenn noch kaum Betrieb ist und Fahrradfahrer wie Sternschnuppen die Straßen kreuzen.

Über dem See in der Mitte des größten Parkfriedhofes der Welt lag ein hauchdünner Nebel, Enten schnatterten, und von ferne surrte ein Linienbus heran. Marei Winter stoppte ihr Fahrrad und stieg ab, lehnte sich an die Brüstung aus Sandstein und spuckte ins Wasser, beobachtete die Ringe und atmete tief durch. Bis Kornweg war sie mit der S-Bahn gefahren, fühlte sich aber eingesperrt in dem stickigen Wagen. Der Berufsverkehr hatte Luft gekostet und ihr böse Blicke beschert, denn sie hatte ihr Fahrrad vorschriftswidrig mitgeführt, obwohl es noch nicht neun Uhr war. Erst auf dem Friedhof fühlte sie sich wieder frei. Nach ein paar Steinwürfen übers Wasser schwang sie sich aufs Rad und hatte in wenigen Minuten das Grab von Marie-Louise Wagenknecht erreicht. Hier hielt sie lange inne, stellte einen Strauß Sonnenblumen in die leere Bodenvase und formte unhörbare Worte.

Das Grab lag versteckt zwischen riesigen Rhododendronbüschen und uralten Kiefern. Es duftete nach Kiefer, feuchtem Gras und Erde. Eine Bank, wurde Marei klar, war es, was an diesem wundervollen Grab fehlte. Sie würde Wieland den Tipp geben, eine Bank aufzustellen. Die Sonnenblumen stachen aus der gediegenen Schlichtheit des Grabes hervor und leuchteten wie lebendige Lichter inmitten der Totenwelt. Marei war zufrieden mit ihrer Blumenauswahl, aber enttäuscht, dass Marie-Louises Name noch nicht in den Stein gehauen war. Zu nah waren Tod und Beerdigung noch.

„Ich werde fahren, Marie-Louise, und versuchen, in deinem Sinne zu handeln. Gerechtigkeit, nicht wahr? Ich weiß nicht, was ich wirklich tun kann, aber ich will Johannes treffen und ihm erzählen von deinem Tod. Ich hoffe, es ist in deinem Sinne."

Dann schwieg sie und meinte, mitten in ihrem Schweigen gehört zu haben: „Pass auf dich auf, Marei." Sie konnte niemanden entdecken.

DOVREFJELL – HAGESETER

Nach dem Gewitter mit bedrohlich finsterem Himmel am Vortag war über das Dovrefjell an diesem Morgen der Sommer zurückgekehrt. Vereinzelte helle Wolken verloren sich in dem kraftvollen Blau des Morgenhimmels, während die Sonne die Berghänge in vielerlei Farben erstrahlen ließ. An den Nordhängen erinnerten große weiße Flächen an den Winter, der aus den Gebirgsregionen Norwegens niemals so ganz verschwindet. Die Birken leuchteten hellgrün, und vor dem Gasthaus Hageseter blühte der gelbe Dovremohn. Jon Hendrik war auf der Stufe vor der Hütte eingeschlafen und wurde von der Morgensonne geweckt. In einiger Entfernung hörte er das Rauschen des Flusses, der aus dem Avsjø dem Folldal entgegenstürmt, unterhalb von Hjerkinn aber zur Stromgewinnung abgebremst wird. Sonst war alles still zwischen den Wohnwagen der Dauercamper, den Holzhütten und dem großen Hauptgebäude. Jon Hendrik fühlte sich völlig entspannt und ausgeschlafen, obwohl es nur wenige Stunden Schlaf gewesen sein konnten. Die Stille verbreitete sich in seinem Körper wie tiefe, gute Atemzüge in einer Meditation. Er empfand sich als Teil der Landschaft, nahm das Licht auf, wie Blütenblätter es tun, und entfaltete eine Lebensfreude, die in seinem Bauch zu wachsen begonnen hatte. Im Schweigen auf dem Weg hatte er sich intensiv wahrgenommen wie schon lange nicht mehr und sich selbst als beweglichen Teil der Natur gesehen. Ein Bibelwort klang in ihm: „Im Stillesein und Hoffen werdet ihr stark sein." Genau das war es, was er dachte und erinnerte. Im Studium hatte er gelernt zu meditieren, damals am Sognsvann in Oslo. Früh morgens waren sie um den See gelaufen, hatten im Stehen ihre Atmung beobachtet und sich dann sitzend in der

Stille Gott und Natur überlassen. Er hatte die Achtsamkeit des Gebets gelernt und in Retreats die Tiefe der Bibelmeditation eingeübt. Als junger Theologe war er so spirituell und suchend gewesen, doch als junger Pastor in Rindal schleichend zum traditionellen Vertreter der Norwegischen Staatskirche geworden, hatte die Messen mit Liebe und Hingabe gefeiert, unterrichtet, getauft und beerdigt, Menschen besucht und Basare geplant, war Familienvater mit attraktiver Frau und zwei wohlgeratenen Kindern, Per und Arne, gewesen, bis eines Tages die Begegnung mit einer anderen Frau, Marit, ihn aus der Bahn geworfen hatte. Sie hatte ihren Mann durch einen Unfall verloren und in Gesprächen mit dem Pastor Halt gesucht. Jon Hendrik war ihr und sie ihm sehr nah gekommen, und es hatte sich eine spirituelle Leidenschaft in ihren Gesprächen entwickelt, die erst nur in Tageswanderungen und gemeinsamen Gebetszeiten Ausdruck fand. Ihm war, als habe er plötzlich entdeckt, was er vermisst hatte, ohne es zu wissen. Die „spirituell-erotische Seite des Glaubens" hatte er es genannt. Anne hatte mit mordsmäßiger Eifersucht und Unverständnis reagiert, die Kinder genommen und war zu ihren Eltern nach Trondheim gereist. In der Gemeinde entstand große Unruhe, besonders diejenigen, denen der junge Pastor immer etwas zu fortschrittlich gewesen war, die sich gestört hatten an der Art, wie ehrfurchtslos er die Fahne hochzog am 17. Mai oder Weihnachten, meldeten sich laut zu Wort und forderten vom Gemeinderat Konsequenzen. Das Ende der Affäre war seine Versetzung gewesen, erst nach Trondheim in die Arbeit mit Suchtkranken, und schließlich hatte man ihm die Stelle in Ullersmo angeboten.

Er sah Marit vor seinem inneren Auge und spürte die Wärme, die er erfahren hatte, wenn sie auf einem Gipfel saßen und beteten. Nach den langen Momenten des Schweigens hatten sie gegessen und sich geliebt. Bei Abstiegen waren ihnen oftmals großartige Gedanken zu dem Bibeltext des Tages gekommen, da sie gelernt hatten, das geistliche Wort auf ihr Leben zu beziehen. Marit hatte ihn gebeten, alles kostbar zu halten, was zwischen ihnen gewesen war, aber doch die Beziehung zu ihr aufzugeben. Sie sagte, sie fühle sich überfordert und brauche eine Zeit der Trauer, in der sie das Alleinsein lernen müsse. Sie hatten sich ein letztes Mal gesehen, als er seinen Hausstand ins Auto geladen hatte, um Rindal zu verlassen. Damals hatte sie ihm eine silberne Kreuzeskette geschenkt. In der Mitte des Kreuzes war ein winzig kleines Herz. Jon Hendrik befühlte seine Brust und spürte die Kette, die seit damals immer um seinen Hals hing.

So intensiv wie jetzt hatte er lange nicht an Marit gedacht. Er überlegte, ob die Begegnung mit Siri Mikkel für diese emotionale Eruption verantwortlich wäre. In der Samin hatte er dieselbe spirituelle Tiefe wahrgenommen, die er damals in Rindal erlebt hatte, und überlegte, ob es seine eigene Spiritualität sei, die ihm damals wie gestern begegnet war, oder ob es die der Frauen sei, die er getroffen hatte. Ihm fiel ein, dass er auf dem ersten Teil des Pilgerwegs eher pflichtschuldig die tägliche Bibellese hinter sich und die Gruppe gebracht hatte, auch seine Auslegungen empfand er im Rückblick als lau, denn seine persönlichen Interpretationen hatte er aus Vorsicht oder Unsicherheit eher versteckt. Es ärgerte ihn jetzt. Dieses Projekt war sein Kind, seine Idee, und er hatte es aus spirituellen Gründen ins Leben gerufen, weil er glaubte, durch Texte der Bibel, durch Gebet und Buße Menschen auf einen neuen Weg in die Zukunft helfen zu können. Diese Idee war so stark gewesen, dass er andere überzeugen konnte. Er hatte darauf vertraut, dass die Kräfte des Himmels an seiner Seite sein würden. Aber dann war er gewandert mit Mia, Bodil, Johannes und Tom, als wären sie eine Gruppe des norwegischen Wandervereins, die mal wieder einen neuen Weg ausprobierte. Warum hatte er bisher sein geistliches Ich so sehr versteckt oder wie seine Windjacke an- und ausgezogen? Ihm war klar, dass er Siri Mikkel begegnen musste. Sie hatte ihm seine Ängste vor dem Loslassen und dem Vertrauen auf den Himmel gezeigt, ihm bewusst gemacht, wie wenig er sich Gottes Führung überlassen konnte, weil er doch hauptsächlich seinen eigenen Kräften traute. Wegen Gott und der ihm anvertrauten Menschen war er doch hier. Ohne

Christus hätte er sich nicht auf diesen Weg gemacht und drei Kriminelle mit sich genommen. Habe ich Angst vor den dreien? Er überlegte lange und ließ sich die Morgensonne aufs Gesicht scheinen, setzte sich in den Meditationssitz und öffnete die Hände. Aus der Hütte war noch immer nichts zu hören, und auf der E 6 fuhr der Norway-Bus-Express nordwärts.

Als er sich aufstellte und reckte, sah er, wie die Tür zum Gasthaus geöffnet wurde. Er ging hin, grüßte den freundlichen jungen Wirt und seine ebenso freundliche Mutter mit Enkelkind auf dem Arm und bezahlte für die Fünfergruppe Frühstück. Nachdem er einen guten Kaffee genossen hatte, entschloss er sich, die anderen zu wecken und zum Frühstück zu holen. Dieser Tag rief ihn und er wollte nichts davon vergeuden. Heute sollten sie Hjerkinn hinter sich lassen, Hjerkinnhø überqueren und bis Kongsvoll gehen. Kongsvoll – bei diesem Namen spürte er zum ersten Mal die Nähe Trondheims. So war es ihm als Kind ergangen, wenn sie von Süden nach Trondheim zurückgefahren waren: ab Kongsvoll begann Trøndelag, die Gemeinschaft der Tönder, seine Heimat mit dem Nidaros-Dom im Herzen.

Nach einem guten Frühstück hatten sie Hageseter verlassen, den alten Siedlungsplatz Vesle Hjerkinn hinter sich gelassen und über Bohlenwege den wenig einladenden Grubenort Hjerkinn erreicht. Sie versorgten sich mit Proviant im Laden am Bahnhof, Jon Hendrik blätterte „Dagbladet" durch, um zu erfahren, dass Kronprinz Håkon Magnus seine Mette Marit doch bekommen sollte und die Hochzeit trotz mancher Widerstände der Royalisten Ende August, also in etwa vier Wochen in Oslo stattfinden sollte. Jon Hendrik wusste, dass er unbedingt zu dieser Zeit mit dem Bußprojekt fertig sein musste, damit er am Fernseher oder live in Oslo die Hochzeit verfolgen konnte. Er wusste nicht warum, aber er liebte das schlichte königliche Flair und die Emotionalität dieser Feiern. Zur Beerdigung von König Olav war er extra nach Oslo gereist und hatte zuvor in Rindal die Flagge auf Halbmast gesetzt, würdevoll, wie er meinte.

Hjerkinn bot keinen Anlass zu verweilen, nur die Eysteinkirche sollten sie vor dem Anstieg zum Hjerkinnhø besuchen. Dort wartete Hans Stenhaug-Dahl auf sie mit einem wundervollen Text des Mystikers Johannes vom Kreuz:

Der Weg, den du in Liebe gehst, ermattet dich nie und nimmer.

„Vergesst nicht: die Wahrheit wird euch frei machen. Verdrängen, Angeberei und Selbstbetrug macht schwer und raubt Kräfte, die Wahrheit aber macht euch leicht, immer."

Mit diesen Worten verabschiedete sich der Pilgerpastor, schlug ein Kreuz und steckte sich eine Pfeife an, während er die Bußwanderer im Birkenwäldchen hinter der Eysteinkirche verschwinden sah. Schafe blökten, und die Sonne ließ die Kirche einen mächtigen Schatten werfen.

Der Aufstieg zog sich lange hin und benötigte viele kleine Pausen. Die Rucksäcke waren vom Proviant schwer geworden. Sie hatten viel eingekauft, denn in den kommenden drei Tagen hatten sie keine Gelegenheit zum Einkaufen.

Vom Hjerkinnhø hatten sie einen überwältigenden Blick über die Hochebene, die sie hinter sich gelassen hatten, ins Folldal hinein, mit einer Ahnung des Østerdals und der nordwestlichen Gipfel des Dovrefjells. Im Norden sahen sie tiefschwarz den Canyon der Drivå, die sich an Kongsvoll vorbei in Richtung Oppdal stürzte, um bei Sunndalsøra breit und mild in den Fjord zu plätschern. Die E 6 schlängelte sich neben der Eisenbahnstrecke talwärts und war überwiegend von Wohnmobilen und Lastwagen befahren.

Auf dem Gipfel wehte ein kräftiger Wind, sodass alle es vorzogen, die Kapuzen zu schließen. Jon Hendrik gab das Kommando zur Mittagspause, und sie ließen die Rucksäcke sinken, kramten Proviant hervor und breiteten alles auf einer Plastiktüte aus. Schweigend begannen sie zu essen. Als Erste erhob sich Bodil, verließ den Kreis und stellte sich auf einen Felsabsatz. Sie sah in die Ferne und blieb lange Zeit völlig regungslos. Ein wunderbares Gefühl drang in ihren Körper und war bis in die Finger- und Zehenspitzen zu spüren: Freiheit. Auf einem Berg zu stehen und auf Täler, Wälder, Flüsse, Seen und Siedlungen herabzuschauen; ein Gefühl, wie bei Gott zu sein, schoss ihr durch den Kopf. Gott ist wohl der Einzige, der völlig frei ist. Ich fühle mich frei, bin aber in Wirklichkeit Insassin des Ullersmo-Landesgefängnisses. Werde ich frei sein? Oder wird das Leben nach der Strafe so weitergehen wie vorher? Bodil musste an ihre Töchter denken: Solveig und Bjørk. Die 16-jährige Solveig wollte von ihr nichts wissen. „Mutter, du bist einfach völlig peinlich. Mit dir kann ich mich nirgends mehr sehen lassen. In der Schule werde ich als Tochter einer Mörderin ausgelacht. Lass mich künftig in Ruhe!" hatte ihr Solveig um die Ohren gehauen, als sie sie das letzte Mal in Ullersmo besucht hatte. Zwei Jahre war das her. Auch Bjørk hatte sie seit mindestens einem halben Jahr nicht gesehen. Bodil überlegte: zwölf ist sie jetzt. Ihren zwölften Geburtstag hatte sie bei den Großeltern gefeiert. Dort leben die Mädchen und werden täglich mit Hass auf die Mutter geimpft, dachte Bodil, während Tränen in ihren Augen standen. Welchen Sinn hat mein Leben noch? Diesen Gedanken hatte sie. Manchmal wurde er sehr mächtig, zog sie hinab wie ein Gewicht um ihren Hals. Sie senkte ihren Kopf. Tropfen landeten auf der nackten Steinkante vor ihren Füßen.

Tom hatte die ganze Zeit zu Bodil gesehen und die Veränderungen bemerkt, die in ihrem Körper vorgegangen waren. Irgendwie hatte er Sorge um die Frau auf der Klippe. So wie Bodil am Felsrand stand, mit derselben Körperhaltung hatte er auch schon einmal gestanden: auf dem Dach des Hochhauses in Holtet. Das Leben konnte keinen Sinn haben, soviel war ihm damals klar geworden. Er war überflüssig in dieser viel zu großen und kalten Welt. Niemand würde um ihn weinen und trauern, niemand würde bemerken, dass er fehlte. Er wollte springen, sah die Kinder auf dem Spielplatz, die überfüllte Autobahn, den riesengroßen Rangierbahnhof Alnabru, und konnte es doch nicht. Ihm fehlte das letzte bisschen Mut, diesem ganz und gar sinnlosen Leben ein Ende zu bereiten. Tom erinnerte: er war zu feige gewesen. Wie ein nasser Hund trat er den Rückzug an, schleppte sich die Treppen nach unten und begann einen kleinen Jungen zu verprügeln.

Wieso erinnerte er das jetzt? Ohne zu wissen warum, stand er auf und ging zur Felskante, auf der Bodil stand. Als er zwei Meter von ihr entfernt war, räusperte er sich. Sie sollte wissen, dass er zu ihr kam; er wollte sie nicht erschrecken. In diesem Moment sackte Bodil zusammen und kam ins Rutschen. Blitzschnell hatte Tom ihre Jacke zu fassen und konnte sie halten. Die Hälfte ihres Körpers war über die Kante gerutscht und hing gute zehn Meter über dem nächsten Felsplateau. Hier abzustürzen konnte böse enden. Tom rief die anderen um Hilfe. Johannes und Jon Hendrik eilten herbei, griffen nach Bodils Armen und Beinen und zogen sie auf sicheren Boden.

Wie geistesabwesend saß Bodil auf dem blanken Felsen, zitterte und atmete hastig. Auch nach einigen Minuten schien es, als habe sie noch immer nicht begriffen, was geschehen war.

„Hätte Tom dich nicht gehalten, wärest du abgestürzt, Bodil."

Mehr fiel Jon Hendrik nicht ein, und er merkte die Überflüssigkeit seines Satzes, nachdem er ihn ausgesprochen hatte. Betroffen setzten sich die drei Männer um Bodil, Mia brachte einen Becher mit Wasser. Tom hatte als Erster den Draht zu Bodil gefunden: „Wolltest du springen?"

Der Satz schwebte zwischen den fünf Menschen auf der Felskante wie ein Vogel auf der Suche nach einem Rastplatz. Niemand gab der Frage einen Ort, zu schwer wog die mögliche Wirklichkeit hinter einer Antwort. Bodil weinte und zitterte, Mia schloss sie in ihre Arme und streichelte über die zerzausten dunklen Haare der Frau, die sich wie ein Kind zusammengekrümmt hatte. Keiner spürte den Wind, der mit ihren Haaren spielte und in die Jacken fuhr. Gebannt sahen die Männer auf die beiden Frauen. Tom durchbrach das Schweigen:

„Es sah aus, als ob sie springen wollte. Deshalb bin ich zu ihr."

„Du hast den siebten Sinn", attestierte Jon Hendrik. „Wenn du nicht bei ihr gewesen wärst, dann würde sie jetzt da unten liegen. Du hast Bodil das Leben gerettet. Gott sei Dank, dass du da bist, Tom."

Johannes mischte sich ein: „Hattest du eine Ahnung? Hatte Bodil was angedeutet?"

Tom schluckte und sah in die Ferne, als könne er dorthin entfliehen. Ihm war nicht danach, Johannes und Jon Hendrik davon zu erzählen, wie er auf dem Hochhaus in Holtet gestanden hatte und springen wollte. Er fürchtete, dass Johannes lachen und Jon Hendrik auf seine Psychotour in die Tiefe bohren würde. So zuckte er mit den Schultern.

„Zufall", sagte er.

„Gibt es Zufälle?" bohrte Jon Hendrik nach.

„Warum musst du immer fragen?" Tom wehrte sich und war erstaunt, dass Jon Hendrik schwieg. Johannes begann, den Proviant einzupacken, während Tom weiter in die Ferne des Dovrefjells starrte. Zu Jon Hendrik gesellte sich Johannes, schnitt sich noch schnell ein Stück Käse ab, schob es sich in den Mund und schnürte kauend die Rucksäcke zu. Wieder schoss ihm ein Gedanke durch den Kopf, den er immer kraftvoll verdrängte: Schaffe ich es, die Gruppe heil und gesund nach Trondheim nach zu bringen? Was passiert, wenn einem unterwegs etwas zustößt?

Zwei Drittel der Strecke hatten sie unbeschadet zurückgelegt, von den kleinen Streitigkeiten abgesehen. Vor ihnen lagen noch zwei steile Aufstiege, der Vårstigen und eine steile Strecke in Rennebu. Der Rest war gemächliches Gehen, und in zehn Tagen sollten sie Trondheim erreichen. In Rennebu würden sie noch einen Pausentag haben, wieder ein Sonntag. Jon Hendrik versuchte, sich mit viel Sachlichkeit zu beruhigen, musste aber feststellen, dass es nicht funktionierte. Der Schock von Bodils Beinaheabsturz saß zu tief. Er entfernte sich gute fünfzig Meter von den anderen, setzte sich auf einen Stein, öffnete die Hände und betete.

Als er zurückkehrte, war Bodil wieder auf den Beinen, wischte ihr Gesicht, kramte in ihrem Rucksack, wirkte immer noch durcheinander, gab ihm aber Zeichen, dass sie bereit wäre, den Weg forzusetzen. Den langgezogenen Abstieg über ging Bodil an

Mias Seite. Sie sprudelte wie ein Wasserfall und Mia erwies sich als geduldige Zuhörerin. Hin und wieder stoppten die beiden, Bodil weinte und Mia gab ihr Schutz. Die Männer gingen unterdessen weiter. Am alten Königshof Kongsvold trafen sie sich wieder und wurden mit einem üppigen Abendessen von den Wirtsleuten empfangen.

In der großen Kaminstube war es sehr warm und urgemütlich. Die Anstrengungen des Tages fielen von ihren Körpern ab und machten einer vorsichtigen Entspannung Platz. Als sie bald nach dem Abendessen schlafen gingen, lag jeder von ihnen noch lange wach und hing den Bildern nach. Auf die eine oder andere Weise hatten sie alle ihre Erlebnisse in der Nähe des Todes oder Momente, in denen das Leben ihnen so felsenschwer auf der Seele gelegen hatte, dass sie ihm lieber ein Ende setzen wollten.

Jon Hendrik musste an einen Satz von Siri Mikkel denken: „Ihr alle tragt den Tod, habt den Tod in eurer Nähe." Woher kamen solche Sätze? Jon Hendrik überlegte und dachte an Siri Mikkels Lachen.

Das Schweigen in der kleinen Hütte hinter dem Haupthaus des Kongsvold-Hofes war beredt, und in den Ecken der Doppelstockbetten konnten Tränen gut verborgen werden.

VÅRSTIGEN / DRIVDAL

Von Kongsvold aus verlief der Pilgrimsleden parallel zur Europastraße an einem schmalen Hang zwischen Birken und wenigen Fichten, schmal und matschig. An der rechten Seite ragte der nackte Schiefer blauschwarz und nass mehrere hundert Meter steil empor. Die Drivå stürzte sich tosend in den Canyon, musste ihn aber mit der Europastraße und der Eisenbahnlinie teilen. Für Bewuchs blieben nur die schmalen Hänge unterhalb der mächtigen Schieferwände. Es war feucht, kalt und zugig in der Schlucht und roch nach Holz, Pilzen und nassem Gras. Jon Hendrik rieb sich die Hände und blies zwischen die Finger. Er

fror. Tom wich nicht von Bodils Seite. Er suchte nach einem Moment zum Gespräch, denn die Ereignisse vom Vortag hatten in ihm viele Fragen angerissen, die er glaubte nur mit Bodil besprechen zu können. Er sah in ihr eine Leidensgenossin und fühlte sich zu ihr hingezogen. Bodil bemerkte seine Nähe, konnte es gut zulassen und spürte, wie sie seit gestern zu Tom ein neues Gefühl entwickelt hatte. Immerhin hatte er ihr das Leben gerettet. Ganz so blöde konnte er also nicht sein, sagte sie sich und schickte ihm mehrfach freundliche Blicke.
Johannes folgte Jon Hendrik unmittelbar, und dahinter lief Mia, versunken in Gedanken, hin und wieder begann sie selbstversunken zu singen. Die Schlucht wurde enger, die Drivå wilder und der Ausschnitt des Himmels immer kleiner.

Ein Holzschild wies auf den Vårstigen hin, den Frühlingsweg, den früher alle Fahrensleute und Pilger bei Schneeschmelze nehmen mussten, wenn die Drivå sich über die ganze Breite der Schlucht zu Tal stürzte. Der Vårstigen wurde nur mit großem Respekt und äußerster Vorsicht befahren, da er als extrem gefährlich bekannt war. Immer wieder hatte die atemberaubende Landschaft des Drivdal Maler und Schriftsteller angezogen. Jon Hendrik stoppte und erzählte aus alten Berichten über diesen Weg. Unwillkürlich musste er an Bodils Beinaheabsturz von gestern denken und beendete seinen Vortrag mit der Bitte, äußerst vorsichtig zu gehen. Vor dem Aufstieg nahmen sie eine umfangreiche Stärkung zu sich. Dann verschwanden sie zwischen Buschwerk und Bäumen auf dem uralten Weg. Jon Hendrik setzte sich ans Ende der Gruppe und sah sich noch einmal um. Auf den Parkplatz unterhalb ihres Rastplatzes war soeben ein schwarzer Van mit getönten Scheiben gefahren. Er konnte die Nummer nicht mehr erkennen, ging aber davon aus, dass es sich um den Van handeln könnte, von dem Johannes erzählt hatte. Zwei Männer in dunklen Anzügen stiegen aus und pinkelten in die Drivå. Mehr konnte er nicht sehen, weil der Weg jetzt völlig von Bäumen verdeckt wurde und damit auch die Aussicht ins Tal. Das beruhigte ihn.

Johannes gab ein flottes Tempo vor, obwohl der Weg deutlich steiler wurde. Eine schmale Holzbrücke führte über eine schmale Schlucht, die ein gewaltiger Wasserfall mit Tosen und Dröhnen füllte. Sie waren beeindruckt von der Naturgewalt und blieben einen Moment stehen. Jon Hendrik hatte immer wieder den zurückgelegten Weg im Blick und drängte zur Eile. Er hatte gesehen, wie die zwei Männer mit einem Fernglas den Hang abgesucht und den Vårstig betreten hatten und nun in ihre Richtung unterwegs waren. Er weihte Johannes in seine Beobachtungen ein und behielt die letzte Position. Der Weg wurde steiler und noch schmaler. Allen war klar, dass es besser wäre, hier nicht ins Rutschen zu kommen, sondern konzentriert auf Schritte und Beschaffenheit des Weges zu achten. Der Hang zum Tal hin war steil und kaum noch bewachsen. Tom und Bodil wurden langsamer, sodass Johannes und Mia einen Vorsprung von guten hundert Metern hatten. Jon Hendrik kämpfte mit sich: Sollte er Tom von dem Van und den beiden Männern erzählen, die irgendwo hinter ihnen auf dem Weg waren? Vielleicht würde gerade die Angst zu Fehlern führen. Vorsichtig probierte er, die beiden anzutreiben: „Versucht, etwas zügiger zu gehen, bitte. Es ist gut, wenn wir Vårstigen hinter uns haben."

„Lass uns doch die Aussicht genießen. So schnell werden wir hier nicht wieder herkommen. Das ist doch fantastisch", gab Bodil zurück und bemerkte den besorgten Blick des Pastors. Johannes und Mia waren hinter einer Biegung verschwunden.

„Kommt, ihr beiden. Bis zu der Biegung da vorne, ja?"

Sie willigten ein, gingen aber bedacht und langsam. Als sie hinter der Biegung verschwanden, ließ sich Jon Hendrik zurückfallen und beobachtete den Weg, sah aber niemanden. Er konnte schwören, dass die zwei Männer etwa eine halbe Stunde hinter ihnen liegen mussten. Eine Begegnung mit ihnen wollte er vermeiden, solange sie auf dem schmalen Wegstück waren, das keinerlei Schutz bot. Er sah hinauf zu Tom und Bodil, die an der Felswand lehnten und tief durchatmeten. Johannes und Mia hatten den Vorsprung deutlich ausgebaut.

„Die haben eine gute Kondition bekommen, nicht wahr?" rief Tom und zeigte auf die Führenden. Jon Hendrik nickte.

„Was ist mit dir, Jon? Hast du Probleme? " fragte Bodil, bekam aber keine Antwort.

„Vielleicht will er auch mal für sich sein", flüsterte Tom ihr zu.

„Ich finde sein Verhalten merkwürdig, Tom. Ich mach mir Sorgen. Vielleicht haben wir nicht bemerkt, dass er Probleme hat, und er versucht, sie vor uns zu verstecken."

„Du meinst, so wie du gestern? Denkst du, er will springen?"

„Das ist eine todsichere Stelle hier, Tom. Ich glaube, wir sollten zu ihm gehen, langsam, ganz langsam."

Jon Hendrik sah sie kommen, hatte aber gerade die Männer entdeckt. Sie waren noch weit entfernt, mussten ihn aber sehen können. Wenn Tom jetzt auftaucht, könnte es brenzlig werden, fürchtete Jon Hendrik und setzte sich in Bewegung, trat auf einen lockeren Stein, kam ins Rutschen, konnte sich aber gegen den Hang fallen lassen. Der Stein stürzte ins Tal und gab erst nach bangen Sekunden Nachricht über seine Ankunft. Vorsichtig stellte Jon Hendrik sich hin, spürte, wie sein Herz raste, sah in den Abgrund und gab zögernd Zeichen, dass alles in Ordnung sei. Vorsichtig stellte er sich auf, justierte die Träger des Rucksacks neu, klopfte sich die Hose, setzte sich in Bewegung und erreichte Tom und Bodil, bevor sie hinter der Biegung gesehen werden konnten.

„Was machst du für einen Scheiß!" schimpfte Bodil.

„Bist du okay?" fragte Tom in väterlich besorgtem Tonfall.

„Ja, aber das war nicht angenehm eben." Jon Hendrik prustete, konnte den Schreck nicht aus seinem Gesicht drängen und ließ die Arme schlaff hängen. Bodil wandte sich um und übernahm die Führung der Dreiergruppe.

Johannes und Mia warteten bei einer verfallenen Almhütte, von der aus sie einen fantastischen Blick genießen konnten. Der Weg war immer noch steil, aber der Hang flacher geworden. Sie hielten für die Nachzügler frisches Wasser und Kornmo-Kekse bereit. Erschöpft erreichte Bodil die beiden und brach in einen

Wortschwall aus. Sie erzählte von Jon Hendriks Sturz und ihrer Sorge, er könne von Selbstmordgedanken getrieben sein. Sie diskutierten diese Vermutung, während Johannes Jon Hendrik sehr kritisch beobachtete, als der die letzten Meter zur Drivstualm hinauf keuchte. Ihm saßen der Schock über den Sturz und die Sorge um die Verfolger immer noch in den Gliedern und lähmten seine Muskeln. Polternd ließ er sich samt Rucksack auf eine Grasfläche fallen und lag wie ein hilfloser Käfer. Nach kurzem Zögern kniete Johannes sich neben ihn.

„Was ist passiert? Was ist mit dir los?"

Er bekam einen besorgten und müden Blick als Antwort. Johannes gab sich nicht zufrieden.

„Gibt's was Neues über die Männer?"

Jon Hendrik streckte Arme und Beine von sich, blies eine Lunge voll in Johannes' Richtung, entschuldigte sich und antwortete flüsternd: „Die sind immer noch auf dem Weg. Bald müssten wir sie sehen können und die uns."

„Wenn es die Typen aus Oslo sind, dann werden wir schon mit ihnen fertig. Mach dir keine Sorgen. Die wissen ja nicht, dass wir sie gesehen haben."

Johannes reichte Jon Hendrik den Arm, sodass er aufstehen konnte. Tom hatte sich den beiden genähert und gefragt, ob es Schwierigkeiten gäbe. Jon Hendrik stellte sich hin, wies auf den kahlen Hang und den Weg, der vor ihnen lag, und meinte: „Wir sollten weitergehen. Hier haben wir nicht viel zu erwarten. Bis zur Vårstigalm müssen wir noch kommen heute, egal wie viel Kraft der bisherige Weg gekostet hat."

Mürrisch setzten sie das Gepäck auf und gingen in der gewohnten Reihenfolge weiter. Sie waren gerade fünf Minuten gegangen, da rief Bodil: „Seht mal, wir sind nicht allein auf dem Weg. Da kommen noch zwei. Wir sollten auf die beiden warten. Gesellschaft schadet doch denen und uns nicht."

Jon Hendrik beendete die Geheimniskrämerei und unterrichtete die anderen über die beiden Männer. Tom erschrak und blieb stehen, sah zu den beiden, konnte aber keinen erkennen.

Sie waren noch zu weit entfernt. Jon Hendrik war klar, dass die Verfolger keine schweren Rucksäcke trugen und der Abstand zwischen ihnen und den fünfen schnell geringer werden würde. Die zwei stoppten, einer zeigte auf die Gruppe, soviel war zu erkennen. Es sah aus, als hätten die beiden ein Fernglas dabei und einen Gegenstand, den sie nicht erkennen konnten.

„Jetzt haben sie uns wahrgenommen", kommentierte Jon Hendrik. Johannes schob Tom an die erste Position.

„Ich finde, du gehst jetzt als Erster. Da sehen die dich nicht so gut und wir haben dich im Blick. Mach schon." Johannes gab Tom noch einen Klaps auf die Schulter. Tom seufzte, bevor er weiterging. Der Aufstieg verlief über einen kahlen, weiten Hang, der nur sehr dünn mit Gras bewachsen war. Von Westen wehte ein leichter Wind, der ihnen kaum den Rücken stärken konnte. Aber der Himmel zeigte sich gnädig, indem er vereinzelte Sonnenstrahlen übers Gebirge gleiten ließ und heute nicht mit Regenwolken drohte. Jon Hendrik schätzte den Abstand zwischen ihnen und den Verfolgern auf siebenhundert Meter, würdigte mit einem langsamen Rundblick die wilde Landschaft, bevor er die anderen antrieb. Keiner konnte die Anspannung verbergen, die sich auf Körper und Seele verbreitet hatte . Als sie einen Bach überquerten, waren sie fürs Erste in einer Senke verschwunden und für die Verfolger unsichtbar. Der Weg schwenkte nach Osten, stieg aber weiterhin leicht an. Tom war völlig durchgeschwitzt und aus der Puste, Johannes hatte ihn die gesamte Wegstrecke durch Zureden motiviert. Jon Hendrik hatte bemerkt, wie Toms Schritte unsicherer geworden waren und er häufiger ins Stolpern und Rutschen geriet, sichere Anzeichen für schwindende Kräfte. Bodil und Mia sahen sich ständig um, gaben jede Beobachtung weiter, auch wenn sie gar nichts beobachtet hatten. Jon Hendrik bemerkte die Aufregung, die sich im vielen Reden Luft machte. Als der Weg oberhalb des Baches hinter einem Felsvorsprung verschwand, schlug er eine kurze Pause vor. Sie willigten dankbar ein, Bodil behielt aber den Weg im Auge. Nichts war zu sehen von den Verfolgern. Von hier bis zur Furt war es ein guter Kilometer. Jon Hendrik tastete sich vorsichtig an den Felsvorsprung und spähte zurück, konnte aber auch nichts erkennen, suchte den gegenüberliegenden Hang ab, weil er vermutete, dass die beiden Männer möglicherweise den Weg verlassen hatten, um sie ungesehen zu überholen. Doch auch dort sah er niemanden.

„Vielleicht sind sie umgekehrt und erwarten uns morgen beim Abstieg durch das Tal. Wir sitzen ja in der Falle. Es ist klar: wir müssen durchs Vinstradal gehen. Die brauchen uns nur erwarten und irgendwo abfangen. Wir müssen sehr wachsam sein."

Jon Hendrik teilte Johannes' Einschätzung überhaupt nicht: „Wir sollten uns nicht verrückt machen. Wir wissen gar nichts über deren Verzögerung. Die müssen auch mal pausieren. Vielleicht haben die andere Probleme bekommen, Absturz oder so etwas ..."

Er sprach nicht weiter, denn er hatte bemerkt, wie er begann, durch Vermutungen die Situation schön zu reden. Die anderen hatten nicht weiter zugehört. Schließlich erkannte er: Die Lage kann schwierig sein, vielleicht sogar bedrohlich, aber sie wussten einfach nicht, was auf sie zukommen sollte und ob es auf sie zukommen würde. Ohne den hinter ihnen liegenden Weg aus dem Blick zu verlieren, schleppten sie sich die mühevolle Steigung an Vollaseter und Vårstigseter vorbei bis zum höchsten Punkt dieser Etappe. Als sie den Sattel erreicht hatten, brachen sie vor Erschöpfung zusammen. Keiner von ihnen hatte Lust, die wunderbare Aussicht zu genießen. Sie schwiegen, kramten Proviant hervor und begannen zu essen. Nur Jon Hendrik behielt den Weg im Blick, entdeckte aber noch immer niemanden, obwohl der weite, offene Hang vor ihm lag wie die Prärie vor den Büffeljägern. Die Sonne stand weit im Westen, stellte er beim Blick auf den Kompass fest und schätzte auf der Karte die Entfernung zur nächsten Übernachtungsstätte: noch mindestens zehn Kilometer bis Ryphusan. Dort wartete eine einfache Almhütte mit Scheune auf sie, in der sie endlich schlafen und ausruhen könnten, zwar auf grobem Holzfußboden, aber wind- und wettergeschützt.

Nach einer ausgedehnten Pause ohne neue Erkenntnisse über die Verfolger trieb er zum Endspurt, wie er sagte, verschwieg die genaue Entfernung. Der Weg durch Drotningdal und Vinstradal war gut und leicht zu gehen, führte gemächlich bergab. So sollten sie Ryphusan in zwei Stunden erreichen, schätzte Jon Hendrik.

RYPHUSAN / VINSTRADAL

Sie lagen im Kreis auf dem Holzfußboden der Almscheune in Schlafsäcken. Müdigkeit hatte sich über die fünf gelegt wie der Nebel über die Wiesen im Tal, wenn die Sonne versucht, dem Tag zu Glanz und Wärme zu verhelfen. Der Schlaf hatte den Weg in Glieder und Seelen nach einem anstrengenden Aufstieg mit stetig wachsender Angst gefunden. Beim Abendessen war einen Moment lang die Angst vor den Verfolgern verschwunden. Auf dem kleinen Eisenherd hatten sie sich eine mexikanische Tütenmahlzeit zubereitet und anschließend Tee. Es war ihnen wie eine Festmahlzeit vorgekommen, und sie hatten ausgelassen geplaudert, bevor die Müdigkeit auch die Sorge zurückbrachte. Jon Hendrik war todmüde, konnte aber nicht einschlafen. Er bemerkte, dass es Tom genauso ging, und rutschte mit dem Schlafsack näher an ihn heran. Die Frauen und Johannes waren eingeschlafen, atmeten ruhig. Lange Momente sog Jon Hendrik dieses Geräusch in sich auf und fühlte, wie sich auch in ihm die Entspannung auszubreiten begann, solange er den Gedanken an die Verfolger verdrängen konnte. Ein Knacken ließ ihn aufschrecken. Sein Herz begann zu rasen, die Ohren waren hoch sensibilisiert für jedes Geräusch. Tom sah ihn mit aufgerissenen Augen an, sagte aber nichts. Was er fühlte, war eindeutig und brauchte keine Worte. Jon Hendrik machte eine beruhigende Handbewegung, blieb aber sonst völlig regungslos.

Wieder ein Geräusch, diesmal deutlicher, Schritte, dann wieder ein Knacken und wieder Schritte. Es klang nicht nach schweren Stiefeln, aber da draußen war jemand, daran gab es keinen Zweifel. Ganz langsam pellte sich Jon Hendrik aus dem Schlafsack und robbte im Halbdunkel des großen Raumes zur Tür. Tom war beeindruckt, wie geräuschlos Jon Hendrik sich bewegen konnte. Durch ein kleines Fenster fiel ein Lichtstrahl in die umgebaute Scheune.

Jon Hendrik sah auf die Uhr: halb drei nachts. Doch die Nacht war hell wie der Tag, nur stiller.

Wieder ein Geräusch: Jemand hatte etwas Dumpfes auf den Boden gesetzt und bewegte sich dichter ans Gebäude. Jon Hendrik sah sich nach einem Knüppel um, entdeckte aber nichts Brauchbares. Er richtete sich lautlos auf und stand neben dem Türrahmen. Sollte jemand den Raum betreten, dann würde die Tür ihn verdecken. Er atmete schnell, die Aufregung trieb Schweiß auf den Rücken. Die Sekunden verstrichen zähflüssig, lange passierte nichts. Plötzlich waren wieder Schritte zu hören, deutlich anders als vorher, und Flüstern. Jon Hendrik war klar, dass es Schritte von zwei Personen waren. Tom beobachtete gebannt, bewegte sich keinen Millimeter, die anderen drei schliefen immer noch fest. Jon Hendrik hörte flüchtige Fetzen von Worten, dann wieder Schritte, die näher kamen, ganz nah. Jetzt stand jemand vor der Tür und war nur noch Zentimeter von ihm entfernt, ohne zu wissen, dass er so nah war. Sein Herz raste, die Hände schwitzten und Gedanken stürzten wie ein Möwenschwarm durch sein Gehirn. Was sollte er machen, wenn ...? In diesem Moment fasste sich Tom ein Herz und schlich zu Jon Hendrik. Die beiden Männer standen im Türschatten mit dem Rücken an der Wand und warteten, dass endlich etwas geschah.

Rumpelnd wurde die grobe Türklinke nach unten gedrückt, die Tür langsam aufgeschoben. Licht floss wie ein Wasserschwall in den Raum. Bodil schrak hoch, rieb sich die Augen und schrie: „Was zum Teufel soll das! Kannst du nicht Rücksicht nehmen?"

Erst nach ihrem Fluch nahm sie eine große Gestalt in der Tür wahr, hinter der eine zweite stand. Mia setzte sich im Schlafsack auf und Johannes räkelte sich, bevor er bereit war, irgendetwas zu begreifen. Als er Jon Hendrik und Tom hinter der Tür wahrgenommen hatte, schaltete er schnell:

„Kommt doch rein und macht die Tür zu!" kommandierte er barsch. Dann ging alles ganz schnell. Die Gestalten traten ein, Tom und Jon Hendrik warfen sich über sie, rangen sie zu Boden, drehten die Arme der Überwältigten auf den Rücken und durchsuchten sie nach Waffen. Jon Hendrik wurde fündig: ein Samenmesser, kurz aber extrem scharf. Tom gab ein Zeichen, das ihm erklärte, die andere Gestalt sei unbewaffnet. Die Männer saßen auf den Hüften der Liegenden und hielten deren Arme im festen Griff. Erst jetzt begannen sie, sich zu wehren.

„Was soll das? Lasst uns los!"

Im selben Moment ließ Jon Hendrik los. Die Stimme kannte er: Siri Mikkel. Er sank, immer noch auf ihrer Hüfte sitzend, in sich zusammen und stöhnte laut. Tom ließ ebenfalls los und unter dicker Lederbekleidung kam eine zweite Frau zum Vorschein, die vor Schreck zitterte und kein Wort hervorbrachte. Er rollte sich zur Seite, entschuldigte sich und begann laut zu lachen, steckte Jon Hendrik an und schließlich auch die überwältigten Frauen.

„Kann mir jemand erklären, was das hier ist?" polterte Bodil mit gespielter Wut los.

„Ich erkläre dir gleich alles, aber jetzt muss ich lachen." Jon Hendrik sah sie einen Moment an, verlor aber sogleich die Beherrschung. Wenig später lagen sich Siri Mikkel und Jon Hendrik in den Armen, wälzten sich auf dem Fußboden und nahmen keine Rücksicht auf die Liegenden.

„Und das jetzt? Ein neues erotisches Spiel?" Bodil schien verärgert.

„Wenn du so willst", konterte der aufgedrehte Jon Hendrik.

„Ich? Niemals ..."

Nach einer Weile kehrte Ruhe in Ryphusan ein. Siri holte ihre Trommel ins Haus, Ragnhild, ihre Begleiterin, die Rucksäcke, und dann begannen Jon Hendrik und Tom alles zu erklären. Als sie fertig waren, hielten sie eine kurze Nachtmahlzeit und kuschelten sich in ihre Schlafsäcke. Nur Siri und Jon Hendrik blieben auf dem Fußboden sitzen, lange und schweigend. Zwischen ihnen schwebten Gedanken hin und her, eine steigende Aufregung bemächtigte sich ihrer Körper, ohne schon Bewegung zu werden. Weder Jon Hendrik, noch Siri hatten Willen und Platz für Müdigkeit. Mit einer weiten Armbewegung, die wie eine Mischung aus Streckung und Gebet wirkte, übernahm Siri die Initiative, wandte sich geräuschlos der Tür entgegen und verschwand vor Jon Hendrik in der hellen Nacht vor der Almscheune. Die Sonne war im Begriff, über die östlichen Höhen zu klettern, als Siri und Jon Hendrik hinter einer kleinen Hütte einen windstillen Platz mit weichem Gras gefunden hatten. Sie schwiegen und knieten sich ganz langsam ins Gras, sahen sich in die Augen und lächelten. Siri schloss die Augen. Kaum hörbar summte sie eine Melodie und wiegte ihren Oberkörper im Rhythmus, hob die Hände und legte sie überkreuzt auf ihre Brust. Jon Hendrik war überwältigt von der Vielschichtigkeit und dem Reichtum ihres Ausdrucks. Der Gesang wurde etwas lauter, die Zunge tanzte zwischen Gaumen und Unterkiefer, brachte eigenwillige Laute hervor, die zu rhythmischen Stößen wurden. Jon Hendrik kannte diese Musik und fühlte sich an indianische Gesänge erinnert. Siri joikte mit geschlossenen Augen und sang von Jooni. Jon Hendrik ahnte, dass sie ihn meinte. Ihre Augen blieben geschlossen, als ihre Hände die seinen suchten und fanden, die Führung übernahmen und sie auf ihre Brust legten. Er fühlte die Energie unter dem Lederkleid und schloss seine Augen. Was er jetzt sah, floss in seinen ganzen Körper hinein: ein goldgelbes Licht durchströmte ihn warm. Sein Bauch begann zu beben, Erregung mischte sich mit einer Wachheit, wie er sie selten erlebt hatte. Eine geistliche Wache, die er aus der Erfahrung des Herzensgebetes kannte. Dahinein mischte sich ein Glücksgefühl, das er noch nie auf diese Weise gespürt hatte. Er war bei sich und grenzenlos offen für den Menschen neben sich. Ohne zu sehen, kannte er ihre Gesichtszüge, Gedanken und Empfindungen. So mit jemandem zu fühlen war ein Himmelsmoment. Wie ernüchternd platt und dürftig kam ihm in diesem Moment alles vor, was Magazine und Filme an Erotik verkaufen und zu sexuellen Normen machen. Er verglich die Konsum- und Profansexualität, die in der Gesellschaft dominiert, mit Fischstäbchen. Fisch auf das Maß von Fischstäbchen zu reduzieren kam ihm immer schon als extrem geistlos vor. Die Dankbarkeit für diesen Moment wuchs in ihm zu einem Baum, der sich dem Himmel entgegenstreckte.

Ihm war, als öffnete sich die Schädeldecke, um das Licht des Himmels, das in allen Tönen zwischen hellblau bis orange über ihnen schwebte, in sich aufzunehmen. Aus der Tiefe seines Bauches stiegen Töne und verbanden sich mit Siri Mikkels. Das Zwerchfell vibrierte und schickte die Vibrationen in den Unterleib, die Schenkel und die Fußsohlen. Siri stand auf, ohne seine Hände fahren zu lassen, und zog ihn hoch. Der Rhythmus ihrer Töne wurde Bewegung, sanft gleitende. Die Körper näherten und entfernten sich, drückten sich aneinander und suchten die Einsamkeit für kurze Momente. Siri Mikkel ließ mit zwei Handgriffen ihr Lederkleid zu Boden gleiten und lachte. Ihre runden Brüste tanzten unter dem T-Shirt wie zwei junge Katzen und mit einer weiteren schnellen Bewegung hatte sie sie freigelassen, das Shirt Jon Hendrik um die Schulter gelegt und ließ die Hose zu Boden gleiten. Jon Hendrik folgte ihr ...

Als sie nackt waren, knieten sie sich voreinander, die Handflächen auf den Schenkeln des anderen liegend. Wieder schlossen sie ihre Augen und überließen das Sehen den Händen. In langsamen, sanften Knetbewegungen erkundeten sie sich. Jon Hendrik war stark erregt, aber völlig frei von Druck. Er konnte diesen Moment genießen, auch wenn er Stunden gedauert hätte, und war überrascht, dass alle ängstlichen Gedanken, die gewöhnlich mit Sexualität verbunden in ihm aufstiegen, fortblieben. Auch Versagens- und Konkurrenzängste blieben irgendwo weit hinter den Bergen des Dovrefjells. Nicht einmal das schmerzende Einsamkeitsgefühl war in ihn hineingekrochen, wie er es kannte, wenn er erregt war, ein Gefühl, das ihm gewöhnlich alle Leichtigkeit und Freude geraubt hatte. Sexualität war niemals etwas Einfaches gewesen, so sehr er sich immer danach gesehnt hatte. Er ließ sich los im Zusammensein mit dieser kraftvollen Frau, die ihn nicht drängte, nichts forderte und ihn auch mit ihrer Erregung nicht an die Wand drückte. Er war in seiner Gefühlswelt zu Hause und konnte sie betreten, konnte Siri in ihrer Welt sein lassen und genießen, wie sie sich begegneten. Noch nie war er so wundervoll erregt gewesen und gleichzeitig frei.

Ihre Köpfe waren zusammengewachsen und die Lippen begegneten sich wie junge Luchse, die miteinander balgten. Jon Hendrik wühlte in Siris Haaren. Sie stöhnte und lachte, so leicht waren sie. Diese Begegnung war alles andere als fixiert auf die Geschlechtsteile, den Akt und ein festes Muster, wie es in schlechten Filmen und Magazinen vorexerziert wird.

Die Handflächen berührten einander und tauschten Energien aus, ganz kleine Bewegungen der Finger durchzuckten die Körper. Siri hatte sich auf seinen Schoß gesetzt und Jon Hendrik ließ sich ins Gras sinken, das Gesicht lächelte zum Himmel. Jon Hendrik ließ sich fallen und spürte Siri wie ein Leinentuch auf seinem Körper, streichelte ihren Rücken und öffnete seine Schenkel. Sie sang und es klang wie kleine Seufzer, die von weither kamen und seit Jahrhunderten in ihr schlummerten. Jon Hendrik schickte seine Seufzer hinterher.

Sie lagen im Gras und genossen einander in dem Bewusstsein, dass ihre Liebe und Erregung frei war von Erwartungen und Zwängen. Ihre Begegnung war wie ein Geschenk, das andernorts gepackt worden war, um sie beide innerlich zu bereichern. Sie hatten sich getroffen, um sich zu beschenken und zu befreien. Es war, als kannten sie sich schon lange und waren sich doch erst jetzt wirklich begegnet.

Als sie sich wieder angezogen hatten und auf dem Weg zur Almhütte waren, musste Jon Hendrik etwas sagen:

„Siri, ich hoffe, du bist nicht irritiert, aber ich möchte Gott von ganzem Herzen danken für diese Nacht."

„Warum sollte ich: mir war gerade derselbe Gedanke gekommen. Es ist doch sein Licht, das in uns scheint.“

Sie lachte kraftvoll und Jon Hendrik schmunzelte. Vor der Almhütte verharrten sie eine Weile und beteten in ihrer je eigenen Art. Mit Gesichtern, die leuchteten, verschwanden sie leise im Dunkel der Hütte.

Was in dieser Nacht zwischen den Hütten von Ryphusan geschehen war, sollte das Geheimnis der beiden bleiben. Als Johannes am nächsten Morgen vor allen anderen erwachte, lagen Siri und Jon Hendrik nebeneinander in ihren Schlafsäcken. Ihre Hände berührten sich wie zufällig und niemand sollte auf die Idee kommen, dass in dieser spannungsreichen Nacht Jon Hendrik, der Pastor, der samischen Trommlerin so nahe gekommen war, dass in ihm eine Befreiung vorging, die er selbst kaum fassen konnte. Schon die Begegnung auf dem Dovrefjell hatte in ihm Spuren hinterlassen. Manches Mal hatte er still gebetet, er möge Siri irgendwann wiedertreffen. Dass Gott manche Bitten sehr schnell erfüllt, war ihm bis zu dieser Nacht noch nie so klar geworden.

Johannes polterte die anderen wach und überraschte sie mit Tee und Frühstück.

„Gott sei Dank, wir leben alle noch. Dann allseits einen guten Appetit”, strahlte er und verblüffte die anderen mit seiner Ausgelassenheit. Vielleicht trug der Sonnenschein an diesem Morgen zu seiner Stimmung bei, vielleicht auch Vibrationen, die er sich nicht erklären konnte. Sie freuten sich auf die lange, aber leichte Tour bis Oppdal. Trondheim rückte immer näher, eine gute Woche noch, wenn alles gut ging.

OSLO

Der Oslotunnel spie einen dicken Fahrzeugbrei in die großen Verteiler zwischen Vippetangen, Hauptbahnhof und Ekeberg, hektisch organisierte sich das Morgenverkehrschaos in Norwegens Hauptstadt, während ein unrasierter, rundlicher Mann, der unaufhörlich mit seinem Mobiltelefon beschäftigt war, in Grønland vor einem pakistanischen Restaurant in der Sonne saß und von der Hektik auf den Einfallstraßen nichts mitbekam. Er blinzelte der Sonne entgegen und erwischte einen flüchtigen Blick auf das Polizeihochhaus, als er verzweifelt versuchte, eine Verbindung zu bekommen. Genervt knallte er schließlich das Telefon auf den kleinen Tisch, sog an einem Milchkaffee im Glas und mit ihm Gelassenheit ein. Zwei Polizisten schlenderten an dem Mann vorbei, tuschelten, als sie ihn wahrgenommen hatten, grinsten in seine Richtung, ließen ihn aber unbehelligt am Wegrand sitzen. Er grüßte freundlich, war aber froh, als die beiden am Grønland-Torg verschwunden waren. Jetzt wählte er erneut und war erfolgreich.

„Wo steckt ihr? Warum meldet ihr euch nicht?“

Er hörte zu, wurde unruhig und konnte sich nicht behrrschen:

„Ihr seid Idioten! Wieso entwischen euch fünf Leute, die zu Fuß unterwegs sind? Die sind doch eine ideale Zielschiebe. Nein, keine Entschuldigungen, Jungs. Ich will Teddy so bald wie möglich! Wenn ihr versagt, seid ihr den Dodge los und nicht nur den, verstanden? Die Mädchen schütteln doch nur den Kopf über euch, Jungs. Also, spätestens übermorgen bekomme ich gute Nachrichten von euch, klar?”

Mit prankenhaften Händen kratzte er sich über Brust und Bauch, nachdem er das Gespräch beendet hatte, widmete sich dem Milchkaffee und wirkte recht zufrieden mit sich. Eine junge Frau, knapp bekleidet, setzte sich zu ihm, schob ihm einen Umschlag zu und ließ sich einen Milchkaffee ausgeben.

„Braves Mädchen!” lobte der, den sie Daddy nannte, und wirkte noch eine Spur zufriedener.

KLØFTA

Marei stieg aus dem Vorortzug in Kløfta, sah sich auf dem postmodernen Bahnsteig um und versuchte sich zu orientieren. Aus dem Zugfenster hatte sie eine große Mauer gesehen, die zum Gefängnis passen könnte, aber war das Ullersmo? Ein älterer Mann trottete mit hängenden Armen, an denen Rema-1000-Tüten hingen, in ihre Richtung. Als er bei ihr war, fragte sie auf Englisch nach dem Ullersmo-Gefängnis, erntete aber nur einen verächtlichen Blick ohne Antwort. Er ging weiter, sie überholte, rannte die Treppe zum Tunnel hinunter, auf der westlichen Seite wieder hoch und kam in einem typischen norwegischen Vorort heraus, der noch nicht erkennen ließ, was er einmal werden sollte. Ein paar Einzelhäuser, Geschäfte, eine Videothek, ein „Narvesen“-Kiosk und viele Parkplätze. Auf der gegenüberliegenden Straßenseite schob eine junge Frau einen Kinderwagen. Marei überquerte zielstrebig die Straße, die wegen der vielen Schlaglöcher eher einem Feldweg glich, stoppte die Frau samt Kinderwagen, denn sie war sich sicher, dass Frauen viel hilfsbereiter als Männer wären, zumal junge Frauen mit Kindern.

„So, nach Ullersmo willst du? Hast deinen Liebsten da?“ antwortete die junge Frau mit breitem Grinsen auf Mareis Frage, um sofort anzuschließen: „Ausländer, nicht wahr?“

Marei nickte, verzichtete auf alle Erklärungen in der Hoffnung, schnell an eine Wegbeschreibung zu kommen. Erwartungsvoll sah sie die grinsende Frau an.

„Dort hinunter, dann rechts und immer geradeaus. Darf er heute mal wieder? Hast du auch Kondome dabei? HIV ist da ganz groß in Ullersmo. Pass lieber auf.“

Marei grüßte freundlich und verschwand. Die junge Frau sah ihr noch lange nach. Marei hörte noch eine ganze Weile ihr dreckiges Lachen. Irgendwann löste das Baby im Wagen mit Geschrei das Lachen ab. Marei war froh, ihr entkommen zu sein.

Auf dem Weg stürzten ihr Lawinen von Gedanken durch den Kopf. Was würde sie dort erwarten? Haben die meinen Brief bekommen und weiß Johannes Bescheid? Bei dem Gedanken an Johannes befühlte sie ganz unwillkürlich ihre Tasche, in der sie das Testament verstaut hatte. Ihr Brief – sie hatte keine Antwort bekommen aus Ullersmo, keinen Anruf, gar nichts, obwohl sie den konkreten Termin ihrer Ankunft genannt hatte. Am Tag vor ihrer Abreise hatte sie in Ullersmo angerufen und die lapidare Auskunft erhalten, sie solle kommen und dann werde man schon sehen ...

Aufgeregt war sie, hatte eiskalte Hände und Angst. Was wird mich erwarten? Wie wird Johannes auf die Nachricht von Marie-Louises Tod reagieren? Werde ich ihm das Testament zustecken können? Ein Polizeiwagen fuhr an ihr vorbei, bog nach rechts ab und verschwand. Marei folgte ihm.

Ohne große Mühe fand sie das Gefängnis. Sie blieb in einigem Abstand stehen und versuchte zu begreifen, dass irgendwo hinter diesen gewaltigen Betonmauern Johannes Wagenknecht lebte. War er tatsächlich ein Krimineller? Sie konnte ihren Eindruck von Johannes nicht mit dieser Wirklichkeit in Ullersmo zur Deckung bekommen. Vielmehr empfand sie Mitleid mit Johannes, sah in ihm das Opfer einer Familiengeschichte, die sie nur in Ansätzen kannte. Marie-Louise hatte von Johannes mit viel Stolz und Liebe erzählt, nichts deutete auf eine kriminelle Karriere.

Wut kroch allein bei dem Gedanken an seine Geschwister in ihr hoch. Johannes mag schlimme Fehler begangen haben, aber dass sie ihn so behandelten ...

Das Gefängnisgebäude machte ihr Angst. Es wirkte wie ein riesiger Bunker, hinter dessen Mauern alle Bosheit dieser Welt lauern konnte. Wenn ich einmal drinnen bin ..., überlegte sie und versuchte sich einen Plan zurechtzulegen, wie sie es anstellen könnte, in jedem Fall wieder herauszukommen. Die Deutsche Botschaft anrufen. Das würden sie ihr nicht abschlagen können. Sie kramte aus der Jackentasche ihren Personalausweis hervor. Solange ich einen Pass habe, bin ich nicht rechtlos, wusste sie, atmete mehrmals tief durch und schritt entschlossen auf die kleine Tür im Bunkergebäude zu, die neben dem großen Stahltor die einzige Verbindung zwischen Außen- und Innenwelt zu sein schien.

Durch eine dicke Glasscheibe sah ein Uniformierter und wartete darauf, dass sie ihr Anliegen vortrug. Marei hörte ihn durch einen Lautsprecher in der Wand.

„Ich heiße Marei Winter und komme aus Deutschland", begann sie auf Englisch, unsicher, ob der hinter der Scheibe sie überhaupt hören konnte. Durch den Lautsprecher knisterte aber eine Reaktion. Der Türwärter fragte nach der Besuchserlaubnis.

„Ich habe geschrieben, dass ich heute komme. Am Telefon sagte man mir, ich solle kommen."

Der Uniformierte, dessen Gesichtszüge Marei kaum sehen konnte hinter der Scheibe, begann zu telefonieren, behielt sie im Blick und rührte sich lange Zeit nicht. Aufregung hatte Marei jetzt völlig im Griff und sie ging vor dem großen Tor auf und ab, bis es wieder im Lautsprecher knisterte:

„Warten Sie bitte einen Moment. Es wird jemand kommen."

Dieser kühle, bedeckte Sommermorgen in Ullersmo lud nicht zum Aufenthalt im Freien ein. Marei fröstelte, aber sie war sich nicht sicher, ob es wegen des Wetters war oder doch eher durch die Aufregeung verursacht.

Es dauerte gute zehn Minuten, bis sich die Tür neben der Glasscheibe öffnete und eine herb-freundliche Frau undefinierbaren Alters in Uniform direkt auf Marei zusteuerte. Ihr folgte ein Polizist, das konnte Marei an der großen Rückenschrift der Dienstjacke erkennen, als der Mann sich zur Glasscheibe in der Wand umgedreht hatte.

„Du willst zu Johannes Wagenknecht, nicht wahr? In welchem Verhältnis stehst du zu ihm?" legte die Herb-Freundliche los, bevor sie Marei kühl begrüßte.

Marei nickte und erzählte ausführlich von ihrem Job bei Marie-Louise Wagenknecht, dem Todesfall und dem Testament.

„Du hast das Testament dabei? Du hattest geschrieben, dass du etwas sehr Persönliches mitbringen wirst, das du Johannes übergeben willst. Kannst du dich legitimieren?“ Die Gefängnisangestellte fragte direkt, vermied jeglichen Schnörkel und Marei fühlte sich völlig überrollt. Das Tempo der Ereignisse wurde ihr plötzlich zu schnell. Sie ärgerte sich, dass sie so gutgläubig von dem Testament erzählt hatte und dass die Leute hier offensichtlich auch persönliche Briefe an die Häftlinge lasen, gab der Frau ihren Personalausweis und versuchte die Bitte der Frau zu ignorieren. Die Herb-Freundliche wurde jetzt nur herb und bestand auf dem Testament.

„Wenn du Auskünfte über einen Häftling wünschst, dann habe bitte Verständnis, dass wir dich und was du mitgebracht hast überprüfen.“

Marei wusste, sie hatte keine andere Wahl, zog langsam das Testament aus der Jackentasche und hielt es der Herb-Freundlichen hin, die jetzt wieder an Freundlichkeit gewann. Sie musterte den Schriftsatz, ließ den Polizisten einige Blicke auf das Dokument werfen und zeigte auf den großen Blutfleck.

„Was ist das?“

„Das ist so ein dummer Fleck auf dem Original gewesen, vielleicht Kaffee. Ich weiß nicht genau, was das ist, ich habe mich nicht darum gekümmert. Das geht mich doch auch nichts an, oder?“

Marei wartete gespannt auf die Reaktionen im Gesicht der Angestellten, konnte aber keine Regungen erkennen. Jetzt stellte sich der Polizist vor, lächelte Marei hinter einem Schnauzbart an und trat in den Vordergrund:

„Egil Alvorsen, ich bin Polizist. Kripo. Keine Angst. Eva Solheim hat mir von deinem Brief erzählt. Das hier ist ein Testament, wenn ich es richtig verstehe. Wie bist du in den Besitz dieses Dokuments gekommen, Marei?“

Marei war irritiert und suchte in ihrem Kopf nach einer Antwort. Es bot sich keine an, die ihr plausibel genug für kritische Nachfragen erschien. So antwortete sie mit einer Empörung:

„Ich wollte Johannes besuchen und keinen Ärger haben. Welches Recht haben Sie ...“

„Bleib ruhig, Marei, keiner will dir etwas Böses. Wir müssen nur sorgsam nachfragen, verstehst du."

Marei war verunsichert, dass dieser Polizist sie mit Vornamen anredete, wie Eva Solheim auch schon. Ihr war klar, dass es in Skandinavien so üblich ist, aber diese Vertrautheit, wo keine Vertrautheit war, machte ihr Mühe. Nach einer Pause fiel ihr eine passende Lüge ein:

„Die Familie hat mich gebeten, die Kopie des Testaments zu Johannes zu bringen, da ich ja nach Norwegen zum Wandern wollte."

„Es ist die Kopie eines Beweismittels in einem Mordfall. In Norwegen ist es üblich, dass Testamente sorgsam verwahrt werden und nicht herumliegen. Ich kann mir nicht vorstellen, dass es gerade in Deutschland anders ist." Der Polizist sah Marei ruhig und freundlich an. Sie atmete mehrfach tief durch und gab sich geschlagen.

„Okay, es ist das Original und ich habe es gefunden. Im Müll, an dem Tag, als Marie-Louise, äh, Frau Wagenknecht tot war. Ich hab es an mich genommen, weil die Familie Johannes ausbooten will. Ich habe erfahren, dass die Johannes noch nicht einmal informieren wollten, dass seine Mutter tot ist. Die wollen ihn betrügen, weil er gerade im Gefängnis ist. Vielleicht wollen sie das Testament anfechten, bevor Johannes etwas dagegen tun kann. Da habe ich gedacht: Marei, du musst etwas tun und für Gerechtigkeit sorgen. Deshalb bin jetzt hier."

„Es geht dir um Gerechtigkeit. Soso. Du willst Justizengel spielen? Du bist wohl eine sehr gute Freundin. So jemanden brauchen die Menschen, die in Ullersmo leben", lobte Egil Alvorsen und sah anerkennend zu Eva Solheim. Marei war den Tränen nahe, zog ein paar Mal die Nase hoch, kramte ein Taschentuch hervor, bevor sie fragte: „Bekomm' ich meinen Ausweis jetzt wieder und das Testament?"

Eva Solheim gab ihr den Personalausweis.

„Das Testament muss hier bleiben. Die Polizei in Hamburg ist schon sehr neugierig. Wir werden es dann später Johannes Wagenknecht aushändigen. Aber du kannst eine Kopie bekommen, streng geheim, in Ordnung?"

„Aber ...", wollte Marei ansetzen, unterbrach sich aber selbst. „Okay, ich bin damit einverstanden."

„Du bekommst die Kopie als Beweis, dass du hier bei uns warst. Dann weißt du: alles ist seriös. Und jetzt kann Eva dir noch etwas über Johannes erzählen. Ich gehe und mache dir die Kopie."

Der freundliche Polizist ging zur Tür, klopfte an die Scheibe und verschwand nach kurzem Warten in dem bunkerhaften Gebäude. Eva Solheim wurde im Tonfall freundlicher, legte Marei einem Arm um die Schulter und begann, mit ihr über den Parkplatz vor dem Gefängnis zu schlendern.

„Johannes ist nicht hier. Er nimmt an einem Projekt des Gefängnispastors teil, bei dem er die Chance hat, begnadigt zu werden. Es ist wichtig, ihn jetzt nicht zu stören oder zu belasten. Er wandert nach Trondheim auf dem alten Pilgerweg. Wenn die Zeitplanung stimmt und alles gut geht, wird er in zehn Tagen am Nidaros-Dom in Trondheim sein. Dann kannst du den Projektleiter sprechen, das ist Pastor Jon Hendrik Kristensen. Frag ihn, ob Johannes die Nachricht vom Tod seiner Mutter verkraften kann oder ob du warten sollst. Du willst Johannes doch helfen, oder?"

Marei nickte.

„Dann halte dich an das, was ich gesagt habe. Erst musst du mit Jon Hendrik sprechen."

„Wie erkenne ich diesen Jon Hendrik und wie erfahre ich den genauen Zeitpunkt und ob sich die Ankunft verzögert?"

Eva Solheim sah Marei mitfühlend an, zog eine Visitenkarte aus der Brusttasche ihrer Uniformjacke, schrieb eine Telefonnummer drauf und erläuterte:

„Am Freitag nächster Woche rufst du mich an. Okay?"

Das Gespräch war beendet. Egil Alvorsen kam gerade mit der Kopie aus dem Bunker, händigte sie Marei aus und wischte ein kurzes „Mach's gut!" in Richtung der Frauen, während er sich schon wieder dem Bunker zuwandte. Eva Solheim begleitete Marei bis zur Straße, wünschte eine gute Reise und sah ihr eine Weile hinterher.

Marei war froh, das Ullersmo-Landesgefängnis hinter sich zu lassen, und würdigte es keines Blickes mehr. Auf dem Weg zum Bahnhof ärgerte sie sich über ihre Naivität, überlegte, ob sie Eva Solheim und Egil Alvorsen trauen konnte, und spürte, wie eine Last von ihr gewichen war. Vielleicht ist es sogar gut so ... Aber was wird geschehen, wenn die Wagenknechts von Ullersmo angerufen werden? Vielleicht macht Egil Alvorsen gemeinsame Sache mit ihnen. Die Kopie eines Testaments beweist doch gar nichts. Und die Polizei? Egil Alvorsen hatte doch irgendwas angedeutet ... Wenn nun die Polizei in Hamburg erfährt, dass ich ... Diesen Gedanken wollte sie nicht beenden, ging stattdessen schneller. Sie sah sich um. In ihr war das Gefühl entstanden, verfolgt zu werden. Einbildung oder Wahrheit? Marei kickte einen Stein auf die Straße, der kurz vor einem alten Volvo über die Straße schoss.

Als sie wieder auf dem Bahnsteig stand, donnerte auf einem hinteren Gleis der Schnellzug nach Trondheim vorbei. Trondheim, überlegte Marei, das war ihr Ziel. Und in der Zwischenzeit?

Sie entdeckte eine Gestalt, die die Treppe zum Bahnsteig hoch geschlichen kam. Als Marei in ihre Richtung sah, verschwand sie wieder. Es kam Marei vor, als werde sie verfolgt, seit sie Hamburg verlassen hatte. In den nächsten Tagen sollte sie sich Oslo ansehen und in der Jugendherberge Haraldsheimen bleiben, entschied sie sich. Endlich kam der Vorortzug, um sie nach Oslo zurückzuschaukeln. Sie konnte nicht erkennen, ob die Gestalt von der Treppe auch eingestiegen war. Aber sie sah den blauen Himmel über der Hauptstadt.

Der Parkplatz vor dem DOMUS-Kaufhaus in der Mitte des Geschäftszentrums von Oppdal war zum Schlachtfeld um die wenigen freien Plätze geworden. Autoschlangen hatten sich gebildet und machten alles Rangieren zur sinnlosen Aktion. Nur die Würstchenbude neben dem Taxistand war ein Ruhepunkt in aller Betriebsamkeit. Zwei Taxifahrer in Uniformen schoben sich genüsslich Bratwürstchen und Pommes frites mit Ketchup in den Mund, kommentierten zwischen Kauen und Schlucken, was sie sahen, spülten Worte und Gedanken mit Cola in den Bauch, bis einer von ihnen durch sein Mobiltelefon aus der Kau-Meditation gerissen wurde.

Jon Hendrik hatte amüsiert die Taxifahrer beobachtet und reckte sich. Mit Tom bewachte er das Gepäck, während die anderen im Supermarkt das Nötigste einkauften. Er wollte gerade zur Telefonzelle schlendern, als Mia aufgeregt aus dem Kaufhaus stürzte und Jon Hendrik rief:

„Jon, du musst kommen. Schnell. Ich brauche deine Hilfe. Bodil!“

Mehr sagte sie nicht, drehte sich um und verschwand. Jon Hendrik rannte hinter ihr her, gab Tom ein Zeichen. Der hatte verstanden, dass er jetzt allein Wache schieben musste.

Zwischen den unübersehbaren Regalen suchten sie Bodil, konnten sie aber erst nach mehreren Minuten finden. Sie saß heulend auf dem Fußboden in einer Ecke der Sportabteilung und hielt ein Fischmesser in der Hand. Ihre wilden Haare wirkten durch die Tränen noch zerzauster. Bodil zitterte und kreischte, als sie Jon Hendrik sah.

„Hau ab, lass mich in Ruhe! Wenn du näher kommst, ramm ich mir das Messer in den Bauch.“

Passanten waren stehen geblieben, eine Verkäuferin eilte herbei, eine andere sagte, sie wolle die Geschäftsführerin holen. Jon Hendrik und Mia sahen schweigend auf Bodil. Verkrampft hielt sie das Messer in der rechten Hand, mit der linken verdeckte sie ihr Gesicht. Jon Hendrik bat die Umstehenden weiterzugehen und die Frau am Boden allein zu lassen. Er werde sich kümmern. Das reiche. Langsam löste sich der Kreis der Zuschauer auf, auch die Verkäuferin kehrte an ihre Arbeit zurück. Mia flüsterte Jon Hendrik etwas zu, er nickte. Lange Zeit änderte sich nichts, abgesehen davon, dass die Geschäftsführerin sich wortlos zu Mia stellte.

Sehr langsam bewegte sich Jon Hendrik auf Bodil zu und ging vorsichtig in die Hocke, sagte kein Wort, ließ sie aber nicht aus den Augen. Sie krampfte und weinte. Tränen waren auf ihre Jacke getropft, die Nase lief. Mit sanfter, kaum hörbarer Stimme zeigte Jon Hendrik ihr, wie sehr er fühlen konnte, was sie ausstrahlte:

„Du sitzt da wie ein armer, armer Troll. Kann ich dir gar nicht helfen?"

Bodil brach erneut in kräftiges Schluchzen aus und drehte sich ein wenig in Jon Hendriks Richtung. Mia und die Geschäftsführerin sahen gebannt zu. Jon Hendrik schob eine Hand in Bodils Richtung, wartete ab, schob sie noch ein wenig näher.

„Ich bin da, Bodil, und spüre, wie verlassen du dich fühlst. Ich kann dich in den Arm nehmen, wenn du möchtest."

Wieder wartete er ab und freute sich, als hinter der Hand Bodils verquollene Augen auftauchten. Tatsächlich wie ein Troll, dachte er bei sich und behielt Kontakt zu ihren dunklen, ängstlichen Augen, in denen er sehr vieles erkennen konnte. Bodil tat ihm Leid, aber er wusste nicht weshalb. Vielleicht würde sie ihn Anteil haben lassen, hoffte er. Bodil schob ihm langsam das Fischmesser hin. Er verstand und wartete, bis das Messer ganz bei ihm war, dann griff er vorsichtig zu, schob das Messer weit hinter sich und legte eine Hand auf Bodils.

„Ich glaube, es ist gut, wenn wir uns einen Platz suchen, an dem uns niemand anglotzen kann, was meinst du?" Nachdem er das gesagt hatte, sah er zur Geschäftsführerin, die verstanden hatte. Bodil deutete ein Nicken an und ließ sich von Jon Hendrik auf die Beine ziehen. Er hob das Messer auf und hängte es an den Verkaufsständer. Wieder einmal wurde ihm bewusst, wie wenig er beim Bußweg alle Gefahren aus dem Weg räumen konnte, sondern mit den unberechenbaren Lasten leben musste, die seine Begleiter mit sich trugen. Zu Beginn des Projektes hatte er sich kaum Gedanken darüber gemacht. Naiv war er gewesen, wusste aber, dass wichtige Veränderungen nie ohne einen Schuss Naivität auf den Weg gebracht werden. Hoffnung ist vielleicht das Naivste überhaupt, aber wo wären wir ohne Hoffnung, überlegte er, als die Geschäftsführerin ihn ansprach und beide in ein Büro brachte, in dem sie eine Weile für sich sein konnten.

Bodil und Jon Hendrik setzten sich auf ein Sofa. Fürsorglich stellte die Geschäftsführerin ihnen eine Flasche Wasser auf den Tisch und verabschiedete sich mit dem Hinweis, wo sie zu finden war.

Jon Hendrik schenkte Bodil ein Glas Wasser ein.

„Du bist tatsächlich ein armer Troll, Bodil."

Wieder weinte sie und drückte sich eng an Jon Hendrik, grub ihren Kopf in seine Brust. Haare kitzelten ihn am Hals und er konnte nicht anders, als ihre Mähne zu streicheln.

„Das hat zuletzt meine Mutter gemacht", schluchzte sie.

„Das kann ich nicht verstehen. Deine Haare laden dazu ein. Sie fühlen sich so kräftig und drahtig an. Ich mag deine Haare sehr."

Bodil sah ihn an und traute seinen Worten nicht. Ihr Blick war voller Abwehr und Misstrauen, wenngleich sie seinen Worten gerne Glauben schenken wollte, merkte sie. Irgenwo tief in ihr taten sie gut.

„Du glaubst mir nicht, du armer Troll."

Bodil lächelte zerbrechlich, aber sie lächelte. „Du sagst Troll zu mir, warum? Seh ich so dumm und hässlich aus?"

„Im Gegenteil: Trolle sind nicht dumm und hässlich, nur ungeliebt."

„Woher weißt du das mit dem Ungeliebtsein?"

„Ich habe schon zu viele Trolle erlebt. Magst du mir erzählen, was geschehen ist?"

„Kannst du mich festhalten, wenn es zu schlimm wird? Ich meine nur jetzt, hier ... Sonst ... Die Erinnerung tut so weh."

„Ich halte dich fest."

Jon Hendrik schob ihr seine Hand hin und sie griff zu. Stotternd begann sie: „Solveig, ich habe ... Solveig getroffen ... unten in dem Laden ... Auf einmal war sie da. Verstehst du, Jon, Solveig ... meine Tochter."

Bodil begann erneut heftig zu weinen. Jon Hendrik hielt sein Versprechen und legte einen Arm um sie. Er spürte das Zittern in ihrem Körper und wusste, es war gut, dass er bei ihr war.

„Solveig sah mich an, erschrak und drehte sich weg zu ihren Freundinnen. Ich kenne die ja, auch wenn die sich sehr verändert haben, aber die Gesichter! Sie fingen sofort an zu tuscheln und lachen, nur Solveig nicht. Sie drehte sich um zu mir und sagte: 'Bist du draußen, Mama? Nicht mehr im Knast. Du musst doch noch mindestens zehn Jahre, Mama ... Bist du abgehauen?' – Die eigene Tochter sagt so blöde Sachen. Keine Freude, mich zu sehen, nur dieses Erschrecken. Ich wollte ihr erzählen, vom Gnadenweg und meiner Chance. Aber sie hörte mir nicht zu. 'Halt deinen Mund, Mama, ich will nichts hören', hat sie gesagt."

Bodil krampfte, bog sich von Schmerzen verzerrt vornüber und würgte.

„Brauchst du etwas, eine Tüte, einen Eimer?" Besorgt sah sich Jon Hendrik im Zimmer um.

„Nein, lass sein, Jon, es ist gleich vorbei."

Er atmete mehrfach tief durch und rieb mit der Handfläche ihren Rücken. Langsam richtete sie sich auf, ließ sich auf seinen Schoß fallen und blieb dort liegen wie ein Kind. Er strich weiter in kreisenden Bewegungen über ihren Rücken. Dabei spürte er, wie diese Frau, mit der er seit drei Wochen ununterbrochen auf dem Weg war, ihm so nahe kam, dass die Rolle des Seelsorgers und distanzierten Projektleiters nicht mehr passte. Schon in Fokstua hatte er sich ihr körperlich genähert und ihrem Selbstzerstörungsdrang seine Zuwendung entgegengestellt. Er hatte sie, die in der Lage gewesen war, ihren Mann zu erstechen, sehr weit an sich herangelassen, damals und auch jetzt. Der seelsorgerliche Abstand war zusammengeschmolzen auf die Stärke eines Haares. Bodil auf seinem Schoß, ihre Gefühlswallungen, die Tränen, die Wärme ihres Atems auf seinen Oberschenkeln – das alles erregte ihn. Gleichmäßig atmete er und genoss die Wärme, die überall in seinem Körper war. Wenn er Bodil doch nur etwas davon abgeben konnte. Er dachte über Liebe nach. War das Liebe? Einem Menschen so nahe zu sein, dass man dessen Kummer und Angst am eigenen Leib spürt. Oder war es nur seine außergewöhnliche Professionalität als Seelsorger? In der Seelsorgeausbildung hatten sie lange über Nähe und Distanz diskutiert. Jetzt drohte eine schmerzhafte Wunde in seiner Seele aufzubrechen: Was für ein wunderbarer Pastor war er für Marit gewesen, die ihren Mann durch einen Unfall verloren hatte. Wie intensiv konnte er sie in der Trauer begleiten und hatte dabei seine eigene Ehe zerstört. War das falsch gewesen? Egoistisch? Unprofessionell? Christlich? Jon Hendrik versuchte in diesem Moment seine Zweifel und Fragen zu verdrängen. Er wollte Bodil in dieser zerschmetternden Situation helfen, wie es in seinen Möglichkeiten stand, und er wusste, dass er eine Verbindung zu dieser Frau aufgebaut hatte in der vergangenen Viertelstunde, die er nicht geahnt hatte. Bodil war immer herb und verschlossen gewesen, hatte ihn nicht hineinschauen lassen in die Höhlen ihres Herzens, nicht einmal nach ihrem Beinahabsturz vom Hjerkinnhø. Plötzlich war sie Mädchen geworden, sanft und zerbrechlich, und er wollte ihr nicht wehtun. Bodil hatte sich ein wenig beruhigt und hob ihren Oberkörper, kniete vor dem Sofa und sah zu Jon Hendrik auf.

„Das Schlimme ist, dass Solveig sich kein Stück freute, mich zu sehen, nicht ein winziges bisschen. Es war ihr peinlich, Jon. Ich fragte, was sie denn in Oppdal mache, und sie sagte nur kurz und genervt: ‘Klassenfahrt ins Trollheimen, Wandern, öööh, zum Kotzen’, oder so was Ähnliches. Dann drehte sie sich um und wollte weggehen. Ich rief ihr zu: ‘Bleib doch bitte stehen, dann können wir ...’ Sie schrie zurück: ‘Ich habe keine Lust auf dich,

Bodil!' Das sagte sie: Bodil, nicht mehr Mama. Sie hat noch nie Bodil zu mir gesagt. Sie verschwand hinter einem Regal und ich folgte ihr. Als ich näher kam, rannte sie weg. Sie rannte vor ihrer Mutter weg. Kannst du dir vorstellen, wie weh das tut?"

„Kann ich, Bodil. Gerade das kann ich dir nachfühlen."

„Hast du Kinder?"

„Zwei Jungs, die leben bei ihrer Mutter, und ich sehe sie nur selten, zu selten."

„Wenn du merkst, dass du zu deinen eigenen Kindern die Beziehung verloren hast oder sie zu dir, das ist, als ob man dir ein Stück deines Herzens aus dem Leib geschnitten hat. Fühlst du das auch so, Jon Hendrik?"

Bodil sah abwartend auf Jon Hendrik, legte ihre Arme auf seine Oberschenkel und stützte ihren Kopf ab.

„Glaubst du, dass die Beziehung für immer verloren ist, oder kommt sie anders wieder, wenn die Kinder älter geworden sind?"

„Ich glaube nicht, dass Eltern und Kinder ihre Beziehung verlieren. Sie verändert sich durch das, was sie erleben, aber da bleibt immer was. Familienbande nennt man das. Vielleicht denkst du heute, Bodil, Solveig will nichts mehr von dir wissen, nie mehr. Aber ich glaube, dass sie überhaupt nicht damit umgehen konnte, dich hier zu treffen. Kids ist das ja überhaupt peinlich in der Pubertät, irgendwo mit ihren Eltern gesehen zu werden. Jetzt stell dir mal vor, wie schwer das für sie ist, mit ihrer verurteilten Mutter, über die nur Schlechtes in der Familie und im Dorf erzählt wird, gesehen zu werden. Solveig müsste sehr stark sein, um das jetzt schon klar zu kriegen, Bodil. Die Freundinnen werden sie ausquetschen und nach der Klassenreise zu Hause erzählen, dass sie dich gesehen haben. Solveig wird es ihren Großeltern verschweigen, aber irgendwann hören sie das von anderen und werden sie fragen: 'Wie hast du dich verhalten, Solveig? Du willst doch unsere gute Enkeltochter bleiben, denk an deinen Vater!' Solveig steht unter einem enormen Druck in Sachen Mama. Aber, Bodil, vertrau drauf: irgendwann wird sie das können und ihr beiden werdet über alles sprechen können, deine Ehe, Magne, den Totschlag. Und sie wird dir erzählen, wie das für sie war. Und ihr werdet lernen, nach vorne zu schauen, trotz aller Schuld."

„Sicher?"

„Was erwartetst du von mir? Hoffnungsloses Geschwätz?"

Die Spur eines Lächelns kehrte in Bodils Gesicht zurück. Sie schoss auf und pflanzte sich auf Jon Hendriks Schoß, schwang ihre Arme um ihn und drückte ihm einen langen Kuss auf den Mund. Er legte seine Arme auf ihren Rücken und genoss den Moment.

„Du bist ein richtig guter Mann. Ich würde ..."

Bodil biss sich auf die Lippen und verschluckte den Rest des Satzes. Als sie Schritte vor der Tür hörte, verließ sie Jon Hendriks Schoß und setzte sich artig neben ihn. Die Geschäftsführerin klopfte an, öffnete die Tür und trat ein.

„Ich glaube, wir sind klar", begann Jon Hendrik, bevor sie eine Frage stellen konnte. „Vielen Dank für Ihre Hilfe."

„Geht's Ihnen besser?" fragte die Geschäftsführerin Bodil und gab sich mit dem Nicken zufrieden. Dann machten die beiden sich auf den Weg zum Rest der Gruppe.

Vor dem DOMUS war nichts zu sehen von Johannes, Tom und dem Gepäck. Einen Moment lang schoss Jon Hendrik die Sorge durch den Kopf, die beiden könnten den Vorfall mit Bodil genutzt haben, um das Projekt vorzeitig zu beenden. Oppdal wäre ein geeigneter Ort für eine Flucht, zumal Johannes die Kasse bei sich hatte.

„Wo sind die anderen?" fragte Bodil, erhielt eine barsche Antwort und merkte, was in dem Pastor vorging.

„Keine Ahnung!"

Er war noch dabei, den Parkplatz, die Straßen hektisch mit den Augen abzusuchen, da tippte ihm von hinten Mia auf die Schulter. Genervt schoss Jon Hendrik herum, freute sich aber, sie zu sehen.

„Wow, was ist denn mit dir passiert, Jon? Keine Panik. Es ist alles in Ordnung. Komm mal mit eine Wurst essen."

„Ich hab jetzt keinen Appetit auf Hot Dog, Mia. Leg los! Wo sind die beiden?"

Mia schob ihn konsequent zum Kiosk, Bodil folgte. Als sie hinter einem Windschutz verschwunden waren, begann Mia:

„Sieh mal auf den Parkplatz, da wo das Taxi quer steht ..."

„Was ist da?"

„Sei nicht so blöd, Jon, was siehst du?"

Jon Hendrik kapierte. Da stand ein schwarzer Van mit Oslo-Kennzeichen, der von zwei Taxis eingekeilt war. Taxifahrer diskutierten mit zwei Männern in viel zu alten Anzügen, es gab ein Handgemenge, Leute strömten herbei. Auf dem Parkplatz von Oppdal war neben dem üblichen Verkehrschaos der Beginn einer handfesten Auseinandersetzung zu beobachten.

„Johannes und Tom haben den Van kommen sehen und sich blitzschnell aus dem Staub gemacht. Ich hab das Gepäck hinter den DOMUS gestellt. Wir haben verabredet, dass wir uns an der Hütte vom Touristenverband treffen. Sollte es eng werden, nehmen die beiden den Bus nach Sunndalsöra und steigen in Vognill aus. Ansonsten treffen wir sie drüben an der Infohütte."

„Das habt ihr gut gemacht. Haben diese Typen aus Oslo Tom gesehen?"

„Ich fürchte, ja. Die beiden hatten den Van dort geparkt, waren ausgestiegen und auf uns zu gekommen. Doch die Taxifahrer haben uns gerettet. Die waren über den geparkten Van gar nicht glücklich, holten die Typen ein und beschäftigten sie, ohne dass sie ahnten, welchen Dienst sie uns damit getan haben. Ich sah den Sunndalsbus kommen und hatte die Idee mit der Fahrt bis Vognill. Da ist ein Museumsladen, habe ich mal besucht. So sind die beiden erstmal in Sicherheit. Um alles andere können wir uns ja kümmern. Uns haben die wohl nicht so auf der Rechnung, oder?"

Mich haben sie gesehen, überlegte Jon Hendrik. Den Taxifahrern waren inzwischen einige Männer zur Hilfe gekommen und eine Prügelei schien nicht mehr aufhaltbar. Jon Hendrik sah, wie einer der Taxifahrer dem einen Anzugtypen die Sonnenbrille aus dem Gesicht riss und auf den Boden schmiss. Der andere Oslomann griff in die Jackentasche und zog eine Pistole heraus. Die Taxifahrer ließen sich nicht beeindrucken. Eine besorgte Passantin versteckte sich an der Wurstbude und rief über Mobiltelefon die Polizei.

„Mia, geh zu den beiden in die Touristeninfo und wartet auf uns. Bodil und ich kommen nach."

„Bodil kann doch auch mitkommen. Du brauchst sie hier doch nicht."

Mia setzte einen Blick auf, der Jon Hendrik völlig irritierte. Was weiß Mia, überlegte er. Diese Psychologin hat vielleicht einen sechsten Sinn oder ist eifersüchtig.

„Dann sag mir mal, wer auf die Rucksäcke aufpasst und mir hilft beim Transport."

„Ach, da wird dir schon etwas einfallen, Jon. Bis später."

Mia machte sich auf den Weg und Bodil folgte ihr.

„Hör mal, Mia, warte doch bitte ..."

Jon Hendrik fühlte sich wie einer, der sitzen geblieben war und anderen beim Wurstessen zusehen durfte. Ein speckiger junger Mann hatte sich an den Tresen gedrängelt und damit begonnen, seine Wurst genussvoll zu verspeisen. Fett lief an seinen Fingern hinunter. Er grinste Jon Hendrik lieb an und kommentierte das Geschehen auf dem Parkplatz:

„Oslo-Leute, die denken, nur weil sie aus der Hauptstadt kommen, gehört ihnen unser Parkplatz. Die werden sehen: hier oben bei uns hält man zusammen."

„Was ist denn da los?"

Der Speckige wischte sich über den Mund und leckte dann das Fett von den Fingern, bevor er Auskunft gab:

„Die ham die Taxis blockiert, einfach so den Dodge da geparkt. Geht doch nicht so was. Odd und Thorleif sind ganz schön ärgerlich geworden. Das werden die sich merken, diese Hosenschisser aus der Hauptstadt. Hier sucht man sich einen freien Parkplatz und stellt nicht einfach sein Auto ab."

Jon Hendrik hatte alle Lust verloren, dem Speckigen oder anderen beim Wurstessen zuzusehen. Er ging zur Telefonzelle und rief den Pastor von Oppdal an, verabredete, dass er zum DOMUS kommen sollte, um das Gepäck zu holen. Jon Hendrik erklärte ihm die aktuelle Situation mit den Verfolgern aus Oslo.

„Es ist besser, ihr ändert eure Route", riet der Oppdal-Pastor. „Vielleicht geht ihr besser über Trollheimen nach Rennebu statt den Pilgrimsleden. Der verläuft nämlich bis nach Rennebu auf der alten E 6. Da wäret ihr für alle Verfolger ein leichtes Ziel. Ich erklär euch das später."

Mittlerweile war der Lensmann in Begleitung weiterer Uniformierter eingetroffen und Herr der Lage. Jon Hendrik wurde von dem Pastor abgeholt, sie luden das Gepäck in seinen Kleinbus, fuhren an der Touristeninformation vorbei und sammelten den Rest der Gruppe ein. Im Kirchenzentrum gab es Waffeln mit Rømme, Marmelade und dazu Kaffee. Jon Hendrik war froh, als er seine Gruppe komplett und gesund versammelt sah. Bevor er die geänderte Route erklärte, atmete er mehrfach tief durch, reckte sich und gähnte.

Am Abend sollte der junge Pastor aus Oppdal die fünf zur Gjevilvasshütte bringen, wo sie übernachten wollten. Von dort aus würden sie durchs Trollheim-Gebirge zur Jöldalshütte laufen, um hier den letzten Sonntag unterwegs zu verbringen. Von der Jöldalshütte würden sie ins Orklatal nach Rennebu hinabgehen und hätten dort wieder die Route des Pilgrimsleden. Der Umweg konnte sie, je nach Wetter, einen Zusatztag kosten. Der Pastor versprach, in Ullersmo und dem Justizministerium anzurufen.

„Sag ihnen aber nichts von der akuten Gefahr, sonst machen die die Polizei wild, und das wär das Ende für das Projekt. Sag ihnen, aus gruppendynamischen Gründen wäre eine erneute Gebirgstour sinnvoll, oder so ähnlich."

Gestärkt verließen sie Oppdal und standen wenig später vor der schmucken Gjevilvasshütte, dem beliebten Ausgangspunkt für Wanderungen ins Trollheimmassiv. Die resolute Wirtin gab ihnen die kleine Nebenhütte, in der gerade Platz für sechs Personen war. Johannes machte sich daran, den Ofen anzuheizen. Alle anderen waren froh, sich in die Kojen schmeißen zu können. Jon Hendrik war müde, las ein wenig in der Bibel, aber es dauerte nicht lange, dass ein sanftes Schnarchen anzeigte, dass er eingeschlafen war.

HAMBURG-WELLINGSBÜTTEL

„Hat Wieland alles klar gemacht, testamentarisch, meine ich."

Gregor bediente sich aus der kleinen Hausbar, beschwerte sich, dass er sich keinen Caipirinha mixen konnte, pflanzte sich in eines der Sofas und schüttelte sein Glas.

„Alte-Leute-Drinks hier. Die können wir doch wohl entsorgen."

„Gregor! Ich bitte dich! Du fasst hier nichts an und bemühst dich um mehr Respekt. Führ dich hier nicht wie der Hausherr auf."

„Reg dich nicht auf, Mutter. Oma ist tot, und bald gehört uns das hier sowieso alles. Du bist mit dem ganzen Krempel doch eh überfordert, ich bin seit Dads Tod der Mann im Haus. Also!"

Charlotte war den Tränen nah und suchte nach Worten, fand aber keine, die ihr geeignet schienen, ihren Sohn zu beeindrucken. Hilflos ging sie zum Terrassenfenster, öffnete einen der Türflügel, tat zwei Schritte an die milde Luft, sog sie tief in sich hinein und kehrte zu ihrem Sohn zurück.

„Es gefällt mir nicht, wie du und Henriette auf das Erben fixiert seid. Kaum ist Oma unter der Erde ..."

„Mensch, Charlotte, mach bloß nicht so auf Moral. Wir sind nur, wie ihr uns gemacht habt. Du bist genauso hinter dem Erbe her wie Wieland und Gernot. Wir rechnen doch alle mit dem Geld, anders könnten wir gar nicht unseren Lebensstil finanzieren ..."

„Gregor! Halt deinen Mund!"

„Reg dich ab, Charlotte!"

„Wie nennst du mich? Du hast mich noch nie mit Vornamen angeredet. Hast du auch vor mir keinen Respekt mehr?"

Gregor kratzte sich den Schädel, dann im Schritt, legte seine Arme breit auf die Lehne und grinste.

„Hör mal, Mum. Wovor soll ich Respekt haben? Was machst du denn den ganzen Tag als Telefonieren, Geld ausgeben und Golf spielen. Du bringst einfach nichts rein in die Kasse. Gernot verkauft wenigstens das eine oder andere Bild, Wieland arbeitet, ich mach auch schon ganz gut Knete, aber du? Du machst auf Madame von Mercier, ziehst dir jeden Tag 'nen neuen Fummel an und lebst gut davon, dass du reich geheiratet hast. Ich will auch mal was von dem Reichtum sehen, den Dad rangeschafft hat, bevor alles weg ist. Jetzt ist das Leben und nicht später."

Charlotte brach in hysterisches Weinen aus, warf sich auf das andere Sofa und schrie:

„Womit hab ich das verdient? Mein eigen Fleisch und Blut!"

„Schluss Mum. Du musst dir mal anschauen, wie die Realität ist. Wie soll ich meine Pläne verwirklichen ohne Omas Geld? Von dir kommt ja einfach nichts."

Gregor stand auf, pfiff auf zwei Fingern, Henriette kam aus dem ersten Stock der Villa hinabgestolpert und warf einen kurzen, verächtlichen Blick in den Salon, giftete in Richtung ihrer Mutter und zog sich die Schuhe an. Gregor stellte sich vor seine Mutter.

„Wir kümmern uns wenigstens um unsere Familienangelegenheiten und behalten im Blick, was die Polizei übersieht. Oder wusstest du schon, dass Marei abgehauen ist? Und rate mal, wohin."

Charlotte sah auf und wischte sich mit der Handfläche übers Gesicht, verteilte ihr Make-up in unschönen Inselchen über ihre Wangen und sah erwartungsvoll auf Gregor.

„Oslo, Mum. Was sagst du nun? Ein abgekartetes Spiel das Ganze und wir sind draußen. Und tschüs."

Johannes hatte schlecht geträumt: einen verrückten Traum. Seine Mutter hatte eine große Torte gebacken und wollte vier gleichgroße Teile schneiden. Seine Geschwister und er saßen um den Tisch und wollten jeder das größte Stück. Mutter war schon ganz verzweifelt, weil sie es gerecht aufteilen wollte, aber nicht zum Schneiden kam. Jedes der vier Kinder wollte ihr sagen, wie sie zu schneiden habe. Als sie mit dem Schneiden begann, donnerte aus dem Nichts die Stimme seines Vaters: „Drei Stücke, der da kriegt nichts." Johannes wusste sofort, dass er gemeint war. Er, der Nachzögling und vom Vater ungeliebte Sohn. Mutter war verzweifelt, argumentierte, kam aber nicht gegen die gewaltige Stimme aus dem Hintergrund an, da nahm sie das Messer und rammte es in ihren Bauch. Das Blut kroch in jede Ecke des Traums. Johannes spürte die Wärme des Bluts. Er schrak in der Koje hoch, stieß sich den Kopf am Oberbett, fluchte kräftig und fühlte, wie er von tiefer Traurigkeit angefüllt war. Wie benommen lag er in der Koje und tastete sich ab: kein Blut, aber seine Beine waren nass vom Schweiß, auch die Stirn, der Bauch, überall nass. Das Herz schlug heftig und schnell, er atmete staccato. Erst als sein Atem zur Ruhe gekommen war, konnte er klare Gedanken fassen. Was sollte der Traum bedeuten? Die Gier seiner Geschwister und seine eigene? War er selbst so gierig? Er wollte doch nie abhängig sein vom Geld seines Vaters. Immer wollte er auf eigenen Beinen stehen und allen beweisen, dass er Wilhelm Wagenknecht nicht brauchte, der ihn auch nie gebraucht hatte. Immer hatte er bezweifelt, dass Johannes sein eigen Fleisch und Blut war. Johannes galt ihm als lästiges Mitbringsel einer vermuteten Affäre, die Mutter immer abgestritten hatte. Für gewöhnlich war es Wilhelm Wagenknecht, der gerne mal eine „gute Bekannte" besuchte, wie er es nannte. Johannes hatte diese gute Bekannte nie kennen gelernt, aber beobachtet, dass in der Familie nie über diese Besuche gesprochen wurde. Mutter hatte sich in ihrer Traurigkeit einmal Johannes anvertraut, mochte sich später aber nicht an dieses Gespräch erinnern. Sie hatte Johannes jedoch mehrmals ihr Herz ausgeschüttet: „'Dieser Junge kann nicht von mir sein', behauptete Vater und drohte mit Scheidung, wenn ich seine Ansicht nicht teilte." Das hatte sie ihm erzählt, kurz nach dem Tod des „Tyrannen", so hatte sie sich angewöhnt ihren Mann zu betiteln.

Johannes hatte nie die Chance, die Anerkennung seines Vaters zu erhalten, nicht einmal zu erkämpfen, so sehr er sich auch bemüht hatte. Wilhelm Wagenknecht hatte sich immer hanseatisch korrekt gegenüber dem Kind seiner Frau verhalten, aber niemals herzlich. Johannes war nichts anderes übrig geblieben, als eine eigenständige Persönlichkeit mit eigenen Ideen, Fähigkeiten und selbstgemachter Karriere zu werden, das glatte Gegenteil von seinem ältesten Bruder, der ins gemachte Nest gesetzt wurde, alles haargenau wie der „Tyrann" machte und schließlich nicht nur dieselbe Kanzlei, sondern auch dieselben Tricks, Beziehungen und Formulierungen benutzte. Johannes musste schmunzeln, als er an Wieland dachte. Ich bin froh, dass ich nicht so sein muss, hanseatisch korrekt verlogen.

Wenig später kehrte die Traurigkeit zurück. Wo stehe ich jetzt in meinem Kampf um die Eigenständigkeit und Karriere? Alles ist aus, was ich mir erkämpft habe, alles. Ich habe hart gearbeitet und alles zerstört. Jetzt nehme ich an einem Gefängnis-Projekt teil, um begnadigt zu werden. Schöne Karriere.

Die Traurigkeit strömte wie flüssiges Metall in jeden Winkel seines Körpers und machte ihn schwer. Trotzdem begann er zu frieren. Er vermisste seine Mutter, die Einzige, die ihn wirklich liebte, vermisste die regelmäßigen Anrufe. Wie interessiert hatte sie Anteil an seinem Leben genommen, nachgefragt und war neugierig, seine Freunde kennen zu lernen. Manchmal musste sie die Kontakte vor dem Tyrannen geheim halten. Wie offen sie war, als er sie zum ersten Mal mit Ellen besucht hatte. Mutter hatte sofort Kontakt gefunden zu Ellen, mit ihr über Skandinavien gesprochen und das Skandinavistik-Studium. Die mochten sich gleich, überlegte Johannes. Mutter mag junge Leute. „Die

Sache mit Ellen", so nannte er seine Beziehung zu der Frau, die er schließlich verfolgt und bedroht hatte,* war völlig aus dem Ruder gelaufen. Er hatte sich ihr gegenüber immer minderwertig gefühlt und Angst gehabt, sie nicht halten zu können. So eine attraktive junge Frau wie Ellen ... In seine Traurigkeit mischte sich Heimweh.

Johannes hörte Geräusche in der Hütte. Sie kamen aus Bodils Bett, Stöhnen, Rascheln, dann war wieder alles still bis auf das gleichmäßige Schnorcheln, das Johannes Jon Hendrik zuordnete. Er dachte wieder an Ellen und wurde von einer Welle schwarzer Trauer überrollt, dass er zitterte und weinte. Er vermisste Ellen und seine Mutter. Morgen muss ich Mutter unbedingt anrufen, koste es, was es wolle. Ich habe sie immer noch nicht erreicht. Ob es ihr gut geht?

Die Traurigkeit verließ seinen Körper nicht, sondern war geronnen und erkaltet in allen Gliedern. Ihm war, als sinke sein Körper in weichen Boden ein, immer tiefer. Er lag wie gelähmt im Bett und wagte nicht, sich zu bewegen. Gedanken segelten durch seinen Schädel wie Möwen im Sturmwind, betonschwere Gedanken, Erinnerungsstücke, Situationen, wildes Durcheinander. Immer wieder tauchte die eine Frage in sein Bewusstsein: Was soll mein Leben noch? Job weg, die Beziehung kaputt, in Hamburg darf ich mich nicht mehr blicken lassen und um Arbeit fragen. Ich kann doch nicht Mutters Gärtner machen, oder? Warum eigentlich nicht: was dieser Pole kann, kann ich auch. Dann fange ich eben von ganz unten neu an, kaufe mir eine neue Fotoausrüstung. Ein eiskalter Schauer überfiel ihn. Sorgsam hatte er versucht, alle Erinnerungen an diesen einen Tag zu verdrängen, an dem seine Fotoausrüstung in einen Nebelschlund gestürzt war und er um ein Haar gefolgt wäre. Jetzt überkam ihn die Erinnerung an die Nähe des Todes, an die Wut, die ihn in eine kopflose Aktion getrieben hatte. Er sah noch genau den engen Weg, der in den Nebel führte, vor sich.* Dann löste sich der Schrei: „Nein! Mutter!" Wie lange hatte dieser Schrei in ihm geschlummert.

** vgl. Bernd Lohse, »Tod in den Lofoten«*

Jon Hendrik und Bodil waren wach geworden und standen bald an seinem Bett.

„Was ist los, Johannes? Können wir dir helfen?"

„Alles in Ordnung, war nur ein Traum. Ich hab alles im Griff, muss irgendwie mit heute Nachmittag zusammenhängen."

Schnell hatte Johannes die Rolle des Coolen, Starken wiedergefunden, konnte aber nicht überzeugen.

„Bist du dir sicher?" fragte Jon Hendrik, indem er Johannes die Hand auf die Stirn legte.

„Du bist völlig heiß und durchgeschwitzt, Johannes. Du hast Fieber."

„Pfoten weg, Pastor! Mir geht's gut."

Inzwischen waren auch Tom und Mia an Johannes' Bett getreten.

„Glotzt mich nicht so an! Ich bin ein ganz normaler Johannes. Ihr kennt mich doch."

„Du hast geschrien", sagte Tom.

„Schreist du nie? Soll ich nachhelfen? Legt euch hin Leute. Morgen ist auch noch ein Tag."

Keiner zögerte, Johannes in Ruhe zu lassen. Als er keinen mehr sah, befühlte er seine Stirn und wunderte sich über die Temperatur. Vielleicht werde ich krank. Und dann? Vielleicht lassen die mich zurück, denn die werden nicht abwarten, bis ich wieder gesund bin. Dann liege ich in dieser Scheißhütte in diesem Riesenland irgendwo ganz verlassen und krepier. Johannes musste an seine Zelle in Ullersmo denken. Die war zwar hässlich, aber gab auch Sicherheit. Ein kleiner Raum von zehn Quadratmetern, den er sich nicht teilen musste mit anderen Menschen. Da war keiner, der ihn fragte: „Is was?" – nur wenn er mal schrie. Die Gefängniszelle war ein wenig wie sein Kinderzimmer unterm Dach in der Wellingsbütteler Landstraße. Da hatte ihn niemand gestört. Seine kleine Welt. Wenn er doch wenigstens so ein kleines Zimmer hätte nach der Knastzeit. Sicher wird Mutter mich aufnehmen. Das Zimmer gibt es ja noch, ist zwar vollgestellt, aber was soll's.

„Du siehst traurig aus."

Johannes erschrak und sah sich um. Bodil hockte vor seinem Bett.

„Bist du nicht mit den anderen ins Bett gegangen. Ich dachte, du ..."

„Pssst, weck die anderen nicht auf. Ich habe nur gesehen, wie traurig du bist, und da habe ich gedacht, vielleicht ist es gut, wenn selbst so ein starker Held wie du mal getröstet wird. Brauchen wir doch alle."

Johannes sagte nichts, was Bodil als Erfolg ansah.

„Es ist so schwer, zu dir durchzudringen, Johannes. Du spielst immer den Starken, aber der bist du gar nicht. Du bist ein verletzlicher Junge wie Tom. Ich glaube, ihr beiden seid gar nicht so unterschiedlich. Beide seid ihr arme Jungs mit zu wenig Liebe."

„Hör auf mit diesem Gequatsche", befahl Johannes.

„Du hältst es nicht aus, über dich zu sprechen? Runterschlucken ist gefährlich. Kenn ich aus eigener Erfahrung. Ich hab ja auch immer alles in mich reingefressen, bis ich es nicht mehr ausgehalten habe, dann lag da das Messer. Und du? Was hast du nicht ausgehalten? Was hat dich im Kern getroffen?"

Bodil tupfte ihm die Stirn mit einem T-Shirt ab, das vor dem Bett lag, während sie sprach. Die Berührung ließ Johannes zu. Er lag steif in seinem Bett, wagte nicht, den Mund zu öffnen, weil er fürchtete, seine Worte nicht mehr kontrollieren zu können. Die Nähe der Frau tat ihm gut, so bedrohlich sie war.

„Wie gut, dass die Nacht so hell ist hier", sagte er nach einer Weile.

„Hast du Angst vor der Dunkelheit, Johannes?"

„Eigentlich nicht."

„Eigentlich?"

„Du nervst mit deinen Fragen."

„Glaube ich nicht. Du nervst dich, weil du die Antworten kennst. Verdrängen ist anstrengend. Warum hast du deine Freundin damals so verfolgt und all diesen Schwachsinn gemacht?* War es das wert?"

„Ich hatte Angst, allein zu sein. Ich hatte Angst, dass ich nicht klarkomme, wenn ich Ellen nicht sicher hatte."

Es war aus ihm herausgebrochen. Diese Sätze hatte er noch nie gewagt zu sagen, einzugestehen, dass er sich schwach und hilflos fühlte ohne die Frau an seiner Seite, die er kontrolliert und in Abhängigkeit gehalten hatte. Er hatte Gewalt über sie ausgeübt. Sie brauchte nur mit jemandem telefonieren, schon war er eifersüchtig. Solange er sie unter Kontrolle hielt, brauchte er sich nicht allein fühlen, obwohl schon damals diese Angst an ihm nagte: Was passiert, wenn Ellen geht? Handschellen hatte er gekauft und sich völlig bescheuert gefühlt.* Und dann hatte er sie doch benutzt. Dieses System hatte viel Geld und Anstrengung gekostet, denn der Käfig für Ellen musste ein goldener sein, damit die Stäbe nicht so auffielen und der Vogel sich im eitlen Glanz baden konnte.

Johannes hatte nicht bemerkt, dass er begonnen hatte, Bodil all das zu erzählen. Sie hörte geduldig zu. In einer längeren Pause wagte sie einen Satz:

„Du musst eine ziemliche Wut auf Frauen haben, denke ich mir."

„Hab noch nicht darüber nachgedacht, Bodil."

„Mach ich dir Angst? Bist du deswegen so rauh und gemein zu mir?"

„Vielleicht. Aber im Moment machst du mir keine Angst. So habe ich noch nie mit einer Frau gesprochen. Ich habe mit vielen Frauen geschlafen, aber so ein Gespräch ..."

„Glaubst du, du kannst dieses Gespräch morgen auch noch als etwas Gutes ansehen, Johannes? Oder spielst du dann weiter den Starken? Das wäre schade."

Er dachte lange über diese sonderbaren Sätze nach.

„Ich weiß es nicht."

„Versuch es, bitte. Für dich selbst. Wir haben ja noch ein paar Tage."

Dieser Hinweis weckte Angst in ihm. In wenigen Tagen würde der Gnadenweg beendet sein. Und dann? Würde er Bodil

** vgl. Bernd Lohse, »Tod in den Lofoten«*

wiedersehen, Tom, dieses arme Schwein, Jon Hendrik, den er hasste und doch liebte, und Mia, die große Unbekannte?

„Ich möchte mich einfach neben dich legen, Johannes. Kein Sex, nur deine Nähe spüren. Die tut mir auch gut."

Bodil machte ihn verlegen. Er hatte sich schon manchmal ihre Nähe gewünscht, aber immer Angst vor seiner Erregbarkeit gehabt.

„Ich weiß nicht, ob ich das kann, Bodil. Es wär vielleicht nicht gut."

„Okay, Johannes, schlaf gut."

Sie verschwand im Halbdunkel der Hütte, Jon Hendrik schnorchelte wieder und Johannes spürte, wie die Traurigkeit aus seinem Körper gewichen war und einem guten, wohligen Gefühl Platz gemacht hatte. Er hatte überlebt, obwohl er soviel von sich erzählt hatte. Bodils Nähe hatte ihm gut getan. Zum ersten Mal hatte er gemerkt, wie das Ende des Pilgerwegs ihn bedrückte. Er hatte doch immer davon gesprochen, schnell das Ding durchzuziehen und dann ist gut. Und jetzt? Die Menschen, mit denen er seit Wochen unterwegs war, waren ihm zu einer Art Familie geworden. Bloß nichts anmerken lassen, mahnte er sich. Mach dich nicht von diesen Menschen abhängig, schon gar nicht von dieser Frau. Du kannst ihr nicht trauen, Johannes. Sie hat immerhin ihren Mann umgebracht. Sei vorsichtig. Trotz dieser Überlegungen blieb eine Spur Glück in ihm und er gab sich der Müdigkeit hin.

Die Sonne strahlte durch die Hüttenfenster, als Johannes aufwachte. Ohne lange zu zögern, suchte er seine Badehose, nahm ein Handtuch unter den Arm und lief zum See hinunter, der verführerisch glänzte, aber mit eiskaltem Wasser den Mut der Schwimmer auf die Probe stellte. Johannes war völlig allein auf dem kleinen Sandstrand. Er zog sich völlig aus und überwand sich. Nach ein paar Schwimmzügen war er frisch, gut gelaunt und froh, sich in die kraftvolle Morgensonne setzen zu können. Er genoss die Stille und das Alleinsein. Ganz für sich sein, unbeobachtet, das fehlte ihm. Er legte sich auf sein Handtuch, schloss die Augen und war glücklich über seine spontane Badeaktion. Erst sehr spät bemerkte er, dass Bodil, Tom und Mia dieselbe Idee gehabt hatten und neben ihm auf dem Strand saßen. Wie vom Blitz getroffen, fuhr er hoch, bedeckte seine Blöße und konnte ungeniert in das Lachen der drei einsteigen.

„Du hast keinen Grund, irgendwas zu verstecken", kommentierte Mia die Situation, zog sich splitternackt aus und sprang in den Gjevilsvatn. Bodil und Tom zögerten.

„Wo steckt der Chef?" fragte Johannes.

„Telefoniert, muss was organisieren in der großen Hütte. Wir machen ja einen Umweg und der kostet Zeit. In Trondheim werden wir offenbar erwartet."

„Von wem, Bodil?" Tom hatte einen panischen Gesichtsausdruck bekommen.

„Vom Pilgerpastor und Leuten aus Ullersmo und dem Justizministerium, glaube ich. Vielleicht auch Presse. Jon Hendrik ist jedenfalls aufgeregt, was Trondheim betrifft."

„Das ist doch nur sein Job."

„Glaube ich nicht, Tom. Für Jon Hendrik hängt an diesem Projekt mehr, als wir jetzt ahnen. Das ist wie ein Kind für ihn."

Mia war aus dem See zurückgekehrt und schüttelte sich wie ein Hund. „Bei diesem Wetter zur Jøldalshütte zu gehen ist ein Traum", sagte sie und machte keine Anstalten, sich anzuziehen. Mia genoss die Sonne auf der Haut.

HAMBURG, KANZLEI DR. WAGENKNECHT

„Charlotte, schön, dass du gekommen bist. Nimm bitte Platz."

Wieland Wagenknecht wies seiner Schwester einen der schweren Ledersessel an und sah irritiert auf seinen Neffen Gregor, der hinter seiner Mutter das geräumige Arbeitszimmer betrat.

„Ich habe mich von Greg fahren lassen, Wieland. Er ist ja so eine große Hilfe im Moment und wird uns doch nicht stören, oder?“ Charlotte ahnte die Gedanken ihres Bruders und wollte ihm zuvorkommen.

„Eigentlich wollte ich ..., doch wenn er schon mit da ist, dann wird es auch gehen.“ Wieland lächelte gekünstelt zu seinem Neffen, der keine Regung zeigte, aber selbstbewusst Platz auf dem dunklen Ledersofa nahm.

„Wollt ihr einen Drink oder Kaffee, Tee? Ich lasse es eben bringen.“

„Wodka-Orange“, gab Gregor umgehend seine Bestellung auf.

„Ach, ich glaube, das ist eine gute Idee, zweimal, Wieland.“

Er ging zum Telefon und bestellte für sich selbst einen Kräutertee. Bevor er sich setzte, holte er einen Bogen mit vielen handschriftlichen Notizen von seinem Schreibtisch.

„Kommen wir gleich zur Sache, Charlotte. Das Original des Testaments ist aufgetaucht, und nun rate einmal, wo.“

Sie zuckte mit den Achseln, denn sie hatte nicht die leiseste Ahnung.

„Auf der Müllhalde, wie in jedem blöden Krimi“, gab Gregor seinen Tipp ab. „Dieser Pole, Ragowski, der Gärtner, hat es unter den Hausmüll gemixt und auf Verbrennung gehofft. Dumm gelaufen, denn in Deutschland wird doch nicht mehr so schnell verbrannt. Da hat sich dieser Ragowski verschätzt.“

„Langsam, Gregor, ganz langsam“, bremste Wieland Wagenknecht, „du verrennst dich da in eine Fantasie. Bleiben wir bei den Tatsachen. Also, ihr werdet staunen: das Testament ist in Oslo, in dem Gefängnis aufgetaucht, in dem Johannes einsitzt. Ich sehe, ihr seid überrascht.“

„Aber wie, wie soll denn ...“ Gregor kam ins Stottern, auch seine Mutter bekam keinen klaren Satz heraus:

„Wer hat denn ...?“

„Ihr dürft noch einmal raten.“

„Du weißt, wer das Testament gehabt hat?“ Charlotte ließ den Mund offen stehen, als sie ihren Bruder ansah. Es klopfte an der Tür und die Vorzimmerdame im engen grau-changierenden Kostüm brachte ein Tablett mit den Getränken, stellte sie mit einer lässigen Handbewegung auf den Couchtisch, lächelte ihren Chef gekonnt an und verschwand mit einem Hauch von Bewegung. Gregor wartete nicht ab, bis jemand den Anfang machte, und stürzte den Wodka mit einem Zug in sich hinein. Charlotte hatte den Mund noch immer nicht geschlossen und Wieland sah triumphierend auf seine Schwester.

„Ich muss schon sagen, über diese Nachricht war ich selbst sehr erstaunt und habe nie auch nur ansatzweise in diese Richtung gedacht. Es war die Studentin, die bei Mutter sauber machte."

„Marei!" schoss Gregor ins Gespräch.

„Ja, so heißt sie, Marei Winter. Sie war in diesem Gefängnis und wollte Johannes besuchen. Jetzt stellt euch mal vor, was sie ihm als Mitbringsel eingepackt hatte: das Testament. Das lässt weitest gehende Überlegungen zu."

„In welche Richtung, Bruderherz?"

„Ich will vorsichtig sein und den Ermittlungen nicht vorweg greifen, versteht ihr. Aber ich frage mich einerseits: Wo hat Frau Winter das Testament her? Etwa direkt vom Schreibtisch? Dann muss sie es entfernt haben, als sie Mutter gefunden hat, aber weshalb dann? Die andere Frage: Wie eng ist ihre Bekanntschaft mit Johannes?"

„Man bringt nicht einem Wildfremden das Testament der verstorbenen Mutter ins Gefängnis, lieber Wieland. Da kannst du ja wohl Gift drauf nehmen."

„Charlotte!"

„Oh, pardon, ich meinte: da kannst du ganz sicher sein."

Gregor mischte sich ins Gespräch: „Als ich Marei kürzlich traf, war sie so komisch. Es war ihr richtig unangenehm, mich zu treffen. Irgendwie hat sie etwas versteckt gehalten vor mir."

„Was sagt die Polizei, Wieland?"

„Die sind sehr, sehr zurückhaltend und warten ab, bis das Original-Testament in Hamburg ist. Der Blutfleck muss gentechnisch untersucht werden, die Echtheit zweifelsfrei erwiesen sein und so weiter. Dieser Kommissar Henning ließ durchblicken, dass er von der jüngsten Entwicklung außerordentlich überrascht sei. Er war skeptisch geworden, dass Frau Winter gerade jetzt nach Norwegen in Urlaub fahren wollte. Sie ist ja die Hauptzeugin. Er hatte vorsichtshalber eine Notiz an die Kollegen in Oslo geschickt, für den Fall, dass Frau Winter in irgendetwas verwickelt sein könnte."

„Und wenn sie gemeinsame Sache mit Ragowski macht? Der ist doch auch nicht auffindbar", warf Charlotte ein.

„Du meinst Ragowski, Frau Winter und Johannes? Alles eine geplante Sache und die drei teilen ... Nein, Schwesterherz, das kann ich mir nicht vorstellen von Johannes. Der hat nichts damit zu tun."

„Du konntest dir auch nicht vorstellen, dass Jo mal in den Knast wandert wegen Autodiebstahl, Entführung und was war da noch?" Gregor strahlte, als er sich einmischte.

„Hast du Gregor das erzählt, Charlotte?" entrüstete sich Wieland Wagenknecht. „Das alles ist sehr unangenehm, aber ich traue Johannes nicht mehr kriminelle Energie zu."

„Wenn einer unbedingt Knete braucht, für'n Neustart oder so was. Oder einen ganz großen Traum hat. Da kann der Beste zum Schwein werden, nicht wahr, Mama ..."

Gregor grinste teuflisch und schnupperte an dem leeren Wodkaglas. „Noch einer wäre in Ordnung, Onkelchen."

„Deine Art geht mir auf die Nerven, Gregor. Ich wäre dir dankbar, wenn du entweder mein Büro verlässt oder künftig schweigst."

„Für immer, Onkelchen?"

„Warum bist du so, Gregor? Diese Art ist in unserer Familie ganz fremd. Auch dein Vater war ein sehr anständiger und korrekter Geschäftsmann. Sein Tod, ja, sein viel zu früher Tod hat dich verändert und durcheinander gebracht. Es ist nicht leicht, mitten in der Pubertät und Orientierungsphase den Vater zu verlieren."

Wieland Wagenknecht betrachtete seinen Neffen mitfühlend, konnte aber seine Abneigung nicht verbergen.

„Wie geht's jetzt weiter, Wieland?"

„Das Testament wird an uns kommen, nachdem es polizeilich ausgewertet worden ist. Dann beginne ich mit der Anfechtung. Ich werde morgen früh schweren Herzens die Kanzlei Ahrens anrufen und von der Auffindung des Testaments berichten. Dass Mutter gerade mit Ahrens die Neuabfassung des Testaments vorgenommen hat. Schon Vater konnte den alten Ahrens nicht leiden. Der Sohn ist nicht viel besser, arrogant und eitel. Gerade zu dem ist Mutter gegangen. Schon das verstehe ich nicht."

„Vielleicht wollte sie dir eins auswischen?" mutmaßte Charlotte.

„Und warum sollte sie das?"

„Vielleicht steckt da Johannes hinter. Der hatte doch immer wieder aus dem Gefängnis mit Mutter telefoniert oder Briefe geschrieben. Glaubst du denn, dass das Testament gültig bleiben wird?"

Wieland zuckte mit den Schultern, und Gregor wackelte aufgeregt mit den Beinen, sagte aber nichts.

„Sie hatte mit mir über eine Änderung gesprochen. Das habe ich dir doch erzählt, Charlotte. Aber ich habe nicht geahnt, dass sie zu Ahrens gehen wird. Mönckeberg hatte ich ihr empfohlen oder Julius Bornholt, aber was soll's. Johannes hat eine neue Existenz, wenn er nach Hamburg kommt."

„Wenn er kommt ..." rutschte es Gregor raus.

„Junge, du bist sonderbar."

Wieland Wagenknecht hob die Teetasse und trank genüsslich einen Schluck. Charlotte schlürfte ihren Wodka und Gregor wackelte mit den Beinen, als müsse er dringend zur Toilette. Wieland Wagenknecht beendete das kleine Familientreffren förmlich: „So, ich glaube, ihr müsst dann mal weiter, und auf mich wartet auch noch ein Berg Arbeit. Wir sehen uns bald, hoffe ich, Schwesterlein. Wenn es etwas Neues gibt, rufe ich an."

Im Gehen wandte sich Charlotte noch einmal an ihren Bruder: „Weiß Johannes denn von dem Testament? Er ist doch gar nicht im Gefängnis. Er ist unterwegs auf dieser Wandertour. Vielleicht weiß er gar nicht, dass Marei Winter da war."

Wieland zuckte mit den Achseln, komplimentierte die beiden hinaus und schloss die dicke Bürotür, die alles, was in diesem Raum gesprochen wurde, sorgsam von jeglichem Mithören abschirmte.

OPPDAL

Zwei reichlich demolierte Männer in zerschlissenen Anzügen verließen an diesem Morgen die Polizeistation in Oppdal, setzten Sonnenbrillen mit zerkratzten und zersprungenen Gläsern auf, versuchten mit lässigem Gang die wenigen Schritte zu einem schmutzig schwarzen und zerbeulten Dodge-Van zurückzulegen, einer schlenkerte mit einem Hauch von Coolness den Autoschlüssel und schloss die Fahrertür auf. Nach dem Zusammenstoß mit den Oppdaler Taxifahrern hatten sie eine Nacht in Polizeigewahrsam zugebracht, zur Beruhigung und zum Selbstschutz, wie der Lensmann mit kaum verstellter Ironie behauptet hatte.

Nachdem sein Partner sich und die Kugel von Bauch auf den Beifahrersitz gezwängt hatte, kramte der Fahrer ein abgenutztes Mobiltelefon aus dem Handschuhfach und rief einen Apparat an, der in Oslo klingelte. Ein mürrischer Daddy hörte sich die lauen Erklärungen an und schrie kurz darauf so laut, dass man es fast ohne Handy hätte hören können:

„Ich will Tommy-Boy sofort, ihr Idioten! Heute noch. Ich will nur noch eine Vollzugsmeldung von euch hören. Nach Plan gehen die heute nach Rennebu, die alte E 6. Also macht schon!"

Dann war das Gespräch vorbei, und der Fahrer startete den schweren Van, bretterte aus dem Geschäftszentrum zum Skicenter, gab Gas, hupte, wenn ein Fahrradfahrer oder Fußgänger im Weg war, überholte einen Kleinwagen auf der engen Schotterstraße und ließ eine Staubwolke hinter sich.

„Die sind verdammt schnell, obwohl sie zu Fuß sind, findest du nicht auch?" Der Beifahrer kaute an einer selbstgedrehten Zigarette, die im Begriff war, sich in ihre Bestandteile aufzulösen.

In einer scharfen Kurve bremste der Fahrer, der Van kam ins Rutschen und radierte an einer Betonbegrenzung entlang.

„Pass doch auf!"

„Maul!"

Die Straße war zum Sandweg geworden, und Kurve reihte sich an Kurve.

„Die Bullen haben meine Wumme einkassiert. Wie sieht es mit der anderen aus. Ist die noch im Handschuhfach?" Der Fahrer beugte sich weit auf die Beifahrerseite und wollte das Handschuhfach öffnen.

„Kümmer du dich ums Fahren, ich sehe nach", polterte der andere.

Von vorne kam ein Traktor mit Grasanhänger. Der Vanfahrer sah zu spät, dass kein Platz mehr war, rief laut „Scheiße" und ging voll in die Eisen. Der Van rutschte nur wenige Meter geradeaus, drehte sich um die eigene Achse und schoss über eine Zufahrt auf eine Wiese, nahm an Geschwindigkeit zu, holperte über Grasbüschel, während der Fahrer versuchte zu lenken. Das war ein Fehler. Der schmutzig-schwarze Van überschlug sich, wurde mit jedem Überschlag noch dreckiger und kam nach hundert Metern an einer Steinmauer zum Stehen, die Reifen in den Himmel gereckt. Der kugelrunde Beifahrer hing kopfüber im Sicherheitsgurt und fluchte, der Fahrersitz war leer, die Tür ausgerissen.

„Ketil, wo steckst du?" rief der Dicke, so gut es ging mit heiserer Stimme. Er schien unverletzt zu sein, konnte sich aber nicht aus der Zwangslage befreien. Eine neugierige Kuh steckte ihren Kopf ins offene Fenster und schnaufte.

„Hau ab, du Monster! Lass mich in Ruhe", fluchte der Dicke mit letzter Kraft.

Der Bauer war aus dem Traktor herbeigerannt und sah sich den Schaden an. Er zückte sein Mobiltelefon und rief Rettungswagen und Polizei. Er half dem Dicken aus dem Wrack und ging gemeinsam mit ihm zu Ketil. Der blutete und war bewusstlos, aber er atmete.

„Scheiße, Scheiße, Scheiße!“ fluchte der Dicke. „Und ich hab noch gesagt: pass auf. Aber Ketil hat nicht aufgepasst. Das wird Ärger geben.“

Der Bauer reichte ihm Kaffee aus der Thermosflasche, sagte aber die ganze Zeit kein Wort, im Gegensatz zu dem Dicken, der ununterbrochen Flüche ausstieß und Selbstmitleid in immer neuen Worten ausdrückte. Ketil störte beide nicht. Er blieb bewusstlos, bis die Retter ihn versorgt hatten.

TROLLHEIM-GEBIRGE

Sie hatten Traumwetter an diesem Samstag und einen anspruchsvollen Weg vor sich, der mit Gepäck alles andere als ein Spaziergang war. Das Bad im See hatte sie ausreichend erfrischt, sodass der langgezogene Aufstieg zum Høghøa schnell hinter ihnen lag. Der Weg nach Norden führte über weite Geröllhalden, ausgetretene Schafspfade, verlangte einen Abstieg ins Minillåtal, bevor ein steiler Pfad sie wieder auf Höhe brachte. Die großen Höhenunterschiede auf dem heutigen Wegstück forderten bei der Wärme viel Kraft, aber es gab eine Fülle wundervoller Ausblicke auf die weißen Gipfel des Trollheimmassivs. Sie hatten den mächtigen Blåhöia links des Wegs hinter sich gelassen und sahen nun Snöhetta und Gråfjell vor sich, wussten, dass sie irgendwo zwischen diesen Bergen hindurch mussten. Ein neuer Aufstieg brachte sie unterhalb des Gråfjellgipfels, ein mächtiger Berg wie ein Wächter über das Reich der Berge. Weite Ebenen taten sich vor ihnen auf, in denen Seen im Sonnenlicht glitzerten. Das Hochgebirge, eine friedliche Welt, in der der Mensch ganz klein wirkt, wenn er sich ihr auf schmalen Pfaden nähert. Jeder Schritt eine Entfernung von Hast und Zwängen, eine Bewegung in die schlichte Schönheit des Lebens.

Jon Hendrik genoss die Bewegung auf weichen Moosbetten und ausgewaschenen, schmalen Rinnen, in denen er hartes Gestein unter den Stiefeln spürte. Seine Blicke kontrollierten den

Weg, jeder Muskel war in Tätigkeit, seine Sinne hellwach für die vielfältigen Gerüche, für Lichtspiel und Geräusche. Im Gebirge kann man weit hören, überlegte er, als er das Rauschen eines Flusses wahrnahm, der noch einige hundert Meter entfernt sein musste. Wandern ist wie Gebet, formulierte Jon Hendrik in seinem Kopf, du näherst dich ganz einfach mit eingeübten Bewegungen oder Worten, und wie von alleine kommst du in Einklang mit dir selbst und der Natur, die beginnt mit dir zu kommunizieren auf vielerlei Arten. Der Wanderer wird zum Hörenden, weil er das Reden nicht mehr braucht. Je mehr er eins geworden ist mit sich und der Umwelt, desto weniger Worte braucht er, selbst die Gedanken können schweigen, was bleibt ist pures Dasein. Welch wunderbarer Zustand.

Jon Hendrik stoppte. Etwas hatte seine Aufmerksamkeit gebunden. Er gab den anderen Zeichen und deutete in die Ferne.

„Eine Rentierherde, seht. Da ganz weit hinten, oberhalb des Sees."

Sie genossen den Anblick der großen Herde, die gemächlich die grünbraunen Flächen zwischen Bächen, Hügeln und Mooren beästen. Leuchtend hellgrün schimmerten die Flechtenfelder zwischen Felsen, Gras und Heidepflanzen. Sie waren erschöpft nach dem langen Weg, auf dem sie nur kurze Pausen eingelegt hatten. Hier war eine gute Stelle zum Rasten, den Rentieren beim Äsen zuzuschauen und selbst ausgiebig zu speisen. Mit Begeisterung ließen sie ihre Rucksäcke hinabgleiten und genossen die Rückenfreiheit, packten ihre Lebensmittel auf das karierte Tuch, das Jon Hendrik in ihre Mitte gelegt hatte, und lagerten sich auf Isomatten. Schnell kamen neugierige Ameisen in Erwartung auf Beute, probierten vom Käse und trugen Keks- und Kornmo-Krümel zu ihrem Bau. Jon Hendrik zog eine Thermoskanne aus seinem Rucksack und bot dampfenden Tee an. Johannes stellte Kaffee in die Runde. Sie saßen auf einem kahlen, bemoosten Hügel, von dem aus sie weit in alle Richtungen blicken konnten. Der Weg, der vor ihnen lag, sollte sie durch Birkenwäldchen führen. Einige Bäche waren zu überqueren, bevor sie die Jøldalshütte erreichen sollten. Der Jølvatn war in nördlicher Richtung zu ahnen, oberhalb seines südlichen Ufers musste die Jøldalshütte liegen. Jon Hendrik schätzte den verbleibenden Weg auf ein bis zwei Stunden, „ein besserer Spaziergang", wie er sich ausdrückte. Nach ausgedehnter Pause packten sie zusammen und sahen, wie Unruhe in die Rentierherde gekommen war. Die Tiere stoben davon und verschwanden in einer Talsenke.

Jon Hendrik hatte angefangen zu singen, und Tom wagte einzustimmen: „Free at last, we're free at last, almost free, halleluja." Die anderen hatten sich abgewöhnt, vom Gesang genervt zu sein. In einem stillen Moment wagte Bodil sogar ein Kompliment: „Deine Stimme ist wie geschaffen für Gospels, Jon. Ich höre dir gerne zu."

„Ich glaube, eines Tages wirst du entdecken, was für eine gute Stimme in dir steckt, Bodil. Das wird klingen."

Zögerlich breitete sich ein Lächeln über ihr Gesicht.

„Ich habe früher bei Ten-Sing gesungen, in unserer Gemeinde, Jon. Das hat mir viel Spaß gemacht."

„Vielleicht wird es das wieder. Ten-Sing ist eine großartige Erfahrung. Es gibt auch für Erwachsene ähnliche Gruppen. Sogar in Ullersmo habe ich so einen Chor."

Sie scherzten viel und waren ausgelassen. Bodil hatte ihre Wanderhose über die Knie gekrempelt und zeigte stolz ihre kräftigen Waden, Johannes lief im armlosen T-Shirt und genoss die Sonne auf den Oberarmen und Blicke auf Mia, die ihr Bikinioberteil hervorgekramt und entschieden hatte, dass dies die ideale Wanderbekleidung war. Die Strümpfe hatten alle bis unter die Knöchel gerollt. Schweiß rann an ihnen in Bächen hinab, und jedes Wasser, das sie überquerten, nutzten sie zur Erfrischung.

Der Weg führte durch dichten Birkenwald, in dem Blaubeeren und Heide wuchsen. Es duftete aromatisch. Tom war vorausgeeilt, weil er sich zur Notdurft in die Büsche schlagen wollte. An einer geeigneten Stelle verließ er den Weg, zwängte sich durch das dichte Buschwerk, einen bemoosten Hügel hinauf, legte sein Gepäck ab, begann die Hose zu öffnen und wollte sich in eine Mulde hocken. Da merkte er, dass er nicht alleine war. Ein Blitz durchzuckte ihn. Wie angewurzelt blieb er stehen, stocksteif, und wagte nicht zu atmen. Vor ihm in nur knapp zehn Metern Entfernung war ein Bär dabei, ein Rentierkalb zu verspeisen. Offensichtlich hatte er mit seiner Mahlzeit gerade begonnen und schien sehr hungrig zu sein. Der Bär hatte sich Tom zugewandt, brüllte einmal laut und beeindruckend, ließ seine Beute liegen und baute sich vor Tom auf. Der war beeindruckt, konnte sich nicht bewegen und bemerkte, wie seine Knie weich wurden. Ihm war klar, dass er sich besser nicht bewegen sollte, aber die Angst zog ihn den kleinen Mooshügel hinauf. Er setzte einen Schritt nach hinten, behielt den Bären im Blick, lächelte ihn an, obwohl er sich blöde dabei vorkam, und wagte einen weiteren Rückwärtsschritt, der dazu führte, dass er in eine Mulde geriet, stolperte und stürzte. Der Bär sank auf seine Vordertatzen, hielt seine Nase in den Wind, sondierte die Situation, grunzte und kam gemächlich auf sein neues Opfer zu. Tom sah sich um, ob ein Stock in der Nähe war, mit dem er den Bären beeindrucken konnte, doch fand keinen. In seiner Verzweiflung schrie Tom um Hilfe, der Bär zögerte und Tom versuchte, langsam aufzustehen. Der Bär, nur noch drei Meter von Tom entfernt, stellte sich ebenfalls auf und fuchtelte mit der Tatze. Tom hob seine Arme, als hoffte er, die Prankenhiebe abwehren zu können. Das machte den Bären nur wilder. Der brüllte und erwischte Tom mit den Krallen an der rechten Wange. Tom sank in sich zusammen und war bereit, sich seinem Schicksal zu ergeben, als plötzlich Bodil neben ihm stand. Sie brüllte den Bären an, baute sich vor dem Tier mit breiten Beinen auf und hielt ein Messer mit rotem Griff in der rechten Hand, mit dem sie den Bären zu beeindrucken hoffte.

„Schlag du nur, Bär! Komm und versuch's mal!" schrie Bodil und fixierte die gelblichen Augen des Tieres. Tom kroch zur Seite und der Bär fuchtelte mit seinen Pranken, verfehlte nur um wenige Zentimeter Bodils Kopf. Blitzschnell verpasste sie der zurückschnellenden Tatze einen Streif mit dem Messer. Der Bär brüllte wütend und setzte zum erneuten Angriff an, sah aber, dass weitere Menschen gekommen waren, zögerte, schnupperte und drehte ab, humpelte zu seiner Beute und behielt die Menschen im Auge. Langsam zogen sich Bodil und Tom zurück. Jon Hendrik, der ebenfalls ein Messer in der Hand hielt, besah sich Toms Wunde. Sie blutete stark, er tupfte sie mit einem nassen Tuch ab und pflasterte sie. Johannes blieb mit Bodil auf dem Hügel stehen und beobachtete den Bären, der begonnen hatte, seine Mahlzeit grunzend und brummend fortzusetzen. Mia und Jon Hendrik nahmen Tom in die Mitte und gingen den Weg weiter. Tom war kreidebleich und zitterte.

„Fast hätte er mich gehabt. Seine Pranke ist nur knapp an meinem Auge vorbei."

Mia strich Tom durch die Haare.

„Ich dachte ..., es gibt hier ... keine Bären", stotterte Tom.

„Vereinzelt kommen Jungbären aus Schweden nach Norwegen. Die Bärenpopulation hat in Schweden sehr zugenommen, was zur Folge hat, dass die Reviere zu eng geworden sind. Auch bei uns hat die Zahl der Bären zugenommen. Das Problem ist, dass Bären nicht bejagd werden dürfen. Die haben keine Feinde und richten großen Schaden an, besonders bei Schafen und Rentieren, sehr zum Leidwesen der Züchter", wusste Jon Hendrik. Er traf auf offene Ohren. Johannes und Bodil waren zu ihnen gestoßen. Tom suchte immer noch nach Worten, denn er wusste gar nicht, wie er Bodil danken sollte.

„Du hast mir das Leben gerettet! Ohne dich wäre ich Bärenfutter geworden. Danke, Bodil."

„Keine Ursache, Tom. Wir sind jetzt quitt. Du hast doch auch ... im Dovre. Dem Bären sei Dank, so konnte ich mich revanchieren. Geht's dir gut, Tom?"

„Wie du da gestanden hast, vor dem Bären mit dem Messer, und geschrien hast!" Toms Augen strahlten vor Bewunderung. Jon Hendrik mischte sich ein:

„Es ist unendlich gut gewesen, was du gemacht hast, Bodil. Aber verrate mir doch bitte, wo du das Messer her hast. Das ist gegen unsere Verabredung."

Bodil sah schuldbewusst zu Boden und schwieg. Dann griff sie in ihre Hosentasche und holte das Messer heraus, bertrachtete es und reichte es Jon Hendrik.

„In Fokstua ... Da habe ich es gefunden. Es hat mich magnetisch angezogen ... Für alle Fälle ..."

Bodil sah Jon Hendrik mit mädchenhaftem Blick an, schämte sich und wirkte hilflos, eine völlig andere Frau als noch vor wenigen Minuten. Jon Hendrik hatte sich mit ihr zurückfallen lassen, weil er der Meinung war, dass die anderen dieses Gespräch nicht hören brauchten.

„Was für Fälle?"

„Wenn mich jemand bedroht!" brach es aus ihr heraus. „Ich habe mich in Fokstua und auch vorher so schutzlos gefühlt. Außerdem ..."

„Ja."

„Außerdem ... Wenn es zu schlimm wird mit den Schuldgefühlen ... und dass ich völlig versagt habe ..."

„Selbstmord? Ist es das, woran du gedacht hast? Wie in Oppdal?"

Bodil schwieg und nickte schüchtern. Es war ihr peinlich, und doch tat es gut, dass Jon Hendrik Bescheid wusste. Es tat nicht mehr so weh, darüber zu sprechen. Ihr kam es sogar vor, als spreche sie über eine andere Frau, die sie kannte, aber doch weit hinter sich gelassen hatte. Sie sprach mit einem Mann, bei dem sie sich nicht mehr bedroht fühlte. In den vergangenen Tagen hatte sie ihn auf viele Arten erlebt. In Ryphusan wäre sie gerne an ihn heran gekrochen, hatte eine völlig andere Ausstrahlung wahrgenommen. Er kam ihr weicher und sinnlicher vor. Das zog sie an. In Oppdal hatte sie sich fallen lassen und bei Jon Hendrik geborgen gefühlt. Noch nie hatte sie so etwas mit einem Mann erlebt. Sie hatte die Kontrolle verloren und ihr war nichts zugestoßen. Heute wusste sie: ihm konnte sie vertrauen.

„Bodil, du bist eine sonderbare Frau, eine faszinierende Frau. Im einen Moment verjagst du einen Bären und im nächsten bist du das kleine schüchterne Mädchen. Ich habe noch nie eine Frau erlebt, die so stark ist wie du und gleichzeitig so schwach sein kann. Hast du eine Ahnung, wie das kommt?"

„Meinst du, ich bin krank? Ein Fall für die Psych?"

„Das habe ich weder gemeint noch gesagt, Bodil. Ich frage mich nur, was dich schwächt, wenn doch unglaubliche Stärke in dir steckt."

„Ich verstehe deine Frage nicht, Jon."

Er überlegte und versuchte neu anzusetzen:

„Du stehst da mit dem Messer in der Hand vor einem Bären, aber deine Tochter im DOMUS macht dich fertig. Du bist so gefühlvoll und stark, konntest dich aber nicht wehren gegen deinen idiotischen Mann ..."

Jon Hendrik ließ die Worte wirken. Lange gingen sie schweigend nebeneinander. Bodil griff nach seiner Hand und drückte fest.

„Ich glaub, ich kann nicht drüber sprechen, Jon. Es tut so weh."

„Okay, Bodil. Aber wenn du drüber sprechen willst, dann bin ich da, du Urfrau. Mann, ich bin so fasziniert von deinem Bärenkampf. Versprich mir bitte, dass du mit dem Messer nichts anstellst, dann behalte es doch bei dir. Es gibt dir offenbar Sicherheit. Und in der Natur braucht man tatsächlich ein Messer. Vielleicht ist das Messerverbot falsch. Ich hatte viel Angst."

Sie fanden in ihren Rhythmus und gingen schweigend. Jon Hendrik beobachtete, dass Tom wild gestikulierte und ununterbrochen sprechen musste. Wenn einer von ihnen ins Gebüsch wollte, folgte ihm ein Begleitschutz. Die Begegnung mit dem Bären hatte sie alle tief beeindruckt.

Sie gingen einen langgezogenen Hügel hinab und sahen vor sich eine unbewaldete Ebene mit einem Hügel, auf dem die norwegische Fahne wehte. Daneben sahen sie die Jøldalshütte. Der restliche Weg war ihnen entgegen geflogen und der Abend noch weit entfernt, als sie vor dem alten Holzhaus ihre Rucksäcke abstellten, Wasser tranken und die Isomatten ausbreiteten, um in der Sonne zu liegen. Tom hatte sich gefangen, war aber sehr still geworden. Er legte sich zu Bodil und bedankte sich ununterbrochen.

„Dass du dein Leben für mich eingesetzt hast. Das habe ich nie geglaubt, dass jemand für mich ..."

Zärtlich hatte Bodil ihm den Zeigefinger auf seinen Mund gelegt, um ihm deutlich zu machen, dass sie verstanden habe.

Nach einem deftigen Abendessen mit bester Almkost und kalorienreicher Rømmegrütze mit hauchdünnem Flatbrød zum Abschluss bezogen sie die kleine Selbstbedienungshütte neben dem großen Hauptgebäude, das mit seiner urigen Gemütlichkeit zum längeren Verweilen bestens geeignet war. Viele Wanderer hatten die Jøldalshütte an diesem Wochenende zu ihrem Ziel gemacht und saßen rund um das Gebäude im Sonnenschein, lasen, spielten Karten, tauschten sich über Erlebnisse unterwegs aus oder versorgten wunde Füße. Eine Gruppe Jugendlicher baute vor der Haupthütte eine Jurte auf.

Jon Hendrik holte seine Begleiter in einer sonnigen, windschattigen Mulde gut 100 Meter oberhalb der Jöldalshütte zusammen.

„Wir werden morgen hier bleiben und einen Rasttag einlegen. Es wird unser letzter Rasttag sein. Nur noch eine Woche Weg liegt vor uns und dann ..."

Er machte eine lange Pause und sah in nachdenkliche Gesichter, bevor er fortfuhr:

„An diesem Wochenende liegt aber auch harte Arbeit vor uns, wir denken noch einmal schonungslos an das, was uns nach Ullersmo und schließlich hierher gebracht hat. Ich möchte, dass ihr euch über die Rolle klar werdet, die ihr gespielt habt bei dem, was ihr angerichtet habt. Schreib auf, was deine Schuld und Verantwortung ist, nicht, wie du Opfer geworden bist. Schreib auf, was du mit dir herum trägst an Schuldgefühlen. Deine Notizen sind nur für dich selbst bestimmt. Ich mache dieselbe Übung, denn auch mich haben eigenes Handeln, Schuld und Versagen nach Ullersmo gebracht. Morgen möchte ich mit jedem von euch dreien ein ausführliches Gespräch führen. Ich sehe das als Vorbereitung auf den Moment im Nidaros-Dom, an dem euch der Neuanfang unter Gottes Segen zugesprochen werden soll. Nennt es ein Beichtgespräch, wenn ihr wollt. Es soll einen klärenden, befreienden Sinn haben. Das ist Beichte: Seelsorge in intensivster Form und Chance zum Neubeginn."

Wieder machte er eine Pause und wartete auf Reaktionen. Die Sonne hatte sein Gesicht zum Strahlen gebracht und Bodil sah Jon Hendrik mit einem Ausdruck an, der an Schwärmerei grenzte. Wie schön diese Frau ist, schoss ihm durch den Kopf. Er riss sich aus seinen Gedanken, um fortzufahren.

„Und dann gibt es eine zweite Aufgabe für euch. Der Weg wird in einer Woche beendet sein, aber der Neuanfang geht dann erst los. Ich hatte euch schon daran erinnert: Zu diesem Projekt gehört der soziale Dienst, den ihr für mindestens drei Monate übernehmt. Macht euch Gedanken, wo ihr euch engagieren wollt.Auch da könnt ihr mich fragen."

Johannes wartete nicht, bis Jon Hendrik eine Pause machte: „Ich hab schon was. In der Zeitung habe ich von einem Projekt gelesen, bei dem Knastis mit schwierigen Jugendlichen, die auf der Kippe stehen, arbeiten, Jugendliche mit Drogenproblemen und völlig kaputten Elternhäusern. Die leben auf einem Bauernhof in einer Wohngemeinschaft, ich glaube, das waren sogar Christen."

Johannes sah bei seiner letzten Bemerkung zu Jon Hendrik, der aber nicht reagierte. Johannes erzählte weiter und verbarg nicht seine Begeisterung für dieses Projekt.

„Die Knastis sollen den Kids von ihren Erlebnissen und Fehlern erzählen, sozusagen als Warnung oder abschreckendes Beispiel. Zusammen fangen sie neu mit dem Leben an. Die leben irgendwo im Gebirge und haben Tiere, arbeiten auf dem Feld, müssen Holz hacken, Heu machen und so weiter. Ich stell mir vor, irgendetwas Künstlerisches einzubringen, Fotografieren, Bildhauerei mit Holz, Malen, Schreiben, meinetwegen auf Norwegisch ..."

Hier reagierte Jon Hendrik:

„Ich bin begeistert, wie gut du dich in unsere Sprache hineingelebt hast. Du bist ein Sprachengenie, Johannes."

Jon Hendrik schob ihm ein Lächeln hinüber und die anderen fügten Komplimente hinzu, nur Mia wagte zu bemerken: „Das mit dem Artikel und der Stellung des Possessivpronomens ist noch nicht ganz sicher, aber deine Sprachmelodie, einfach super. Ich liebe es, wenn du versuchst, Dialekt zu sprechen, Jo."

Johannes ließ sich nicht irritieren und erzählte weiter:

„Ich könnte mit den Kids einen Film über ihre Arbeit, ihre Geschichte und ihr Leben drehen. Die Verfremdung über Medien ist eine große Chance, die schmerzliche Wahrheit kommt nicht so ganz dicht, aber kann betrachtet werden."

„Fast wie auf dem Pilgerweg, nicht wahr?" bemerkte Mia.

Jon Hendrik wartete einen Moment, bevor er das Gespräch über das Projekt abbrechen wollte, aber Tom kam ihm zuvor und es sprudelte aus ihm heraus:

„Jo, da möchte ich mitmachen. Das klingt verdammt gut. So etwas wäre für mich gut gewesen. Ich glaube, dann wäre alles anders gekommen, kein Daddy, keine Drogen, keine Brüche und diese ganze Scheiße mit den Mädchen, die wir oft zwingen mussten ... Das ging nur über Drogen, sonst hätten die das nie gemacht. Die jungen Dinger taten mir immer Leid. Ich hab da nur mitgemacht aus Angst vor Daddy. Der war so brutal, einmal habe ich mit ansehen müssen, wie er einem Mädchen das Gesicht mit dem Messer zerschnitten hat. Paar Tage später wurde sie tot aus dem Akerselv gefischt, da oben bei Sagene, bei den alten Werken. Mette hieß die und war so hübsch, aber ziemlich fertig wegen Crack und Heroin. Kam aus gutem Haus, erzählte Daddy. Immer wenn er das sagte, grinste er ganz fies, und dann ... Das ist richtig böse ... 'Drogen sind mächtiger als alles Geld der reichen Leute', sagte er. 'Die können ihre Kinder mit all ihrem Geld nicht retten, die Droge ist mächtiger, mächtiger als Gott', hat Daddy immer gesagt, Jon, mächtiger als Gott. Das stimmt nicht, oder? Einer muss doch der Stärkste sein. Früher war Daddy einer der ganz Großen, dann kamen diese Motorradleute aus Dänemark, die Angels. Jetzt sind die Russen dabei und schmeißen alle anderen aus dem Geschäft. Aber einer muss doch stärker als die alle zusammen sein. Das wäre sonst völlig Scheiße. Ich will nicht, dass die Gangs die Stärksten sind."

Alle hatten Tom gespannt zugehört. Bodil musste an Solveig denken, ob sie gefährdet war mit ihrer Familiengeschichte. Wenn Solveig in die Fänge solcher Typen geraten würde, dann würde sie wieder ein Messer nehmen. Vor solchen Typen hatte sie weniger Angst als vor einem Bären, da war sie sich sicher.

Keiner mochte etwas sagen und Tom bestand auf einer Antwort.

„Sag was Jon, die können doch nicht stärker sein als Gott!"

„Manchmal sieht es so aus, als wären sie das, aber sie sind es nicht, Tom. Diese Verbrecher und ihre Hintermänner wirken sehr mächtig, weil sie skrupellos und brutal sind. Doch wenn sie vor Gott stehen, sind sie auch nur kleine Hosenschisser wie du und ich. Das merkst du, wenn so einer krank wird und Angst vorm Sterben hat. Wenn er merkt, wie machtlos er wirklich ist, dass er nichts mit rüber nehmen kann von dem, woran sein Herz sich festgehängt hat. Wer viel zusammenklaut, für den ist Sterben und Tod ständige Bedrohung. Die Angst ist kaum auszuhalten."

„Wieso tut Gott nichts?" brach es aus Bodil heraus. „Wieso schützt er unsere Kinder nicht und die ganze Welt?"

„Was sollte er tun, Bodil? Alle umbringen, die etwas Böses getan haben? Denk mal nach, dann wäre keiner von uns mehr hier!"

„Ich verstehe diese Schicksalsergebenheit im Christentum nicht, die Leidensbereitschaft Jesu hat doch seinen Gegnern erst die Waffen in die Hand gegeben. Wenn der sich gewehrt hätte, wie viel hätte er noch verändern können", mischte sich Johannes ins Gespräch.

„Und was wäre gewesen, wenn er auch nur einer dieser Freiheitskämpfer mit bewaffneten Horden gewesen wäre? Schau dir Israelis und Palästinenser an. Gewalt führt doch nicht weiter, Johannes."

„Aber was dann, Jon?"

„Nicht-Gewalt, freiwilliger Verzicht, denen helfen, die in Not sind. Ich finde, du hattest eine Superidee mit dem Projekt, bei dem du mitmachen willst. Das führt weiter ... Übrigens: die Christen, die solche Sachen starten, sind kein bisschen schicksalsergeben. Ich denke, dass Glaube etwas völlig anderes ist als Fatalismus. Erst durch ihren Glauben haben die Mut, die Welt zu verbessern."

„Vergiss nicht, Jon. Ich mach da auch mit, ja?" erinnerte ihn Tom.

Bodil reckte sich und legte sich der Länge nach ins Gras.

„Was haben wir es doch gut hier. Dieses Wetter!"

Jon Hendrik genoss ihren Anblick und begann Notizbücher und Stifte zu verteilen.

„Bis Trondheim sollen diese Hefte eure ständigen Begleiter sein. Sie sind nur für euch. Passt gut drauf auf."

Am liebsten hätte sich Jon Hendrik neben Bodil gelegt, aber er wagte es nicht. Zu stark waren sein Verantwortungsgefühl und die Vernunft, die ihm zur Distanz riet. Selbstdisziplin! sagte er sich, gerade nach den Gefühlswallungen, die er in Oppdal erlebt hatte. Er genoss aus zugekniffenen Augen Bodils Anblick. Ihre Mähne hatte sich um ihren Kopf verteilt wie dunkle Sonnenstrahlen. Das Gesicht war braun und gesund, ein paar versprenkelte Sommersprossen machten die Frau nur noch schöner. Sie hatte die Augen geschlossen und ihren Mund einen Spalt geöffnet, sodass die weißen Zähne zwischen den vollen Lippen hindurchschienen wie die Mitternachtssonne, wenn sie den Horizont berührt, ein sinnliches Gesicht. Mia stellte sich neben Jon Hendrik und knuffte ihn in die Seite. Sie zwinkerte ihm zu und zog ihn einige Meter zur Jøldalshütte hinunter.

„Du kannst dich kaum beherrschen, Jon, nicht wahr? Sie ist wunderschön."

Er sah Mia überrascht an, fühlte sich ertappt, aber nicht entblößt. Es tat ihm gut, in Mia eine Mitwisserin zu haben, denn nichts ist schlimmer, als Verliebtsein mit niemandem teilen zu dürfen.

„Du bist immer so beherrscht, Mia, professionell distanziert. Ich kann das manchmal nicht. Vielleicht bin ich zu schwach bei manchen Frauen."

Mia sah ihn mit aufgesetzt mitleidigem Blick an.

„Du armer Jon. Ich finde, dass deine Emotionalität gerade deine Stärke ist. Manchmal würde ich gerne etwas davon haben. Aber du hast Recht: Bodil ist schon eine faszinierende Frau. Ich könnte mich auch ..."

Dann biss sich Mia auf die Lippen, nahm Jon Hendrik bei der Hand und raste mit ihm zur Hütte hinunter.

„Und jetzt besprechen wir den morgigen Tag, deine Rolle, meine Rolle und die Ziele. Wir sollten auch ein Feedback machen und unsere Notizen ergänzen, Jon. Komm, es gibt viel Arbeit."

Die beiden verschwanden in der Haupthütte, nahmen sich einen Tisch im Essraum, und Mia breitete einen Bogen mit Spalten und Diagrammen aus. Jon Hendrik war mehr danach, aus dem Fenster und auf den See zu schauen, als Schularbeiten zu machen. Aber Mia mit all ihrer Vernunft siegte. Die Wirtin hatte Mitleid und stellte eine Kanne Kaffee und zwei Stück Kuchen auf den Tisch, ließ die Arbeitenden in Ruhe, nicht ohne zu bemerken, sie könne nicht verstehen, dass sie bei diesem Wetter nicht draußen in der Sonne lagen. Tom lag bei Bodil.

HAMBURG-HUMMELSBÜTTEL

Charlotte traf der Schlag, als sie am Sonntagmorgen das Garagentor öffnete. Neben ihrem Golf und dem Mercedes ihres verstorbenen Ehemannes stand ein nagelneuer, silbergrauer Sportwagen, ein Audi TT. Dies war nicht der Wagen ihres Liebhabers und schon gar nicht der der Haushälterin. Charlotte von Mercier war umgehend klar, dass sich ihr Sohn seinen Traum erfüllt hatte; aber von welchem Geld? Sein Job beim Privatfernsehen erlaubte ihm zwar einen für einen Anfang Zwanzig-Jährigen üppigen Lebensstil, auch war sein Zuhause nicht von Not und Armut geprägt, aber das Geld für einen Audi TT konnte Gregor nicht durch Jobben oder Sparsamkeit aufbringen, zumal Sparen nie seine Stärke war. Charlotte schloss das Garagentor, drehte auf dem Absatz um und schritt energisch ins Haus, die Treppe hinauf und stand ohne Anklopfen in Gregors Zimmer. Der junge Mann öffnete mühsam seine Augen, quälte einige lasche Proteste an seinen Stimmbändern vorbei und bat um Gnade, da doch Sonntag sei. Dazu war seine Mutter auch an diesem Morgen nicht bereit.

„Das Auto da draußen, Greg ..."

Sie benutzte nicht mehr Worte als nötig und wartete die Reaktion ab. Gregor suchte unter seiner Bettdecke Schutz wie in seiner Kindheit, ahnte aber, dass seine Mutter nicht ohne Antwort das Zimmer verlassen würde. Energisch schob sie die Vorhänge beiseite und brachte Licht in Gregors Verschlafenheit.

„Alte, ey, du bist echt brutal. Dagegen war Dad ja eine Stubenfliege. Reg dich nicht auf, Mum, bleib cool, ja. Du stürmst hier rein ohne anzuklopfen ..."

„Das Auto, Greg!"

„Voll krass ... Lass gut sein, Mum. Ich kann dir das erklären."

„Nichts anderes erwarte ich!"

Charlotte zog ihrem Sohn das Deckbett weg und ließ ihn schutzlos seiner Blöße und ihrer Erwartung auf Antwort ausgeliefert. Er ergab sich, wälzte sich aus dem Bett, baute sich vor seiner Mutter auf, vermochte aber in dieser Situation nicht, eine machtvolle Erscheinung darzustellen. Sie blieb regungslos stehen, starrte ihn an und schob ihre knallroten Lippen nervös hin und her. Gregor hob die Hände, torkelte zur Zimmertür und wollte verschwinden, da hielt ihn seine Mutter an der Schulter zurück.

„Nicht diese Art. Merk dir das!"

„Du willst mir drohen, Mum? Ich muss pissen, sonst mach ich in die Hose."

Sie hielt ihn weiterhin fest und erhöhte den Druck ihrer Hand.

„Du tust mir weh. Das hast du nicht nötig, Mum. Weißt du: das grenzt schon an Missbrauch. Kommt ja in den besten Familien vor, auch in den schlechten wie bei uns."

Charlotte ließ die provozierenden Bemerkungen an sich abprallen, gab den Weg zur Toilette frei, durchwühlte den Kleiderhaufen auf dem Teppich nach dem Autoschlüssel und fand ihn. Sie hatte einen klaren Plan: Den Schlüssel wollte sie als Druckmittel benutzen, um an eine Antwort zu kommen. Es rauschte aus dem Badezimmer, die Tür klappte und Gregor kehrte in sein Zimmer zurück, streifte T-Shirt und Hose über, suchte in der Hosentasche nach dem Autoschlüssel und wurde hektisch, als er ihn nicht finden konnte.

„Scheiße! Wo ist denn ... Gestern Abend hatte ich ihn in ..."

„Schluss mit dem Theater. Ich habe ihn weggeschlossen und warte auf eine Antwort. Sofort."

„Du spinnst wohl! Das ist mein Autoschlüssel, da hast du gar nichts ... Was nimmst du dir raus, Mum?"

„Es ist erst dein Autoschlüssel, wenn du mir erklären kannst, dass du mit eigenem Geld dieses Auto kaufen konntest, sonst ..."

„Was sonst?"

Gregor gab sich mit einer verächtlichen Geste geschlagen, zündete eine Zigarette an, als wolle er sich beweisen, dass er immer noch handlungsfähig und in seinem Zimmer so etwas wie sein eigener Herr war. Charlotte hasste den Qualm, ließ sich aber nichts anmerken.

„Aktien, Mum. Ich hab gezockt. Das geht im Moment gut. Da kannst du schnelles Geld machen. Und für 30 Riesen Anzahlung habe ich das Traumauto im Stall, wie ich es immer wollte. Sollen wir mal 'ne Probefahrt machen?"

„Du willst mich für blöd verkaufen, wie? Wie viel Geld kannst du denn in Aktien anlegen? Und wovon willst du die Raten bezahlen?"

„Wenn ich Wieland und dich richtig verstanden habe, soll doch wohl bald wieder richtig Geld rüberwachsen von Oma. Da habe ich gedacht, hole ich mir etwas Geld von der Bank und lege meinen Anteil ...“

Charlotte wurde zornesrot und schrie: „Du hast gedacht? Du bist ein Miststück, Gregor! Geld von Oma? Auch wenn Wieland das Testament angefochten bekommt, wirst du keinen Pfennig ...“

„Früher oder später schon, Mum. Das wissen doch die Typen bei der Bank nur zu gut. Dads Tod hat sich doch auch gelohnt für uns alle.“

Er hatte die Worte noch nicht zu Ende gesprochen, da klatschte eine ungebremste Ohrfeige in sein Gesicht, von deren Wucht er ins Taumeln geriet. Charlotte von Mercier verließ das Zimmer ihres Sohnes und lief heulend ins Wohnzimmer. Dort suchte sie Trost in einem Sherry und brauchte lange, bis sie sich beruhigen konnte. Auf dem Schlüsseletui las sie die Telefonnummer des Autohändlers. Wild entschlossen, den Kauf ihres Sohnes rückgängig zu machen, rief sie an und hatte Glück, dort am Sonntag jemanden anzutreffen. Es war der Chef persönlich, der im Begriff war, sich auf einen Schautag vorzubereiten.

„Sofort holen Sie bitte das Auto bei uns ab. Die Kosten für Ihre Unannehmlichkeiten übernehme ich, den Schlüssel habe ich.“

Gregor hatte sich ins Parterre geschlichen und hörte das Telefonat. Drei Minuten später schlich er mit einer Reisetasche in der Hand und dem Reserveschlüssel in der Jackentasche aus dem Haus.

Als der Besitzer des Autohauses genervt und in Hektik den Fehlkauf in Empfang nehmen wollte, war der Platz in der Garage leer und Gregor nicht aufzufinden. Charlotte versorgte den unfreundlichen Mann mit einem Drink, versuchte Henriette über Handy zu erreichen und musste sich mit der Mailbox zufrieden geben.

„Gnädige Frau, mir ist das unangenehm, aber der Kauf ist völlig korrekt. Ihr Herr Sohn ist geschäftsfähig. Wenn er die finanzielle Situation anders einschätzt als Sie, ist das nicht mein Problem. Mich hat es schon überrascht, dass Ihr Sohn die Anzahlung von 30 000 Mark bar bezahlt hat. Das kenne ich von jungen Leuten nicht, meistens kommt dann ein Elternteil mit und ..."

„Er hat das Auto bar angezahlt?"

„Wir haben ihm einen guten Rabatt gewährt. Die jungen Leute sind so für diesen Wagen zu begeistern, aber die meisten verschulden sich doch sehr. Ihr Sohn hat eine solide Finanzierung des Restbetrages bei unserer Hausbank abgeschlossen und sagte, Sie erwarteten eine umfangreiche Erbschaft."

Charlotte bedankte sich für die Auskunft und den Service, bot dem Mann an, ihn zu seinem Geschäft zu fahren. Er lehnte freundlich ab, denn seine Frau hatte vorsichtshalber gewartet.

„Ich hatte schon vermutet, dass es sich um ein Missverständnis handeln könnte. Sie haben einen sehr tüchtigen Sohn, gnädige Frau. Wer viel leistet, der soll sich doch etwas gönnen, nicht wahr? Aber ich muss jetzt zurück, denn wir haben heute eine Sonntagsöffnung und erwarten viele Besucher. Da ist noch einiges zu erledigen. Vielleicht möchten Sie ja nachher auch ..."

Mit einem Handkuss und einer Visitenkarte verabschiedete sich der Autohändler und Charlotte fühlte sich sehr schlecht. Auch ein doppelter Sherry änderte daran nichts. Beunruhigend kam hinzu, dass sie Henriette nicht erreichen konnte, und auch Wieland war den ganzen Tag nicht erreichbar. Der war sicherlich Segeln. Eine Frage bohrte in ihr, aber sie wagte nicht, sie zu Ende zu denken. Die Sache mit dem Geld. Schließlich ging sie in den Keller, öffnete den Tresor und zählte nach. Erleichtert atmete sie auf, denn an ihrem Bargeldvorrat fehlte keine Mark. Ein anderer Gedanke drängte sich auf: im nächsten Jahr sollte es den EURO geben. Dann musste sie irgenwie ihre Bargeldvorräte umgetauscht bekommen, aber wie? Sie konnte nicht mit einer Viertelmillion in bar zur Bank gehen. Die würden sicher nachfragen, woher das Geld komme. Wieland wird eine Antwort wissen, überlegte sie und legte sich aufs Canapé im Wohnzimmer.

Zufrieden mit dem Ruhetag an der Jøldalshütte waren sie am Montagmorgen aufgebrochen, hatten den Aufstieg über das Ondusfjell und den Weg durchs Heldal zügig hinter sich gebracht und erreichten die Nærskogstraße, die sie oberhalb des Grana-Stausees zum Staudamm führte. Es war bedeckt, aber immer noch mild, phasenweise ließ sich die Sonne sehen. Während die anderen viel miteinander sprachen und lachten, hielt sich Jon Hendrik schweigsam vor ihnen. Es war allen deutlich: er wollte für sich sein.

Mit jedem Schritt fügten sich für ihn Erinnerungsfetzen aneinander, denn er kannte die Gegend gut, in die sie jetzt kamen. Es wühlte etwas in ihm, das er nicht genau beschreiben konnte, aber es schmerzte. Schon an der Jøldalshütte waren Momente der Erinnerung so mächtig geworden, dass er sich verkriechen musste. Marit, immer wieder Marit. Er hatte sie vor sich gesehen, ihre Berührungen gespürt, Gespräche erinnert und die Ausgelassenheit, als er mit ihr damals hierher gewandert war. Die Wirtin der Jøldalshütte hatte ihn erkannt und nach Marit gefragt. Er hatte irgendetwas zusammengelogen, weil schon die Frage nach Marit so weh getan hatte.

Über dem Staudamm wehte ein frischer Wind, und sie legten an Tempo zu, um Windschatten zu erreichen. Die Straße führte an nackten Felswänden vorbei, in denen Bohrungen für Sprengladungen zu sehen waren. Jon Hendrik erinnerte sich an die Diskussionen, die es in Rennebu gegeben hatte wegen des Stausees. Noch Jahre, nachdem der Damm fertig war und kräftig Strom produziert wurde, gab es die Fronten in der Gemeinde, und er war als strafversetzter Pastor oft mittendrin gewesen.

Rennebu, ein Jahr lang musste er hier Vertretung machen. Der Bischof hatte ihn sofort nach Bekanntwerden der Affäre mit Marit aus Rindal abberufen und ihm die Gemeinde in Rennebu ans Herz gelegt, eine Aufgabe, die ihn oft überfordert hatte. Da war das familiäre Chaos, das er angerichtet hatte, seine Liebe zu Marit, die Bösartigkeiten in Rindal und die Erwartungen der Leute in Rennebu. Aber er war gar nicht offen gewesen für diese neue Gemeinde und hatte viele Menschen enttäuscht. Es grummelte in seinem Bauch, er spürte einen stechenden Schmerz und musste sich ausruhen. Die anderen stellten sich um ihn, sagten nichts, waren aber in Sorge.

„Geht weiter, bitte. Ich komm gleich nach. Immer die Straße entlang."

Er konnte nicht verhindern, dass sie sich Sorgen machten, aber sie kamen seiner Bitte nach. Bodil zögerte, wollte etwas fragen, ließ es aber sein und folgte den anderen. Je näher sie dem Orklatal mit den bunten Höfen, satten Wiesen und friedlichen Auen kamen, desto mehr hatte sich etwas in Jon Hendrik geweigert weiterzugehen. Er hatte Angst. Nie hatte er sich vorstellen können, dass er sich fürchtete, Menschen aus Rennebu zu treffen, ihre Fragen aushalten zu müssen und erinnert zu werden. Aber mit Macht hatten sich die Fetzen zu einem schweren Vorhang verbunden, der ihn unter sich begrub und die Luft zum Atmen nahm. Er würgte und übergab sich. Der Vorhang hob sich ein Stück und ließ etwas Sonne an seinen ausgekühlten Körper. Da war ein sonniger Tag auf dem Kirchhof von Rennebu, sonntags, die Menschen standen vor der Kirche und tranken Kaffee. Marit war da und plauderte mit zwei Frauen. Er hatte zwei Kinder getauft und stand bei einer der Familien, hörte, was sie redeten, nahm aber keines der Worte wahr. Während die Eltern des Täuflings sich bei ihm bedankten, hatte er nur Marit im Blick. Sie war aus Rindal gekommen, um mit ihm den Sonntag zu verbringen. Er war so einsam gewesen in Rennebu und hatte Marit vemisst. Jetzt war sie da. Es wühlte in seinem Bauch, und der Vorhang senkte sich erneut. Jon Hendrik musste sich wieder übergeben.

Er wischte sich den Mund, schüttelte sich, zitterte und sah wieder Marit vor sich, wie sie sich auszog und nackt vor ihm stand. Es war am Furusjø, unweit von der Stelle, an der er jetzt saß. Sie waren nach dem Gottesdienst hinaufgefahren und hatten sich geliebt. Er war unendlich glücklich gewesen, solange sie da war, und so leer, als sie nach Rindal zurückgekehrt war. In der Einsamkeit wurde die Schuld mächtig. Er hörte oft in sich die Vorwürfe und Fragen von Anne, die er barsch zurückgewiesen hatte, solange sie ihm wahrhaftig gegenübergestanden hatte. In der Stille der provisorisch eingerichteten Wohnung in Berkåk drängten sich Bilder in den Vordergrund: Per und Arne, die ihn fragend ansahen: „Warum, Papa?" Und immer wieder das harte und verletzte Gesicht von Anne, die nicht verstand, weshalb er die Familie so leichtfertig aufs Spiel gesetzt hatte. Tausendmal hatte er sich selbst gefragt, ob er Marit wirklich so sehr liebte, ob es nur die Erotik war, die wie eine Seifenblase zerplatzen konnte, wenn die Spannung des Neuen verschwunden war. Schließlich war seine Liebe zu Marit in einem Gefühlschaos untergegangen. Sie bräuchte Abstand, hatte sie gesagt und ihn gebeten, ihr eine Zeit der Prüfung zu lassen. Das hatte er kaum ausgehalten. Da kam wieder diese bittere Erinnerung, die sich seit Jahren in seinem Magen eingenistet hatte: er auf dem Bett, das nicht sein eigenes war, umgeben von schwarzen Wolken und einer düsteren Bilanz seines Lebens. Sollte das das Glück sein: die Liebe zu einer Frau, die er nur heimlich und selten sehen konnte und die eine unbestimmte Zeit der Besinnung brauchte; die zerstörte Beziehung zu einer Frau, die er einst geliebt hatte, die Mutter seiner Söhne geworden war; zwei Jungen, auf die er stolz war, aber mit denen es nur seltene Zeiten nach langfristiger Planung gab. Die Liebe zu Anne hatte sich verändert, als die Kinder klein und anstrengend gewesen waren und der Alltag einförmig wurde. Anne war unzufrieden gewesen und er selbst auch. Unzufrieden mit einer Pfarrstelle in einem abgelegenen Tal, in dem selten etwas Neues geschah. Rindal war ihm zum Gefängnis geworden. Das war der Nährboden für Fluchtgedanken und schnelles Verlieben.

Jon Hendrik fühlte, wie die Schwere eines wolkenverhangenen Herbsttages in Rindal seinen Magen quetschte und krampfte. Er versuchte die Erinnerungen auszuspucken. Schweiß lief von seiner Stirn. Und heute sollte er nach Rennebu, das ihm wie die Verbannung auf eine einsame Insel erschienen war, auf der nur manchmal eine wunderschöne Besucherin aus einer anderen Welt aufgetaucht war. Noch niemals war er so einsam gewesen wie in Rennebu, obwohl die Gemeinde freundlich zu ihm gewesen war, freundlich aber distanziert.

Ein giftig-grüner Traktor kroch die Straße hinauf. Jon Hendrik sah hoch und überlegte: Torleif, das ist Torleifs Trac. Es war zu spät zum Verstecken, so blickte er dem Traktor mit Grasanhänger entgegen, der allmählich herangedröhnt war und stoppte.

Aus der Kabine pellte sich ein großer und muskulöser Mann Ende Fünfzig mit kurzgeschnittenem weißen Bart und überraschend hoher Stimme:

„Jon Hendrik? Bist du das?"

Jon Hendrik stand auf, war unsicher, wie er dem Mann entgegentreten sollte, da er fürchtete, der andere könnte riechen, wie übel es ihm ergangen war. Der aber scheute sich nicht, Jon Hendrik die kräftige Hand entgegen zu strecken, ihn zu sich zu ziehen und in die Arme zu schließen.

„Das ist eine Überraschung! Was machst du hier so ganz allein?"

Jon Hendrik erzählte von dem Bußweg, seinen Begleitern, dem Zeitplan und hoffte, Torleif mit diesen Hinweisen abschütteln zu können. Gesellschaft war das Letzte, das er jetzt wollte.

„Ich habe die anderen gesehen, da unten an der Abzweigung zum Furusjø. Die sind schnell und du sitzt hier alleine. Geht's dir nicht gut?"

Jon Hendrik hatte diese Frage befürchtet und kramte eine schlechte Ausrede hervor. Da war wieder der Schmerz im Bauch, als Torleif den Namen des Sees erwähnt hatte, ein Schmerz, der ihn zu zerreißen drohte. Unsicher sah sich Jon Hendrik um und Torleif prüfte ihn mit Blicken.

„Ich sehe doch, dass es dir nicht gut geht. Die alten Geschichten? Erinnerungen? Die Strafversetzung?"

Die Direktheit des Bauern tat weh, aber sie öffnete Räume.

Jon Hendrik nickte, fühlte sich wie ein Kind, das ertappt worden ist.

„Habt ihr das gewusst? Habt ihr gewusst, dass ich strafversetzt war? Und ihr seid alle so freundlich gewesen, habt mich als Pastor bei euch aufgenommen, und ich habe euch so enttäuscht!"

„Jeder macht Fehler, Jon Hendrik. Und du hast vielleicht auch zwei gemacht, aber das ist doch kein Grund, dass wir dir keine Chance geben sollten. Du warst unser neuer Pastor und das war, was zählte. Du hast es dir so schwer gemacht ..."

Torleif schwieg und Jon Hendrik stand mit offenem Mund, roch sich selbst, sah peinlich zum Boden und hielt eine Hand vor den Mund.

„Es war eine schwere Zeit für mich, als ich hier war. Ich war gar nicht offen für euch."

„Und die Frau von damals? Bist du wieder verheiratet?"

„Wie? Welche Frau?"

Torleif lächelte ihn an, ohne eine Spur von Überlegenheit:

„Na, die aus Rindal. Die ist immer nur wegen dir gekommen. Da war was zwischen euch. Das merkte man doch."

„Wusstest du, dass ich geschieden bin?"

„Das wusste hier jeder, und wir wollten dir immer zeigen, dass das für uns kein Grund ist, dich nicht als Pastor zu haben."

„Aber es hat mir nie jemand gesagt!"

„Wie auch. Du bist doch immer sofort weggefahren, wenn du mit deiner Arbeit fertig warst. Und diese Frau aus Rindal ist dir sofort gefolgt. Das war ein mühsames Spiel für euch. Und du bist nicht aufgetaucht in der Gemeinde. Kein Hausbesuch, keine Kaffeetafel, nicht mal zum Grillen am Ramsjø warst du dabei. Für dich gab es nur diese neue Frau ..."

„Auch das habt ihr mitbekommen?"

Die beiden Männer standen sich gegenüber, sahen sich an und begannen zu lächeln. Jon Hendrik fühlte, wie vom Bauch her neue Wärme in seine Glieder floss und die Übelkeit verschwunden war.

Torleif durchbrach die Situation:

„Ich muss schnell zur Alm und Gras mähen. Wenn ihr wollt, dann kommt doch nachher alle zum Hof. Wir können grillen oder unten am Fluss angeln. Gestern waren Lachse da. Ich sage Jorun Bescheid. Wie wär's? Du bringst deine Leute mit und wir haben einen schönen Abend."

Jon Hendrik zögerte. „Wir haben die Regel, während des Bußwegs keine Außenkontakte zu pflegen, außer den geplanten."

„So eng bist du nie gewesen, Jon Hendrik. Das Spontane ist eine Art des Himmels. Wer hat das noch gesagt?"

Jon Hendrik fühlte sich wieder ertappt. Torleif hatte sich einen seiner Lieblingssätze gemerkt, die er immer wieder in Predigten eingebaut hatte. Er überlegte, ob er den Menschen in Rennebu nicht vielleicht mehr bedeutet hatte, als er ahnte. Er wollte sein Zögern überwinden, erwähnte aber den verabredeten Treffpunkt mit dem Ortspastor an der Rennebu-Kirche. Auch dieses Problem löste Torleif auf seine ganz praktische Art:

„Bjarne kommt einfach mit."

Jon Hendrik nahm sein Gepäck auf, verabschiedete sich, der Traktor dröhnte den Berg hinauf und er selbst ging zügig und erleichtert talwärts. An der Abzweigung zum Furusjø kehrten sekundenlang schmerzliche Erinnerungen in seinen Bauch zurück, verflogen aber, als er Bodil und Tom auf einem Holzstapel sitzen sah, kauend und entspannt.

„Wo sind Mia und Johannes?" fragte er, als er sie erreicht hatte.

„In die Büsche", presste Tom aus dem Kauen hervor und grinste.

„Nur ein Troll denkt Böses dabei", kommentierte Bodil, bot Jon Hendrik einen Platz an ihrer Seite an, wischte mit einem Taschentuch Flecken von seiner Jacke und überschüttete ihn mit Fragen.

E 6 ZWISCHEN MALMÖ UND GÖTEBORG

Der Abendhimmel im Norden zeigte ein malerisches Farbenspiel, obwohl Mitternacht nur noch wenige Minuten entfernt war. Am Horizont hing ein hellblauer Streifen fest, über dem Rotfärbungen in vielen Variationen spielten. Die Wälder waren scharfe, schwarze Silhouetten, die den Himmel zur Erde hin begrenzten. Nach oben war er endlos und offen.

Die beiden jungen Menschen, die in dem silbergrauen Audi TT die E 6 in Richtung Göteborg flogen, hatten kein Auge dafür. Sie diskutierten hitzig.

„Wieso hast du ihr nichts von dem Auto gesagt, Greg? Es war superdumm, sie das Auto finden zu lassen."

„Sie hätte immer weiter gebohrt: woher, warum, wieso. Und was hätte ich sagen sollen, Hen?"

„Du hättest den Wagen in der Straße stehen lassen sollen."

„Ach ja, dass irgend so ein Depp daherkommt und am Lack kratzt oder die Scheibe einschlägt. Wenn die so ein Auto sehen, werden sie einfach neidisch, Hen. Oder wollen auch so eins und versuchen, sich eins zu klauen."

Die Tachonadel zeigte 160. Gregor genoss die Geschwindigkeit und überholte die wenigen Lastwagen, mit denen sie sich die Europastraße, die Nacht und den Weg nach Norden teilen mussten. Ein Truck blinkte mehrfach mit den Scheinwerfern auf.

„Fahr langsamer, Greg. In Schweden ist maximal 110 erlaubt."

„Egal, Schwesterchen. Auf diesen Augenblick habe ich lange gewartet. Dieses supergeile Fahrgestell ausfahren zu können. Was meinst du, wie die Mädels vom Sender gestaunt haben, als ich gestern vorfuhr. Sogar Michels und van der Beke haben dicke Augen gemacht. Nach Sendung standen die Mädels aus der Produktion Schlange. Ich bin alleine gefahren und lass die zappeln. Abhängen ist nicht nur für Steaks gut."

„Alter Chauvi. Du musst dich mal erleben, Brüderchen. Deine Sprüche sind ein paar Nummern zu groß für den Jungmann, der sie sagt."

Henriette liebte dieses Spielchen. Sie wusste genau, wie sie ihren Bruder provozieren konnte, und kannte schon die möglichen Antworten.

„Spinnst du? Ich hab die Braut vom Michels gehabt, gar nicht übel, aber ein bischen dumm. Eben blond wie du."

Henriette zwickte ihn in die Seite.

„Gut, dass wir spontan bei Gernot unterkriechen konnten. Der hat sich kaum im Griff, wenn er dich sieht. Merkst du das eigentlich? Du spielst immer die Naive und Unschuldige."

„Er liebt das. Dann stimmt sein Frauenbild wieder. Gernot kann doch nur Frauen ab, solange er sie auf eine Säule stellen und anbeten kann. Er braucht Heilige, verstehst du? Oma war für ihn wie eine Heilige, ich komm kurz danach und von Marei Winter spricht er auch schon wie von einer Heiligen. Der hat doch viel zu viel Angst, sich an eine Frau heranzutrauen. Anschauen ja, aber anfassen? Das ist ja das Gute an Heiligen, die kann man sich vom Leib halten."

Gregor lachte dreckig über die letzte Bemerkung seiner Schwester und erhöhte noch einmal das Tempo.

„Deswegen will ich mit Heiligen auch nichts zu tun haben. Das muss ja öde sein, stell dir vor, Hen. Glaubst du eigentlich, dass Gernot schwul ist?"

„Ich glaube, Gernot ist gar nichts."

Die E 6 führte einen Bergrücken hinauf, und Gregor nahm den Fuß vom Gas, gähnte und kratzte sich den Schädel. Henriette gähnte ebenfalls und reckte sich.

„Lass uns Pause machen, Greg. Ich muss mal und hab Hunger."

„Später, Baby. Lass uns bis Göteborg kommen. Ich bin froh, dass du mitgekommen bist, Hen. Du kannst besser mit Johannes reden. Wenn der mich sieht, dann macht er nur dicht. Aber bei dir. Du hast 'ne verdammt gute Wirkung auf deine Onkels."

„Geh runter mit dem Tempo, Greg! Ich rede mit Johannes und du quatschst nicht rein, okay?"

„Und du sagst ihm: Familie muss zusammenhalten. Immerhin

ist die Familie verpflichtet, unseren Lebensstandard zu erhalten. Und er, wo er jetzt reich ist ..."

Gregor bremste abrupt. Ein Lastwagen hatte angesetzt, einen anderen zu überholen. Fluchend reihte sich Gregor ein.

„Hab ich dir schon erzählt, wer auch noch in Norwegen ist?" Henriette schüttelte den Kopf und sah gespannt zu ihrem Bruder. „Marei. Weißt du, die hat das Original von diesem abgefahrenen Testament gefunden und wollte es Johannes bringen. Hat Wieland erzählt."

„Und ...?"

„Die Polizei hat es einkassiert, geht aber davon aus, dass Marei Johannes in Trondheim alles erzählen wird."

„Es ist nicht gut, wenn diese Tusse zuerst ..."

„Ich weiß nicht, wie wir das verhindern können, Hen."

„Ich frag mich, wieso das Testament nicht völlig vernichtet worden ist. Ärgerlich ist das! Aber nun halt mal an. Da kommt ein Parkplatz."

Gregor schwieg, rieb sich die Augen, kramte ein Tütchen mit weißem Pulver hervor und fingerte ungeschickt daran herum.

„Nein, Greg, jetzt nicht. Fahr auf den Parkplatz und später suchen wir uns ein Hotel. Wir haben Zeit. Du solltest besser aufhören mit diesem Zeug."

„Du bist immer noch Mutter, vernünftig."

„Und du kannst auch ohne Koks der große Gregory Everhip und Permastand sein. Lass das Zeug, ich brauch dich doch. Wen hab dich denn außer Charlotte und dir?"

Er bog auf den Parkplatz und zündete sich eine Zigarette an, während Henriette in einem Klohaus verschwand. In dieser Nacht erreichten sie Halmstad rechtzeitig, bevor die Müdigkeit sie völlig im Griff hatte. Ein Hotel an der Abfahrt kam ihnen recht und sie meldeten sich als Ehepaar von Mercier an, ein Spiel, das beide gerne spielten.

„Und die anderen Probleme kriegen wir auch gelöst, my dear sister", war Gregors letzter Satz vorm Schlaf. Henriette hatte ihn nicht mehr gehört.

Ein leichter Sommerwind bewegte die Felder der Ebene von Skaun, die mild und lieblich ausgebreitet lag und eher an Dänemark im Hochsommer als an einen norwegischen Gebirgsausläufer erinnerte. Von Bäumen eingesäumt ragte aus der Ebene die strahlend weiße Kirche von Skaun. Wie das Wetter war die Wanderung der zurückliegenden Tage verlaufen, leicht und fröhlich, manchmal sogar ausgelassen. Jon Hendrik hatte selten alleine gesungen. Sie waren kreativ im Erfinden von Texten. „Give me the light of your love", ein Gospel, war auf dem Wegstück durch die Moore vor Mellingsaetra entstanden. Allen war es so vorgekommen, als wären sie die Strecken von Meldal bis Svorkmo und heute bis Skaun geflogen. Mag sein, dass es mit der Aufgabe zu tun hatte, die Jon Hendrik ihnen gegeben hatte, bis Trondheim nachzudenken und aufzuschreiben, wie ihr Leben verlaufen war und welche Schuld sie auf sich geladen hatten. Die Frage nach der Schuld verdrängte keiner von ihnen mehr als lästig, im Gegenteil: Sie hatten eine Ahnung erhalten, dass in der Erinnerung, im Wahrnehmen der eigenen Schuld schon ein Stück Vergebung liegt. Jon Hendrik nannte es in der Theologensprache „Erlösung". Immer wieder hatte er den Satz eingestreut: „Die Wahrheit wird dich befreien."

Die Pausen waren eher schweigsam verlaufen. Sie saßen, dachten nach, schrieben, und gelegentlich zog sich einer von ihnen zurück und blieb eine ganze Weile fort.

Mia hatte sich viele Notizen für ihr Gutachten gemacht, und Jon Hendrik erlebte die Bußübung, die er sich ausgedacht hatte, am eigenen Leib als Erfolg. Streckenweise war er ganz langsam gegangen, hatte bewusst Schritt um Schritt gesetzt und die anderen weit vorauseilen lassen. In der Langsamkeit hatte er seinen Körper viel bewusster und seine Gedanken viel intensiver wahrgenommen. Er hatte ebenso langsam sein Pausenbrot gegessen und erlebt, wie der Geschmack des Brotes sich veränderte, je langsamer er aß.

„Simpel aber äußerst effektiv", hatte er zu Mia gesagt und vergeblich auf Lob gewartet. Sie hatte nüchtern mit einer Frage geantwortet: „Brauchst du jetzt mein Lob, oder?"

Mias Sachlichkeit ging ihm zunehmend auf die Nerven. Sie verunsicherte ihn, weil er sie nicht einschätzen konnte und spürte, dass sie mit ihrer Art Macht über ihn hatte. Das war ihm sehr unangenehm.

Die Venn-Schule in Skaun war ihr vorletztes Quartier. Etwas wehmütig packten sie die Schlafsäcke aus, setzten sich an einen Schultisch zum Abendbrot. Nach dem üppigen Abendessen in Rennebu am Grill und dem nächtlichen Angeln in der Orkla kamen ihnen die Mahlzeiten in den Quartieren armselig vor. Das änderte sich erst, als Johannes ein Buch hervorholte und begann vorzulesen. Interessiert hörten sie Johannes zu. Er las aus „Vita brevis" von Jostein Gaarder. Das Buch hatte er seit Hamar mitgeschleppt und nur selten darin gelesen. Als er zum Ende gekommen war, reagierte Tom:

„Armes Schwein, dieser Augustinus. Nun hatte er schon mal ein Mädchen und dann macht ihm seine Mutter das Leben schwer. Hätte die sich nicht freuen können, dass ihr Sohn endlich glücklich war? Aber nein. Das könnte meine Mutter sein, die ist so ähnlich. Mit Liebe war da nie viel, aber ich glaube, die hat immer nur Angst, dass eine Frau besser sein könnte als sie."

„Sie ahnt das Richtige, deine idiotische Mutter, Tom", grinste Mia.

HAMBURG

„30 000 Mark! Wieland. Er hat auf einen Schlag 30 000 in bar bezahlt? Was soll ich davon halten?"

Am anderen Ende der Leitung blieb es stumm. Charlotte lauschte in den Telefonhörer hinein und wartete auf Antwort, vergeblich. „Wieland, sag was! Du musst mir antworten. Wo hat der Junge das Geld her?"

„Ich antworte besser nicht, Charlotte, noch nicht. Aber ich habe da eine Vermutung ..."

Wieder entstand eine lange Pause, und Charlotte bewegte nervös ihre Lippen, die heute pink bearbeitet waren. Sie konnte nicht ruhig stehen und ging, soweit es die Schnur zuließ, mit dem Telefon durch den Raum.

„Sag es mir, Wieland!"

„Nicht bevor ich Gewissheit habe. Ich werde mich drum kümmern. Wo, sagtest du noch, ist Gregor zur Zeit?"

„Wenn ich das wüsste! Nach unserem Streit ist er verschwunden und das Auto dazu. Auch Henriette ist weg. Spurlos. Die Leute beim Sender sagen, Greg hat spontan Urlaub genommen. Wegen Überarbeitung. Stell dir das vor, Wieland."

Wieland legte auf und ließ seine Schwester hilflos am Telefon zurück. Sie war froh, in einem Sherry einen kurzfristigen Tröster zu finden, zumal sie sich an diesem Tag unwohl fühlte und überlegte, ob sie mal wieder nach Warnemünde fahren sollte, wo der einzige Mensch wohnte, der ihr sehnsuchtsvolle Nachrichten auf den Anrufbeantworter sprach. Seit der Beerdigung hatte sie keine Lust verspürt, ihn zu sehen. Aber vielleicht heute?

ØYSANDEN / LETZTE STATION VOR TRONDHEIM

Es war sehr eng gewesen in der kleinen Hütte auf dem Campingplatz, und Tom hatte schlecht geschlafen. Ihn hatte auch der starke Autoverkehr irritiert, der von der E 6 herüber lärmte. Er hatte nicht geahnt, wie sehr er sich an die Stille gewöhnen konnte, die er am Anfang des Pilgerweges so sehr gehasst und als bedrohlich erlebt hatte. Jetzt freute er sich auf die Dusche, die die Müdigkeit aus seinen Knochen vertreiben sollte. Nur Mia war schon aufgestanden, die anderen wälzten sich in den Schlafsäcken und sahen ebenfalls mitgenommen aus.

„Ihr könnt schon mal das Frühstück machen. Ich bin in fünf Minuten zurück. Das Frühstücksei bitte weich gekocht, den

Toast gerne etwas brauner und mit Lachs", scherzte er und vernahm kaum verständliches Gemurmel.

„Der Service lässt aber sehr zu wünschen übrig, meine Herrschaften", warf er in den Raum und verschwand.

Die Dusche hatte in der Tat alle Lebensgeister in ihn zurückgerufen, und er bewunderte seine Figur. Er fühlte sich drahtiger, strich an Arm- und Beinmuskulatur entlang und entdeckte straffe Muskeln, wo das Gewebe sonst eher schlaff und dürftig gewesen war. Er verzichtete auf das Rasieren. Die Wunde, die ihm der Bär verpasst hatte, war noch immer nicht völlig verheilt, und er wollte lieber nicht dran rühren. Mit ein wenig Stolz betrachtete er den verschorften Streifen über der rechten Wange. Das kann nicht jeder von sich behaupten, einem Bären gegenübergestanden zu haben. Er schmunzelte und musste an Bodils beherzten Einsatz denken. Dieses Bild würde er nicht vergessen, wie sie in aufgekrempelter Wanderhose breitbeinig und mit dem Messer in der Hand dem Bären Aug in Auge gegenübergestanden und ihn verscheucht hatte. Starke Frau, dachte er und nannte sie heimlich: „die mit dem Bären tanzt".

Als er mit der Würdigung seines Körpers und aller Pflege fertig war, verließ er fröhlich das Waschhaus, wollte gerade einen Gesang anstimmen, blieb plötzlich wie angewurzelt stehen und bewegte sich langsam, Schritt für Schritt dahin zurück, woher er gekommen war, bis ihn jemand von hinten festhielt. Er schrak zusammen. Es war Mia.

Er schob sie zum Damenwaschraum und berichtete aufgeregt: „Da hinten steht Daddys Auto, ein hässlicher amerikanischer Straßenkreuzer, so einer wie aus dem Kino."

„Ist Daddy der Ganove, für den du mal 'gearbeitet' hast?"

„Ja. Mach keine Witze jetzt. Das ist ernst hier. Wenn er selber kommt, dann gibt es für uns nichts zu lachen."

„Woher weiß der ...?"

„Keine Ahnung, aber in Ullersmo gibt es korrupte Wächter, die gegen gutes Geld mit der Szene zusammenarbeiten. Wir müssen nachdenken."

Mia schob Tom in die Damendusche, erntete böse Blicke von zwei Frauen, die gerade dabei waren, sich anzukleiden, schloss lautstark die Tür einer Dusche hinter sich, stöhnte ein paar Mal genussvoll und gekonnt, sodass die Frauen für den Tag genug Gesprächsstoff hatten und flugs den Raum verließen, und flüsterte Tom ins Ohr:

„Ich hab 'ne Idee. Daddy kennt doch nur dich vom Ansehen, uns andere hat er noch nie gesehen. Steht er auf Frauen?"

Tom nickte.

„Dann hör zu. Ich geh zur Hütte, schmeiß die anderen aus dem Bett. Wir packen schnell unsere Sachen und auch deinen Rucksack. Du bleibst solange in der Herrendusche. Ich mache dann auf blöde, blonde Tusse, die auf Ami-Schlitten steht, schleuse ihn in die Frauendusche. Wenn er entwaffnet ist, leg ich ihn schlafen, verrammel die Tür und hol dich. Klar?"

„Glaubst du wirklich, das klappt? Daddy ist doch nicht blöde! Wenn da was schiefgeht? Das ist lebensgefährlich, Mia."

„Keine Sorge, Tom. Wer so ein Auto fährt, kann nicht besonders klug sein. Ich wette, dass der Trick mit der blonden Doofen funktioniert. Für alle Fälle sagen wir der Polizei in Melhus Bescheid, dass in der Damendusche in Øysanden ein Vergewaltiger liegt. Okay?"

Wieder nickte Tom, drückte die Daumen und schlich hinter Mia aus der Dusche. Bevor sie ins Freie traten, konnte Tom sich eine Bemerkung nicht verkneifen:

„Dein Stöhnen klang verdammt überzeugend, Mia. Das hätt' ich nicht gedacht."

„Da siehst du's mal: stille Wasser sind tief, Tom. Und nun halt den Mund, bis ich dich aus der Dusche heraushole."

Mia stolzierte mit schwingenden Hüften über den Platz zur Hütte. Aus dem Augenwinkel hatte sie gesehen, dass der Mann am Steuer des pastellblauen Pontiac auf sie aufmerksam geworden war. Sie verschwand in der Hütte, sorgte hier für rege Betriebsamkeit, erläuterte den Plan und musste Jon Hendrik wortgewaltig überzeugen, dass sie sich nicht in unwägbare Gefahr begab. Er war nicht einverstanden, hatte aber keinen Gegenvorschlag zu bieten. Als alle Vorbereitungen abgeschlossen waren und Jon Hendrik zur Rezeption aufgebrochen war, um die Polizei zu alarmieren, trat Mia vor die Hütte, reckte sich und wackelte auf den Pontiac zu, nahm mit übergeschlagenem Bein auf der Motorhaube Platz und wartete, was geschah.

„Verschwinde, Tussi!" brüllte Daddy aus dem Fenster.

„Ich steh auf solche Autos und auf Typen, die sie fahren." Mia spielte ihre Rolle überzeugend.

„Mach dich vom Acker, Mädel! Ich steh nicht auf Dummchen, sondern auf Frauen, die in so ein Auto passen."

„Und du meinst, die kannst du kriegen mit deiner unfreundlichen Art."

„Ich hab jetzt keine Zeit, sonst würde ich dich gerne überzeugen. Hau ab, ich hab hier geschäftlich zu tun."

Mia rutschte von der Motorhaube und umkreiste den Pontiac, strich mit dem Fingernagel am Lack entlang. Daddy hatte sie nicht aus dem Blick gelassen und öffnete die Fahrertür, als Mia um den vorderen linken Kotflügel bog.

„Mal ehrlich, Mädel, ich könnte mir schon manches vorstellen, aber ..."

„Wollen wir den Test machen?"

Daddy wischte über sein unrasiertes Gesicht, schien nachzudenken und zwängte sich schließlich aus dem Auto. Er versuchte, sich vor Mia aufzubauen, musste aber feststellen, dass er einen ganzen Kopf kleiner war als sie. Das verunsicherte ihn.

„Wer redet hier von Größe, du Zwerg!" provozierte Mia und überlegte, ob das jetzt hilfreich war. Sie lachte hysterisch und kehrte zum Schmeicheln zurück:

„Wer so ein Auto fährt, bei dem laufen die Geschäfte gut, nicht wahr. Aber wahre Größe misst man ja auch nicht in Metern, sondern in Zentimetern, oder? Und da hast du doch sicher einiges zu bieten."

„Dass man dich hier auf dem Campingplatz frei rumlaufen lässt ..., du bist ja gefährlich. Ich hätte vielleicht einen Job für dich, wenn ich hier fertig bin. Mädchen wie du werden gesucht. Aber erstmal muss ich noch was erledigen, danach können wir ins Geschäft kommen, Mädel."

„Mein Geschäft dauert nur ein paar Minuten. Wieso aufschieben, was nicht warten sollte. Und nachher, nach dem Frühstück, können wir über alles andere reden. In meiner Hütte ist noch Betrieb, aber in den Duschen ist noch nichts los. Also, was ist?"

Mia war überrascht, wie schnell Daddy angebissen hatte und hinter ihr her zum Waschhaus ging. Als sie an der Hausecke angekommen waren, hielt er sie fest.

„Eines noch vorweg? Hast du hier so einen Jungen mit blonden Locken gesehen, der'n bisschen dumm ist, aber gerne angibt. Tommy nennt er sich. Der muss mit einer Wandergruppe unterwegs sein, auf dem Pilgerweg nach Trondheim. Hast du den vielleicht gesehen?"

„So einer wäre mir aufgefallen. Blonde Locken, da hab ich 'nen Blick für. Aber Pilger, was soll das denn sein?" Mia schüttelte den Kopf, ging weiter und öffnete für Daddy die Tür zur Frauendusche. Niemand war zu sehen oder zu hören.

„Wir sind alleine. Also, worauf wartest du?"

Daddy zog seinen verschlissenen Anzug aus, der mit Flecken übersät war. Als seine Pistole im Holster zu sehen war, reagierte Mia schnell:

„Bist du'n Bulle. Scheiße! 'N Bulle mit 'nem Pontiac. Was ist das hier? Kino?"

Daddy wehrte ab, beruhigte sie und war sehr bemüht, die Stimmung nicht platzen zu lassen. Er zog den Holster über den Kopf und hing ihn samt Pistole über den Haken in der Dusche.

„Lass dich nicht stören von dem Ding da. Das ist nur zum Selbstschutz, verstehst du. Beeil dich, Mädchen, ich will schon was sehen. Mach zu, ich bin gleich soweit."

Das war Mias Stichwort. Sie tänzelte in die Dusche, griff blitzschnell die Pistole, versetzte Daddy einen kräftigen Tritt zwischen die Beine und einen Schlag mit der Handkante in den Nacken, trat noch einmal zu, wünschte eiskalt: „ein Gruß von

Mette aus dem Akerselv", fühlte tiefe Befriedigung, entlud die Waffe, steckte das Magazin in ihre Hose, schob den schwer stöhnenden Daddy in die Duschkabine, die sie von außen verschließen konnte, und rannte zu Tom nebenan. Zusammen rasten sie zu den anderen, die gespannt vor der Hütte warteten.

Bodil hatte in der Zwischenzeit ihr Messer benutzt und die Reifen des Pontiac zerstochen. Jon Hendrik trieb aufgeregt die Gruppe an. Als die Polizei mit Blaulicht auf das Gelände des Campingplatzes einbog, waren sie schon einige hundert Meter entfernt auf dem Weg zur Brücke über die Gaulå. Erst in der Nähe von Ringval an einem Wäldchen legten sie eine Frühstückspause ein.

„In dir stecken schauspielerische Talente, Mia", lobte Johannes breit lächelnd, sodass seine Zähne blitzten. „Ich hätte gern alles gesehen, aber die Show draußen am Auto war sehr überzeugend. Alles echt?"

Mia sah ihn ernst an, war von seinem Grinsen heute nicht angewidert und erhob den Zeigefinger: „Zu niemandem ein Wort. Das war ein Notfall. Ich will nicht mehr darüber sprechen."

Es ließ sich nicht vermeiden. Bodil zollte ihr Anerkennung und wollte wissen, ob sie denn gar keine Angst gehabt habe.

„Mir ging es so wie dir mit dem Bären. Jetzt habe ich Angst, verdammte Angst. Fühl mal, wie meine Knie zittern. Das war ein Spiel mit dem Feuer. Aber ...", sie sah zu Jon Hendrik hinüber, „... ich will keine Predigt hören!"

Mia holte das gefüllte Magazin aus ihrer Hosentasche und warf es in die Runde.

„Hatten wir eine Wahl? Ich weiß sehr gut, dass es ins Auge gehen konnte."

Alle kamen Mias Wunsch nach, vorerst nicht über die Aktion vom Øysanden-Campingplatz zu sprechen. Doch irgendwann mit einigem Abstand mussten sie über jedes Detail sprechen. Das war allen klar, am meisten ihr selbst. Die Lust an der Gewalt gegen diesen Schweinehund hatte sie erschrocken und nachdenklich gemacht. Sie wusste, dass alle Rechtfertigungen nicht darüber hinwegtäuschen konnten, dass sie eine Grenze berührt, wenn nicht überschritten hatte. Macht war eine köstlich gefährliche Droge, die man nur kurz und kontrolliert kosten sollte. Das hatte sie damals gelernt, als sie Karate gelernt hatte. Nordische Jugendmeisterin war sie gewesen, hatte aber seit Jahren niemandem davon erzählt. Gewalt, das wusste sie, war ein verlockendes Gebäude für sie, das sie am liebsten nur mit gleichstarken und freundschaftlich verbundenen Menschen betrat. Das erinnerte sie an ... Morgen wäre es soweit, dann konnte das spannende Spiel weitergehen, auf das sie fünf Wochen verzichtet hatte. Es war ihr nicht schwer gefallen zu verzichten, aber die Vorfreude machte sich in ihr breit und die Fantasie begann, sich selbstständig zu machen.

„Letzte Etappe. Heute Abend werden wir im Nidaros-Dom sein.“ Jon Hendrik beendete das Frühstück. „Eigenartig. Wir sind schon fast da. Es kommt mir so unwirklich vor.“

Sie schwiegen betreten, als habe Jon Hendrik eine bittere Mitteilung gemacht. Er selbst drückte aus, was alle fühlten:

„Jetzt sind wir fünf Wochen zusammen und durch viele schwere Momente gegangen. Wir haben so viel Schönes erlebt und uns kennengelernt, wie ich es mir nicht in meinen besten Vorstellungen ausgemalt habe. Und heute Abend soll das alles vorbei sein? Das kann nicht sein.“

Alle nickten und schluckten. Johannes fand als erster Worte:

„Am Anfang wollte ich schnell das Ding hier durchziehen und dann ab nach Hamburg. Ich fand dich zum Kotzen, Jon. Aber jetzt?“

Johannes grinste und seine weißen Zähne blinkten. Jon Hendrik hatte sich an Johannes’ Lachen gewöhnt, es war ihm sogar lieb geworden, denn er hatte gelernt, das fiese von dem herzlichen Grinsen zu unterscheiden.

„Es geht mir ähnlich mit dir, Johannes. Am Anfang hatte ich mir viel Gedanken gemacht, ob ich es mit dir aushalten könnte. Du bist so ein Ekeltyp gewesen, und nun hab ich dich richtig lieb.“

Johannes senkte seinen Kopf, grinste verunsichert, sah wieder auf, in die Runde. Noch niemand außer seiner Mutter und Ellen irgendwann am Anfang ihrer Beziehung hatte zu ihm gesagt, dass er ihn lieb hatte, schon gar kein Mann. Und dieser Pastor wagte es, das gefährliche Wort in den Mund zu nehmen.

„Wollen wir nicht mal weitergehen. Dieser Gefühlsschmus ist doch jetzt nicht angesagt." Mia drängelte. So viel Gefühle auf einmal konnte sie nicht recht vertragen. Sie fürchtete, dass auch sie vor allen eine Bemerkung einfangen würde, die bei ihr einen Dammbruch auslösen konnte. In ihren Gefühlen hatte keiner etwas zu suchen, es sei denn, sie ließ jemanden hinein.

Auch Bodil wollte gerne weitergehen und drängelte. Seit Tagen war sie traurig, wenn sie an das Ende der Wanderung dachte. Was kommt danach? Es gab niemanden, der auf sie wartete, nur Leute, die mit ihr nichts zu tun haben wollten. Sie konnte sich nicht vorstellen, dass das Leben nach diesem Projekt weitergehen sollte. Tom und Johannes haben es gut, überlegte sie, die haben sich zusammengefunden und werden auf diesem Bauernhof mit Drogenkids arbeiten, aber ich werde wohl auf eine Insel an der Westküste gehen und alte Leute pflegen, irgend so etwas. Das war es, was Jon Hendrik ihr nennen konnte an sozialen Projekten. Der Gedanke an Abschied bohrte sich in sie hinein wie ein Parasit und sog Lebenskraft aus ihr heraus, wenn sie nur daran dachte.

„Also, lasst uns weitergehen und den Weg genießen!" forderte sie, packte zusammen und schulterte ihren Rucksack. Die anderen ließen sich von ihrer Eile anstecken.

„Ab Kastberget wird uns Ulf Selnes, der Pilgerpastor aus Trondheim, begleiten. In einer Stunde sind wir am Treffpunkt."

Jon Hendrik hatte gefühlt, wie es Bodil zumute sein musste. Er wusste nur noch nicht, wie er ihr helfen konnte. Immer wieder nahm er bei ihr depressive Stimmungen wahr. Diese Frau darf nicht auf sich selbst gestellt bleiben, überlegte er, hatte aber keine Idee für ein soziales Projekt, das zu ihr passte, außer ... Aber er traute der Idee nicht, die ihm gekommen war.

Ulf Selnes war ein freundlicher, beleibter junger Mann mit wildwucherndem Bart und frömmelndem Tonfall. Er trug eine zeitlose graue Stoffhose und Sandalen, ein sicheres Zeichen dafür, dass der restliche Weg nicht allzu mühsam sein konnte. Er stellte sich vor, begrüßte jeden eingehend, bei den Frauen ließ er sich etwas mehr Zeit. Als er alle begrüßt hatte, erläuterte er den Weg:

„Kastberget, ein Hohlweg, auf dem frühere Pilger nur mit Stöcken bewaffnet gingen, um Trolle zu vertreiben. Sie haben die Stöcke geworfen, daher der Name. Wir gehen über Smistad, Granåsen, das Gut Frøset nach Lian. Von Lian haben wir den ersten Blick auf Trondheim, aber nicht auf die Altstadt. Am Kyvatn gehen wir vorbei und werden in Sverresborg erwartet. Ohne Gepäck gehen wir dann zum Dom. Ich freue mich, dass wir diese letzte Etappe zusammen zurücklegen. Hoffentlich bin ich euch nicht eine allzu große Last. Ihr habt euch sicher einen kräftigen Schritt angewöhnt."

Sie lachten höflich und legten mit gewohnt großen Schritten los.

DOMPLATZ, TRONDHEIM

Marei hatte ihn entdeckt, kurz bevor er sie gesehen hatte. Kommissar Henning war in Begleitung eines uniformierten Kollegen und ... Der Dritte war doch dieser Polizist, dem sie im Gefängnis das Testament gegeben hatte, Egil Alvorsen. Sie erinnerte den Namen. Unauffällig versuchte sie dem Eingang des Nidaros-Doms nahe zu kommen, um in der Dunkelheit der Kirche Schutz und einen Fluchtweg zu finden. Auch die Polizisten versuchten unauffällig zu sein, aber der Uniformierte machte dieses Vorhaben aussichtslos. Sie hatten Marei entdeckt und steuerten auf sie zu. Jetzt half kein Schleichen, nur Rennen. Marei verschwand an einem rotgewandeten Torwächter vorbei im Dom, suchte den Weg zum Nordportal, durch das sie verschwinden wollte. Es war verschlossen. Panik breitete sich in ihr aus. Sie wollte Johannes sehen, bevor die Polizei ihn sprechen konnte. Eine junge Frau in weinrotem Umhang, eine Domaufsicht, lächelte mild und zuckte mit den Schultern, hatte aber keinen Schlüssel, um das schwere Tor zu öffnen. Kommissar Henning tauchte hinter der Säule auf, ohne Marei zu entdecken. Sie zwängte sich in eine Nische wie eine Madonnenfigur. Die Dunkelheit kann der beste Schutz sein, überlegte sie und verließ die Nische, nachdem sie bis 50 gezählt hatte.

Mit quietschenden Reifen stoppte Gregor in der Bispegata und zauberte seinen Audi in eine enge Parklücke in Domnähe. Henriette war froh, dass sie am Ziel waren, denn eine Autofahrt mit Gregor konnte sie nicht genießen.

„Wir erkundigen uns hier an der Information, wann die Pilgertruppe aufkreuzt. Johannes und Pilgern, das ist doch wohl ein Witz."

Henriette lachte artig, obwohl sie den Witz nicht unbedingt erfasst hatte. Eine freundliche junge Frau im Souvenirladen verwies sie an das Pilgerzentrum. Dort erhielten die Geschwister die Informationen, die sie brauchten.

„Komm, Greg, jetzt lass uns in den Dom. Den will ich schon gesehen haben. Komm."

Widerwillig stimmte Gregor zu, löste Eintrittskarten und folgte seiner Schwester in die Dunkelheit des Doms. Der Erste, dem sie begegneten, war ein Polizist in Uniform.

SVERRESBORG, TRONDHEIM

Die Direktorin des Sverresborg-Museums begrüßte Jon Hendrik Kristensen und Ulf Selnes freundlich, aber wortkarg, nickte beiläufig zum Rest der Gruppe und öffnete die Glastür zur Eingangshalle. Sie führte sie in den Teil des Gebäudes, der für Meetings und Fortbildungen reserviert war. Zu Jon Hendrik gewandt erklärte sie: „Es gibt gleich einen Kaffee und etwas Selbstgebackenes. Das Gepäck kann hier im Konferenzraum stehen bleiben. Ihr geht dann gleich runter zum Dom und kommt nach dem Gottesdienst wieder nach Sverresborg. Die Oppdalstue auf dem alten Hof ist für euch vorbereitet als passender Ort für eure letzte Nacht, so haben wir es doch besprochen, Ulf."

Jon Hendrik bedankte sich bei Ulf Selnes, denn er war selbst überrascht, in einem Museumsgebäude übernachten zu dürfen. Die Direktorin nahm die Überraschung war.

„Ulf und ich haben gedacht, es ist gut, auch räumlich an die Traditionen anzuknüpfen. Sie entwickeln eine ganz eigene Stärke, viel besser als ein Hotel oder die Jugendherberge. Die Weisheit der bäuerlichen Tradition gibt unserem Land eine oft verlachte Stärke. Deshalb der Oppdalshof. Und das Abendessen gibt's im Tavern. Dorthin gehen wir jetzt zum Kaffee."

Zackig schritt die Direktorin voran, musste aber warten, bis alle ihre Rucksäcke abgestellt hatten.

Schon der erste Schritt in die mehrere hundert Jahre alte Gaststätte „Tavern" überwältigte alle. Das gesamte Interieur war uralt und liebevoll zusammengestellt. Auf einem gusseisernen Komfür standen Waffeleisen, Teige, Marmelade und Rømme. Der Geruch frischgebackener Waffeln füllte den großen Gastraum. Auf den Tischen brannten Kerzen. „Tavern" – ein Ort zum Wohlfühlen, eine kleine Sensation auf dem letzten Wegstück der Pilgerreise.

Jon Hendrik drängelte, nachdem alle versorgt und ausgeruht waren. Sie verließen „Tavern", gingen mit kräftigen Schritten die Sverresborgallee hinab in Richtung Stadtzentrum, folgten den Pilgerwegmarkierungen und kamen an einen Aussichtspunkt im Sverdrupsvei. Unter ihnen lag Trondheim und in seiner Mitte der mächtige Nidaros-Dom. Der Anblick jagte allen einen Schauer über den Rücken.

„Wir sind gleich da", staunte Tom.

„Feginsbrekka", erklärte Jon Hendrik, „dies ist der Feginsbrekka, der Seligkeitsberg. Bei Kristin Lavransdotter wird diese Stelle erwähnt. Hier sieht Kristin zum ersten Mal den Dom."

Unter ihnen lag Trondheim im milden Licht eines frühen Sommerabends, und Jon Hendrik zitierte aus dem Roman von Sigrid Undset: „Kristin stand am Feginsbrekka und sah auf die im goldenen Abendlicht liegende Stadt ..."

Er selbst war gerührt von den Worten, weil er ihre Bedeutung am eigenen Leib erfahren hatte. Jetzt drängelte Ulf Selnes, musste aber Mia, Bodil, Tom und Johannes noch eine Weile zum Begreifen und Genießen schenken. Fünf Minuten später standen sie an der lärmenden Skansenkreuzung, die Lianbahn rumpelte bergauf und auf dem Osloveien staute sich der Feierabendverkehr.

„Alles das habe ich überhaupt nicht vermisst", entfuhr es Mia. Jon Hendrik staunte über diesen Satz aus ihrem Mund. Sollte Mia letztendlich doch berührt sein von den fünf Wochen, die hinter ihnen lagen?

NIDAROS-DOM

Marei hatte versucht, in den Turm zu gelangen, war aber Egil Alvorsen geradezu in die Arme gelaufen, als er aus der Turmtür trat.

„Es ist besser, du läufst nicht fort. Der Polizist aus Hamburg hat nur ein paar Fragen an dich, mehr nicht", sagte er im besten Deutsch.

Marei zögerte. Sie hatte diesem Polizisten einmal vertraut und wusste nicht, ob es richtig gewesen war. Die Tatsache, dass Henning in Trondheim war, konnte nichts Gutes bedeuten. Vielleicht hatten sie sie im Verdacht.

„Können Sie mir eine Garantie geben, dass ich nichts befürchten muss?"

„Das wissen Sie besser als ich. Denn ich weiß über diesen ganzen Fall fast nichts. Ich bin wegen ganz anderer Dinge da. Es könnte sein, dass die Pilger hier von Leuten erwartet werden, die nicht nur gratulieren wollen."

Egil Alvorsen hielt sie nicht fest, sie konnte also weglaufen.

Sollte sie? Der Ausgang war nicht weit und sie war sicher schneller als dieser dickliche Polizist.

In diesem Moment erreichte die Pilgergruppe den Olavbrunnen unterhalb des Domes. Jon Hendrik nahm etwas von dem Wasser und zeichnete allen ein Wasserkreuz in die Hand und sich selbst auf die Stirn. Nach einem kurzen Gebet stiegen sie ganz langsam und bewusst, Schritt für Schritt zum Domplatz hinauf, ließen den erzbischöflichen Hof rechts liegen und standen vor dem überwältigenden Westportal des Doms. Die Turmuhr schlug siebenmal, rotgewandete Aufseher versperrten Touristen den Einlass. Ulf Selnes wollte die Gruppe in den Hof des Domprobsten, in dem sich das Pilgerzentrum befand, einladen, als sich ein Team vom Fernsehen mit Camcorder, Mikro und eine Traube Schaulustiger an die Gruppe drängte. Jon Hendrik war die aufdringliche Fragerei der Fernsehleute sehr zuwider, und er suchte nach Fluchtwegen. Eine junge Journalistin der Trondheimer Zeitung „Adresseavisen“ schoss eine Serie Fotos, bevor auch sie sich mit Fragen an Ulf Selnes herandrängelte. Waren das wirklich Journalisten, oder sollten sie lieber vorsichtig sein, überlegte Jon Hendrik, dem die Zwischenfälle der letzten Tage noch sehr bewusst waren. Reichte Daddys Arm möglicherweise bis nach Trondheim? Ulf Selnes aber genoss den Presserummel, antwortete wortreich und stolz, stellte ausgiebig das Projekt und notgedrungen auch die Gruppe vor, war aber froh, dass Jon Hendrik nicht dieselbe Lust verspürte, den Fernsehleuten ein Interview zu geben. So kam er selbst mehr zu Wort, während seine Brust begann anzuschwellen.

„Ulf, wir sollten jetzt lieber ins Pilgerzentrum gehen“, brach Jon Hendrik den Rummel ab und bemerkte die breite Zustimmung in den Gesichtern seiner Begleiter. Mühsam löste sich Ulf Selnes von den Journalisten, verteilte Visitenkarten und wandte sich notgedrungen der Gruppe zu, die der eigentliche Grund des Medieninteresses war. So schritt er voran zum Domprobsthof und öffnete den Eingang zum Pilgerzentrum, setzte eine feierliche Miene auf, begrüßte sie förmlich mit einem Friedensgruß, als habe er sie soeben zum ersten Mal getroffen, und bat, sie möchten sich ins Buch der Pilger eintragen. Als Erinnerung hängte er jedem der fünf eine Kette mit dem Zeichen des Pilgerwegs um den Hals.

„Wir warten noch, bis die Touristen den Dom verlassen haben", erklärte Selnes.

Jon Hendrik merkte, dass ihm das Tempo schwerfiel, in dem sie am Nidaros-Dom angekommen waren. Auf einmal sollte der Weg zu Ende sein, waren sie am Ziel. Er sah aus dem Fenster auf die Westfassade des Domes. Das Gebäude strahlte Sicherheit und Ewigkeit aus. Was ist schon Zeit, überlegte er. Johannes sah neben ihm aus dem Fenster und hatte offenbar etwas entdeckt, das ihn fesselte. Er trat näher ans Fenster und versperrte Jon Hendrik die Aussicht.

„Mir war, als hätte ich die Studentin gesehen, die bei meiner Mutter im Haus putzt. Kann das sein? Ich sehe Gespenster, nicht wahr, Jon?"

Der nahm Johannes in den Arm.

„Du bist aufgeregt und möchtest gerne Leute aus deiner Familie sehen. Du vermisst sie, Johannes?"

„Ich weiß nicht, ob ich meine Familie vermisse. Ihr alle seid mir viel näher als die Leute in Hamburg. Nur meine Mutter ... Aber sieh mal, da ist ein Polizist, der hinter der Frau hergelaufen ist und sie festhält, jetzt kommt noch einer, der aussieht wie einer von der Kripo, so'n Untersetzter."

Johannes war sich inzwischen sicher, dass es die Studentin gewesen war, die er kannte. Er grübelte: Sollte vielleicht auch Ellen hier sein? Vielleicht doch eine Versöhnung? Gebüßt hatte er ja, es tat ihm bitter Leid, was er ihr angetan hatte.*

„Willst du anrufen in Hamburg?" fragte Jon Hendrik.

„Später."

Marei war gerannt. Schnell war sie gewesen, aber nicht schnell genug. Der Uniformierte war durchtrainiert und hatte sie er-

* *vgl. Bernd Lohse, »Tod in den Lofoten«*

wischt, auf eine Bank gezwungen und sich breitbeinig vor ihr aufgebaut. Egil Alvorsen kam angekeucht und sah sehr streng aus.

„Marei, wir machen hier kein Spiel. Es kann sehr ernst werden für dich, wenn du dich weigerst ..."

Knut Henning hatte die drei entdeckt und kam vom Dom herübergelaufen, wischte sich mit der Handfläche über die Stirn.

„So sieht man sich wieder, Frau Winter. Ihnen habe ich diese Dienstreise zu verdanken, aber hätten wir nicht gleich in Hamburg über alles sprechen können? Jetzt sind Sie auch noch in Mordverdacht geraten. Ich glaube ja nicht, dass Sie ..."

Er machte eine beruhigende Handbewegung und setzte einen vertrauensvollen Blick auf.

„Warum haben Sie nicht gesagt, dass Sie uns die Kopie zugeschickt hatten? Sie mussten doch davon ausgehen, dass wir Ihre Fingerabdrücke darauf finden."

„Ich wollte mit diesem Testament nichts weiter zu tun haben, dachte mir nur, es wäre doch gut, wenn Sie es kennen." Marei sprach zittrig und überlegte jedes Wort gut. Plötzlich war ihr, als habe sie Gregor und Henriette gesehen, die aus dem Dom kamen. Der Kommissar riss sie aus ihrer Beobachtung.

„Und warum nicht gleich das Original? Sie haben ein wichtiges Beweismittel zurückgehalten. Das ist sehr ärgerlich für uns und für Sie."

„Ich wollte es Johannes schicken, weil ihm doch keiner Bescheid gesagt hatte, dass seine Mutter ..."

„Wie bitte? Johannes Wagenknecht ist von seiner Familie nicht unterrichtet worden, dass seine Mutter verstorben ist?"

Marei bestätigte dem Kommissar, dass er richtig verstanden hatte. In diesem Moment verließ eine Gruppe, angeführt von einem Pastor im weißen Talar, den Domprobsthof und steuerte auf den Dom zu. Marei erkannte Johannes sofort und rief:

„Johannes! Ich habe etwas für dich ... Pass auf dich auf!"

Johannes sah zu ihr, wusste, dass er sich nicht getäuscht hatte, hob eine Hand zum Gruß und rief ein „Später!" zurück. Bei den Toiletten an der nördlichen Seite des Domplatzes erkannte Johannes, bevor er mit der Bußgruppe den Dom betrat, noch jemanden aus Hamburg, den er sehr gut kannte. Er wunderte sich über die vielen Bekannten, wollte sich aber nicht aus der Konzentration bringen lassen.

Die Gruppe schritt durch den Mittelgang auf den Hochaltar zu, unter dem die Gebeine Olavs des Heiligen begraben sind. Dort knieten Tom, Bodil und Johannes nieder. Ulf Selnes im weißen Talar stellte sich an ihre Seite. Er sah auf Jon Hendrik und erwartete die Einleitung der Bußzeremonie von ihm. Jon Hendrik schwieg, kniete sich neben die drei und schlug ein Kreuz vor seiner Brust. Mia, die in einiger Distanz auf einem Stuhl Platz genommen hatte, stand auf und kam zu den anderen, sah Jon Hendrik in die Augen und kniete ebenfalls.

„Himmlischer Vater, wir sind da, büßende Sünder. Vergib uns", sprach Jon Hendrik mit gerührter Stimme. „Ulf, mach du weiter. Ich bin einer von fünfen."

Ulf Selnes begann mit einem Gebet und legte ein langes Schweigen ein, bevor er einen nach dem anderen fragte, ob sie bereit seien zur Beichte und glaubten, dass Gott ihnen alles vergeben könne, auch das, was sie selbst für nicht vergebbar hielten. Sie antworteten alle mehr oder minder zögerlich mit Ja. Er sprach ein kurzes Gebet, sah in die dunkle Höhe des Gewölbes, als erwarte er von dort Beistand, und legte ihnen nacheinander die Hände auf, ihnen die Vergebung zusprechend. In diesem Moment setzte die Orgel ein und spielte „Free at last". Jon Hendrik sackte in sich zusammen und begann zu weinen, steckte Bodil und Tom an. Johannes schüttelte sich, wischte sich durch die Augen, war tief berührt, konnte aber nicht weinen. Mia hatte das Gesicht in die Hände geschlossen. Die Orgeltöne verhallten langsam und hinterließen eine lebendige Stille in den Höhen und Nischen des Domes. Schüchtern begann Jon Hendrik mit dem Vaterunser, die anderen stimmten ein, Johannes selbstverständlich auf Norwegisch.

Es war vollbracht. Sie hatten den Weg von Hamar nach Trondheim hinter sich gebracht und einen unbeschriebenen

Weg vor sich, einen Weg in Freiheit. Ulf Selnes segnete sie und spürte die Intimität, in die er nicht gehörte. Wort- und gestenlos zog er sich zurück. Keiner hatte das Bedürfnis aufzustehen. So saßen sie mehrere Minuten schweigend und regungslos, bevor der Organist sehr vorsichtig lange Töne in die Kirche entsandte, die wie ein wortloses Gebet in jeden Winkel drangen. Jon Hendrik war der Erste, dem die Melodie bekannt erschien. „Give me the light", begann er zu singen. Johannes und Bodil stimmten ein.

Der Gottesdienst hatte den Polizisten zu lange gedauert. Sie waren mit Marei Winter ins Polizeihaus gefahren, hatten die Befragung fortgesetzt und festgestellt, dass sie Johannes' Aussage brauchten, bevor sie Marei gehen lassen konnten. Ulf Selnes hatte geraten, Johannes vor „Tavern" in Sverresborg zu treffen. Als sie das Polizeihaus verließen und einen Streifenwagen nahmen, hängte sich ein silbergrauer Audi TT an.

Auf dem Domplatz war Ruhe eingekehrt, als Jon Hendrik als Erster den Dom verließ und draußen auf die anderen wartete. Ulf Selnes hatte sich wieder der Gruppe angeschlossen, als sie zu Fuß nach Sverresborg unterwegs waren. Nach und nach fanden sie zum Gespräch zurück, wirkten wie Freunde, die sich viele Jahre und ungezählte Abenteuer hindurch kannten und zur Kommunikation längst nicht mehr auf Sprache angewiesen waren. Ulf Selnes akzeptierte die Besonderheit dieser Gruppe und schwieg mit ihnen, beziehungsweise blieb Zuhörer.

Von Norden her kommend überquerten ein schwarzer Golf und ein Kleinbus, beide mit polnischen Kennzeichen, die Havnebrua über den Nidelv und setzten ihre Fahrt nach Süden fort, ohne dass ihre Insassen in einem der vielen netten Straßencafés Trondheims diesen zauberhaften Sommerabend genießen wollten. Sie hatten die Kühltaschen voller Fisch, den sie in Polen verkaufen wollten. Der Fahrer des Golfs musste außerdem dringend nach

Hamburg zurück. Er hatte für diesen Angelausflug nach Norwegen seine verehrte Frau Maria, wie er sie nannte, weil ihm das Louise so schwer über die Lippen kam, die Dame Wagenknecht sitzen gelassen. Er machte sich große Sorgen, ob sie ihn weiterhin als Gärtner beschäftigen wollte. Aber Angeln war nun einmal seine Leidenschaft und zusammen mit seinem Bruder organisierte er diese Angelreisen. Vielleicht wird sie ja Verständnis haben. Er gab Gas.

Vom Sverdrupsvei hatten sie noch einmal den traumhaften Blick auf Trondheims Altstadt genossen und bogen, mittlerweile scherzend und singend, in die Sverresborgallee. Die Schatten, die ihnen vorauseilten, waren lang geworden, die nächtliche Sonne stand über dem Fjord als Feuerball. Johannes ging ausgelassen mitten auf der Straße und sang im Duett mit Jon Hendrik „Give me the light of love", ihr Lied. Er hatte nicht bemerkt, dass in diesem Moment ein Auto gestartet wurde.

„Was hast du vor, Gregor?" fragte Henriette und sah ihren Bruder kalkweiß an. „Sie kommen doch schon. Wir können aussteigen."

Ihr Bruder antwortete nicht, sondern startete den Motor und gab Vollgas, schoss an dem parkenden Polizeiwagen vorbei und steuerte direkt auf Johannes zu.

„Ich löse das Problem jetzt auf meine Weise. Wie bei Oma."

Henriette schrie, öffnete die Beifahrertür und sprang filmreif aus dem Auto, das ihr Bruder gerade zur Mordwaffe machen wollte.

Tom war der Erste, der die Gefahr erkannte. Er rannte auf die Straße, stürzte auf Johannes zu und drückte ihn auf die gegenüberliegende Fahrbahn. Der Audi erfasste Tom. Durch die Wucht des Aufpralls wurde er auf die Straße geschleudert und sank über Johannes' Beinen zusammen. Kommissar Henning, Marei und Egil Alvorsen sprangen aus dem Polizeiwagen, der

Fahrer startete und nahm die Verfolgung des flüchtenden Audi auf. Jon Hendrik und die anderen eilten zu den beiden auf dem Asphalt Liegenden.

„Tom! Johannes!“ schrien sie und beugten sich über die beiden. Knut Henning stand daneben und hielt Marei im Arm, die kreidebleich geworden war. Vom „Tavern“ kamen mehrere Gäste, die die Szene gesehen hatten, herbei. Einer rief umgehend per Mobiltelefon einen Rettungswagen. Egil Alvorsen kümmerte sich um Henriette, die auf dem Kantstein saß und heulte.

Johannes setzte sich auf, beugte sich über Tom und nahm seine Hand.

„Du hast mir das Leben gerettet, du treuer Freund. Du kommst durch und wirst leben. Mach jetzt keinen Scheiß, Tom!“

Und dann schrie er aus vollem Hals: „Ist kein Arzt hier, kein Sanitäter, der meinen Freund retten kann? Tom blutet, Scheiße! Hilft denn keiner?“

Eine junge Frau löste sich aus der Menge, hockte sich zu Tom und besah ihn fachkundig, fühlte den Puls, prüfte die Atmung und sprach leise: „Er lebt. Er wird leben.“ Von Ferne waren die Sirenen des Rettungswagens zu hören.

Es ging sehr schnell. Tom wurde ins Regionskrankenhaus gebracht und Jon Hendrik begleitete ihn. Für Henriette kam ein zweiter Krankenwagen. Egil Alvorsen begleitete sie, war sich sicher, dass er ihr noch eine Reihe von Fragen stellen würde. Johannes war unverletzt, stand aber unter Schock. Mia setzte sich zu ihm auf den Asphalt, legte einen Arm um ihn und flüsterte:

„Er wird überleben, Johannes. Er ist so stark, der Stärkste von uns allen.“

Marei stand abseits und war wie gelähmt. Knut Henning zog sie zum „Tavern“. Sie setzten sich und er bestellte zwei Bier.

„Es ist besser, dass Sie warten, bevor Sie Johannes Wagenknecht von seiner Mutter berichten. Ich gehe davon aus, dass der Mordfall bald geklärt sein wird und Sie über alle Zweifel erhaben sind.“

„Was ist das für eine Familie, Herr Henning? Die einen verschweigen den Tod der Mutter, weil sie mit dem Testament nicht einverstanden sind, und der Neffe will seinen Onkel umbringen. Das ist doch verrückt, oder?" Marei sah ihn mit großen Augen an.

„Oder die pure Gier."

Bodil half Johannes beim Aufstehen und verschwand mit ihm im „Tavern". Marei wollte zu ihnen, aber Knut Henning hielt sie zurück.

„Hab Geduld, Mädchen."

Jon Hendrik kam nach einer Stunde und war erleichtert.

„Ein Bein gebrochen, zwei Rippen und eine Reihe von Schürfwunden. Er hat Glück gehabt und einen hellwachen Schutzengel. Morgen können wir ihn besuchen. Ich hab da noch jemanden mitgebracht, die gehört wohl irgendwie zu dir, Johannes."

Im Türrahmen des kleinen Zimmers, in dem der Tisch für den fröhlichen Abschluss des Pilgerwegs festlich gedeckt war, erschien Henriette. Johannes stand auf, ging mit strengem Blick auf sie zu, zögerte einen Moment und nahm sie liebevoll in seine Arme, ohne irgendetwas zu sagen. Henriette heulte ohne Ende, brachte aber kein Wort heraus. Johannes wollte so vieles fragen, vor allem nach seiner Mutter, aber er hatte Geduld. Jetzt hatte er alle Geduld der Welt.

Bodil sah gerührt auf die beiden und bekam keinen Bissen hinunter. Nur Jon Hendrik, Ulf Selnes und Mia unterhielten sich und genossen das reichhaltige Menü, forderten Bodil immer wieder auf, sich ihnen zuzuwenden. Vergebens. Sie hatte sich verliebt in den Mann, der ihr am Anfang des Weges so viel Angst gemacht hatte, aber nicht nur in ihn. Als Mia für Momente schwieg, hatte Bodil endlich Jon Hendrik für sich. Jetzt konnte sie sogar ein paar Bissen essen.

Das Lachen fiel ihm schwer, aber die Freude über den Besuch war unverkennbar. Bodil, Johannes und Jon Hendrik standen um Toms Bett.

„Blödes Ende, nicht wahr?“ scherzte Tom. „Dabei hatte ich mich so auf das Essen mit euch gefreut. Aber hier aus dem Fenster kann ich Sverresborg sehen.“

Johannes fand keine neuen Worte der Dankbarkeit, sie waren alle schon gesagt und konnten doch nicht ausdrücken, was er fühlte. So hielt er Toms Hand, streichelte sie, konnte aber nicht verbergen, welche Traurigkeit in ihm steckte. Seine Augen waren gerötet und schmal, seine Lippen aufeinander gepresst, keine Spur seines breiten Lachens war zu ahnen. Es war, als habe sich Johannes den tiefhängenden Wolken angepasst, die heute über Trondheim ausgebreitet waren, als wollten sie die paar Tage Sommer vergessen machen, die die Stadt zu einer lebensfrohen und quirligen Metropole verwandeln konnten. Tom prüfte Johannes und wollte ihn aufmuntern:

„Hey, John, ich liege im Krankenhaus und nicht du. Ich habe unser fantastisches Abendessen verpasst und nicht du. Und ich lebe! John, ich lebe!“

„Lass ihn, Tom“, übernahm Bodil. „Du kannst es nicht wissen. Seine Mutter ist tot. Gestern Abend hat ihm eine junge Frau aus Hamburg die Nachricht überbracht.“

„Das tut mir Leid, Johannes, gerade jetzt.“ Tom drückte seine Hand, die noch immer in seiner lag. Johannes konnte sich nicht mehr beherrschen: Tränen brachen aus ihm heraus. Er versuchte nicht, sie zu verstecken. Bodil ging um das Krankenbett und setzte sich neben Tom. Flüsternd informierte sie ihn: „Das ist aber längst nicht alles, Tom. Johannes' Mutter ist vor genau fünf Wochen ermordet worden. Seine ganze Sippschaft hat nicht im Ansatz versucht, ihn zu erreichen. Die Beerdigung hat schon lange stattgefunden, keine Chance für Johannes, Abschied zu nehmen.“

Tom war empört: „Das ist doch keine Familie, das ist eine verdammte Mörderbande. Das können die doch nicht machen!"

Johannes weinte immer noch und drehte sich zum Fenster. Ein südgehender Zug der Dovrebahn arbeitete sich am gegenüberliegenden Hang bei Marienborg hinauf. Johannes war froh, dass er nicht im Zug nach Süden unterwegs war, sondern hier mit seiner „Familien-Bande", wie er sich in den letzten Tagen angewöhnt hatte, seine Weggefährten zu nennen, zusammen zu sein. Bodil fuhr fort mit ihrem Bericht:

„Es kommt noch schlimmer, Tom. Der Junge, der dir das hier eingebrockt hat", Bodil tippte das Gipsbein an, „das war Johannes' Neffe."

„Wie bitte! Dann war das ein Unfall? Der wollte Johannes wohl informieren, dass ..."

„Im Gegenteil! Der wollte Johannes über den Haufen fahren, so wie du es sofort begriffen hast. Er wollte Johannes umbringen wegen des Testaments. Das hat seine Schwester der Polizei erzählt. Das ist die, die aus dem Auto gesprungen ist. Und sie hat erzählt, dass Johannes' Neffe auch seine Oma erschlagen ..."

Mehr bekam Bodil nicht raus. Fassungslos sah Tom sie an. Jon Hendrik hatte sich die ganze Zeit im Hintergrund aufgehalten. Er konnte nicht begreifen, dass in einer Familie so viel Hass und Gier möglich ist. Kommmissar Henning und Egil Alvorsen hatten am Morgen die ganze Gruppe unterrichtet. Eine andere junge Frau aus Hamburg hatte die Ereignisse aus erster Hand kommentiert. Sie war es auch gewesen, die die Leiche gefunden hatte.

„Ich glaube, ich habe keine Familie mehr in Hamburg. Mit meiner Mutter ist die Letzte gestorben, auf die ich mich verlassen konnte." Diesen bitteren Satz sagte Johannes ganz nüchtern und kühl, keine Spur von Wehmut. „Ich habe es schon lange geahnt. Jetzt habe ich die Gewissheit. Zu wissen, wo man dran ist, ist auch von Vorteil. Man macht sich nicht mehr so viel vor und pflegt keine lieben Illusionen."

Betroffen schwiegen alle. Der Zug hatte sich den Berg hinaufgewunden und musste Heimdal erreicht haben. Johannes wandte sich seinen Freunden im Krankenzimmer zu.

„Gut, dass ich euch habe. Wir haben schon die schweren Zeiten hinter uns, die meine Familie in Hamburg immer so sorgsam verdrängen wollte. Wir wissen voneinander, wie gemein, aber auch, wie verlässlich wir sein können. Wie war das noch, was du mal zitiert hast, Jon, der Satz mit der größten Liebe, ich wette ein Satz aus der Bibel."

Jon Hendrik überlegte. „Meinst du den: Es gibt keine größere Liebe als die, dass einer sein Leben verliert für seine Freunde?"

„Genau den. Ich hätte bis gestern nicht geglaubt, dass der Satz stimmt."

Bodil mischte sich ein und brachte auf den Punkt, was alle fühlten: „Wir müssen uns einfach ganz oft wiedersehen. Wir sind doch jetzt so etwas wie eine Familie geworden."

„Eine Familien-Bande", ergänzte Tom mit gequältem Lachen, indem er Johannes norwegische Wortkreation benutzte. Das hochliegende Gipsbein und die Schürfwunden im Gesicht schmerzten sehr bei jedem Lachen.

„Und ich hab gedacht", ergänzte Jon Hendrik, „Bodil kann doch bei eurem Projekt mitmachen. Dann seht ihr euch ganz oft. Die Leute vom Ulvegård sind einverstanden, wenn ihr zu dritt kommt, auch das Osloprojekt kann drei Leute gut gebrauchen. Da wären Mia und ich ganz in der Nähe."

Bodil fiel Jon Hendrik um den Hals, Johannes befand es als supergute Idee, und Mia betrat das Zimmer mit einem Umschlag:

„Ich hab dir den Polizeibericht mitgebracht, der interessiert dich vielleicht, Tom." Hinter Mia sah eine Frau mit kurzen dunklen Haaren und schwarzer Motorradjacke neugierig ins Zimmer.

„Ach, das ist Anne-Lise, meine Freundin. Sie hat mich schon sehr vermisst und ist vor Eifersucht fast rasend geworden. Ich muss mich jetzt mal um sie kümmern. Macht's gut, Freunde. Bis bald."

Die Bäume sind bunt gefärbt, goldgelb strahlen die Birken im abendlichen Sonnenlicht. Das erste Herbstlaub hat der Wind auf dem Kiesweg zusammengefegt. Vor dem weißen Haupthaus des alten Gutshofs steht eine große Bank, von der aus man einen wunderbaren Blick auf die Gipfel der Setesdalheiene hat. Jeden Abend, wenn die Jugendlichen zur Ruhe gekommen sind, nachdem Johannes aus seinen Lieblingsbüchern vorgelesen und Bodil gesungen hat, treffen sich hier drei Menschen, die mit ihrem Leben zufrieden sind, wie sie es noch nie waren. Sie haben es sich angewöhnt, den Tagesabschnitt aus der Bibel zu lesen, Kaffee zu trinken und sich zu erzählen, wie ihr Tag gewesen ist, bis die Dunkelheit sie zwingt, in die gemütliche Stube zu übersiedeln. Sie erzählen sich von den Gesprächen mit den jungen Menschen, die anfangen, im Leben einen Sinn zu entdecken, über Schmerzen des Drogenentzugs klagen oder von ihrer Angst vor alten Freunden und der Wut auf ihre Eltern berichten. „Deine Familie kannst du dir nicht aussuchen", zitiert Bodil ein Mädchen mit Rastazöpfen, das völlig abgemagert nach Ulvegård gekommen ist. „An deine Familie bleibst du gebunden im Guten wie im Schlechten."

„Und wenn du keine Familie hast?" fragt Tom.

„Auch an die Nicht-Familie bist du gebunden, weil du immer eine wünschst und von deinen Leuten darum betrogen worden bist", überlegt Johannes. „Dein Erzeuger, der vielleicht in Montana sein Geschäft gemacht hat, hat dich um einen Vater betrogen, Mann. Der hat dich in dieses Leben geschleudert in wilder Nacht und hat sich herausgestohlen aus deinem Traum. Und dann findest du solche Scheißtypen wie Bodil oder mich und die haben dich total lieb und sind froh, dass du da bist."

„Und die Kids hier auch, die freuen sich jeden Morgen, wenn du mit deiner witzigen Art das Frühstück einleitest. Aber Johannes, sag mal, dich haben deine Geschwister und dein Neffe doch genauso um die Familie betrogen."

Johannes sieht in die Weite, als ob die Antwort zwischen den Gipfeln der Heiene liegen könnte.

„Ja, ich hatte mal eine Familie, eine große und wichtige. Jetzt habe ich noch einen Rechtsanwalt, der denselben Nachnamen trägt und vertrauensvoll mein Vermögen verwaltet, solange, bis ich mir im Klaren darüber bin, was wir damit machen. Ich werde einen Teil an meine Geschwister abgeben und mit dem großen Rest ... Was haltet ihr davon? Vielleicht einen zweiten Wolfshof, irgendwo anders? Was meint ihr?"

Bodil kriecht sanft an ihn heran, drückt Johannes einen Kuss auf die Wange und Tom strahlt.

„Wenn Tom lacht, dann werden alle glücklich, die ihn sehen."

„Und wenn was übrig bleibt, das kann Wieland haben, der alte Hanseat, der so korrekt ist, dass ihm seine Fehler gar nicht mehr auffallen."

„Und dein Neffe Gregor?" Bodil schmunzelt und prüft Johannes' Reaktion. Der presst die Lippen aufeinander, wackelt leicht mit dem Kopf und grinst zurück.

„Weißt du, Bodil, das wäre eigentlich Stoff für einen Roman. Vielleicht wird der irgendwann mit Jon Hendrik den Leden gehen oder in Ulvegård landen oder ..."

„Morgen kommt Marei zu Besuch. Die will sich Ulvegård ansehen. Sie möchte gerne in Hamburg ein Wohnprojekt für alle Generationen starten und sich Anregungen holen", erzählt Johannes.

„Die ist auch ganz schön mutig gewesen", meint Bodil.

„Aber nicht so mutig wie die, die mit dem Bären tanzt."

„Wer ist das?" will Bodil wissen. Tom grinst, Johannes schlürft Kaffee, und aus einem der Zimmer ist Musik von Robbie Williams zu hören.

Das Kaminfeuer verwandelt die Gesichter der drei und macht aus ihnen kostbare Skulpturen, die genüsslich ihren Abendkaffee trinken und wissen, was Liebe ist.

Bernd Lohses erster Norwegen-Krimi

»Tod in den Lofoten«

2. Auflage 2001, ISBN 3-8048-4461-8

Mit Bernd Lohses erstem Krimi erleben Sie den literarischen Polar-Sommer hautnah: in den Lofoten. Dorthin flieht die Studentin Ellen vor den sexuellen Erniedrigungen ihres gewalttätigen Freundes Johannes. Doch er folgt ihr. Nach einem dramatischen »Showdown« sieht sie ihn das letzte Mal ...

»Die Sympathien des Autors gehören durchweg seinen weiblichen Figuren, die alle eine große Portion Sexyness mit viel mentaler Kraft zu verbinden wissen; schlecht weg kommen Machos. Geradezu genüsslich werden die Szenen ausgemalt, in denen sich der selbstgefällige Schürzenjäger Abfuhren bei einer norwegischen Barkeeperin und bei zwei Lesben in einer Hotelsauna holt.«

(Lexikon der Kriminalliteratur)

»Treibsand«

Der neue Krimi von Christian Uecker

2. Auflage 2001, ISBN 3-8048-4466-9

Christian Uecker, Pastor und renommierter Krimi-Autor, bietet in diesem Buch erneut *»Spannung auch für Atheisten« (Kieler Nachrichten).* Ort der Handlung – die sich wieder um Ueckers literarisches Ego, Pastor Frank Falke dreht – ist die Nordseeinsel Amrum: Hier wird vom „Club der Poeten“ die „Woche der Poesie“ veranstaltet. Doch die Hobby-Dichter schmieden mehr Intrigen als Reime: bis einer von ihnen an der Amrumer Odde ganz prosaisch erschlagen wird. Die Leiche findet ausgerechnet Falke, *»der Nachfahre von Chestertons unsterblichem Pater Brown« (Der Spiegel).*